Ceux que la nuit choisit

JORIS GIOVANNETTI

Ceux que la nuit choisit

ROMAN

DENOËL

À Célien Giovannetti

« Qui donc, si je criais, m'écouterait dans les ordres des anges ? Et même si l'un d'eux me prenait soudain en son cœur, je périrais sous le coup de son existence tellement plus forte que la mienne. Car le beau n'est que la porte de l'angoisse, ce seuil dont nous approchons tout juste, et nous l'admirons tant parce que, dans sa grandeur, peut lui chaut de nous détruire. Tout ange est d'angoisse. »

Rainer Maria RILKE, *Élégies de Duino*

« Toute icône manifeste le secret et l'indique. »

Jean DAMASCÈNE, *Contra imaginum calumniatores orationes tres*

Village

3 janvier 1889-8 septembre 1914

Oh, elle en parlerait longtemps, Donatienne, des Cristini, bien après qu'ils se seraient éteints pour rejoindre les légendes, les odeurs d'hellébore et d'asphodèle, auprès des arbres où leur présence planerait toujours comme celle de spectres vaincus. Elle continuerait de le dire, le soir, à la lumière d'une vieille lampe à huile dont la flamme chétive caresserait les murs de pierre pour venir mourir dans les yeux d'enfants terrifiés qui l'écouteraient en se signant. Elle l'avait vue, elle, et ce n'étaient pas des mensonges, non ce n'étaient pas des mensonges, elle aurait préféré aussi que ce soient des histoires mais ça n'en était pas, non, ça n'en était pas. Elle était encore petite, Donatienne, quand le muletier était rentré avec un étrange bagage étendu sur la bête silencieuse. On n'avait pas bien pu distinguer ce que c'était ; de loin on ne devinait qu'une forme jusqu'à ce qu'il arrive, et après on avait compris.

C'était un soir de janvier, se souvient Donatienne, un hiver trop rude, un de ceux qui endorment les bêtes, les figent dans un sommeil lourd et sans âge d'où, souvent, elles ne reviennent pas. Parfois, lorsqu'elle le raconte, il lui arrive encore de sentir son corps se raidir, de même que son regard se figea autrefois un instant, dans la teneur pâle de sa pupille morte. Les enfants sont assis en cercle et semblent envoûtés. Ils attendent, murés dans le silence. Donatienne se souvient.

Tout dans la vallée était couvert d'un manteau blanc et l'eau du lavoir coulait doucement sur de lourds blocs de glace. Il n'y avait plus de mousse sur la pierre et les couleurs comme les forces de la vie semblaient vaincues. Au loin, la mer se cachait derrière de longs nuages gris. Les montagnes étaient vides, et pleines de silence comme si le règne animal, devant l'immaculée blancheur de la neige, avait abdiqué. Des toits de lauze étaient nappés d'épaisses couches brillantes et quelques volutes timides s'échappaient, craintives, d'entre les ardoises. Un son de cloche fendait obstinément l'air tel le murmure d'un chant profane et le campanile toisait le village et ses ombres mortes du sommet de sa majesté éteinte. On l'avait entendu arriver, le muletier, sans un mot alors qu'il tirait sa mule au bout d'une vieille corde. La bête était vive et puissante, elle avait un poil noir très dru qu'une pauvre main rêche serrait difficilement de sa force usée. Les premières voix émergèrent du silence. Des gens s'approchèrent pour aider mais il ne dit rien. Non, le muletier n'était pas bavard. Les quelques mots qui s'échappèrent de sa gorge étaient des lames de rasoir qui lui déchiraient la trachée. Dans l'assistance, la plupart se signèrent ou demandèrent de l'aide. Le bagage se dévoila à eux. Il émergea comme un soleil brûlant. Le muletier expliqua qu'elle n'était pas blessée. Le sang sur elle n'était pas le sien. Certains suggérèrent à mi-voix de la laisser dans la neige mais il ne les écouta pas. Il ne l'aurait pas fait. Il ne l'aurait pas pu. Il savait bien que, si le destin avait mis cette jeune femme sur son chemin, c'était que le destin l'avait voulu. Tout arrive pour une raison. Les étoiles le disent. Et elles ne mentent jamais. Ce n'est pas une bonne chose que de défier les astres. Les forces du ciel ne sont pas toujours clémentes ; ce jour-là, elles s'étaient tues.

On souleva la femme de la bête et dans les yeux d'enfant de Donatienne se figea l'image de ses cheveux noirs, l'épaisseur de ses boucles et la beauté des choses qu'elle ne comprenait pas. Elle la fixa comme une statue et regarda la teinte bleuâtre du froid posséder ses traits, gravir le bout de ses doigts et ses membres raidis pour disparaître sous d'épais haillons noirs. Elle n'eut pas peur des taches de sang. La couleur du vêtement les rendait presque invisibles. Tout s'y était imprégné : le rouge, le froid et ses secrets, la nuit aussi, qu'elle portait dans la peau. Le tissu n'était qu'un témoin. Les coutures se déchirèrent et révélèrent quelques griffures de roncier, des écorchures, une histoire marquée sur un corps et, cette histoire, à la lueur de sa lampe à huile, Donatienne la raconte.

Avec de l'aide, le muletier porta la femme jusque chez lui. Ils prirent un petit sentier autour de jardins stériles. Ils la déposèrent tremblante devant un feu que Donatienne et d'autres s'empressèrent de raviver. Les enfants sortirent dans les morsures du froid et, afin de ne pas être entendus, ils murmurèrent des questions sur ce visage qui hanterait leurs nuits ainsi que de nombreux rêves, plus loin encore, dans un temps qu'ils ne connaîtraient pas. Ils ne savaient rien des secrets que gardait cette femme. Ceux qu'exhalaient sa peau et ses pupilles figées devant un spectacle macabre.

Les corps jonchant le sol et le tapis de cadavres sous lequel, réfugiée des heures, elle s'était tue tandis que se répandait l'odeur des chairs mortes et puantes de ceux qu'elle aimait. Elle avait attendu pendant que les fourches crevaient les viscères et répandaient le sang des siens dans la terre froide.

Elle n'avait pas fermé les yeux et, lorsqu'elle l'avait pu, elle s'était jetée sur un cheval qui, lui aussi dirait-on plus tard, était devenu fou. Il avait galopé sur les sentiers de l'Alesani alors que les bourreaux chargeaient leurs fusils et qu'autour d'elle sifflaient les balles qui se perdaient dans la nuit.

À l'intérieur, le muletier caressait son front brûlant avec un tissu trempé dans l'eau chaude. Il l'écoutait en s'approchant de ses lèvres et tout ce qu'elle disait était à peine murmuré et audible. Il ne savait pas si c'était la fièvre ou si l'accent qu'il entendait était sculpté comme cette roche dont elle parlait et, dans un corse qu'il comprenait à peine, il entendit des histoires d'exil, de terres sèches et de malédictions. Des voix s'élevèrent dans le silence. On parla de mauvais présages. Le prêtre se faufila dans l'assemblée. À mesure qu'il s'avançait, le cercle des curieux se défit et certains se signèrent encore. Des femmes psalmodiaient en geignant. Le prêtre reconnut le muletier, mais ne le salua pas. Il vint vers lui les traits creusés par la fatigue, l'usure et la nuit. Il savait bien que son magistère ne pouvait rien contre les gens de son espèce. Il s'approcha de la femme, caressa ses longues boucles noires, et dans ses doigts demeurèrent quelques traces de sang. Un instant, il se maudit de ressentir l'appel de la chair. Il s'apprêtait à lui parler mais ne lui donna pas de prières. Pas pour eux. Pas pour un Cristini ni pour celle qu'il avait recueillie, car il ne croyait pas au hasard et savait les voies du Seigneur impénétrables.

Soudain, le corps de la jeune femme sortit de sa léthargie profonde et convulsa. Ses yeux s'ouvrirent mais ne révélèrent ni pupille ni iris, seulement deux taches blanches injectées de sang d'où s'échappaient de maigres larmes. Elle parla un corse qui venait, avec elle, du plus profond de la nuit. Le prêtre se raidit en se signant. Elle trembla. Ses doigts se levèrent du sol et son visage fut griffé par ses ongles sales. Les spasmes rendirent ses paroles confuses mais on comprit qu'elle parlait de coupables, du sang d'une victime et d'un monstre repoussant aux yeux jaunes. Le prêtre cria. Il dit quelque chose à propos de pratiques éteintes et de cultes païens. De malédictions, d'idolâtrie et de longs exils sur des sentiers de granit. Il y eut une dispute qu'elle n'entendit pas. Elle se rappelle encore, Donatienne, les mains du muletier approchant la gorge du prêtre qu'il étouffa de sa force bestiale. Les gens qui s'interposèrent et le fusil brandi sur un ministre de Dieu. Elle s'enfuit avec les autres. La jeune femme ne savait pas que, sur le sol meuble de cette maison sale d'où, plus tard, elle regarderait la mer, elle avait trouvé l'exil bien plus que la paix. Elle se relèverait. Elle serait soignée. Puis le muletier l'épouserait. Ils n'auraient ni bénédiction ni clémence du ciel, et toute leur vie serait soumise au joug de Donatienne et des siens, au bruit de leurs pas et aux chuchotements de leurs ombres bavardes.

Les années passèrent. Elles donnèrent à la rescapée, Vénérande, des fils. Elle porta le premier, Gabriel, sous un soleil brûlant. Le second aussi serait l'enfant des Perséides, des misères et des peines. «Surtout des peines», disait Donatienne quand elle parlait d'eux comme d'une engeance maudite, un fléau qui traversait le village telle une présence invisible et spectrale tandis que Gabriel ne comprenait rien aux regards qui le jugeaient, et à ce qu'il en coûtait d'être un Cristini. Il n'avait jamais entendu que ça. Les murmures sur son passage, les mères qui battaient les enfants avec lesquels il essayait de jouer, les pierres et les insectes que d'autres lui jetaient au visage. Il avait un petit frère avec lequel il passait ses journées. Il le protégeait tant bien que mal contre les assauts barbares, la cruauté primitive, mais il savait leur haine profonde et sans âge, aussi fatale et naturelle que le cours des astres, l'ordre des saisons ou le travail de la terre. On lui répétait que, depuis que sa mère était là, les récoltes étaient mauvaises et les châtaigniers malades. Les vents chauds charriaient des odeurs de cadavre. Gabriel était triste mais ne disait rien. Il ne la voyait jamais dans le village. Parfois, elle émergeait de la maison pour aller jusqu'au lavoir remplir une cruche d'eau. Parfois, lorsqu'il recevait une pierre ou une insulte, il lui arrivait quand même de demander pourquoi. «Parce que les Cristini viennent de la nuit, aurait répondu Donatienne, et portent avec eux son secret et son culte, les

murmures des âges passés et aussi de ceux qui viennent.»
«Mais Donatienne parle trop, et sa bouche est pleine de
boue», disait Vénérande quand elle se défendait de venir de
la nuit mais prétendait l'avoir fuie, alors que dans un corse
chuchoté elle racontait son histoire, sa jument devenue folle
et tous les siens qu'elle revoyait encore dans ses rêves quand,
parfois, elle se réveillait en étouffant comme si elle gisait
encore sous leurs cadavres. Le muletier parlait peu. Il était
une silhouette sombre et grisée, un père distant qui passait
son temps sur les sentiers ou bien dans ce terrain à proximité
de la maison qu'ils appelaient le *furnellu*[1], où il ne poussait
presque rien. Le prêtre n'avait pas voulu baptiser Gabriel ni
marier ses parents. Et quand Orsu, le petit frère, était né, il
était déjà parti. Les enfants grandirent. Gabriel, comme tous
ceux de son âge, fut appelé à défendre le drapeau. Certains
dirent que c'était leur faute, et parfois Donatienne et les siens
racontaient que s'il n'y avait pas eu les Cristini il n'y aurait
pas eu de guerre. Le sang des Habsbourg n'aurait pas coulé
et il n'aurait pas fallu en payer le tribut. Mais ce que racontait
Donatienne n'était qu'une histoire, et parfois les histoires ne
disent pas la vérité.

Gabriel est dans les tranchées. Il comprend un peu le
français mais le parle mal. Autour de lui, dans un champ
de la Marne, il y a des tunnels, des explosions et une pluie
battante qui n'arrête pas de tomber. Les prairies sont
creusées par les obus et révèlent les organes de la terre, des

1. Littéralement, «petit four».

pierres qui émergent des profondeurs telluriques. Le sol est un gigantesque marais pétri de barbelés et de rats. Son sac est lourd et les lanières lui brûlent les épaules. Il sent le froid et la peur, il lit dans les yeux des hommes la même chose qu'ils lisent dans les siens. Une odeur de poudre, de rouille et de chair suinte constamment partout comme d'un gigantesque cadavre purulent et blessé. Des chevaux agonisent parmi les soldats. La brume recouvre tout. Il ne connaît personne. À Bastia, après la mobilisation, on a constitué les régiments. Il n'a pas été classé avec les autres. Aujourd'hui, ça n'a plus d'importance. Il sent le froid sous ses vêtements, la pluie imprégner son corps et les prémices d'une nuit qu'il ne connaît pas. Il n'y a plus d'arbres dans les vallons et les villages traversés sont déjà un souvenir lointain. Les encouragements aussi. Le bruit est apocalyptique et n'a pas de racines, il nage partout telle une couleuvre maligne et fait taire le son des clairons que des soldats embrassent de leur bouche sale. Les oreilles sifflent et les peaux sont malades comme les organes et les cœurs. Tout est pétri par le froid. Depuis que la guerre a commencé, Gabriel ne sait pas s'il a tué des hommes. Il a fait feu dans la brume, il a couru avec d'autres, au son de clairons et de cris belliqueux. Mais sa conscience ne s'est pas abîmée dans une expérience profane. Il a recueilli des prières, il a murmuré des promesses qu'il ne tiendra pas. Il a vu plus de sang qu'il n'en verra jamais. Il a vu des amas de chairs déchirées et des tas de bouillie sans nom. Il a prié vainement avec les autres. La présence de Dieu est ici une consolation qui frôle l'indécence. Mais le cycle des astres est sauf. Il a armé sa baïonnette, pourtant jusqu'à présent ses courses ont été vaines et il n'a jamais été aussi heureux que ses courses soient vaines. Ce qui caresse son visage n'est pas une lumière d'airain ou la marque d'un présage qui fend le ciel. Il est seul au milieu de nulle part. L'odeur de poudre s'engouffre dans ses narines déjà pleines de terre. Il entend les balles siffler et les obus déchirer les chairs. Il avance vers un arbre sous lequel repose ce qui ressemble à un cadavre d'Allemand. Il vérifie que l'homme est bien mort et s'étonne car il n'a pas l'air blessé. Il ne voit pas de traces de sang. Il regarde son visage. L'homme ne doit pas être bien plus vieux que lui et porte une épaisse moustache noire. Il s'approche pour observer son dos. Une pointe de métal émerge de son omoplate. Tout est encore chaud. La mort rôde toujours, prête à se répandre. Il remarque sa besace sur le sol. Il fouille son sac, il n'a besoin de rien mais la curiosité le possède telle une force devenue incontrôlable et souveraine. Il commence à défaire une lanière, puis une autre, et plonge la main dans l'inconnu pour y trouver un trésor. Mais il n'y a pas de trésor, simplement un vieux livre usé aux pages cornées, un petit livre jauni et poussiéreux sur lequel sont imprimés des caractères qu'il ne comprend pas. Il sait lire. Il connaît même les rudiments de la grammaire que le maître lui a appris pendant les longues heures de sa classe froide. Il a senti le bout de ses doigts brûler pour chacune des erreurs commises. Pourtant, ce livre-là mélange étrangement des idéogrammes qui l'empêchent de déchiffrer son titre et de bénéficier de la lumière de son enseignement. Il range dans sa sacoche l'ouvrage sur le dos duquel est écrit : *Also sprach Zarathustra.*

Il se relève et part vers la garnison. Les tirs semblent brusquement arrêtés, comme si pendant quelques secondes le temps se figeait, les images aussi. Tout devient soudain immédiat et lointain, et une gigantesque lumière se dévoile devant lui et l'emporte aux bras d'un ange dans l'éternité dont il ne sait rien, pendant que les fragments de sa chair se répandent dans la terre. Il ne se sait pas même parti, il n'a pas pu contempler devant lui le défilé des maigres souvenirs l'ayant rendu heureux – les enfants jouant dans la terre, une petite fille aux cheveux blonds qui le rejoignait en cachette à la fontaine ou le sourire de son frère –, qui disparaissent en même temps que lui. Ainsi choisit la nuit.

Au village, lorsqu'on reçut l'avis funeste, Vénérande pleura avec son autre fils. Elle s'enveloppa dans un noir qu'elle ne quitterait plus. Mais elle n'était pas surprise. Les choses de la nuit avaient parlé. Elle le savait. Pourquoi se serait-elle étonnée des choses qui étaient *écrites*? Avec d'autres, ils se recueillirent sur une tombe vide couverte de bougies éteintes et de fleurs fanées. Orsu était inconsolable. Vénérande avait compris que, parfois, Donatienne avait raison, même si sa bouche était pleine de boue. Elle aurait préféré que ce ne soient que des mensonges, elle aurait préféré, elle aussi, que ce soient des histoires mais ça n'en était pas, non, ça n'en était pas. Elle savait. Elle avait entendu la nuit parler, vu les astres lui dire, cherché des réponses dans le ciel, et Orion et les Pléiades les lui avaient données. Le cycle était terminé.

Vénérande soupira. Elle repensa au spectacle macabre qu'elle avait vu et imaginait celui de son fils. Elle savait bien que les coups de pioche et les organes lacérés sur le sol n'avaient rien fait à la nuit. Les astres connaissaient leur cycle et y étaient fidèles. Les sentiers de granit continuaient de courir en eux, s'imprégnaient dans le sang, les murmures et les larmes, les couches profanes et les exils manqués. Tout est écrit. On n'échappe pas à soi.

Orsu grandirait. Il s'occuperait longtemps de sa mère devenue sénile et inconsolable. Son père ne parlerait pas davantage. Il y aurait ces images qui traînent sur le mur des Cristini. Il y aurait une femme aussi, qu'Orsu aimerait plus que tout. Un fils naîtrait. Il s'appellerait Gabriel. D'autres suivraient. D'autres hériteraient de son nom, de sa nuit et, dans une maison du village, à proximité d'un feu qui caresse les murs de pierre, une lampe à huile s'éteint doucement comme un cœur de femme et Donatienne, elle, ne se souvient plus.

PARTIE I

« Longtemps la destinée sommeille et attend
en eux. »

Friedrich Nietzsche,
Ainsi parlait Zarathoustra

Village

Peut-être qu'il existe une brèche dans les temps qui ne serait qu'une parabole invisible des souffrances de nos aïeux. Cela, Gabriel n'en savait rien, bien qu'il en portât la marque dans son prénom, celui-là même qu'une jeune femme avait murmuré, la veille, peu avant de s'endormir, alors qu'ils étaient rentrés ensemble d'une soirée chaude et pleine de promesses. Il n'avait pas pu caresser son visage, ni embrasser ses lèvres baignées du sommeil déjà lourd des amants et des rencontres fortuites. Il était tard, trop tard, et elle s'était allongée en regardant par la fenêtre la mer que la lune faisait briller, très loin, au-delà d'un jardin d'oliviers qu'elle ne voyait pas. Elle n'avait pas fait ça dans le but de s'offrir rituellement à l'union que la nuit semblait promettre. Elle s'était juste assise comme ça puis, pour se détendre, elle avait laissé son dos épouser le matelas avant de fixer au plafond un vieux lustre qui l'irradiait. Elle se sentait si bien. Cela n'était pas arrivé depuis longtemps. Elle avait repensé à sa journée, à son trajet en train, aux magnifiques étendues de pins qu'elle avait prises en photo en passant le col de Vizzavona, à la découverte de Corte, sa citadelle qui surplombait la vieille ville sur un piton rocheux. Elle en avait perçu toutes les images avant qu'elles ne fussent mélangées et consumées dans un voile diaphane qui devait les confondre et lui clore les paupières.

Gabriel était allé chercher une bouteille de vin rouge dans le buffet de l'entrée. Il préparait des verres en parlant à voix basse quand il se rendit compte qu'il ne recevait pas de réponse. S'en étonnant quelque peu, il s'avança vers la porte qui marquait le passage à la chambre qu'elle occupait. Elle s'était assoupie, dans le lit, avec sa jupe bleue, et son visage, dont on aurait dit – si l'on en avait voulu trouver les mots – qu'il était celui d'un ange. Mais peut-être n'était-elle pas un ange, et cela Gabriel n'en savait rien. Son sac était déposé à ses pieds mais son smartphone se trouvait toujours dans sa main. Il décida de ne pas la réveiller. Il rit doucement. Une heure de route pour un tel résultat, cela amuserait son frère Raphaël. Il l'imaginait déjà se moquer de lui au bar avec Battì. C'était couru d'avance.

Depuis le salon, il la regardait dormir. Il n'aurait pas su la décrire. Simplement, chaque trait témoignait d'un équilibre, trouvait sa réciproque sur la fossette opposée, et l'ensemble gardait, dans l'apaisement dû au sommeil, une profonde harmonie. Mais tout cela ne suffisait pas à dire ce qui dans ce tableau l'attirait. Ce visage resterait éternellement opaque à la possibilité exhaustive d'une définition. C'était peut-être mieux, pour le bien du beau. Il s'assit tout près, déposa la bouteille sur le sol, et fixa longtemps ses traits comme s'ils portaient les soubresauts de la foi et les vertiges de l'absolu. Ensuite, il prit son verre de vin et sortit discrètement fumer une cigarette, avant de revenir se coucher non loin d'elle, veillant à ne pas la brusquer, à tenir une distance tandis qu'elle côtoyait de vastes chimères de l'autre côté de son sommeil de plomb.

Quand il se réveilla, tôt le matin, elle était toujours là, étendue sur l'édredon jaune. Elle se reposait dans une tranquillité douce où son âme semblait abandonnée aux béatitudes. Il se leva discrètement et se rendit dans le salon sans faire grincer le plancher. Il prit soin d'abaisser silencieusement les persiennes afin que le soleil ne lui rende pas le réveil trop brutal. Il sortit sur la terrasse et fuma une cigarette en regardant les oliviers. Il l'écrasa vite dans une canette de soda. Il faisait déjà très chaud. Il repensa à sa soirée, à celle qui occupait toujours son lit comme elle occuperait longtemps l'espace abstrait de ses songes.

Il l'avait rencontrée la veille, en montant s'inscrire à la faculté. Elle prenait un café à la machine et ils avaient commencé à discuter. Ensuite, ils avaient bu un verre et passé la soirée ensemble. Ils avaient mangé dans un restaurant sur le cours Paoli et beaucoup ri. Gabriel lui avait raconté sa vie d'étudiant dans les moindres détails, sans ponctuer l'échange de la pudeur ordinaire que commandent les premières rencontres. Il s'était senti immédiatement à l'aise avec elle, et il lui avait semblé que c'était réciproque. Il lui avait parlé de ses études de philosophie, de son engagement militant, de sa vie et de celle de son frère, entièrement dévouées à cette cause. Elle revenait de Nice, où elle avait passé un bachelor en marketing. Gabriel avait évoqué des livres mais de la musique aussi, les Doors, qu'il admirait et qu'elle ne connaissait pas. Il veillerait à les lui faire découvrir en la conduisant jusqu'au village. Enfin, si elle acceptait de rentrer avec lui, évidemment. Elle avait dit oui en souriant. Elle n'avait pas hésité, comme si c'était finalement ce qu'elle attendait, elle, ou le destin qui s'accomplissait sous les yeux des anges qui veillaient peut-être sur eux. Ils ne pouvaient pas rester à Corte : Gabriel n'avait pas encore récupéré les clefs de l'appartement qu'il partageait avec son frère et elle était montée en train depuis Ajaccio. Elle avait bien aimé la voix de Jim Morrison. Gabriel lui avait tout expliqué. Sa vie, son histoire d'amour avec Pamela, et ce qu'il savait sur ce chanteur qui galvanisait les foules comme un chaman déchu. On l'appelait Dionysos.

Sur sa terrasse, Gabriel regardait le paysage en se félicitant de cette vue dont il ne se lasserait jamais. Il distinguait les toits de lauze, les forêts magnifiques qui se profilaient dans l'horizon lointain avant d'être avalées par la mer. On voyait encore le vieux moulin et le séchoir. D'où il était, il pouvait espérer reconnaître le bar de Battì, la route en terre qui montait jusque chez lui et même, plus loin, les châtaigniers malades qui se perdaient dans les premières lueurs de l'aube. Il rentra pour se faire un café avant qu'elle ne se réveille. Il avait hâte de discuter. De l'entendre rire. À l'intérieur, les choses étaient à une place définie, comme elles semblaient l'avoir été de tout temps, et les murs portaient, au milieu de fissures insignifiantes, des portraits d'aïeux que Gabriel n'avait pas connus et qui n'illustraient rien d'autre à ses yeux que le culte étrange qu'accordait son père au passé. Il fixait les photos sans les voir, les silhouettes de vieilles femmes au châle noir, d'un jeune homme qui, autrefois, avait porté son prénom avant de mourir dans une guerre que lui avait eu la chance de ne pas vivre. Il s'avança doucement dans le salon, auquel le soleil donnait un peu de lumière. Finalement, il attendrait pour mettre en route la cafetière. Elle était vieille et faisait beaucoup de bruit. Il retourna vers la chambre. Elle s'était peut-être réveillée. Il observa son visage, se perdit une nouvelle fois dans la contemplation de ses traits, et sentit soudain son cœur accélérer. Mais ce n'était pas le vertige de l'amour. Il ne comprit pas immédiatement et décida d'allumer une deuxième cigarette. Il scruta ce briquet dont il ignorait la provenance avant de sentir ses doigts fourmiller et son cœur s'emballer. Il souffla fort, commença à transpirer et s'appuya contre une commode. Il lâcha la cigarette et regarda autour de lui ce monde brusquement devenu sourd à ses sens, alors il comprit que rien n'avait été pareil auparavant et que désormais rien ne le serait jamais plus. Une peur immense le figea avant qu'il ne se renverse sur le sol. Le soleil n'eut pas à faire son travail et à jaillir au travers des persiennes fragiles. Depuis ce lit qu'elle occupait, qui n'avait pas été l'autel de noces païennes, elle perçut un cri. Elle se leva aussi vite qu'elle le put – sans trop se rappeler où elle se trouvait, sans trop comprendre ce qui se passait. Elle arriva dans le salon et vit Gabriel, à terre, pleurer, recroquevillé sur lui-même, se griffant le visage et criant son agonie. Il disait qu'il allait mourir bientôt, qu'il avait peur de la nuit, et il parla de victimes, de visages sur les murs et d'yeux jaunes qui l'engloutiraient. Il se noyait dans un flot de paroles dont le sens s'était perdu bien avant d'éclore sur ses lèvres pleines de salive où coulaient de grosses larmes de sel. Elle s'approcha de lui. Elle s'agenouilla pour le prendre dans ses bras comme si elle était sa mère, comme si elle était sa sœur, et l'enveloppa en le berçant de paroles réconfortantes. Gabriel la fixait et pourtant, pourtant il ne voyait rien – rien d'autre que des formes terrifiantes et sans nom, une abstraction sans surface, comme si un manteau de papier unifiait le réel sous une totalité lisse et sans profondeur. Il se souviendrait longtemps de cette grande peur qui avait scindé le fond de son âme. Il se souviendrait de ces formes chaotiques et de ce visage qui n'était plus celui d'un ange, qui n'était plus rien, et soudainement les choses venaient de perdre la possibilité d'être nommées. Il poussa un dernier cri étouffé avant d'être absorbé par un silence qui le fit taire. Elle avait été là, elle avait épongé son front brûlant, elle avait essayé – autant qu'elle l'avait pu – d'être une main consolante pour cette âme qu'elle ne connaissait qu'à peine, tandis que son esprit était encore embrumé par les restes d'un sommeil sans crainte. Elle saisit son smartphone – où s'affichaient les appels en absence d'une mère inquiète, les douces admirations que prodiguaient des inconnus aux rêves lubriques sur les réseaux sociaux – et appela les pompiers, bien qu'elle fût en mal de dire tout à fait où elle se trouvait, mais aussi ce qui se passait.

Elle se leva pour regarder autour d'elle. Sur une table, au milieu de cours et de papiers, elle remarqua une facture téléphonique dont l'adresse indiquait le nom de

Paul-Joseph Cristini. Peut-être qu'à ce moment-là elle n'aurait pas dû faire ce qu'elle fit, comme tous ces gestes auxquels on s'abandonne sans même une retenue discrète, elle n'aurait pas dû regarder dans les yeux de Gabriel, qu'elle admirait pour sa vigueur, car elle ne vit rien d'autre que la crainte immense d'un animal blessé, rien qui pût lui permettre d'être certaine que ce regard appartenait à un homme, et qui la retînt de briser définitivement l'image qu'elle avait construite la veille et qui s'effondrait désormais de tout son poids dans des abîmes de poussière. Toute relation est bâtie sur des images mentales, et les autres deviennent l'avatar de nos projections comme s'ils ne s'appartenaient jamais eux-mêmes, comme si finalement ils ne jouaient que le rôle qu'on a bien voulu leur laisser le luxe d'incarner. Ce fut pour elle la fin du rôle qu'elle avait donné à Gabriel et ce fut pour lui la fin de la représentation. Pour le pauvre jeune homme, désormais, les rideaux étaient tirés. Gabriel était entré dans sa nuit.

La veille, en roulant, il lui avait raconté qu'au printemps 1971 Jim Morrison avait entamé une série de voyages qui l'avaient mené dans le sud de la Corse. On ne sait presque rien de ce qui s'y est passé. Une pellicule a récemment été vendue aux enchères pour la somme de seize mille dollars. Dans un cimetière, on y voit Pamela danser sur des tombes fleuries.

Corte

La veille, 24 août 2016

Il n'existait pas, aux yeux de Gabriel, d'impératif plus contraignant qu'une obligation administrative. Pendant des années, il avait réussi à convaincre sa mère de lui accorder son aide, de traiter à sa place les récépissés, les formulaires, et toute requête analogue qu'il désignait naturellement sous l'appellation de «papiers». Dût-il s'en trouver embarrassé maintenant que sa mère ne s'occupait plus de lui, il se laissait emporter sur les chemins ardus d'un cauchemar kafkaïen, sans toutefois accorder la moindre importance aux documents qui s'accumulaient sur la table du salon pendant qu'il fumait sur la terrasse en regardant la mer.

Il toussa un peu. Il était encore très tôt et le village était nappé d'une brume silencieuse, épaisse et réconfortante. Les touristes commençaient à déserter et l'on retrouverait bientôt la morne insignifiance de l'hiver et son cortège de vaines habitudes. Il devait monter à Corte rendre en main propre des papiers pour valider son inscription en master 1. Il n'y échapperait pas. Les formulaires ne pouvaient être envoyés par voie postale et personne ne lui aurait accordé la faveur de subtiliser temporairement son identité afin de le faire à sa place.

Il s'installa dans la voiture tout en vérifiant une énième fois qu'il emportait bien le dossier dont il avait besoin. Il était suffisamment contrarié ainsi, ce n'était pas la peine de monter pour rien. Il inséra dans le lecteur un vieux CD gravé avant de démarrer. La voix de Jim Morrison l'invitait à passer de l'autre côté. La route du village était déserte mais, à mesure qu'il rejoignait la plaine, s'allongea devant lui une longue traînée de camping-cars qui ralentissait la circulation. Il prit son mal en patience, doubla un véhicule lorsque ce fut possible, en maugréant quelques insultes réclamant l'exclusive propriété des routes pour les insulaires qui, eux, n'avaient pas le privilège d'être en vacances. Il s'arrêta en chemin pour boire un café et profiter des toilettes d'un établissement dont la gérante paraissait aussi sympathique qu'une porte de prison. En arrivant, il se gara sur un parking vide et entra dans l'immense hall de la bibliothèque avant de se diriger vers les services administratifs. Il fut désagréablement surpris de constater que, non seulement il n'avait pas été le seul à se lever tôt, mais qu'il se greffait même à la fin d'une file de plagistes récemment reconvertis en étudiants modèles. Il maugréa à nouveau quelques insultes étouffées dans sa bouche pâteuse et se dirigea vers une machine à café.

Buvant son cappuccino, une jeune femme le devançait. Elle semblait partager avec lui la déception de devoir perdre une matinée à attendre dans les couloirs mornes d'une université déserte. Les néons donnaient une teinte laiteuse à l'ensemble de l'édifice. De grands espaces de travail vides côtoyaient de larges bureaux administratifs disposés sur toute l'horizontalité du bâtiment. Gabriel s'avança vers la jeune femme, lui proposa un autre café qu'elle refusa en souriant. Il ne la connaissait pas. Son activité militante l'avait pourtant conduit à rencontrer beaucoup de monde dans une faculté aux dimensions restreintes, mais il n'avait pas l'impression de l'avoir croisée auparavant. Il s'en serait souvenu. Elle était très jolie. Il entama la conversation sans gêne aucune, comme si cette dernière naissait de l'arbitraire d'un choix qui n'était pas le sien et le dépassait. Elle était très gentille et riait beaucoup. Lorsqu'il lui demanda son prénom, elle répondit en le fixant de ses yeux verts : « Cécilia. » Il avait oublié la plupart de ses papiers. Ce n'était plus grave.

Ajaccio

Elles ont organisé une soirée. Elles iront manger dans une pizzeria et danseront toute la nuit. Il y aura du monde partout dans la cité impériale. C'est la fête de la musique et elles pourront certainement entrer en boîte. Les grands instants doivent témoigner d'une bonne préparation. Cécilia connaît ces codes et les incarne. Elle sait, après une adolescence passée à Ajaccio, qu'on ne plaisante pas avec l'apparence. Elle se regarde dans le miroir, qui lui renvoie une image dont elle est fière. Ses formes sont *harmonieuses* et sa tenue est *parfaite*. Elle ne voit que son propre reflet et l'assurance béate de sa sublimation. À vrai dire, le miroir est peut-être la première étape dans la connaissance de soi. C'est lui qui, avant la parole, nous révèle que nous sommes des *personnes*. C'est par lui que Cécilia fixe celle qu'elle est, celle qu'elle veut devenir, et accomplira la métamorphose doucereuse qui la transformera en idole.

Elle lisse ses cheveux, maquille ses yeux et met un peu de crème sur sa peau. Elle ne voit rien d'autre que sa propre image là où, deux ans plus tard, elle passera de nombreuses heures à épier la surface illusoire qui la mènera à sa perte.

Elle a la réputation d'être une jolie fille. Elle connaît les bruits de couloir, les rumeurs qui louent la forme de son visage et même les silences qui révèlent une forme de ferveur supérieure. C'est sa connaissance du soir. On le lui dit au lycée, elle a la cote. Elle fréquente des garçons, ainsi que le veut la coutume de l'âge, et parle beaucoup de ses idylles à ses amies. Elles passent des heures sur FaceTime à en discuter. Projetées dans les prémices d'un temps nouveau aux expériences imparfaites, elles imaginent des *soirées* de découvertes, de plaisirs, d'aventures et d'étreintes charnelles. Il existe un fil d'Ariane, une corde invisible qui relie l'âge adulte et les béatitudes enfantines, que l'on appelle l'adolescence. Dans cet état transitoire, les actes ne portent ni le vice de l'âge ni l'innocence joyeuse des sourires éclatants. La séduction naît sans se connaître entièrement et se défait à peine du voile intime de l'enfance. Elles jouent sans tricher et offrent l'âge que la vie promet. Elles rêvent de devenir des femmes, en incarnent la tenue et en adoptent maladroitement le langage. Elles entrent dans un jeu dont elles ne pressentent que partiellement les implications, sans savoir que ces implications mûrissent en elles bien plus vite qu'elles-mêmes ne mûrissent.

Cécilia regarde son téléphone, qui affiche un message de Lucie. Elle répond qu'elle est prête. Elle prie pour que ce soit une soirée inoubliable. Il arrive que les anges gardiens soient absents et que le ciel accomplisse nos vœux pour de mauvaises raisons. Elle embrasse ses parents tout en feignant d'écouter les recommandations d'usage, qu'elle n'entend pas. Elle répond à ces dernières par des affirmations pressées et s'exécute quand sa mère la somme de répéter ce qu'elle vient de dire.

« Faire attention aux garçons, ne boire que deux verres et envoyer des messages régulièrement pour raconter comment ça se passe. »

Rien ne nous engage à tenir nos promesses, et il n'existe pas de loi au ciel qui limite la possibilité insolente de nos trahisons. On lit toujours que c'est par amour que Dieu nous donne la capacité d'être libres, de bafouer, de mentir et de trahir. Une telle hypothèse n'a absolument rien de réconfortant. La perspective d'un ange qui nous guide serait largement plus rassurante. Ainsi, nous ne serions pas abandonnés comme Cécilia attendant devant le perron de sa maison la voiture des parents de son amie Lucie, qui l'emmènera vers son destin sous le regard impitoyable de Dieu.

Haute-Corse

25 août 2016

Lorsque le centre d'appels reçut le signalement d'un malaise cardiaque dans un village tout près du canton voisin, Joseph traînait sur son téléphone dans une méditation si profonde qu'il ne saisit pas immédiatement qu'un événement allait le chasser de sa rêverie numérique. Le « Putain Joseph accélère ! » que cria son chef de centre – un homme dont la corpulence égalait l'apparente brutalité – éveilla la vitalité de ses sens bien plus efficacement que le café froid dont il avait l'habitude à la caserne. Ils montèrent dans le camion et se mirent sans attendre à couvrir les routes brumeuses et étroites dans le bruit de leur sirène qui perturbait le sommeil des habitants encore blottis dans les bras de Morphée. Ils étaient trois. Joseph, volontaire depuis deux ans, était accompagné de son chef de centre qui prenait presque deux places d'un véhicule à l'habitacle déjà exigu. Cela rendait l'atmosphère irrespirable, plus encore pour son collègue dont la joue était écrasée contre la vitre quoiqu'il conservât un stoïcisme certain mêlant la peur, l'habitude et le renoncement. Thomas de son prénom, agrippé comme il le pouvait à la poignée latérale, se tourna vers le Grizzly – surnom dont ce dernier n'avait pas connaissance, évidemment, puisqu'il traduisait une caractéristique

38

physique somme toute assez proche de la réalité – pour lui demander plus de précisions quant à l'intervention qu'ils allaient effectuer dans une dizaine de minutes.

— J'ai eu le SDIS. On a manifestement affaire à une attaque cardiaque. J'ai eu une femme au téléphone, elle était terrorisée ; j'ai juste eu le temps de lui dire de mettre son type en position latérale de sécurité, mais elle paraissait complètement dépassée.

— Et tu sais qui c'est ?

— Non, Joseph, je n'ai pas eu le temps de lui demander le prénom de la personne en train de crever à ses pieds.

— Non mais... je veux dire, poursuivit Joseph en ravalant sa fierté face aux sarcasmes habituels du Grizzly, elle ne t'a pas dit quel âge il avait ?

— Apparemment, elle n'en était pas sûre, vingt-quatre ans grand maximum, mais elle a raccroché vite.

— C'est jeune pour une attaque cardiaque, elle doit se tromper. Tu n'as pas reconnu sa voix ?

— Pas du tout, je pense même que je ne l'avais jamais entendue. Elle était charmante et pleine de terreur.

Les équipiers spéculaient désormais sur l'identité de la victime, mais aussi – ce qui éveilla davantage l'intérêt de Thomas, appuyé de tout son flanc contre la portière et resté jusqu'alors silencieux – sur le mystère de cette voix surgie du néant qui avait brusqué la continuité naturelle de l'ennui dans la caserne d'un village perdu.

— Vingt-quatre ans, là-haut, ça pourrait être ce gros lard de Battì, mais je ne pense pas qu'il soit accompagné d'une jeune femme à la voix « charmante et pleine de terreur », poursuivit Thomas en mimant une voix suave pour moquer son chef chez qui rien ne laissait supposer l'existence d'un sens de l'humour autre que celui d'un homme des cavernes jouant aux osselets avec des crânes de victimes.

— Non, Battì est un peu plus vieux, je crois. Il doit avoir dans les vingt-huit ans.

Ils aimaient bien se provoquer. La *macagna*[1], comme ils disaient. Ils formaient une belle équipe à la caserne. Les pompiers étaient le plus souvent de jeunes volontaires qui arrondissaient leurs fins de mois en ajoutant des gardes à leur emploi du temps. Il y avait plutôt une bonne ambiance et on pouvait compter sur la présence d'un bar pas très loin pour faire des parties de belote. Ils jouaient avec toute la vallée. En hiver, les interventions étaient plutôt rares : un nid de frelons qui empêchait d'allumer la cheminée, un chat coincé en haut d'un arbre mort. Mais, quand arrivait l'été, tout se voyait métamorphosé. Accidents de la route, comas éthyliques et contusions diverses parsemaient le quotidien d'une brigade dont les moyens s'amenuisaient au fil des années. Depuis peu, on avait supprimé la gendarmerie du village, puis les possibilités de professionnaliser la situation de pompier. Tout semblait comploter à rendre l'intérieur de la région aussi abandonné que ses magnifiques forêts vertes qui se perdaient sur des étendues sans horizon.

Ils arrivèrent assez vite. Ils rappelèrent la jeune femme. Pour monter jusqu'à la maison, il fallait prendre une petite

1. Façon de provoquer sarcastiquement en exagérant le propos. Il s'agit de « faire tourner en bourrique » son interlocuteur, sans agressivité.

piste en terre d'une cinquantaine de mètres. Un vieux 4×4 mal garé gênait la manœuvre du camion. Un homme bourru se leva d'un siège du bar pour le déplacer. Ses mouvements nonchalants témoignaient d'une indifférence manifeste. Le Grizzly lui cria dessus pour qu'il accélère la cadence. L'homme s'exécuta sans rechigner. Arrivés sur place, ils sortirent le brancard et discutèrent avec Cécilia, dont les bégaiements révélaient l'intensité de la crainte. Pourtant, ils ne savaient pas, ils ne pouvaient rien savoir de la peur qui consumait Gabriel, lequel continuait de trembler lorsqu'ils le virent, allongé dans sa sueur, pleurant toutes les larmes de son corps meurtri sur le plancher froid d'une maison où ils s'affairèrent aussi vite que possible. Ils essayèrent de lui parler. Il ne répondit rien. Ce n'était pas le silence des béatitudes. Ce n'était pas le silence de la rosée d'un mois d'août ou d'une méditation sous les oliviers. Non, Gabriel était prisonnier d'un silence plus grand, prisonnier de douleurs autrefois inconnues. Ses muscles étaient rigides et il paraissait totalement abandonné à un état cataleptique. Il ne parlait plus. Seuls quelques larmes et ses yeux plongés dans l'angoisse attestaient de la présence d'une âme tandis que ses cheveux s'étalaient sur le sol. Les pompiers ne savaient pas vraiment ce qu'il avait et décidèrent de ne pas perdre de temps. Ils demandèrent à Cécilia si elle souhaitait l'accompagner. Elle répondit que quelqu'un viendrait la récupérer. Thomas la fixa bizarrement. Joseph, lui, fixait Gabriel et ses yeux vides emplis de terreur, en s'interrogeant sur ce qui avait bien pu emporter son ami d'enfance, exilé dans les profondeurs de la nuit.

Borgo

26 août 2016

Nous n'entrons pas dans la nuit. Nous ne faisons pas de nous-mêmes le chemin qui doit nous mener à notre perte ou à notre salut. Nous n'en sommes pas responsables. C'est la nuit qui choisit toujours, comme la grâce, où elle veut frapper, où s'insinuera son règne, les moindres espaces où elle couvre d'ombre nos vestiges et nos visages pour les tapir sous la noirceur de sa gloire impie. La nuit était entrée en Gabriel, quoiqu'il ne le sût pas, comme il ne savait rien des gémissements ni des prières d'un autre âge qui l'avaient mené dans cette chambre médicalisée. Il se sentait courbaturé, passablement inquiet, et se demandait pourquoi la fenêtre, d'où filtrait un peu de lumière, portait de lourds barreaux métalliques. Il se souvenait de peu de choses. Un malaise, mais surtout une peur immense, une peur immense et des surfaces sans nom, comme si, l'espace d'un instant, il avait pénétré un monde aux parois étranges dont la substance révélait peu à peu la noirceur et la folie.

Cécilia. Le visage lui revint brusquement puis s'y ajoutèrent son sourire et ses yeux, et, fragmentées, les étapes qui

42

avaient mené à sa rencontre et celles qui l'avaient conduit ici. Il n'avait pas son téléphone sur lui. Il était en caleçon, allongé sur un matelas blanc. Il repensa soudain à son frère et à ses parents. Est-ce qu'ils étaient au courant ? Pourquoi n'étaient-ils pas venus le chercher ? Où était-il exactement ? Une infirmière entra dans la chambre et lui donna, en plus d'un peu de nourriture sans goût, les quelques informations précieuses qu'il était en droit d'attendre. Elle s'approcha de lui, prit place sur un tabouret pendant que Gabriel la regardait avec beaucoup d'attention.

— Vous avez fait une forme d'attaque, mais ce n'est rien de grave, rassurez-vous.

— Une attaque... cardiaque ? demanda immédiatement Gabriel.

L'infirmière esquissa un sourire.

— Non, non, rien de ce type, ne vous inquiétez pas. Je vais vous emmener voir le psychiatre et il vous expliquera mieux que moi.

Il s'empressa d'avaler la fine tranche de jambon sèche et se leva. Il suivit l'infirmière jusqu'à une autre aile du bâtiment et comprit alors qu'il se trouvait dans un hôpital psychiatrique. Il eut un haut-le-cœur. Il ne savait pas vraiment depuis combien de temps il était là et se contenta de marcher jusqu'à la porte d'un bureau sur lequel était indiqué :

Jérôme Biancarelli, psychiatre
Ancien interne des hôpitaux de Paris

Par la fenêtre du couloir, il reconnut son frère qui l'attendait dehors en fumant une cigarette. Ses cheveux noirs, sa barbe mal rasée et, à côté de lui, leur mère, bien qu'un bouquet de bégonias l'empêchât de s'en assurer formellement. L'infirmière tapa à la porte, fit signe à Gabriel de l'attendre puis entra s'entretenir brièvement avec le praticien. Elle ressortit presque aussitôt, lui céda la place avant de lui souhaiter une bonne journée et de disparaître dans les artères cotonneuses de l'hôpital. Il s'avança en gardant un air circonspect. Le psychiatre l'invita à s'asseoir. C'était un homme plutôt petit, au visage grave et sérieux, à l'apparence parfaitement soignée et à la chemise impeccable. D'un blond légèrement grisonnant, il se tenait droit sans que ses traits indiquassent ni sympathie ni lassitude. Il avait l'air totalement neutre. Son nom figurait sur un petit badge à la poitrine. Il prit quelques notes sur un calepin jauni, regarda Gabriel d'un air interrogatif et lui demanda de raconter son expérience « avec le plus de détails possible ». À vrai dire, Gabriel n'était pas contre l'idée de s'épancher à travers un long monologue aux allures de confession dominicale, mais il était certain de ne pouvoir transmettre par des mots l'intégralité de son expérience. Non qu'il eût manqué de vocabulaire, mais plutôt parce que cette *attaque* lui paraissait proprement indescriptible. Il se prêta néanmoins à l'exercice en essayant de recueillir ce que sa conscience floue lui permettait d'énumérer et crut bon de relater en premier lieu la soirée au restaurant, sa légère consommation d'alcool, et la conversation plaisante qu'il avait eue avec Cécilia, dont il trouvait le visage magnifique. Il précisa néanmoins qu'il n'y avait pas eu de contact physique

44

entre eux : une fois ramenée chez lui, elle s'était endormie et c'est justement le lendemain matin, après avoir fumé une cigarette sur le balcon, qu'il avait regardé son visage et commencé à se sentir mal.

— C'est-à-dire ? demanda le praticien.

— Je me suis soudain senti lourd et mon cœur s'est mis à accélérer sans raison apparente. Je regardais Cécilia, puis c'est allé très vite. J'ai ressenti une peur gigantesque, j'étais complètement terrorisé, je sentais que j'allais mourir, que je vivais mes derniers instants.

— La preuve que non, le rassura le docteur.

— Je n'arrivais plus à distinguer les formes, j'ai un peu crié je crois, j'ai vu une dernière fois le visage de Cécilia et je me suis réveillé ici sans trop savoir ce que j'y foutais.

Le psychiatre lui demanda s'il était certain que la dernière image consciente était bien le visage de cette Cécilia.

— Oui, j'en suis certain, mais est-ce que cela veut dire que ce visage a un *sens* ?

— Je ne dis pas que ce visage a un sens, je vous demande simplement *quel sens il a pour vous*, répondit le Dr Biancarelli sur un ton dogmatique.

Il poursuivit en expliquant que ce n'était rien de grave : il était probablement trop émotif et devait se reposer. Gabriel resta distrait quelques secondes avant de fixer avec angoisse le psychiatre au regard inquisiteur.

— Qu'est-ce que j'ai ?

— Vous n'êtes pas psychotique.

Bien que cette phrase recelât une dimension incontestablement réconfortante, Gabriel ne semblait pas rassuré.

45

« Qu'est-ce que ça peut foutre que je ne sois pas psychotique, qu'est-ce que ça veut dire au juste ? » se demandait-il. Il laissa terrés ses doutes pour s'adresser plus simplement au médecin.

— Alors qu'est-ce qu'il m'est arrivé, si je ne suis pas malade ?

Pour expliquer la situation, le docteur prit son calepin, en déchira une page et entreprit de dessiner ce qui ressemblait, à ne pas s'y méprendre, à un cerveau humain. Il expliqua à Gabriel le rôle de l'amygdale, celui de l'hypothalamus et des glandes surrénales.

— En gros, un stimulus va toujours entraîner une réponse de la part du cerveau, mais il peut arriver que des réactions lentes nous mettent en danger. Si une menace devient trop prégnante, alors les informations transmises par le thalamus provoquent une hyperactivité de l'amygdale et l'hypothalamus déclenche une réaction archaïque.

Gabriel ne comprenait rien. Les dessins et l'explication ne lui indiquaient pas ce que tout ce charabia avait à voir avec lui. Le psychiatre pointa son calepin.

— C'est cette partie que l'on associe aux réflexes primitifs. L'instinct de survie, dirait-on, précisa-t-il en faisant glisser son doigt d'une zone à l'autre du dessin. Par exemple, si on est attaqués par des terroristes armés, le cerveau envoie un signal extrêmement rapide qui nous pousse vers une issue, comme cette fenêtre derrière moi, sans qu'on puisse prendre le temps de matérialiser, de nous rendre parfaitement compte.

Gabriel ne voyait toujours pas où il voulait en venir et se contenta de le fixer longuement avec un regard interrogatif.

— On appelle ça une attaque de panique. C'est aussi désagréable qu'insignifiant.

Gabriel crut à une erreur.

— Mais non, monsieur, c'était bien trop effrayant pour n'être pas grave. Vous êtes sûr qu'on ne peut pas faire des examens complémentaires, un genre de scan ou quelque chose comme ça ?

— C'est inutile.

Gabriel s'empressa de demander la cause de ces attaques.

— Cela peut être causé par un traumatisme mais, dans votre cas, il semblerait que vous manifestiez trop d'émotivité. Il n'est pas nécessaire qu'il y ait une *cause première* à proprement parler.

Entendre cela de quelqu'un de qualifié provoqua chez Gabriel quelques remous de suspicion. D'après ce qu'il avait appris pendant ses études de philosophie, il n'y a qu'une cause qui s'engendre seule et cette cause est Dieu, du moins si l'on s'en tient à la lecture spinoziste. Or une attaque de panique n'avait rien à voir avec Dieu, ou néanmoins fallait-il l'espérer, sans quoi il aurait fallu l'ajouter à la liste non exhaustive des atrocités qui confirmeraient sa non-existence, ou bien l'éternité de son sadisme.

— En fait, il s'agit d'une anomalie du cerveau qui ne « filtre » plus les informations et se laisse déborder par des émotions qui ne devraient pas l'atteindre.

— Et donc, comment on règle ça ?

Le médecin prit son stylo avant de répondre :

— Il faut que vous vous calmiez, que vous fassiez un bilan sur vous-même. On va se revoir.

47

Il gribouilla quelques hiéroglyphes sur un bout de papier, qu'il tendit à Gabriel en lui adressant les paroles qui marquèrent la fin de leur entretien :

— On se voit la semaine prochaine. Douze gouttes dans un peu d'eau si ça recommence. Mais ça devrait aller, je ne suis pas inquiet pour vous.

Le médecin raccompagna Gabriel à la porte, puis une infirmière le conduisit jusqu'à l'accueil où, aux côtés de ses parents, son frère l'attendait en les aidant à remplir les papiers. Ils le serrèrent dans leurs bras et Gabriel resta silencieux. Dans la voiture, bien que désorienté, il se consacra à mettre en perspective le schéma du praticien et ses paroles :

Et si ce visage avait un sens ?

Ajaccio

21 juin 2013

La soirée est magnifique et Cécilia danse dans la nuit au milieu des néons qui rendent son visage éclatant. Tout le monde rit et l'on boit beaucoup. Elles sont une dizaine de copines qui viennent de terminer leurs épreuves du bac. Dans l'ensemble, ça s'est plutôt bien passé. Peu importe, les dés sont jetés désormais. Peut-être qu'au sommet des hiérarchies célestes existe un archange qui préside à nos actes, au poids de nos vies et à la vanité de nos choix. Les anges sont capricieux en ce qu'ils nous laissent captifs de l'infime et illusoire voile de la liberté. Cela, Cécilia n'en sait rien alors qu'elle reprend son verre, laissé à côté d'un juke-box au milieu des lumières qui précipiteront sa fin. Les filles rigolent et dansent entre elles, sous l'œil scrutateur des garçons accoudés au comptoir qui ne voient pas le monde trembler. Elles plaisantent beaucoup sur le mal de crâne qui sera le leur, le futur qui va être totalement différent alors qu'elles seront perdues bientôt, englouties dans des grandes villes qui les ignoreront, loin de la sécurité maternelle de la cité impériale. Une a choisi médecine, une autre du droit, beaucoup quitteront l'île. Pour Cécilia, ce seront des études de marketing à Nice, où, en cas de coup de blues, elle pourra aller voir sa grand-mère, à la périphérie.

Peu importe, elles se sont promis de se revoir, elles ont promis des retrouvailles, elles vivent encore dans l'illusion que rien ne s'effondre, que l'amitié jouit des mêmes piliers que les édifices éternels, et qu'elles-mêmes, dans les lumières qui échappent à la nuit, elles auront dix-sept ans pour l'éternité. Elles fument de longues cigarettes parfumées à la menthe et le tabac froid empeste tout le monde et restera plaqué sur les cheveux et les vêtements qu'elles ont mis tant de temps à préparer pour l'occasion. La tenue de Cécilia aussi témoignera des parfums de la nuit, des odeurs de sueur et de chair, des coutures déliées par les mains profanes d'un visage sans nom. C'est LE soir, comme elles disent, agrémentant le détail par un article anglais, « the soir », attestant par là d'un au-delà de la langue habituelle, d'un événement exceptionnel que l'on vit une seule fois.

La boîte est grandiose, les filles pensaient ne jamais réussir à y entrer. Le videur n'a même pas demandé leur carte d'identité. Mais, perdues encore dans l'illusion moite de leur propre subjectivité, elles ne savent pas, elles n'ont rien vu du bousculement intime qui les a transformées en femmes, les faisant passer du statut d'adolescentes à celui de proies aux yeux de l'homme qui regarde Cécilia depuis le coin du comptoir en sirotant du bout des lèvres un alcool fruité. Lucie s'avance vers elle en esquissant un pas de danse qui doit les réunir. C'est joli, c'est drôle, et bientôt elles miment un slow qui attise les rêves lubriques des garçons que rien au monde ne peut détacher du bar. Le lien ne semble rompu que d'un côté. L'alcool coule à flots et ils boivent comme les hommes qu'ils rêvent d'être. Peu à peu, leurs gestes se délient, deviennent plus spontanés et amples afin que les membres rigides en viennent à se détacher du poids de la norme. Quelques-uns s'approchent finalement pour danser avec elles, mais ils sont jeunes, des camarades de classe, des gens qu'elles connaissent de vue au lycée, à qui elles n'ont jamais pris le temps de parler ou de s'intéresser. Peu importe, aujourd'hui, les règles sont autres, la loi intime qui préside aux relations n'a plus cours sous le parfum lourd de la vodka Sunrise et le bruit des enceintes qui rend sourd ce petit monde venu chercher l'ivresse. Les garçons leur parlent à l'oreille, ils articulent des phrases si fort qu'ils postillonnent, se rendent maladroits sans le savoir au milieu d'un monde où le jugement est aboli. Cécilia se tourne sur sa gauche et voit son amie embrasser goulûment un jeune homme qui passait les épreuves avec elle. Autour, ils rient tous d'un rire complice et bienveillant, qui n'est pas celui du lycée, facilement moqueur et sévère. Non, ce rire-là est pur et tout est pur autour de Cécilia qui ne sait rien, ni de son ange gardien ni de ce qu'elle boit, à mesure que la soirée l'emmène vers son destin.

Tout le monde danse. Damien Saez chante qu'ils sont jeunes et cons et sans doute a-t-il raison. Ils sautent au rythme des paroles et du cri lancinant des guitares électriques. Dans la nuit qui s'avance, ils sentent sous leurs pieds un mélange de terre et d'alcool que les danseurs remuent comme s'il s'agissait d'un rituel païen que l'histoire doit mener au néant. Le monde vit au rythme de la fête. On danse avec des inconnus face à des silhouettes mauves et des ombres grandissantes. Des groupes se scindent et s'agrègent pour construire la symbiose d'une harmonie neuve. Des sourires de brume, des yeux maquillés et des cheveux raidis qui se confondent dans la beauté de la nuit. Les néons dessinent des formes opaques en vert et bleu sur les murs qui semblent trembler, et les couleurs se confondent dans le regard de Cécilia, que l'alcool fait chavirer. Elle regarde en face, les visages sont multiples et flous, une silhouette maudite se mêle au tambour des prophéties et, dans la décadence de son apparition, tout disparaît, se met à trembler et les astres qu'elle ne voit pas la condamnent au sort qui est le sien. La nuit l'a choisie.

Tout va beaucoup trop vite. Dans sa tête, le monde se bouscule et perd sa consistance, elle ne reconnaît plus, l'espace d'un instant, ni Lucie ni le jeune homme que celle-ci embrasse sans aucune attention au monde. Elle transpire, se sent à l'étroit dans son propre corps et use de ses dernières forces pour se diriger vers la sortie et prendre l'air. Personne ne l'accompagne et le monde entier est rivé aux abords de sa propre attention. Elle titube doucement quand une forme souriante lui prend le bras pour l'accompagner. Elle n'en devine pas les traits et n'a pas la force de refuser. Elle est capturée par une ombre et, là-haut, dans le ciel, les anges n'y peuvent rien.

Lupino (Bastia) – Corte

Lelia était systématiquement en retard. Cela n'était dû ni à un problème d'organisation ni à une quelconque faille dans l'intériorité de son métabolisme horloger – auquel cas l'explication serait demeurée acceptable –, mais plutôt à un sens aigu de la prédestination : elle sentait que le train serait en retard lui aussi. Comme elle savait, sans pour autant se l'expliquer, planifier les contingences ferroviaires, elle pouvait réagencer son emploi du temps sur une contrainte transformée en avantage.

Elle sortit de sa douche, entendit quelques lamentations plaintives en arabe, fit mine de ne pas les écouter et rentra se préparer dans sa chambre. Officiellement, la micheline était passée depuis vingt minutes. Quoique cette perspective eût pu paraître à n'importe qui l'assurance immanquable d'une journée ratée, cela ne décontenançait pas Lelia : elle savait. Elle prit sa valise, remarqua que son Polaroid n'y entrerait jamais malgré son talent incontestable pour le rangement, et décida de le glisser dans son sac à main. Elle s'avança ensuite vers la cuisine pour saluer sa mère. Ce n'était là que l'élémentaire marque de politesse que supposait toute vie familiale ; en réalité, depuis que Lelia avait finalement opté pour des études de philosophie, elle avait franchi une frontière invisible qui l'éloignait des siens. D'abord son père, qui ne comprenait pas grand-chose à ce qu'elle pouvait raconter – quand elle parlait encore de ses cours –, puis sa mère, pour laquelle la perspective de voir sa fille s'éloigner de la stabilité économique représentait un péché aussi absurde qu'intolérable. Sans même parler du risque d'entrer la tête la première dans la souillure de l'apostasie, personne ne comprenait ce qui l'avait motivée. Elle n'avait pas donné de détails, si ce n'était le goût pour la matière – et cela, apparemment, ne suffisait pas.

Demeurait à ses yeux plus énervante la perspective de savoir qu'à côté de ça elle pouvait avoir un grand frère dealer sans que cela gêne outre mesure les convictions pieuses de ses parents. Malik parlait toujours de vagues travaux dans le BTP et semblait enchaîner les contrats précaires avec une ténacité qui relevait de l'exploit. S'ils partageaient peu de chose – le même sourire –, les raisons qui avaient éloigné Lelia de son frère n'étaient pas, à proprement parler, philosophiques. Protecteur, il surveillait tous ses faits et gestes. Supposer que sa vie soit régulée par l'impératif arbitraire de quelqu'un qui n'avait jamais su assumer ses propres choix ou s'adonnait volontiers lui-même à ce qu'il entendait interdire à sa sœur représentait un comble que Lelia ne supportait pas. Au quartier, Malik était toujours derrière elle, épiait ses moindres mouvements et assurait avec un zèle obscène une mission que personne ne lui avait confiée. Outre son activité de dealer, il ne respectait pas le plus élémentaire des impératifs religieux, et décevait irrémédiablement les membres de sa famille qui auraient pu faire le pari de sa piété. Depuis que son grand-père Hassan était décédé, plus personne ne croyait vraiment en lui. Et les histoires que ce dernier lui avait racontées, il ne pouvait les répéter à quiconque, pas même à son propre reflet d'incapable.

Lelia sortit de chez elle en traînant sa valise sans s'attarder sur l'ensemble de l'espace habitable. Elle ne releva ni l'odeur de pisse ni les nouveaux graffitis qu'un gosse du quartier exposait fièrement sur la surface disponible. Cela ne ressemblait pas encore à grand-chose : un visage ou une espèce de créature ailée. Il est plus facile de faire parler les images quand on ne sait pas ce qu'elles veulent dire. Elle salua quelques connaissances d'un signe de la main et descendit vers la gare. Ne pas regarder autour d'elle signifiait que ce qu'elle aurait pu voir n'existait pas. Ni le city-stade où son frère se planquait pour manger des gâteaux pendant le ramadan, ni ce parking immense où se côtoyaient des voitures de luxe et des épaves rouillées. Dans la vie de Lelia, tout se conjuguait au rythme d'un effort personnel, d'un dépassement de soi : rien n'était laissé à l'arbitraire de l'irresponsabilité, de la chance ou de l'inattendu. Même les retards de train étaient prémédités. Au-delà du symbole témoignant de la volonté de s'en sortir par l'exclusivité de ses qualités individuelles, c'était aussi une manière d'assumer la totalité de ses choix. Ne pas être infirmière, préférer des études plus difficiles et largement sous-cotées, ne pas faire de Dieu – même si elle évitait d'en parler – la quintessence représentative de ses décisions, et puis surtout vivre ainsi qu'elle l'entendait en fréquentant les garçons qu'elle voulait et, bien sûr, si elle le voulait. Quoi que puisse en penser Malik.

Elle passa devant une librairie et continua de marcher vers le lycée pour se rendre à l'arrêt de Montesoro. D'après ses calculs, elle arriverait tout juste pour éviter la rame pleine de touristes. Ils étaient encore nombreux à cette période et le trajet jusqu'à Corte prenait deux bonnes heures, il n'y avait rien d'agréable à le faire debout. Elle s'approcha du quai et constata que son train venait de lui passer sous le nez. Par son retard, Lelia expérimentait soudain la faiblesse théorique du jugement par inférence. Nous pensons être libres, nous pensons avoir le contrôle. Notre vie dépend entièrement de notre capacité à nous projeter dans les circonstances de nos actes, comme si nous calculions les possibilités contingentes de nos volontés et que, démiurges, tout demeurât sous le dôme de notre responsabilité. Le hasard représente peut-être le meilleur symbole de l'ange. Une aile venait de souffler sur Lelia, mais elle ne reçut pas la marque d'un présage ni l'appel cinglant d'un éclat de lumière : elle avait juste loupé son train. La bonne nouvelle c'était que, puisque ce dernier était à l'heure, le suivant ne mettrait pas trop longtemps à arriver. Les cours n'avaient pas commencé, de toute façon.

Elle s'assit sur un banc et sortit son livre fétiche : *Ainsi parlait Zarathoustra*. Quoi de mieux que quelques aphorismes guerriers pour compenser la frustration de n'être plus la démiurge des lignes ferroviaires corses ? Elle grimpa dans le train suivant et rangea sa valise. Elle s'installa, mit ses écouteurs et reprit sa lecture en espérant qu'une vague de touristes bruyants ne la contrarierait pas. Arrivé à Casamozza, le wagon vit s'engouffrer, en plus des quelques habituels étudiants, une masse frénétique de visages indistincts, et les places assises devinrent soudainement un trésor que la horde touristique avait à cœur de piller. Lelia rangea ses écouteurs et vit un jeune homme s'approcher d'elle. Il était brun et trapu, portait une barbe de quelques jours et demanda s'il pouvait s'installer en face d'elle. Elle sourit. Il sortit très vite un petit cahier dans lequel il annotait maladroitement des phrases au rythme des secousses. À côté d'eux, un couple d'Allemands vociférait et d'autres, moins chanceux, durent se résoudre à faire le trajet debout. Lelia était intriguée. Dans le train, elle avait peu l'habitude de voir les étudiants écrire - non pas qu'ils manquent de rigueur ou de talent, mais les vibrations de la micheline rendaient toute manœuvre inconfortable. Cela n'avait pas l'air de déranger le jeune homme en face d'elle. Elle décida de briser la glace.

— Tu as déjà repris les cours ?

Le jeune homme fut surpris, leva les yeux et, bien qu'apparemment timide, expliqua sa démarche. En fait, il n'avait pas vraiment repris, mais son frère, qui avait eu un problème, mobilisait la voiture qu'ils se partageaient. Lui montait à Corte en train pour une réunion. Il préparait l'ébauche d'un discours pour un projet de fusion syndicale, mais s'abstint d'en donner les détails. La conversation continua naturellement. Ce garçon était intéressant. Il était étudiant en troisième année d'histoire et s'appelait Raphaël. Il avait l'air plutôt cultivé mais il n'était pas très bavard, cela restait une supposition. Son ton était posé et ce qui n'était peut-être que timidité paraissait sagesse ou modestie. Il parlait peu et choisissait correctement ses mots.

Ils continuèrent de discuter jusqu'à ce que la rame soit soulagée d'une vingtaine de personnes. La conversation, sans les commentaires en allemand, serait sans doute plus plaisante. Elle apprit qu'il venait d'un petit village qu'elle ne connaissait pas. Que ses parents étaient agriculteurs et que, tout comme elle, son frère étudiait la philosophie. Raphaël lui montra une photo sur Instagram mais, à part un vague souvenir, ce Gabriel lui était inconnu.

Un jeune homme passa et s'approcha de Raphaël pour lui faire la bise. Bien heureux que les Allemands aient laissé une place assise, Raphaël lui suggéra de se joindre à eux.

— *Mancu per ride di mettemi quì in faccia à un'araba*[1].

Raphaël se figea. Il resta un moment interloqué avant de répondre quelque chose en corse, que Lelia ne comprit pas. Le jeune homme leur lança un regard mauvais avant de continuer à marcher pour s'installer plus loin.

— Qu'est-ce qu'il a dit ? demanda Lelia.

Peut-être la seule chance ici-bas est-elle de ne pas connaître l'ensemble des verdicts qui pèsent sur nos chairs. Lelia ne parlait pas le corse. Raphaël expliqua que le jeune homme devait rejoindre un ami autre part dans le train. Elle ne le crut pas. Elle savait. Du peu de mots qu'elle entendait en corse, rares étaient ceux qui lui signifiaient autre chose

---

1. « Même si c'était pour rire, je ne me mettrais pas en face d'une Arabe. »

que sa qualité d'étrangère. Ça ne lui était plus vraiment arrivé depuis le collège, aussi en fut-elle surprise. Elle garda sa rancœur pour elle mais son sourire disparut. Raphaël expliqua qui était ce jeune homme. Il ne l'aimait pas vraiment, mais pour des considérations politiques il devait faire semblant.

— C'est un jeune d'Aléria, il s'appelle Lucien Costantini.

Lelia sembla soudain paniquée.

— Tu le connais ?

— Pas vraiment, non, répondit-elle, gênée.

Raphaël essaya de parler d'autre chose, même si c'était difficile. Lelia en fut touchée et rit de sa maladresse. Elle raconta qu'initialement elle voulait quitter l'île, partir à Paris, mais venir d'une filière technologique avait dû la pénaliser. Elle n'avait pas été prise.

Quand le train arriva à la gare de Corte, Lucien évita de revenir vers eux et sortit en marmonnant. Raphaël habitait tout près de la faculté et Lelia louait un appartement dans les Lubiacce[1]. Ils échangèrent leurs numéros et, une fois chez elle, Lelia reçut un premier message. Il y en aurait d'autres.

1. Quartier historique de Corte, plutôt populaire.

Village

Quoiqu'il ne fût jamais doué en termes de prédiction, Gabriel pressentait que la rentrée serait différente. Depuis qu'il était sorti de l'hôpital, il n'était pas complètement remis. Il était resté au village. Une angoisse tenace planait au-dessus de lui et la menace d'une nouvelle attaque devenait une perspective aussi légitime qu'indépassable. Ce n'étaient probablement que les séquelles de cette terrible matinée d'août. Il ne fallait pas s'inquiéter, le Dr Biancarelli avait l'air serein. Mais imaginer se retrouver au milieu de ses camarades suffisait à mettre Gabriel mal à l'aise et il s'en sentait tout à fait incapable. Il vivait aujourd'hui derrière son smartphone l'aventure de sa propre existence par procuration. Ses amis étaient déjà à Corte. Il y avait eu une soirée et la plupart des étudiants bourrés avaient fini dans la fontaine. Classique. Pourtant, cette foule festive, la gaieté légère des retrouvailles et l'ivresse manifeste des étudiants provoquaient chez Gabriel une espèce de peur qu'il ne comprenait pas : tout était menaçant. Corte était devenue la ville étrange d'un souvenir, et lui-même semblait s'être enfoui dans son propre passé comme s'il était le fantôme d'un autre disparu dans les méandres numériques d'une existence révolue. Le profil indiquait son nom mais ce n'était plus lui. Sa photo, son écriture dans les commentaires, des citations de poètes corses oubliés, mais autre chose, un faux-semblant, une idole. La représentation fallacieuse d'une identité qui avait été sienne et s'évaporait dans les restes désincarnés de vestiges de soi. Les photos de soirées de son profil ou la simple manifestation d'un sourire apparaissaient avec l'authenticité d'une contrefaçon.

Il verrouilla son téléphone, sortit fumer une cigarette sur la terrasse. La vue était toujours aussi belle mais ne le berçait plus d'illusions réconfortantes. Tout était aussi rassurant et chaleureux qu'une apparition voilée sur une route déserte. Il rentra dans la maison et chercha dans une trousse les médicaments que lui avait prescrits le Dr Biancarelli. Il ne fit pas attention au décor, à ces présences continuelles du passé qui le toisaient depuis le néant, à ces images éteintes et flétries par la trace du temps. Il sortit un flacon, mit dans un mug quelques gouttes qu'il mélangea avec un peu d'eau et but le breuvage au goût anisé. Il se sentit mieux, s'installa sur le canapé orange en face du vieux téléviseur éteint. Il repensa à Cécilia. Restait encore à lui écrire. Il prit son téléphone, alla sur Instagram et s'abonna au profil de la jeune femme. Il fut heureux d'être suivi en retour. Il s'arma de courage : envoyer un message était désormais une épreuve aussi difficile que capitale. Quoiqu'il n'eût jamais été vraiment timide, les choses étaient à présent différentes. Il essaya plusieurs formules avant de tout effacer et de recommencer aussitôt. Une fois satisfait, il prit son courage à deux mains et expédia la missive. Il expliquait à Cécilia que son état n'avait été qu'une crise passagère et qu'il serait très heureux de la revoir bientôt.

Il ne donnait pas de détails. La soirée s'était bien passée de toute manière. Elle répondit froidement plusieurs heures plus tard, ou du moins c'est ainsi qu'il l'interpréta. Il ne voulut pas se montrer insistant. Il espérait aller mieux très vite pour pouvoir la recroiser. Dans une ville aussi petite que Corte, ce ne serait pas difficile. Il était tout de même déçu par la réaction de Cécilia. Pourquoi ne voulait-elle pas le revoir ?

Ajaccio

22 juin 2013

Cécilia se réveille dans une chambre d'hôtel sans même un souvenir pour lui tenir compagnie. Elle se lève, tétanisée par le foudroiement soudain de sa peur et d'un mal de crâne qui la frappe comme une batte de base-ball. Elle vomit sur le côté avant de se rendre compte qu'elle est presque nue et que ses vêtements sont pour moitié déchirés, gisant sur le sol avec les restes d'alcool, de grenadine et de poison qui meurtrissent le tapis. Sur le lit, au milieu des odeurs de tabac froid et du parfum d'un monstre qu'elle ne connaît pas, des marques de sueur dessinent des ailes autour de la trace de ses omoplates, lesquelles se contractent sous le spasme effrayé de ses larmes. Un peu plus bas, une tache de sang témoigne du baptême païen qui a eu lieu sans lui laisser l'ombre d'un souvenir. Au ciel, les anges pleurent peut-être de voir celle qui porte leur visage abattue, le sexe souillé par une ombre qu'elle ne pourra jamais reconnaître. Elle essaie de rassembler ses esprits mais n'est plus elle-même, fragmentée, divisée en un tissu d'éléments qui ne suffisent plus à incarner la matérialité de sa carcasse fragile. Son portable est éteint, et ses parents doivent être morts d'inquiétude. Autour, elle regarde ce lieu hanté par un spectre qui a fui avec la nuit. Sur les murs, du papier peint jauni et décollé dessine des losanges et donne à la chambre un aspect vieillot. En guise de décoration, une grosse télévision orne un intérieur parfaitement vide, protégé de l'éclat du jour par d'épais rideaux sales. Un vieux lustre au verre poussiéreux domine le tout. Par terre, elle prend sa jupe et essaie de l'enfiler. Elle sent le tabac et l'alcool, elle est un peu déchirée. Son maquillage a coulé. Elle ramasse quelques affaires et titube jusqu'à l'accueil, où une femme qui la dévisage lui permet tout de même d'utiliser le téléphone. Un vieux réveille-matin indique dix heures trente. Cécilia appelle ses parents.

Lorsqu'ils arrivent, ils n'ont pas le temps de crier sur leur fille avant de se rendre compte que quelque chose de grave s'est passé et a emporté l'ancien monde qu'ils ne connaîtront plus. L'innocence s'est évanouie dans la moiteur de la chambre d'un hôtel miteux qui a balayé les sourires complices et pleins de grâce d'une enfance rayonnante pour ne laisser qu'une âme dévastée au milieu des interrogations et du regret qui la rongeront.

Nietzsche écrit quelque part que, si nous sommes en vie – du moins, si nous nous maintenons –, ce n'est que par le bon vouloir de cette capacité qu'est l'oubli. Si nous ne possédons pas l'oubli, alors nous ne possédons rien, car lui seul peut permettre aux corps meurtris et aux blessures de cicatriser. Notre mémoire met volontairement à l'ombre des images pour assurer la subsistance de nos corps trahis. Or, si Cécilia n'oubliera jamais, elle a oublié tout de même le visage de son fantôme, et cet oubli-là la rendra étrangement coupable et, à mesure que le temps passera, elle se mettra au cœur de son propre procès, dans un tribunal dont elle édifiera elle-même les colonnes sur l'ébauche malléable d'une soirée pleine de regrets.

Ils demandent des renseignements à la gérante de l'hôtel. Ils n'obtiennent que du mépris.

— Des jeunes comme ça, j'en vois tous les week-ends. Ils ont qu'à faire attention quand ils boivent, répond-elle avec dédain.

Il est difficile aux parents de Cécilia d'user des politesses d'usage. Ils tentent d'obtenir le maximum d'éléments nécessaires à l'ouverture d'une information judiciaire. On a coutume de penser que les choses se jouent toujours dans la parole. C'est faux. Parfois, les regards suffisent à en dire davantage et, les yeux fixés sur la jeune femme, la gérante lui arrache son intimité une nouvelle fois, dans la candeur épaisse du grand jour. Elle ose quelques remarques, parle de la tenue de Cécilia, précise que la chambre a été réglée en liquide et qu'elle ne garde pas souvenir de ses clients. Qu'elle n'est pas très physionomiste et que, de toute façon, ce qui se passe dans les chambres, ce n'est pas son affaire. Cécilia n'a pas le temps de voir sa mère se précipiter sur la figure austère qui vient de glisser au creux de son âme le senti- ment de culpabilité qui la rongera des années. Elle crie des insultes. Le père s'interpose très vite et ils décident de partir à la gendarmerie. Sa mère se répand en larmes chaudes et pleines de colère, peut-être pour compenser le silence de sa fille, qui vit cette scène depuis tellement loin, sentant son honneur souillé entamer sa disparition. Fragmentée, elle vit sa propre dissociation, hors d'elle-même, et le reste du monde devient un théâtre inaccessible qui la disqualifie du rôle d'être soi. Dans le drame, elle est figurante.

À la gendarmerie, la même scène se répète sous des formes plus lisses, conventionnées sous l'œil implacable du pouvoir froid de l'appareil d'État. Le verbe est poli, tourné et plein de dorures, mais la même sentence jaillit au creux de mots différents. Il existe des formes de violence que l'on dit plus douces pour la simple raison qu'elles laissent intacts les visages des victimes et n'essoufflent pas leur beauté. Les cicatrices invisibles émergent des uniformes et des paroles des vieilles tenancières d'hôtels miteux.

Une fois rentrée, pendant que la matinée du mois de juin continue de brûler, Cécilia s'enfuit sous une douche ardente en pensant naïvement qu'elle y consumera ses souvenirs et fera disparaître ses cauchemars, comme si le gant avec lequel elle se frotte si fort pouvait anesthésier sa peau meurtrie qu'elle scarifie désormais de blessures inutiles. Toutes les figures divines possèdent leurs stigmates et Cécilia découvrira bientôt les siens dans le reflet de la glace, qui déformera son corps pour lui renvoyer une image qu'elle ne reconnaîtra pas et qui l'entraînera dans des ascèses modernes que les saints même ne peuvent comprendre.

Elle ne répond pas à ses copines, aux longs messages inquiets qui signifient leur ignorance coupable. Elle fait comme si de rien n'était. Elle raconte que, prise de migraine, elle est rentrée chez elle et que son téléphone n'avait plus de batterie. Elle s'isole dans ce mensonge qui la rend absente.

On ne la voit pas beaucoup dans la cité impériale avant son départ. Le 5 juillet, cependant, elle accède aux notes du baccalauréat grâce à une ressource numérique de l'académie de Corse. Sur un écran blanc elle lit : *Série ES : Santoni Cécilia : TB, 16/20.*

Cela n'a plus d'importance. Il est dans la nature du désir d'être éternellement aveugle à la récompense. Il est bien connu des enfants que la jouissance des cadeaux s'éprouve surtout lorsqu'ils sont emballés et que le déchirement du papier permet tout juste de deviner l'objet avant qu'apparaissent les premières lueurs de soupçon et de lassitude. Mais pour le bac de Cécilia il en va autrement. Elle a cessé de le désirer depuis cette nuit du 21 juin comme elle a cessé de tout désirer, l'enveloppe écorchée par du papier de verre, l'esprit figé sur l'absence de rêves et de volonté. Même le champagne servi à la maison ne lui arrache qu'un faux sourire et on fête la chose avec beaucoup d'hypocrisie. On prend des photos. On matérialise par une image ce passage de la vie de Cécilia, omettant sa signification nouvelle et intime, sa blessure et son humiliation, et la photographie circonscrit l'événement en laissant sombrer dans le néant ce qui n'apparaît pas. Sur le rendu, on pourrait croire que Cécilia est heureuse et épanouie. Les images, peut-être, mentent mieux encore que les mots. Sur le mur du salon, au-dessus d'un vase dont la composition s'agence selon l'ordre des saisons, s'affichera pour toujours le mensonge ostentatoire d'une âme brisée. Le cliché montre une très belle jeune femme contente de fêter l'obtention de son baccalauréat, au sein d'une famille aimante qui l'entoure d'amour et de complicité. Pour autant, rien dans la photo ne dit la vérité : il existe une réponse au-delà de sa surface, et son visage iconique se tait à propos de l'enveloppe chrysalide détruite après avoir révélé à un barbare la magnificence de son temple de chair.

Elle ne s'est pas rendue au lycée pour y embrasser ses camarades, elle ne voit rien des dernières exubérances d'une adolescence pleine de gaieté, des larmes de joie qui coulent sur les joues de ses amies ni de la rancœur à peine masquée de ceux qui doivent se rendre à l'épreuve de rattrapage. De l'adolescence de Cécilia, il ne restera rien. Tout est parti dans la sueur des draps mouillés de larmes d'un hôtel pavillonnaire aux lustres vieillis, et le monde adulte gît désormais sur elle, avec tous les problèmes qu'il charrie sur son dos courbé d'adolescente qu'une nuit de fête a privée à jamais de son innocence.

Corte

14 et 15 septembre 2016

À Corte, dans le bar où il avait ses habitudes, tout le monde demandait à Raphaël où était son frère, et pourquoi on ne l'avait pas vu aux premières réunions. Il n'évoqua pas l'épisode de la clinique et se contenta de raconter quelques balivernes en garantissant son retour imminent. Au comptoir, on le fit servir de nouveau. Ils buvaient de la bière dans des verres ballon qu'on remplissait souvent. Sur le cours Paoli, ils regardaient les voitures passer et s'aventuraient à penser naïvement que les choses, cette année, seraient différentes. Ils imaginaient de nouvelles soirées, des résolutions, et osaient se perdre dans le luxe enfantin de croire que les promesses sont données pour être tenues. Non loin de Raphaël, des jeunes fumaient en jouant à la belote et deux camarades plus âgés se disputaient l'addition.

— Prends là ! cria le premier en tendant cinquante euros.

— Non ! C'est la mienne ! répondit l'autre en essayant de faire glisser, par une prodigieuse contorsion de ses membres, son billet au-dessus de la main de son ami, laissant ainsi au serveur l'arbitrage délicat de l'addition, lui qui veillait scrupuleusement à respecter l'ordre et le nombre de tournées afin de garantir une forme d'équité, bien que tout le monde voulût en avoir pour son argent.

On discutait de tout. De politique, de femmes et des perspectives d'avenir aussi maigres et vaines que des utopies.

Le téléphone de Raphaël vibra. Il se cacha pour consulter la notification comme si elle confessait un secret. Lelia voulait le voir. Depuis sa remarque blessante dans le train, Raphaël n'avait plus croisé Lucien. Cela arriverait bientôt. Il pourrait lui demander des explications ou lui faire comprendre – non sans une touche sarcastique – qu'il avait été complètement con, surtout pour quelqu'un dont les parents possédaient un domaine viticole, et donc avaient certainement bâti leur fortune grâce aux travailleurs immigrés. Le racisme aurait dû apparaître à Lucien au mieux absurde, au pire comme la manifestation irrévérencieuse de son ingratitude. Heureusement que Lelia n'avait pas compris sa remarque.

En lui répondant, Raphaël n'y pensait plus. Il prétexta une fatigue soudaine pour s'éclipser. Il n'écouta pas les mises en garde, les injonctions, les « tu ne pars pas sur la mienne » pour pouvoir arriver chez elle sobre et de préférence avant minuit passé. Ses amis se moquèrent gentiment de lui. Aucun d'eux ne savait qu'il voyait quelqu'un depuis peu. C'était préférable. Les commérages faciles lui avaient enseigné d'être discret quant à ses fréquentations. La réaction de Lucien aussi. Les relations secrètes donnaient l'impression agréable de vivre une forme d'anonymat analogue à la béatitude des imbéciles, qui ne peuvent pas souffrir de connaître pour la simple raison qu'ils ne savent rien.

Il rejoignit le parking Tuffelli, où il avait garé sa vieille Clio, paya le stationnement et s'en alla. Il l'avait récemment fait réparer par un type du village qui avait jugé utile de lui installer d'immondes phares jaunes. Cela coïncidait mal avec la volonté de discrétion qui le caractérisait. Il en toucherait deux mots à son frère. Dans la tombée du soir, on pouvait le reconnaître lorsqu'il roulait doucement pour se perdre dans les Lubiacce.

*

Contrairement à ce que pensait le psychiatre, non seulement ce qui aurait dû être un épisode passager ne l'était pas, mais les crises apparaissaient plus fréquemment. Gabriel devenait coutumier du médicament baptisé Lysanxia. Il rappela le Dr Biancarelli. Après plusieurs essais infructueux, il finit par tomber directement sur le praticien et sa surprise fut si grande qu'il faillit bien oublier l'objet de son appel.

— Les crises ont recommencé, dit-il, détaillant l'ordre d'apparition de ces dernières, l'état général d'anxiété dans lequel il se trouvait, la peur de ne pas pouvoir reprendre ses études normalement et l'impression qu'il allait basculer dans une zone amère, de l'autre côté de la raison, auprès de damnés murés dans des citadelles de pierre ou des camisoles chimiques.

— Mais non, mais non, ne vous emportez pas, voyons ! Passez me voir. Vous direz à ma secrétaire qu'il y a urgence. Elle ne posera pas de questions. On verra ensemble s'il s'agit d'un trouble panique.

En raccrochant, Gabriel s'étendit sur le vieux canapé orange du salon. « Trouble panique », répéta-t-il, murmurant plusieurs fois la sentence en réfléchissant au sens de ces mots, comme si les répéter pouvait justement le dévoiler alors qu'il semblait glisser hors de sa compréhension. Il saisit son smartphone pour faire une recherche internet. S'affichèrent immédiatement une myriade de résultats, allant de sites spécialisés à l'image de Doctissimo au détail encyclopédique de Wikipédia. À la lecture de la première ligne, il sentit immédiatement un poids monter, ce poids qu'il connaissait bien à présent, auquel il ne saurait s'habituer, comme s'il s'agissait d'un démon qui voulait s'extraire de sa chair, comme si l'angoisse, se révélant, prenait le chemin de quelque chose qui s'échappait, pour finalement éclore dans sa conscience et faire naître la crise qui l'achèverait.

« Respire, respire », s'ordonna-t-il à voix haute avant de saisir sur l'égouttoir un verre dans lequel il mélangea du Lysanxia avec un peu d'eau. Il but le breuvage, chancela à peine et retourna sur le canapé, serra les poings dans ses cheveux longs. De ses yeux s'échappèrent quelques larmes contrites, qui coulèrent doucement vers le plancher froid, au milieu d'une salle vide encerclée de portraits laiteux, de photos sépia d'ancêtres qui le toisaient depuis les abîmes du néant.

Il était tout seul. Autrefois, cette maison familiale appartenait à ceux dont il ne restait aujourd'hui que des images. Le père de Gabriel avait eu à cœur de s'établir non loin de là, dans un endroit plus confortable et mieux protégé des morsures de l'hiver. Il lui arrivait, à l'automne, de revenir passer quelques jours dans cette vieille maison pour la simple raison que son séchoir à châtaignes se trouvait à proximité. Cela était plus pratique pour surveiller le feu, qu'il ravivait plusieurs fois dans la nuit. Sa brève présence s'imposait donc à ses fils avec l'évidence d'un impératif catégorique. Mais il était trop tôt dans la saison pour qu'il soit là et, d'une certaine manière, Gabriel s'en réjouissait. Cela lui évitait d'avoir à épiloguer sur quelque chose que ses parents ne comprenaient pas, et puis ça ne servait à rien de les inquiéter. En attendant, il pouvait vivre là avec Raphaël, quand il rentrait le week-end, ou contempler, seul, les affres de son angoisse abyssale.

Scolairement, cette année étudiante débutait sur une catastrophe. En plus d'être en retard pour son inscription administrative, Gabriel n'était pas monté à Corte de la semaine. Son frère et lui n'avaient qu'une voiture à se partager et cela ne rendait pas la tâche évidente. Il faudrait attendre le lendemain : sa dernière attaque de panique l'avait fatigué et Raphaël avait récupéré la Clio. Il avait pris trop de médicaments. Mieux valait éviter de conduire chargé comme un mulet. Il appela son père pour lui demander de l'accompagner à la gare.

Il se fit déposer à Casamozza et monta dans la micheline. Les chapeaux de paille étaient soudain pour lui d'authentiques casques à cornes et les touristes une horde de Vikings. Il avait peur. Rien n'avait la saveur d'autrefois. Son œil était aveugle à toutes les beautés et les paysages étaient devenus fades et insipides, appréhendés sous une forme nouvelle et terrifiante. Même Corte n'avait plus le même goût. Sur son piton rocheux, la citadelle était hostile et tous les décors familiers semblaient impitoyables et agressifs. Il pensa que cela était dû à la fatigue mais, après avoir assisté aux deux premières heures de cours, il était formel : ses camarades étaient menaçants. Non seulement il se sentait épié dans tous ses faits et gestes, mais leur simple présence dépassait soudainement les limites du supportable.

Avant de rentrer chez Raphaël, il s'obligea à rencontrer son responsable de filière. Il lui expliqua son état de santé. Manifestement, il ne pourrait assister à tous les cours. Ce dernier lui répondit qu'il était désormais dans une promotion à concours et, par conséquent, les places y étaient limitées. S'il n'était pas en mesure de passer le Capes cette année, alors il valait mieux prendre la décision de se réorienter en parcours de recherche. Cela semblait une voie plus sage.

« Je n'aurai pas trop à fréquenter les amphithéâtres », pensa Gabriel, prolongeant de lui-même le piège dans lequel l'angoisse le figeait. Il opta pour cette solution avant de se rendre compte que, pour la recherche, il n'avait absolument aucun sujet de prédilection. À vrai dire, il n'y avait même pas pensé. Il avait mené ses études de philosophie avec sérieux mais aucun auteur ne se détachait au point de représenter à ses yeux le statut d'idole dont jouissent les maîtres. Gabriel réfléchit en suspendant son regard dans le vide. L'instant s'éternisait dans une immobilité abstraite, emportant avec lui les époques, les tissus de ces dernières et les différences que le temps admet.

— Nietzsche, je veux travailler sur Nietzsche.

74

Le professeur chauve lui expliqua que c'était un auteur sur lequel les étudiants travaillaient beaucoup, particulièrement en licence. L'une d'entre eux en était d'ailleurs une grande admiratrice et le lisait presque exclusivement. Il fallait donc que Gabriel trouve un angle intéressant, quelque peu novateur.

— La folie, finit-il par annoncer.

— Très bien, lui répondit le professeur. Mais ça ne suffit pas, il faut encore réfléchir à comment faire de la folie une problématique, et méfiez-vous de ne pas confondre vos destinées. Si le sujet vous angoisse trop, je vous laisserai en changer.

Gabriel renonça à sa semaine de cours et rentra au village, dans la maison familiale. Il y était seul. Il ne désirait pas se rendre chez ses parents. La peur de les inquiéter, peut-être. La peur de la peur, sûrement. Quoique vétuste, la vieille demeure où il logeait restait la solution la plus appropriée.

Se sentant assez en forme pour se le permettre, il alla jusqu'au bar discuter avec Battì. Il le trouvait casse-couilles, mais au moins il ne lui poserait pas de questions. Il essuya quelques insultes amicales, répondit sur le même ton avec autant de noms d'oiseaux et commanda à boire. Il traîna sur son téléphone, regarda les vieux jouer aux cartes.

À ses parents, il avait dit qu'il avait besoin de solitude et de silence. Il mentait. Un besoin est quelque chose qui se manifeste impérieusement à nos sens, dont la finalité matérielle demeure le maintien de notre existence. Or il serait plus proche de la vérité de dire que Gabriel avait besoin de retourner à Corte, de revoir Cécilia, de reprendre, si l'on veut, le cours *habituel* de sa vie. Mais cela paraissait impossible. Les espaces de gaieté, les esplanades et les terrasses des cafés bondés lui procuraient la sensation d'un danger imminent qui le tétanisait. « Et si je faisais à nouveau une attaque ? » se disait-il, entraînant par cette simple supposition l'évaporation de perspectives joyeuses et la disparition d'apéritifs prometteurs. Il fallait faire attention. D'après le docteur, il pouvait devenir agoraphobe. Tout était allé si vite. Il regrettait à présent ce que sa vie avait de commun, ce dont, auparavant, il se sentait lassé et qui constituait autrefois sa « zone de confort ». On ignore tout de ce qui nous est nécessaire jusqu'au jour où, pour une raison ou une autre, on en est soudainement privé. Tout ce qui, figé dans le souvenir, se colore de teintes nouvelles à mesure que s'épaississent l'angoisse et la certitude que ces choses-là appartiennent désormais au passé.

Il regarda à nouveau son téléphone. Quelques jours s'étaient écoulés depuis le message de Cécilia. Il n'osait pas lui en envoyer un nouveau. Il alla sur Instagram, où elle avait publié une photo. Elle était très travaillée. Rien n'y était laissé au hasard. Sur la plage des Sanguinaires, Cécilia posait en maillot, feignant de regarder le soleil couchant et la tour génoise qui se perdait dans le fond. Elle portait une couronne de laurier-rose. C'était une jolie photo, même si elle n'avait rien de naturel. Cécilia avait ajouté une légende qui parlait d'épreuves et de rémissions et suggérait cet adage de Nietzsche, trop connu et que l'on interprète mal : « Ce qui ne me tue pas me rend plus fort. »

Ajaccio

29 juillet 2013

Fin juillet, Cécilia repasse devant ce lieu qui a définitivement congédié ses rêves de salut. En journée, elle ne reconnaît rien de la frénésie qui avait envahi la nuit et charrié avec elle un monstre sans visage. Au zénith, qui donne son éclat au bleu de la mer, l'établissement ressemble à un bar désertique dont l'existence est attestée par la présence de quelques quinquagénaires seulement. La lumière du jour rend le lieu à son insignifiance, et les goélands qui volent au-dessus du port le regardent avec toute l'indifférence du monde. Le soleil frappe ses portes vitrées et perce à jour un décor intérieur strictement sommaire, sans le luxe fastidieux qui se dévoile à l'orée de la nuit. Elle ne comprend pas le secret des métamorphoses, de ces lieux qui se bousculent pour se trahir, alors qu'elle-même entrera bientôt dans sa propre nuit, qui la changera et rendra son reflet pareil aux illusions qui consument les pèlerins du désert. Cécilia sent son estomac se nouer et la sueur perler sur son front, que le soleil fait luire. Son cœur accélère et elle choisit de mettre ses pas à son rythme, pour échapper aux souvenirs qui se manifestent en apparitions fragmentaires. Elle se revoit, accompagnée d'une silhouette, sans force aucune, sa main autour de la taille ; elle se revoit se tourner vers elle et regarder sa face lisse, éternellement absente à la description.

Par la suite, elle connaîtra beaucoup de difficultés à sortir dans la ville. Ses amies paraîtront inquiètes mais elle les rassurera avec des rires feints et des histoires du même acabit. Elle évitera les plages et les endroits bondés. Elle suivra une thérapie tout l'été dans le secret. Préoccupés par l'accomplissement de leurs adolescences respectives, les autres ne se soucieront pas de cette absence. La plupart d'entre eux travailleront dans des restaurants ou bien rempliront les rayons de supermarchés pour les touristes qui dévaliseront la cité impériale. Ceux de sa bande ramasseront les déchets sur la plage. Ainsi, son invisibilisation sera d'autant plus réussie qu'elle passera pour ordinaire et, sa disparition entamée symboliquement, elle pourra s'en aller sans laisser aucune trace.

Début septembre, lorsqu'elle part en bateau, elle choisit de ne rien emporter ou presque. Dans son petit meublé à proximité de la promenade des Anglais, c'est sa vie entière qu'elle a à reconstruire. Elle prend ses distances avec les connaissances qui viennent de son île natale et donne de moins en moins de nouvelles. Bientôt, elle aura besoin de secours. Bientôt, peut-être, son ange gardien se manifestera pour la sauver de l'ombre qui hante son sommeil et ses rencontres affectives. Bientôt, l'ange reprendra sous son aile celle dont le visage est sien et dont la chute ne fait que commencer.

Village

18 octobre 2016

Il existe, sous chaque parcelle de nos douleurs individuelles, un sentiment d'égoïsme et de lâcheté. Gabriel ne réussit pas à réprimer ce tremblement qui l'animait, bien qu'il ne se fût rien passé, bien qu'il ne se passât plus rien dans son existence, qu'il regardait dorénavant depuis tellement loin, comme depuis un vestige de lui-même désormais disparu. Cela ne semblait pas se dissiper. Le docteur commençait à parler de traitements lourds et de thérapies cognitives. C'était flippant, mais il n'y avait pas que ça. Il y avait dans l'angoisse quelque chose d'effrayant. Gabriel avait l'impression d'être coupé du monde, à la fois de ne plus entendre, mais aussi de ne plus être compris par ceux qui l'aimaient, le rassuraient et tentaient de l'entourer de leur présence réconfortante. Il semblait avoir soudainement changé de personnalité. Aujourd'hui, chaque épreuve le rendait unique, il existait seul et toute souffrance ne faisait que l'isoler dans l'ipséité.

Il pleura. Il fallait que ça aille mieux, il avait du travail. Son mémoire sur Nietzsche, dans un premier temps, mais aussi tout son engagement militant. Même si son frère prenait aisément la relève, il y avait des choses pour lesquelles il devrait se battre. Le militantisme étudiant était un début mais n'incarnait qu'une étape avant quelque chose de plus sérieux et d'abouti : la défense environnementale, la lutte contre la spéculation immobilière ou encore le maintien et l'institutionnalisation de la langue corse. Le problème, c'est que tous ces thèmes lui paraissaient désormais dépassés et insignifiants, et ne s'occuper que de lui condamnait Gabriel aux affres de l'égoïsme. Pourtant, il pensait autrefois que l'individualisme avait quelque chose de répugnant, puisqu'il empêchait naturellement toute cohésion populaire. Autrefois, il aurait voulu dépasser son « moi » afin de s'absoudre dans le réceptacle immense du corps d'un peuple. Mais tout cela s'était éteint à présent, et les tracts qu'il relisait lui paraissaient d'une naïveté ringarde. N'importe quelle forme de militantisme ne pouvait exister que contre l'individualisme. À Corte, les deux principaux syndicats s'accordaient probablement sur cette idée. D'ailleurs, les différences entre factions paraissaient maigres, voire inexistantes à un œil non averti. Contrairement à Lucien, les frères Cristini ne défendaient ni l'identité chrétienne ni la lutte armée. Malgré cela, ainsi qu'en témoignait le projet de fusion imminente, certaines positions étaient largement compatibles et les divergences étaient discutables, puisque tous les syndicats de la faculté étaient nationalistes. Pour Gabriel, pourtant, tout s'étiolait.

Le Dr Biancarelli avait parlé de « déréalisation », mais Gabriel n'avait pas pris cette fois le risque de s'abîmer dans une recherche douloureuse.

Il se réveilla plusieurs fois, chercha son téléphone dans le noir. Il avait manqué un appel de Raphaël. Son mémoire avançait plutôt bien. Ce n'était pas un problème. Il savait même que les professeurs seraient conciliants avec lui car son dossier médical lui permettrait quelques souplesses. Non, le problème était autre : la terreur l'habitait constamment et chaque mouvement pouvait augurer une attaque de panique tandis que dehors, le soleil, lui, n'augurait rien.

Il se leva difficilement, en prenant soin de garder son téléphone avec lui, s'avança en haletant dans cette maison où personne ne l'entendait. Il se servit un peu d'eau dans un mug où il s'empressa d'ajouter une quinzaine de gouttes de Lysanxia, qu'il remua avec une cuillère à café trouvée sur le bord de l'égouttoir. Il avala le breuvage et entrouvrit la fenêtre malgré l'air froid qui pénétrait sur les murs blancs et les tableaux laiteux d'ancêtres pleins de compassion. Il alluma une cigarette et reprit peu à peu son souffle. Il essaya de se convaincre que tout allait bien ; que rien, dans son champ de perception immédiat, ne représentait un danger, que rien ne le troublait, car il n'y avait – à l'évidence – jamais rien de troublant dans ce village, surtout dans les matinées froides des hivers pleins de solitude.

Dehors, il regarda la mer, Battì qui balayait la terrasse du bar et, au loin, le muret de pierres sur lequel discutaient quelques vieux. L'angoisse commençait à se dissiper. Il recouvrait lentement ses esprits. Il avait échappé à la crise. Ce n'était pas toujours le cas. Une semaine auparavant, elle avait frappé comme la foudre.

Il entendit vibrer son téléphone. C'était Raphaël. Il organisait la fusion syndicale et voulait l'y associer. C'était capital. Réunir une force respectée mais presque éteinte avec le syndicat auquel Raphaël sacrifiait son existence sur l'autel d'une piété nouvelle et pleine de ferveur. Gabriel n'était pas sûr d'avoir la force de monter à Corte, mais répondit qu'il allait essayer. Il alla s'asseoir un peu sur la terrasse. Il bosserait toute la journée sur son mémoire, puisqu'il allait mieux. « Pourvu que ça dure », se dit-il.

Il reprit une cigarette et se servit un jus de fruits. Au-dessous de la maison, pas très loin des toits de lauze des autres habitations, il regardait, dans le *furnellu*, les oliviers qui s'offraient dans la splendeur argentée de l'hiver. Il pensait toujours autant à Cécilia. Il avait été déçu de ne pouvoir lui donner davantage d'explications, et gardait en lui le sentiment vague qu'il ne la reverrait jamais. Il rêvait souvent de son visage harmonieux, de son corps fin et de sa nuque fragile, de sa peau bronzée qu'il aurait aimé embrasser pour qu'elle le console de son angoisse. Étrangement, il ne pouvait chasser l'idée qu'elle en était en partie responsable. Peut-être que se révèle à la surface du visage des anges un message, une absolution, ou bien, au contraire, que le cœur du secret demeure justement dans ce qui n'apparaît pas, dans tout ce que semblent renvoyer comme vérité ces formes harmonieuses qui l'obsédaient. Gabriel n'aurait pas su dire si le culte qu'il vouait à Cécilia avait quelque chose à voir avec sa présence ou sa soudaine disparition. Après tout, peut-être ne se sentait-il amoureux que parce qu'elle avait subitement disparu, et sa présence palpable était désormais nimbée d'un mystère qu'il n'arrivait pas à concevoir ou élucider. Cette histoire n'était pas terminée : il restait à lui donner du *sens*.

Nice

17 novembre 2013

On se méprend sur Narcisse, dans l'histoire telle que la raconte Ovide. Dire que Narcisse tombe amoureux de lui-même n'est pas tout à fait exact. Narcisse ne sait pas que la forme que ses yeux épousent est son reflet. On n'aime toujours que le reflet d'une chose, sans y plonger, et nous nous noyons dans la superficialité arrogante de l'apparence. On ne sait donc pas que les images ne disent rien de nous, et Cécilia l'ignore alors qu'elle contemple son double telle une surface lisse que rien ne doit pénétrer.

Depuis qu'elle est arrivée à Nice, tout se passe plutôt bien. Elle a fait de belles rencontres et s'est même trouvé des amis. Petit à petit, l'ombre qui gênait ses nuits semble avoir disparu et appartenir à une dimension lointaine, en dehors des aspects du réel dans lesquels l'existence reste bornée. Elle a intégré que la faute est humaine, qu'elle est d'ailleurs banale et admise, le reste relevant d'artifices polis que la civilisation a fait naître d'efforts conjugués des hommes et des anges pour nous délivrer de la culpabilité du péché. Mis à part à sa psychologue, elle n'en a jamais reparlé. Et encore, y compris à cette dernière, elle n'a pas dit grand-chose. Elle

84

n'a apprécié ni son ton ni ses remarques, et, à l'heure de la confession, Cécilia est restée distante et évasive. Même si ses parents sont au courant, ils ont, dans une certaine forme de pudeur que commande le lien d'ascendance, préféré confier la tâche à une spécialiste et la responsabilité de l'exercice à une instance étrangère au cadre familial. C'est largement préférable et plus facile pour eux.

Cécilia, à Nice, façonne son existence à sa propre mesure, à l'image d'une architecte soucieuse de la garantie de l'accomplissement de son projet : son bonheur. Elle ne pense plus qu'à elle et a toutes les raisons d'être égoïste. Elle sort peu et, quand cela lui arrive, elle ne boit pas d'alcool. Elle ne ressent aucun désir de rencontrer un garçon et évacue cette éventualité dans un coffre mental, malgré les regards chaleureux de ses camarades de promotion. Jolie mais inatteignable pour ces derniers, elle doit rapidement à leur convoitise la réputation d'une fille prétentieuse. Il n'en est rien. Les hommes trouvent dans la haine un moyen de ne pas succomber au dévoilement de leur faiblesse. La vie reprend son cours et elle ne rentrera à Ajaccio que pour la Noël.

Lucie fait des études de médecine à Marseille et Cécilia ne se soucie pas vraiment de rester sans nouvelles. Sur Facebook, elle a vu une photo d'elle sur le port avec le garçon qu'elle embrassait à la soirée. Ils mangent une glace en partageant la simplicité d'un sourire autour d'autres couples venus profiter du soleil. Elle a laissé un « j'aime » sous la publication, comme le gage silencieux d'une complicité et d'une amitié toujours vives. Il n'en est rien, mais les réseaux mentent mieux qu'elle ne sait le faire. Ce garçon était au lycée avec elles. Il a beaucoup changé. Son profil indique qu'il est inscrit dans une école d'ingénieur et il a l'air de s'y plaire. Cécilia s'interroge, l'espace d'un instant, sur les métamorphoses invisibles qui opèrent silencieusement sur un être avant de transformer intégralement sa représentation. Elle se demande si elle aussi a changé. Les meilleurs mensonges sont encore ceux que l'on professe à soi-même sans le savoir. Objectivement, elle est toujours bonne élève et toujours appréciée de ses copines. Elle a fait des rencontres, tissé des liens aussi facilement qu'auparavant, et possède déjà un groupe d'amis avec lesquels elle aime passer du temps.

Elle reçoit un message de l'une de la bande, qui lui propose de manger une crêpe sur la promenade des Anglais. Elle accepte, avant de verrouiller son téléphone, et cherche dans son armoire la tenue qu'elle adoptera pour l'occasion. Autrefois, on pensait que le miroir renvoyait à la forme intelligible de Dieu, à travers l'image parfaite qui émane de sa représentation. Puisque Dieu est à l'image de l'homme, l'homme est réciproquement à l'image de Dieu, dont le miroir donne le reflet. Pourtant, ce n'est ni Dieu ni même sa représentation que Cécilia contemple tandis qu'elle enfile une jupe qui l'exclut momentanément de sa routine. Elle fixe son image, la surface aux bordures dorées qui renvoie l'intégralité de sa silhouette, mais ne trouve pas la tenue à son goût. Chose étrange, puisqu'elle l'a déjà portée sans que cette réflexion mûrisse en son esprit consumé par la surprise. À vrai dire, le problème ne vient peut-être pas du vêtement. Elle le quitte avant de se retrouver en culotte devant ce reflet qui semble la juger. Elle n'est plus *harmonieuse*, rien dans ses formes ne paraît *équilibré*, et sa courbe est loin d'être *parfaite*. Rien n'est à sa place. Ni ses épaules, ni la position du bassin, ni encore l'alignement de ses yeux. Elle trouve cela étrange et se dit qu'elle a dû prendre un peu de poids. Elle fera du sport et ça ira très vite. Elle enfile tout de même la jupe en sachant qu'elle ne s'y trouve pas belle.

Dehors, cette pensée l'obsède jusqu'à la vue de son amie, déjà attablée sur une terrasse du bar dont elles ont l'habitude. Elles discutent des cours, fument des cigarettes et boivent beaucoup de café. Lorsque Magali lui parle du garçon brun qu'elle a rencontré à une soirée du BDE, Cécilia, qui n'y tient plus, lui pose la question lancinante, venue du fond de son être, celle qui révèle la chute dans laquelle elle se précipitera :

— Tu ne trouves pas que j'ai grossi ?

Le fait que Magali éclate de rire la rassure. Elle prend même la peine de lui répondre qu'elle est parfaite et que tous les garçons lui ont demandé pourquoi elle n'était pas venue avec elle.

— D'ailleurs, c'est même bizarre que tu n'aies pas de copain.

Cécilia se sent apaisée. Dans l'air encore frais, les volutes de sa cigarette dessinent des formes et des contours et recouvrent le monde sous un filtre placide, dont le voile brumeux déforme à peine le réel immédiat, comme sera déformé le reflet de Cécilia quand elle regardera ce soir son miroir, et la fumée qui se perd dans le tumulte odorant de la ville n'en sera pas responsable.

Village

— Alors, Gaby, comment tu te sens ?

Raphaël était entré dans la maison sans frapper. Il avait poussé la vieille porte en bois et s'était immiscé silencieusement, sans que Gabriel s'en rende compte. Il rentrait de Corte, où il avait passé la semaine avec Lelia. Les cours, quelques réunions syndicales et une dose colossale de café pour tenir le coup.

— Assez bien aujourd'hui, répondit Gabriel, n'osant pas révéler son véritable état, de peur de le contrarier.

Son frère se faisait du souci, Gabriel le savait. Raphaël avait toujours eu horreur des épanchements affectifs, et le simple fait qu'il l'ait appelé « Gaby » en arrivant donnait la preuve immédiate d'une compassion malhabile, car elle trahissait une habitude ancrée dans leur rapport fraternel. Il n'y avait que Battì pour l'appeler ainsi.

Raphaël s'assit à côté de son frère sur le canapé orange pendant que ce dernier était absorbé à scruter l'intérieur de la maison, smartphone à la main. Depuis qu'il était malade, Gabriel se perdait dans des états mystiques de contemplation. Il restait des heures à fixer les portraits qui ornaient les murs. C'était d'autant plus étrange qu'on ne l'avait jamais vu faire cela auparavant. Raphaël pensa qu'il était défoncé. Le traitement avait l'air costaud. Gabriel avait toujours semblé indifférent à ce qui composait l'intérieur, comme si cela ne représentait que les vestiges immobiles d'un décor éternel. Il ne se souciait pas des objets, de leur présence atone et discrète. Il semblait désormais épier un lointain, à l'arrière de ces photos qui se perdaient sur les murs trop hauts. Elles paraissaient révéler l'existence d'un labyrinthe secret où lui serait donnée la possibilité d'abolir le temps et les siècles, et de s'asseoir aux côtés d'ancêtres sur le parvis de l'église avec son aïeul éponyme, avant que ce dernier ne meure, quelques mois plus tard, dans la boucherie de la guerre. La photo n'était pas une parabole du passé et Gabriel ne savait rien de la souffrance de ses aïeux. On voyait le jeune soldat debout, fier, dans une tenue militaire, le regard figé, stoïque. Il fixait l'objectif comme s'il s'agissait de l'ennemi qui le terrasserait bientôt dans un champ de la Marne. Il était, malgré son sourire, mort de trouille, mais personne n'en saurait jamais rien.

Les images mentent. Ne reste de l'histoire que les récits que l'on en donne. Sur le fronton de l'église ne s'affichait désormais que son nom, gravé dans le marbre blanc du monument aux morts, aux côtés d'autres qui le haïssaient. Pas d'histoires, ni de besace ou de livre aux tranches jaunes et usées pour en témoigner. Il existe une mémoire des objets, des formes que nous chérissons, là où nous laissons nos empreintes, sur des contours fragiles, à travers l'apparition de témoignages que, oui, *nous avons été au monde*, nous

nous sommes incarnés et nous y avons laissé ces marques, des traces qui parlent pour nous, comme nous pouvons encore parler d'elles lorsque, dans nos mémoires, une tache de sauce, de peinture ou de sang raconte ce que nous étions alors – mais que nous ne sommes plus aujourd'hui, rendus aux limbes, renvoyant ces histoires au passé, aux spectres et aux portraits sur les murs. Car c'est bien sur ces derniers que Gabriel exposerait sa vie aux côtés de fantômes de papier, tels ses ancêtres avant lui, que, parmi eux, il s'afficherait droit, stoïque, à côté d'une femme qu'aujourd'hui encore il ne connaissait pas. On regarderait son visage, son nœud papillon, son costume et on penserait que les images *veulent dire quelque chose*. On n'y prêterait pas attention ou bien on jugerait ce qui apparaîtrait sur le cliché. Il y aurait peut-être une anecdote, comme à propos de son vieil oncle mort à la Grande Guerre, ou de la mère de celui-ci, Vénérande, qui ne quittait jamais ce châle noir lui donnant l'air d'une sorcière.

On prêterait à Gabriel un tempérament, on en ferait un portrait si imprécis qu'il faudrait bien admettre que les images ne renvoient qu'à elles-mêmes et que ce qui appartient au passé s'est éteint, ou se trouve encore sur une tache de sauce, de peinture ou de sang, s'il reste au monde une âme pour en témoigner.

Raphaël, lui, n'aimait pas la photographie. Sur les portraits affichés au bar, on le voyait peu. De profil, fuyant l'objectif, rarement avec les autres, dans un bal de village, fêtant un anniversaire ou le Nouvel An. Raphaël ne croyait pas au pouvoir impérieux de l'image, les visages sur les murs n'étaient pour lui que des représentations.

Les photographies, par un alliage savant dont il ignorait la composition, un jeu de lumières, de formes et de couleurs, dessinaient des visages sérieux et des airs circonspects. S'il fallait disparaître, autant assumer le néant plutôt que de trôner auprès d'êtres évanescents qui dansaient à présent avec les phalènes et les ombres sur un papier jauni que personne ne regardait, en dehors de Gabriel, et depuis si peu de temps.

Et pourtant elles témoignaient d'une lignée, la grande corde invisible qui réunissait les êtres évanescents et les âmes vivantes, une armoirie spirituelle pour ceux qui, à l'instar des Cristini, naissaient au silence et dont la vie promettait toujours qu'ils y restent. L'honneur commandait qu'il subsiste en filigrane des souvenirs imprimés sur un papier taché, car les pauvres aussi méritent leur blason. Mais les souvenirs des pauvres n'étaient pas le blason des nobles, ils n'ornaient pas un mur magnifique aux symboles flamboyants, semblable à celui de la demeure familiale de Lucien Costantini, où ces marques le toisaient avec l'indifférence et le respect courtois que portent les siècles.

Depuis l'histoire du train, Raphaël n'avait toujours pas eu l'occasion de parler à Lucien. En cours, il s'installait systématiquement loin de lui et semblait tout faire pour l'éviter. Quoi qu'il en soit, ils se verraient forcément en réunion. Même si Lucien avait l'air d'en vouloir à Raphaël, les enjeux les dépassaient tous les deux. L'accord était d'ailleurs déjà scellé. Raphaël avait eu Paul-Toussaint Desanti au téléphone, et c'était ce qui se disait. La non-violence était devenue un impératif et Paul-Toussaint le lui rappelait souvent. En tant qu'ancien syndicaliste dans le même mouvement que son frère et lui, désormais membre de la majorité nationaliste, Paul-Toussaint était une figure respectée. Il avait fait ses armes à la fac en poursuivant des études de droit qui l'avaient mené à des responsabilités militantes, puis politiques. Originaire d'Aléria, comme Lucien, il incarnait la jonction entre le monde étudiant et l'Assemblée de Corse, soit la voie royale pour accéder au prestige de pouvoir se battre au sein d'une institution reconnue. Depuis la victoire des nationalistes en 2015, c'est lui qui avait le rôle de médiateur avec les syndicats de l'université. C'était donc lui qui *donnait les directives*, même si l'expression consacrée avait tendance à énerver Raphaël par ce qu'elle laissait entendre du caractère inféodé de la procédure.

Le week-end, Lucien rentrait chez ses parents à Aléria. Depuis Corte, en voiture, cela ne lui prenait pas beaucoup de temps. Le train, c'était vraiment exceptionnel, et puis, il n'y en avait pas dans sa zone. Il était sans cesse requis sur l'exploitation parentale. Il conduisait les tracteurs dans les vignes, assurait quelques tâches subalternes pour amoindrir la fatigue d'un père vieillissant et probablement malade. C'était franchement gentil de sa part car, lorsqu'il écoutait ce dernier, il s'entendait dire à quel point ses choix étaient mauvais, loin de la hauteur du rang familial. À table, Lucien se sentait jugé par les portraits aux murs et par ses parents. Il savait que sa famille avait été anoblie par Napoléon, à la suite des grands faits d'armes de ses ancêtres. Aux yeux de Lucien, ce dernier n'était qu'un traître qui avait renié Paoli et la Corse pour embrasser un pays que, dans sa jeunesse, il vomissait. Et si Lucien ne pouvait pas détruire les images ou reconstruire le passé, sa vie serait consacrée à la réparation d'une faute morale qu'il tenait pour lourde et indélébile.

*

Depuis le canapé orange, les frères Cristini regardaient les photographies. Ils ne savaient plus qui était qui. Raphaël pointa du doigt la vieille Vénérande en demandant à Gabriel s'il se souvenait quand, petits, ils avaient réussi à faire croire à Battì qu'elle était une sorcière et que son visage voilé lui apparaîtrait le jour de sa mort.

— Oui, je me rappelle, répondit Gabriel en riant.

— Il doit toujours nous en vouloir.

De ce qu'ils en savaient, elle s'était enfuie, toute jeune, de l'Alesani, pour échapper à une terrible vendetta.

Ils discutèrent encore un peu du passé puis délaissèrent les portraits. Raphaël se leva et fit chauffer du café. La machine faisait un bruit insupportable. Il parla de politique, des réunions que Gabriel avait manquées, il essaya d'intéresser son frère aux déclarations de Paul-Toussaint Desanti, dont il devenait plus proche, ce qui signifierait bientôt, pensait-il, l'apparition de nouvelles responsabilités politiques importantes. Il était vexé que Gabriel soit indifférent à son enthousiasme.

— Qu'est-ce qu'il y a? Tu n'y crois plus? La politique ne te passionne plus? C'est toi qui m'as tout appris, pourtant, tu te rappelles?

Gabriel se souvenait. Évidemment, ce n'était pas bien vieux. Mais tout cela paraissait tellement loin. Raphaël n'en démordait pas. Il lui parlait de choses importantes, de problèmes concrets. De la volonté de la droite de créer un incinérateur à déchets, d'autres moins scrupuleux encore qui voulaient établir un centre d'enfouissement non loin d'un fleuve, des humiliations constantes de la préfecture et de tous les sbires de l'État devant lesquels il ne fallait surtout pas reculer, dès lors qu'ils avaient avec eux la légitimité démocratique. Gabriel essayait de répondre sans le blesser. Il savait que Raphaël tenait beaucoup à ses idéaux, ou plus juste encore serait-il de dire que c'étaient ses idéaux qui tenaient Raphaël. Il était du genre à penser que tout irait mieux *après*, quand un statut d'autonomie, ou une véritable indépendance de la Corse, serait acté. C'est pour cette raison que son présent immédiat n'était circonscrit qu'à la lutte politique. Gabriel expliqua que ce n'était pas qu'il n'y croyait pas, au contraire ; il n'oubliait rien de ce qu'avaient été ces années, de ce que seraient les suivantes, et de la démarche historique qui avait amené les nationalistes à la victoire depuis 2015. Non, simplement, il avait besoin d'une *pause*. De toute évidence, sa santé ne lui permettait pas de faire autrement.

Raphaël lui proposa de sortir. Ça ne pourrait pas lui faire de mal de voir du monde. Ils déposèrent leurs tasses sur la table adjacente avant de se lever. Ils récupérèrent leurs vestes et quittèrent la maison.

Ils rejoignirent Battì à la sortie du village, à quelques centaines de mètres à pied. Dans la région, tout était avalé par différentes teintes de vert qui s'étendaient jusqu'aux broussailles touffues, au milieu de châtaigniers centenaires et d'épais ronciers se perdant dans un accord de forces vastes et primitives jusqu'à recouvrir l'horizon désolé. En saison, les fougères atteignaient des hauteurs vertigineuses, profitant pour leur croissance du luxe fertile de l'abandon, de la résignation de ceux qui restaient sans s'en soucier le moins du monde, à l'image de Battì, qui avait construit son *baraccò*[1] au milieu d'un terrain déserté comme le reste, pas trop loin de la route qui menait au village. Dans le maquis, à proximité de sentiers délaissés, on devinait des épaves de vieilles voitures dans lesquelles des racines reines s'entrelaçaient au travers de vitres brisées.

Depuis son 4 × 4 à plateau, Battì était occupé à décharger des sacs d'aliments et s'apprêtait à les donner aux cochons affamés dans l'impatience bruyante de leurs grognements hargneux.

— Ah, vous tombez bien vous deux, venez me donner un coup de main !

Seul Raphaël s'avança. Les anxiolytiques couplés aux attaques de panique avaient considérablement affaibli Gabriel. Battì ne lui en tint pas rigueur. Il s'en foutait de toute manière ; comme à peu près de tout ce qui ne se cantonnait pas à l'immédiateté de l'existence. Battì n'était pas un homme tourné vers l'abstraction. Plutôt moqueur, il apparaissait au premier abord franchement antipathique. Il était barbu et assez corpulent, non qu'il tînt consciemment

1. « Enclos à cochons ».

95

à renvoyer une image de rustre, mais la barbe lui était utile pour cacher les vilaines cicatrices que lui avait laissées sa varicelle. Il ne saluait jamais personne, sauf quand il était au bar, « question de business », disait-il. Et encore, il avait du mal.

L'enclos de fortune peinait à contenir les bêtes qui se pressaient autour de lui sans qu'il y prenne vraiment garde. Il soulevait les sacs d'aliments et les jetait par terre avec l'indifférence qui le caractérisait ordinairement, tout en discutant avec Raphaël de politique, sujet sur lequel ils semblaient s'entendre.

— Et toi Gaby, espèce de pédé, t'en penses quoi ?

Il ne fallait pas relever chez Battì l'usage systématique des insultes comme autre chose qu'une marque étrange d'affection. Un « petit pédé », c'était plutôt quelqu'un qu'il aimait bien. Il en allait tout autrement s'il parlait de « gros enculés », ou encore des « enculés de la plaine ». Gabriel n'avait pas suivi la conversation. Il regardait autour de lui les cochons plaintifs, les châtaigniers malades et l'asphalte peu à peu avalé par les puissances de la terre.

— Rien, j'en pense rien, Battì.

— Tu vois Raphaël, c'est bien ça le problème avec les branleurs de la fac. Ça reste toute la journée sur des bancs de merde à écouter des branleurs, ça passe le reste du temps à lire des livres si débiles que ça en oublie même de niquer toutes les putes de Corte.

En un sens, Gabriel pensa qu'il n'avait pas tort. C'était vrai qu'en dehors de Cécilia il avait passé tellement de temps entre les lectures politiques et les affres de l'herméneutique philosophique qu'il avait laissé un peu de côté les promesses naïves des jeunesses étudiantes. Son esprit n'était désormais tourné que vers le visage de Cécilia et son obsession lancinante, couplée à son angoisse, avait fait s'évaporer le reste des jeunes femmes dans une abstraction brumeuse à mille lieues de son idylle.

— Un jour on montera ensemble, les puceaux, et je vous montrerai, moi.

— Tu nous montreras quoi, comment faire disparaître un plat de charcuterie avant même qu'il soit posé sur la table ? répondit Raphaël en riant.

Sans relever la moquerie, Battì embraya alors sur ses théories surprenantes, ce qu'il avait baptisé sa « classification des espèces », selon un répertoire détaillé de types de femmes et des techniques de séduction adéquates.

— Bon, le vice universel, c'est l'argent, et là je vous apprends rien les gars. Mais il n'y a pas que ça, je crois que le truc essentiel c'est de repérer sa proie et de lui faire entendre ce qu'elle veut. Il faut que tu lui manifestes de l'intérêt, mais pas trop, tu vois. Autrement, elle sait que c'est gagné et ça l'intéresse plus. Faut pas se laisser dominer, jamais, sinon elles t'écrasent. Surtout celles de droit, elles sont toutes comme ça. Tout ce qui les intéresse, c'est le prestige social. Elles vont toutes finir avocates alors qu'il y a plus d'avocats que de putains de criminels à Bastia. Mais du moment qu'elles portent une toge de merde et qu'elles peuvent prendre des snaps en bouffant des sushis sur le vieux port, le reste elles s'en branlent. De toute façon, elles finiront par se faire entretenir par un entrepreneur ou un petit mafieux de merde. Il y a la montre aussi, la montre c'est important : c'est un marqueur social. C'est l'association de l'image à l'épaisseur du compte bancaire. Donc pas de Hublot ou de Panerai, parce qu'elles y pigent rien. Rien de mieux que la Rolex, classique, sobre et efficace.

Gabriel le regardait tenir des positions plus dégueulasses les unes que les autres sans même relever, à vrai dire, la qualité déplorable des arguments qui pullulaient dans sa bouche vaseuse et pleine de ressentiment.

— Qu'est-ce qu'il y a, Gaby ? Tu crois que je raconte de la merde ?

— Non, non, Battì, je pense simplement que ce n'est pas toujours *comme ça.*

— C'est parce que t'es encore jeune, si tu savais combien mon cousin Nico il en a tringlé en faisant croire qu'il était un putain d'héritier !

Gabriel l'écoutait d'une oreille distraite, bien qu'il espérât intérieurement qu'il mente. Il craignait que derrière ces descriptions peu reluisantes puisse se cacher l'ange resplendissant qu'il aimait, ou du moins auquel il passait une partie de son temps à penser.

Battì posa ensuite quelques questions sur une hypothétique relation qu'entretiendrait Raphaël. Ce dernier lui répondit qu'il ne voyait personne.

— Allez ! montez dans la benne les puceaux, on va boire un coup.

Les deux garçons s'exécutèrent sans discuter pendant que les cochons dévoraient ce qui serait un de leurs derniers repas. On les tuerait bientôt. Battì n'avait pas encore pu s'en occuper à cause de la chaleur tardive du mois de novembre. Cela risquait d'attirer les mouches et de corrompre la viande. Il fallait tout de même veiller à faire vite pour ne pas être en retard pour le Salon de l'agriculture. Gabriel regarda les animaux s'éloigner depuis la benne, à demi éteint et silencieux, perdu dans les limbes de son aphasie, pendant que son frère lui soufflait la fumée de sa cigarette au visage pour le ramener à la réalité.

Au village, le pick-up d'Augustin occupait sa place éternelle et Battì se gara sur celle pour handicapés. Quelques vieux fumaient en jouant à la belote. Nico les attendait au comptoir. C'était un cousin de Battì, qui venait de temps en temps le week-end pour chasser, ou s'occuper du bar quand celui-ci n'était pas là. Il était beaucoup plus sympathique que Battì mais cela ne relevait pas, à proprement parler, d'une prouesse extraordinaire. Ils burent quelques bières, mangèrent un peu de charcuterie et plaisantèrent en regardant par intermittence un match de football qui passait sur le petit écran.

— Il paraît qu'Augustin vous a mis des phares immondes sur la voiture, se moqua Battì, riant du vieux mécanicien à la retraite qui faisait partie de ses plus fidèles clients.

— C'est vrai, mais ce n'est pas très grave, plaisanta Raphaël. Au moins, tu nous verras remonter le week-end !

Ils riaient ensemble et partageaient des moments de convivialité, toujours les mêmes en hiver, entre eux, lorsque plus de la moitié du village s'était évaporée silencieusement dès la dernière semaine d'août.

Cela apaisa Gabriel de profiter de ce comité restreint, et il put se coucher le cœur léger, heureux d'avoir retrouvé brièvement un sens à son quotidien morne et répétitif, ces visages identiques, ces quelques personnes assises de bonne heure sur le muret, là où la seule présence du facteur et du boulanger rompait les abscisses d'un ordre différent, comme si le village se trouvait ailleurs, quelque part en dehors du temps.

Le lendemain, Raphaël repartirait à Corte, pour travailler son discours et revoir Lelia.

Nice

16 décembre 2013

Les partiels vont commencer. Cécilia a mis toutes les chances de son côté. Cela fait près de deux semaines qu'elle consacre exclusivement son temps à cette préparation. Elle a déjà tout fiché et acheté un livre que ses professeurs appellent la « bible du marketing » pour optimiser ses probabilités de succès. Elle discute avec Magali, qui lui parle du stress qui la submerge. Cécilia lui envoie des messages de réconfort avant de replonger dans ses fiches et de laisser le reste du réel dans un flou trouble et évanescent. Ses pauses sont chronométrées. Les épreuves ont lieu du lundi 16 au vendredi 20 décembre. Elles sont réparties en spécialités qui donnent le vertige à beaucoup. Ce n'est pas le cas de Cécilia : elle est prête. Ce matin, en partant pour le campus, elle ne sait rien des anges qui complotent peut-être à sa réussite. Si elle savait, elle refuserait cette aide que lui adresse le ciel alors qu'elle n'en a pas besoin. Elle soupçonnerait les anges de n'intervenir que selon leur bon vouloir et leurs vœux égoïstes. Il n'en est pourtant rien. Peu importe, ce matin-là, elle sait qu'elle réussira avec – et mieux sans – le secours du ciel d'azur qui brille sur la promenade des Anglais.

Elle est partie plus tôt, évidemment. Il fallait anticiper un accident du tram ou un mouvement de grève dont elle n'aurait pas eu connaissance. Magali l'a rejointe et elles ont préparé ensemble ce qu'elles ont sobrement baptisé un « kit de survie ». Quelques barres vitaminées, de l'eau en assez grande quantité et des médicaments en cas de migraine soudaine ou de règles douloureuses. Ce n'est plus pareil désormais : les partiels ont vraiment l'apparence de quelque chose d'officiel. Les tables séparées dans le gymnase ou encore le parfait agencement de l'amphithéâtre pour l'occasion donnent un aspect solennel à la procédure. Cela l'interpelle sans toutefois l'impressionner. Elle a encore relu ses fiches avant d'entrer dans la salle, elle a tellement révisé qu'elle en rêve la nuit, elle voit dans ses songes des scènes où ses proches lui parlent exclusivement du vocabulaire qu'elle a surligné en différents fluos avant de consommer de manière boulimique ce tourbillon de couleurs. Les sujets sont distribués. Ils se jettent un dernier regard puis l'examinateur annonce, par un mouvement de la main, le début de l'épreuve et leur permet de découvrir le thème avec joie, stupeur ou bien résignation.

Elle souffle un grand coup. C'est *terminé*. Elle a, du moins le pense-t-elle, réussi brillamment la totalité des épreuves, bien qu'elle ne veuille pas prendre le risque d'afficher sa joie en vendant la peau de l'ours avant de l'avoir tué. Règle numéro un : ne jamais parler d'un partiel après un partiel. Elle sort tout juste de sa dernière épreuve, « négociation et techniques de vente », et pour celle-là non plus elle ne s'inquiète pas trop. Joël, Maxime et Magali ne partagent pas son optimisme mais décident toutefois d'aller boire une bière, car désormais les dés sont jetés. Ils s'installent à la terrasse d'un café pour décompresser, profiter de ces moments d'amitié dont ils se sont privés pendant deux longues semaines studieuses parsemées d'échanges encourageants, de récitations religieuses et de nombreuses relectures de notes.

Aucun d'entre eux n'est originaire de Nice. Tous rentreront ce week-end pour fêter Noël avec leurs parents. Joël et Maxime sont lyonnais et Magali nantaise. Dans sa promotion, seule Cécilia est corse. Cela suscite, en plus de l'admiration dont elle est coutumière, une certaine forme de condescendance qu'elle préfère ignorer. Les mots « terroristes », « bergers », ou encore les questions maladroites ont été son quotidien pendant ses trois premières semaines à Nice. Ce n'est pas grave, et puis, en matière de politique, Cécilia n'a pas vraiment ce qu'on peut appeler des « convictions ». Elle évite le plus souvent le sujet en disant que la chose ne l'intéresse pas et c'est la manifestation la plus élémentaire de la vérité.

Elle rentre par bateau et passe la nuit dans une cabine. La traversée est confortable et elle est très contente de sentir l'air frais en débarquant à l'aurore dans la cité impériale. Pourtant, dans l'embrun des parfums marins, à travers tous les souvenirs des lieux qui ont construit ses années d'adolescence, elle se sent soudain étrangère. Quelque chose a changé. Tout semble petit, hostile et insignifiant. Comme si elle regardait Ajaccio d'un œil neuf, celui d'une inconnue, indifférente à la ville et à ses charmes, et c'est pareil une fois arrivée chez elle, lorsqu'elle entre dans le salon où, au-dessus de la commode, brille le sourire mensonger qu'elle affichait quelques mois plus tôt et qui ne dit rien de l'accomplissement nouveau de son destin. Elle cherche à l'extérieur, dans les surfaces austères, sur l'écume marine des Sanguinaires ou parmi les détails de son salon où elle passe des journées à envoyer des snapchats de son visage grimaçant à Magali, la raison des métamorphoses intérieures auxquelles elle demeure aveugle. Au fond, elle est contente de retrouver ses parents, pourtant quelque chose est différent.

Ils passent un bon réveillon et Cécilia rentre début janvier à Nice, profiter des derniers jours de vacances pour voir sa mamie, qui n'a pas pu se déplacer pour les fêtes. Elle propose à Magali de l'accompagner, ce qu'elle accepte avec beaucoup de joie. Elles prennent un bus qui les éloigne du centre-ville vers la périphérie. Grâce à leurs smartphones, elles savent où se rendre sans que Cécilia ait à subir les longues explications de sa mère : elle se débrouille toute seule, se sert de son téléphone comme d'un outil d'émancipation, et devient ainsi une adulte, une *personne*, la femme qu'elle veut. Sa grand-mère leur sert du thé et des gâteaux.

Le soir, rentrées à Nice, elles reçoivent une notification indiquant la publication imminente des résultats. Cécilia valide son semestre avec un peu plus de quinze de moyenne générale, et son amie aussi, malgré de moins bonnes notes. Elles sont rassurées et se prennent dans les bras en sautant de joie. « Finalement, se dit Cécilia, peut-être que rien n'a changé. »

Corte

Gabriel n'irait pas à la réunion. Il envoya un long message à son frère, plein d'excuses et d'amertume, dans lequel il racontait à quel point il s'en voulait d'être ainsi, trop angoissé à l'idée de voir du monde, même si les militants étaient ses amis.

Quand il le reçut, Raphaël fut déçu de ne pas faire son discours devant son frère. Au-delà de sa déception, il était inquiet pour Gabriel, dont l'état ne s'améliorait pas. Il s'isolait chaque jour davantage dans un monde clos où régnaient des codes qui échappaient à son entourage. On se demandait s'il n'exagérerait pas un peu. Après tout, le psychiatre disait que ce n'était pas grave, que ça n'était pas - à proprement parler - une maladie mentale. Gabriel était dans une zone grise absente à la nécessité capitale d'une définition. Il n'était pas malade, mais pas non plus en pleine santé. Il n'était pas fou, mais ne semblait pas complètement sain d'esprit tout de même. Il oscillait dans une nuance, naviguant sur des eaux troubles, loin du rivage exclusif et réconfortant d'une certitude.

Raphaël, lui, était encore chez Lelia. Allongée sur son lit, elle parlait de Paris, racontait que c'était une ville où elle aimerait vivre. Elle détaillait ces choses magnifiques et ordinaires qu'elle ferait là-bas et qu'elle n'avait pas la chance de connaître ici. Le théâtre, les expositions, le monde de la culture qui se donnait comme un champ gigantesque qu'il faudrait une éternité à investir.

— Ici, le problème est que tout est déjà connu, il n'y a rien à faire et trop de bêtise.

En effet, comme elle le détailla, la vie à Corte n'offrait pas de vertige, se bornait à la répétition inlassable de journées identiques, de potins sur des coucheries veules, de bagarres d'ivrognes ou de manifestations. La plupart des gens ne semblaient vivre que dans le regard des autres – que pourtant ils méprisaient, mais sans lesquels ils n'existaient pas –, restant dans une forme d'adolescence à huis clos, bornés dans des existences infernales et identiques, et n'étaient que des chimères de papier, des personnes superficielles et matérialistes.

Elle s'arrêta soudainement. Elle n'avait pas pensé qu'en s'emportant sur l'ensemble d'une société qu'il lui arrivait de conspuer elle avait pu blesser Raphaël. Celui-ci ne répondit rien, silhouette de marbre rigide, regard perdu dans la contemplation du décor intérieur. Il était difficile de savoir ce qu'il pensait. Elle reparla de Paris, tout en veillant cette fois à ne pas faire de comparaison frauduleuse, ne rendant pas plus de grâces que nécessaire à la ville où elle vivrait dès l'obtention de son Capes. Elle ne laisserait rien au hasard. Déjà, elle avait commencé à lire les rapports du jury d'admission, bien qu'elle ne pût s'inscrire au concours qu'à partir de son master 1.

Elle regarda de nouveau Raphaël. Elle avait décoré son appartement avec l'élégance de la pauvreté. Tout était soigneusement ordonné pour qu'il y ait l'air de ne manquer de rien, mais cet agencement presque parfait témoignait miraculeusement de ce qu'il entendait cacher. Quoi de plus visible qu'un masque, finalement ?

Raphaël relut son discours plusieurs fois à Lelia. Il parlait déjà avec l'assurance prestigieuse de la réussite. Comme si son esprit vif et fougueux était guidé par une étoile souveraine qui l'amènerait d'astres en constellations à l'accomplissement sans cesse renouvelé de ses ambitions. Elle lui dit qu'il avait déjà la stature d'un grand homme et cela le fit rire. Elle ajouta qu'un tel homme se battait toujours pour éblouir une femme, ce qui le fit immédiatement rougir. Il n'avait pas beaucoup d'orgueil mais savoura l'éloge. Un compliment en reste un, peu importe sa véracité.

Il commençait à l'aimer. Il ne le lui dirait pas. Dans son monde, il n'appartenait pas aux hommes de se laisser aller à des manifestations de romantisme exalté ou d'être guidés par les considérations du cœur, que l'on savait faible. Aimer, c'était pour lui prendre le risque inévitable d'être blessé. Il avait beaucoup souffert, plus jeune, d'une relation éphémère avec une touriste bretonne, et ne tenait pas à réitérer l'expérience. Non pas qu'il partageât les positions de Battì, mais les discours ordinaires qu'il entendait depuis l'adolescence l'avaient toujours invité à se méfier de l'amour. On entend de si sombres choses sur les femmes qu'on en finit presque par oublier que ces légendes viennent majoritairement d'hommes répudiés pour de bonnes raisons. À la fenêtre, on percevait, au lointain, l'édifice gigantesque de la bibliothèque universitaire. Parfois, des oiseaux se posaient sur le rebord et tous deux jouaient comme des enfants à leur envoyer des miettes de pain. Les restes de leurs maigres repas d'étudiants y passaient.

Lelia avait corrigé le discours. Elle le trouvait beau, même si elle ne partageait pas les positions politiques de Raphaël. Cela concernait un peu trop la Corse, à laquelle elle ne se sentait pas attachée, ou du moins de laquelle la plupart des remarques entendues plus jeune l'avaient détachée. Même si tous les Corses n'étaient pas comme ça, bien sûr.

Raphaël n'avait pas l'air stressé. Quoi qu'il en soit, il n'en aurait rien dit.

Il était bientôt l'heure. Raphaël se prépara avant d'embrasser Lelia et de partir pour la faculté. Il aimait beaucoup Corte. De là où il était, il voyait la citadelle qui surplombait le centre ancien et dominait tous les vieux bâtiments. Il passa par un raccourci qui l'amena à traverser un fleuve. Il marcha sur un pont. Il n'y avait rien dans le ciel, pas même la marque d'un présage ou l'appel d'un oracle, rien que le bleu qui dominait la cité paoline au milieu de montagnes aux sommets d'une blancheur immaculée.

Arrivé dans l'espace que la faculté mettait à la disposition des associations, il recueillit des regards méfiants et des airs circonspects. Raphaël savait qu'il fallait voir au-delà des divergences, réformer le passé et construire sous la bannière d'une piété nouvelle. Mais il n'était pas un élu, ni même un iconoclaste, et ce qu'il voulait réformer n'était qu'un temple païen que lui et d'autres dévots nourrissaient de leurs prières militantes. Peut-être que, comme d'autres, Raphaël participerait toute sa vie à l'édification du culte d'idoles. Il n'y avait pas d'évangile ni de liturgie. Il n'y avait que les innombrables discussions avec Paul-Toussaint Desanti sur l'avenir du militantisme, la nécessité d'imaginer quelque chose en dehors de la violence, et même de lutter contre elle, qui causait davantage de dégâts parmi les leurs, donnait plus de sang que de victoires, et qu'il fallait apprendre à dépasser. Ensemble, ils en avaient discuté pendant des mois. Réussir cette fusion lui garantirait une place au sommet et Gabriel serait fier de lui.

Il s'assit dans le silence et s'interrogea sur cette ambiance qui ne laissait présager aucune union. Les regards continuaient d'être circonspects. C'était étrange. On lui donna très vite la parole. Il s'avança vers l'estrade, prit le micro et se lança presque aussitôt. Raphaël parla de rêves pieux, il parla de sombres années qui avaient vu tant de traîtrise, de lâcheté, d'un temps et d'une violence révolus. Il parla de réconciliation, du chemin impératif de la non-violence, de la paix et de la voie salutaire de l'accomplissement démocratique. Il rappela les sacrifices incontestés d'une étape close, nécessaires pour bénéficier des lueurs de la marche vers le progrès. Il remercia le passé et loua un avenir éclairé par le choix souverain du peuple. Même les gens qui le dévisageaient prenaient goût à son plaidoyer. Il évoqua une communauté de destin prête à faire front dans une idéologie commune et à se reconnaître *peuple* en agrégeant leurs différences. Il posa son micro.

Il eut droit à quelques applaudissements timides. Au total, on comptait – toutes structures confondues – une trentaine de militants. Il n'y avait là que deux syndicats. Les autres factions de l'université étaient peu représentées, ou du moins n'avaient envoyé que quelques membres à la réunion. Raphaël eut davantage d'applaudissements de la part de sa frange militante. L'autre branche, dont Lucien était le président, lui était assez hostile, sans qu'il puisse s'en expliquer les raisons, et Raphaël garda une indifférence polie aux regards qui ne lui étaient en rien amicaux.

La salle était assez grande et bien éclairée. Sur les côtés, un équipement musical avait été déplacé afin de ne pas gêner la scène. Les militants écoutaient tout en renvoyant en direct des commentaires et des vidéos sur les réseaux sociaux. Paul-Toussaint Desanti n'était pas là. Son absence était remarquée. Il y avait une table sur laquelle étaient disposés quelques bouteilles de soda et des gobelets en plastique.

Ce fut au tour de Lucien. Il avait les yeux rouges. L'atmosphère était tendue et les membres du syndicat de Raphaël ne comprenaient pas pourquoi. Se distillait dans l'air un champ électrique, un poids invisible et brumeux qui faisait craindre à tous l'apparition soudaine d'un orage social. Lucien tapota un peu le micro. Il portait une chemise noire d'une élégante sobriété, était correctement coiffé, bien que son visage parût passablement tendu. Il commença par remercier Raphaël pour son discours, ce qui rassura ce dernier. Il évoqua des héros, lui aussi, et des morts pour la cause. Les événements d'Aléria et la naissance du nationalisme. Le tourisme de masse et les intérêts privés. À quelque chose près, quoiqu'il ne dise rien à propos d'une fin de la lutte armée, son discours était assez proche de celui de Raphaël.

Mais cela ne dura pas. Il parla d'une Corse souveraine et placée sous la garde ancestrale de la Vierge Marie. D'une Corse catholique et des valeurs qui l'accompagnaient ainsi qu'en attestaient, aujourd'hui encore, les chants liturgiques ou l'hymne de l'île, le *Dio vi salvi Regina*. Du fait que cette identité ancestrale était menacée par la ghettoïsation, par l'apport toujours croissant de Français et d'Arabes qui ne se fondraient jamais au projet.

Raphaël resta sur sa chaise, interloqué. Il ne comprenait pas ce qui était en train d'arriver. Cela enfreignait les termes de l'accord. D'après ce qui était convenu, ils ne devaient pas insister sur leurs divergences, ni sur les caractéristiques identitaires du mouvement. Il n'y avait plus de consensus. Les mots de Lucien tamisaient l'espace. Raphaël continua de l'écouter sans l'interrompre. Lucien vomissait son discours en le fixant. Il prédit un danger imminent, une islamisation croissante des quartiers populaires. À L'Île-Rousse, on parlait d'un imam salafiste. Raphaël était stupéfait. Lucien émaillait son discours de relents racistes, comme s'il cherchait à provoquer l'auditoire.

Il fut applaudi à grands cris par un comité restreint et les amis de Raphaël restèrent médusés. Rien ne se passait comme prévu. Un jeune homme qui portait un béret siffla entre ses doigts sales. Il était petit et maigre et portait des chaussures qui semblaient plus lourdes que lui. Il cria très fort et de manière inarticulée. Raphaël ne comprit pas ce qu'il disait mais il le reconnut : il s'agissait de Sauveur Luneschi. Avec un tel accoutrement, ce n'était pas difficile ; il portait toujours un bleu de Chine et des chaussures de montagne. Sans les vêtements, ses oreilles suffisaient à l'identifier.

On rendit le micro à Raphaël. Il prononça les remerciements de circonstance en insistant bien sur l'impératif de la non-violence. Il se fit immédiatement interrompre par Lucien, qui le coupa avec une certaine condescendance.

— Ah, ça leur a servi la non-violence au Bataclan...

— Je vois pas ce que ça a à voir avec ce qui nous intéresse, l'interrompit assez froidement Raphaël, contenant sa colère.

Cette colère, il devait la discipliner, il n'avait pas passé autant d'heures à écrire son discours, à négocier avec Paul-Toussaint les places de chacun et son propre rôle pour que tout finisse dans un amas de poussière fumante.

— Ah, mais ça je veux bien te croire, répondit Lucien avec un rire sardonique qui emporta définitivement Raphaël.

— Qu'est-ce que tu veux dire par là ?

On leur dit de se calmer, que tout allait bien. Les esprits s'échauffèrent. Raphaël regarda autour de lui. Il lui sembla qu'il était au cœur d'un complot ourdi contre sa personne et son camp. Des gens riaient doucement. On continua de parler, on essaya de changer de sujet. Mais il était trop tard pour une marche arrière.

— Je ne comprends pas ce que tu as, Lucien.

— Comment ça, tu comprends pas, tu crois qu'on t'a pas vu dans les Lubiacce ?

Tout devint plus clair. Ce qui dérangeait Lucien, c'était sa relation avec Lelia. Raphaël lâcha son verre de Coca et se rua sur Lucien en l'attrapant par le cou pour l'étrangler. Tous s'interposèrent pour les séparer. Aucun coup ne fut échangé mais les insultes pleuvaient. Raphaël cria à Lucien qu'il n'était qu'un abruti et un connard de *sgiò*[1], qui se prenait pour un autre et se servait de son militantisme pour s'encanailler, trouver une justification à son existence minable.

— Je les connais, moi, les Arabes, j'ai grandi à Aléria. Avec tout ce que mes grands-parents ont fait pour eux, rien, pas un merci!

Ils continuaient de crier, de se répandre en injures et, sourds aux invectives de chacun, ils en devenaient sourds à leurs camarades, qui les regardaient sidérés. Dans l'assistance, les femmes restèrent de marbre. Soudainement cantonnées à un rôle de spectatrices ou de greffières, elles avaient, par la violence, été exclues du débat.

— T'as qu'à y retourner à Aléria, vivre cette vie que tu vantes à longueur de journée. La vérité, c'est que tu t'en prends aux Arabes parce que t'as pas de couilles!

Cette remarque résonna davantage aux oreilles de Lucien. Il expliqua que c'était ce qu'il allait faire. Que la vraie libération c'était le travail de la terre, et pas ces réunions ridicules de futurs fonctionnaires de l'État colon. Là-dessus, plusieurs parmi les siens lui jetèrent un regard mauvais. On essaya de renégocier les termes de l'accord. C'était impossible pour l'heure. Tout serait repoussé. Ils échangèrent encore quelques insultes. Lucien rétorqua qu'il n'était pas un *sgiò* et que s'il en était vraiment un il n'aurait

---

1. Titre de noblesse ou de respect. Peut concerner aussi bien une famille noble qu'une fonction sociale valorisée.

pas passé tous ses étés à bosser dans une pizzeria minable que son cousin tenait à Ajaccio.

— On sait tous que si tu bosses sur Ajaccio c'est pour faire boire les mineures et les baiser, espèce de tocard !

Lucien s'emporta encore avant de quitter la réunion en criant sur tout le monde. L'assistance resta muette et plus personne n'osa un chuchotement.

Raphaël se leva sans parler. De ce tumulte, il ne restait déjà presque rien. Il regarda les autres avec des yeux ronds qui, pour une fois, cachaient mal sa tristesse, prit sa veste sur un siège en bois poli et s'en alla. Il n'y aurait pas ce jour-là d'unification et ses rêves se perdaient dans la douloureuse acceptation d'un échec immérité. Il ne deviendrait pas le responsable de la première force politique étudiante.

Il rentra voir Lelia. La ville tombait dans la froideur du soir et il ne la trouva plus aussi belle, comme si la citadelle lui apparaissait soudainement tel un amas de fioritures inutiles, tant il était déboussolé par sa colère, par cet échec, et tout son ressentiment obscurcissait son regard, qu'il ne portait plus vers l'édifice immense qui surplombait la ville. Tant d'heures à préparer son discours pour être sali par un *enculé* pareil. Maintenant, il le savait, au syndicat les relations seraient difficiles. Il regrettait cette issue, même s'il ne reniait pas son emportement. Il fallait débarrasser le mouvement de ce genre de merde pour arriver à agréger les différences. Son portable ne faisait que vibrer. Dans les groupes militants, sur les réseaux, c'était déjà le bordel. Gabriel envoyait des messages, ponctua la lourde culpabilité de son absence par autant de smileys enjoués et rieurs dont le jaune cachait mal l'amertume. Son frère ne répondit pas.

Raphaël poussa la porte de l'appartement qui donnait sur les Lubiacce, ce vieux quartier où tout semblait pouvoir s'effondrer. Quand Lelia le vit, elle lui demanda ce qu'il avait.

— Rien, répondit-il en souriant, portant ce masque si peu discret qu'était son mensonge.

Il la prit dans ses bras et sentit son parfum l'étouffer jusqu'au plus profond de son cœur.

Quand ils firent l'amour ce soir-là, il ne pensa pas au visage de Lucien, ni à ses propres mains qui l'étranglaient, à sa veine jugulaire qu'il pouvait sentir gonfler sous la force de ses doigts et, au fond des yeux de Lelia, Raphaël se laissa perdre doucement dans le flot tranquille d'un naufrage consenti.

Corte

La dispute avec Raphaël Cristini fit entrer Lucien dans des abîmes lourds de ressentiment. Que plusieurs de ses amis lui aient signifié, non sans une certaine méchanceté, qu'il avait été un gros con n'était pas non plus pour le rassurer. Seul le petit Sauveur Luneschi semblait en mesure de lui prodiguer la pitié et la commisération qu'il recherchait. En butant sur les syllabes, celui-ci lui expliqua qu'il avait eu raison, que le nationalisme n'avait rien à faire avec des gens qui se tapaient des Arabes, et qu'en plus ces dernières étaient probablement pleines de maladies. Bien que suspicieux sur le lien de causalité qui reliait l'origine ethnique et la possibilité infectieuse, Lucien était content d'avoir un peu de soutien, même si cela venait d'un abruti pareil. Il était gentil et se donnait beaucoup pour le mouvement. Il collait des affiches. Il chantait gratuitement. C'était largement suffisant, et on ne pouvait guère lui en demander davantage. Par ailleurs, il était le cousin de Paul-Toussaint Desanti, ce qui lui assurerait toujours un certain prestige qu'il ne méritait malheureusement pas par ses seules qualités individuelles. Peut-être que Sauveur arrangerait le problème. À la suite de la dispute, Lucien avait reçu un appel de Paul-Toussaint, dans une colère noire. Il avait raconté que les choses étaient sérieuses, qu'il fallait sceller cette union, et que la violence n'était plus acceptable. Lucien s'était emporté, et lui avait raccroché au nez.

Ne pas bénéficier du soutien total des siens fit naître ses premiers doutes quant à son engagement politique. Le soir avait noirci mais ne chassa ni la rancœur de Lucien ni les jurons qu'il avait proférés contre une jeune femme qu'il n'avait jamais pris la peine de connaître.

Il dormit très peu et se leva aux aurores pour assister à un cours d'histoire médiévale. Il avait mal au crâne. Raphaël était absent. Lucien ressentit un peu de mépris en pensant qu'il avait dû rester avec *son Arabe*. À ses yeux, elle ne portait pas de prénom, simplement une désignation, pour signifier par une preuve langagière qu'elle appartenait à une frange de l'humanité trop éloignée de lui pour partager l'exclusif privilège d'une appellation baptismale.

Lelia y était habituée, au collège, lorsqu'elle se trouvait encore dans un âge où ces pratiques langagières pénétraient sa chair dans la douleur. Elle avait compris ce qu'étaient les mots, loin des explications lentes de sa vieille prof à moustache. Peu lui importaient, finalement, les compositions grammaticales, les adverbes ou les compléments d'objet indirects. Les mots étaient davantage des actes que des définitions vieillottes, et toutes les paroles qu'elle entendait dessinaient mieux le réel qu'un vocabulaire abstrait, en la transformant intégralement par les sentences indignes qui la définissaient. Elle n'avait pas connu les mots d'amour, les petits, ceux que l'on cachait dans les trousses ou que l'on faisait passer discrètement, les timides, qui émergeaient de lèvres tremblantes sans jamais pouvoir éclore, elle ne connaissait que les plus épais, qui la blessaient comme, dans sa peau, une flèche imprégnée de poison.

Ainsi, en l'excluant au même titre que tous ses congénères, ses camarades s'étaient privés de la magnificence de son sourire, et elle-même y avait renoncé, ravalant ce dernier dans des couloirs sombres où elle marchait tête baissée. Parmi les mots qui prétendaient définir son visage trop beau pour l'ignorance et la bêtise, elle entendait souvent qu'elle était « trop jolie » pour une Arabe, ou encore qu'elle était une Arabe « mieux que les autres ». Elle n'avait jamais compris que ces insultes illustraient l'élégance rustique d'une certaine attirance que ces garçons n'auraient jamais osé avouer, quand bien même ils seraient tombés amoureux d'elle. Au collège, elle n'avait pas son grand frère pour la défendre : Malik était trop vieux pour y être élève. Elle ne s'en était jamais plainte, car elle savait, pour en connaître les codes, qu'il existe des toiles invisibles et des cordes qui relient les êtres là où d'autres les enserrent ou les excluent, et que tous les efforts du monde ne pourraient que l'éloigner d'un champ de force pour lequel elle n'avait, à l'évidence, aucune sympathie. Nul besoin d'avoir peur des djinns et des goules dont son grand-père Hassan contait les histoires horribles que Malik venait lui répéter. Le réel suffisait.

Au lycée, l'attitude qu'on lui réservait devint nettement différente. La méchanceté s'était évaporée et, les injures enfuies avec elle, Lelia pouvait s'extraire de ce cloître ancien pour renaître grâce à des mots qu'elle avait désormais la chance de choisir. Elle attirait beaucoup les garçons, autant ceux qui l'avaient naguère blessée que ceux qui l'avaient passablement ignorée. Elle avait choisi de n'en fréquenter aucun, par une peur inconsciente de raviver les braises d'un passage de sa vie qu'elle préférait croire définitivement éteint. L'idée que son frère pût surveiller chacun de ses faits et gestes n'arrangeait rien. C'est pourquoi, généralement, elle voyait peu de garçons, ou alors exclusivement des gens qui ne fréquentaient pas le lycée et avec lesquels elle se découvrait autrement, d'une manière plus *chaleureuse*, aurait-elle dit, modifiant constamment son vocabulaire à mesure que s'ouvraient devant elle l'inventaire du possible et les perspectives linguistiques de sa définition.

C'est ce qu'elle avait aimé chez Raphaël lorsqu'elle l'avait accosté. Il n'avait pas cherché à la définir par son appartenance, il était resté discret dans ses questions, avec ses mots, en usant à la manière d'un condiment rare dont le bavardage aurait signifié le gaspillage. Elle n'était pas une Arabe, ni autre chose qu'elle-même, et c'était largement suffisant.

Lucien ne trouva pas le cours d'histoire médiévale à son goût. Rien ne le fascinait plus dans les récits d'épopée, la prise de Constantinople en 1453, la proposition de reddition de Mehmet II ou l'horreur du martyre byzantin. Rien ne l'intéressait, ni la violence barbare des janissaires ou le feu grégeois sur la cité, ni l'assaut des couleuvrines et des mousquets ou la lumière rouge dans le ciel et le mauvais présage qu'elle augurait pour Sainte-Sophie. Son café aussi lui parut différent ; il soufflait doucement dessus au moment où son regard croisa celui d'une jeune femme étincelante qui se rendait en cours dans un autre bâtiment. Il baissa les yeux, gêné.

Assis dans l'amphithéâtre, où ils n'étaient pas plus d'une vingtaine d'étudiants, Lucien n'était plus fasciné par rien. C'était comme si l'immense édifice de savoir historique qu'avait épousé son esprit s'était soudain évaporé dans une conception désincarnée, dans quelque chose d'aussi inutile que repoussant, tellement loin du réel et de ses préoccupations immédiates, tellement loin de la *vérité*. Il pensa que c'était dû à la contrariété, mais cela ne s'estompait pas.

Intérieurement, une métamorphose avait eu lieu, sans qu'il puisse en saisir l'intime nécessité, qui transformait intégralement sa représentation. Il en était sûr à présent : le monde des idées, c'était bien un truc de branleurs. Parler pendant des heures d'abstractions théoriques, savoir si l'histoire était plutôt linéaire ou cyclique, observer la répétition d'enjeux similaires, les dominations des uns sur les autres, ce n'était plus participer à l'histoire mais bien y renoncer. Certes, il fallait un bagage intellectuel suffisant, ne fût-ce que pour défendre ses convictions, mais nul n'avait besoin pour cela de branleurs perfusés par l'État. L'histoire était trop éloignée du terrain. La vraie lutte, c'était celle du quotidien, de la terre et pour la terre. Comme ses parents finalement qui, en un certain sens, avaient compris une grande partie du problème. Lucien ne s'entendait pas avec

eux. Ils avaient trop de divergences politiques. Ils possédaient une exploitation gigantesque aux activités multiples,
dans les agrumes, le vin ou encore l'élevage de quelques
bêtes appartenant à un vieil oncle malade.

On ne vit plus beaucoup Lucien dans les couloirs de
l'université, moins encore aux réunions syndicales, et l'on
apprit bientôt la nouvelle : il s'était inscrit au lycée agricole.
Il avait choisi la filière bovine.

Nice

24 mai 2014

Comme toutes les petites filles du monde, Cécilia avait des rêves. Enfant, quand elle passait ses étés chez *Missia*[1], elle voulait devenir une princesse. D'ailleurs, quand elle rentrait goûter à la maison et qu'elle rapportait des noisettes du jardin, c'était un peu son surnom. Plus tard, elle a nourri de nouveaux projets. D'abord la mode, puis le droit, ensuite quelque chose d'ambitieux dans le commerce, même si elle n'aurait su dire exactement quoi, le métier qu'elle voulait exercer ne se définissant que partiellement, prisonnier de l'immatérialité de ses songes. Puis les rêves ont échappé à sa conscience, et sa vie s'est résumée à les poursuivre, les rattraper pour enfin les matérialiser, les réaliser. De ses rêves d'autrefois, Cécilia essayait d'isoler ses désirs, de faire advenir dans le réel ce qui n'était qu'un tissu de formes et de lieux qu'elle avait du mal à définir.

En revanche, aujourd'hui, elle sort de chez ses parents, se retrouve sur la promenade des Anglais, puis dans son

1. « Grand-père », dans le parler ajaccien.

122

école, pendant qu'à son côté marche une ombre parfumée qui la serre par la taille sans qu'elle puisse se détacher de son étreinte. Une foule l'épie, des regards mauvais se figent sur elle, des yeux profonds et noirs. Il y a beaucoup de monde. Des étudiants mais aussi des membres de sa famille, des gens qu'elle ne connaît pas et au loin, de dos, une vieille femme en noir dans un champ d'oliviers. Elle essaie de se retourner, de se défaire des bras de l'ombre, mais elle n'a aucune force, et l'ombre l'emmène, et elle ne peut rien, elle se débat pourtant, veut frapper la forme et s'arracher à son emprise, mais toutes ses tentatives de fuite sont vaines.

Elle se réveille en sursaut et son cauchemar se lève avec elle, elle sent encore sur sa taille la main de l'ombre et son parfum maudit lui brûle les narines. Elle essaie de recouvrer ses esprits, allume la lumière et saisit son smartphone. Mais, restée dans sa nuit, il y a toujours la silhouette, et un visage que sa mémoire refuse de donner. Pourtant ce visage a un nom : *Quel est-il ?*

Elle se lève et déjeune, et, petit à petit, son rêve est chassé jusqu'à ce qu'elle n'y pense plus, le laisse derrière des portes qu'en journée elle ne franchira pas. Elle se prépare à la hâte avant de sortir faire quelques courses. Devant le miroir, elle se trouve franchement difforme et moche. Ce n'est pas la première fois. Elle a vraiment grossi. Pourtant, il ne lui semble pas faire beaucoup d'excès. Mais ses formes ne disent pas la vérité d'autrefois, elles ont pris de nouveaux chemins dans sa peau, elles ne sont plus *harmonieuses* et *équilibrées*, et des traces de cellulite parsèment des bourrelets naissants où le tissu devient profond et gras. Il faut agir.

Elle est pressée. Cécilia doit rejoindre les autres pour un brunch. Elle a terminé son semestre ; « cela s'est au moins aussi bien passé que le premier », pense-t-elle pendant qu'elle s'assoit au bar où elle a l'habitude de les retrouver, trépignant d'impatience de pouvoir annoncer à Maxime, Joël et surtout Magali qu'elle a choisi de passer l'été avec eux. Ses parents ne seront pas difficiles à convaincre. Rentrer pour les fêtes était amplement suffisant et, elle se le murmure en son for intérieur, elle est une femme maintenant et, en tant que telle, elle a droit à son *indépendance* et à ses *responsabilités*. Si elle est sujette à un coup de blues, il lui suffira de prendre le bateau ou, mieux encore, le bus, pour aller manger des gâteaux chez sa grand-mère.

Ses amis sont là. Le temps est radieux. Ils s'installent autour de la large table en bois et, selon la coutume joyeuse de leur amitié, ils commandent un brunch. Arrive très vite tout un plateau de toasts, de viennoiseries et de confitures. Il y a de beaux fruits ronds. Le serveur dispose quelques tranches de charcuterie en cercle et dépose de grands ramequins d'accompagnements, ainsi que des cocktails sans alcool dont ils cherchent déjà, en les goûtant du bout des lèvres, à reconnaître les saveurs.

Cécilia prend son smartphone, qu'elle a pour habitude de laisser dans la poche de son sac à main. Elle fait un selfie avec ses amis, puis un cliché de l'agencement des mets colorés qu'elle trouve radieusement photogénique. Elle fait défiler de son doigt le filtre qui lui convient le mieux, ajoute à la publication quelque chose sur les promesses de l'été, agrémente le tout de hashtags puis poste le résultat sur Instagram.

Au cours du repas, Maxime et Joël racontent qu'ils vont tous les deux rentrer à Lyon, au moins pour le mois d'août, ce qui attriste un peu Cécilia. Le premier servira au restaurant familial et le second a trouvé une place à la Fnac de la Part-Dieu. Seule Magali a prévu de rester. Dans tous les cas, ils auront jusqu'à la fin juillet pour en profiter. Ce sera suffisant et, en août, elles se retrouveront entre filles. Cécilia précise qu'elle ne rentrera pas en Corse. Quand Magali lui demande pourquoi, elle répond simplement qu'elle s'y emmerde souvent et qu'elle trouve que les choses y ont changé, comme si un voile terne et épais recouvrait les souvenirs qu'elle garde de la cité impériale. Elle explique qu'elle en a marre de voir toujours les mêmes têtes et que le simple fait de revenir chez ses parents la met dans l'embarras – non qu'elle entretienne des mauvais rapports avec eux, mais ne pas pouvoir disposer d'elle-même ni de la totalité du temps qui s'écoule l'indispose. Magali regarde Cécilia pendant qu'elle raconte en riant aux garçons une anecdote à propos d'une mésaventure scolaire au lycée. Elle déborde de vitalité, elle est dynamique et resplendissante et chaque mouvement de ses lèvres témoigne du jaillissement de puissance qui la caractérise. Elle est magnifique. Magali soupçonne Joël d'en être secrètement tombé amoureux. Il bafouille toujours quand il la voit et bouffe la moitié de ses mots. Pourtant, depuis qu'elles sont amies, Cécilia ne lui a jamais parlé de ses aventures, se contentant de répondre brièvement qu'elle est seule et qu'elle a pour projet de le rester. Elle plaisante sur toute sorte de choses, allant de la scolarité à sa propre personne, mais semble avoir à cœur d'éviter les sujets qui, il faut le reconnaître, sont au centre de nombreuses conversations. Elle prépare des tartines pour tout le monde pendant qu'elle rit aux plaisanteries de Maxime et que Joël sourit de manière plus effacée et timide.

— Tu ne manges rien, toi, Cécilia ?

— Je n'ai pas très faim, répond-elle avant de tourner son regard vers la mer.

PARTIE II

« L'anxiété empoisonne l'âme. »

Friedrich Nietzsche,
Fragments posthumes

Village

Kant a raison quand il écrit que nous ne pouvons pas totalement connaître le monde extérieur. Pour le Chinois de Königsberg – Gabriel ne l'appelait pas ainsi, le mot était de Nietzsche, lui n'aurait pas osé, les noms étant encore pour lui l'objet d'une déférence malhabile, des statues de sel au pied desquelles il s'agenouillait sous les majuscules avec résignation et respect –, tout ce qui nous est connu ne peut prendre chair qu'à travers notre perception, prisonnière elle-même des filtres limités de la sensibilité et de l'entendement humains. Le réel est donc pour nous une totalité évanescente à laquelle nous n'avons qu'un accès partiel, et nous ne savons rien, finalement, de ce qu'est sa majestueuse vérité suprême. Nous n'en connaissons que les fragments, et cela suffit à nous rendre le monde beau.

Gabriel savait bien tout cela, l'idée que le monde ne puisse lui être tout à fait connaissable n'avait jamais jusqu'ici tari l'espace contingent de son innocence béate, et, à vrai dire, aucune connaissance métaphysique ne l'avait ébranlé au point de le rendre autrement que curieux. Pour être honnête, il avait trouvé le cours difficile et n'avait

129

pas été aussi sérieux qu'à l'ordinaire. Il ne connaissait pas grand-chose aux catégories de temps et d'espace, à ce qui nous était donné comme *a priori* de la perception, mais il savait désormais ceci : le monde ne lui était plus dévoilé directement, sa représentation était avant tout *conditionnée* par l'angoisse, et tout le réel paraissait *menaçant*. Rien de ce qui était offert à son regard n'avait la saveur d'autrefois, désormais tout était dessiné par l'instinct fragile d'une bête blessée. Une blessure nouvelle qui ne marquait pas sa peau mais était présente d'une manière plus sournoise et invisible, comme si l'angoisse n'était qu'une créature éthérée qui se superposait à son esprit pour corrompre le spectre définitif du réel. C'était un cours bien chiant, pour tout dire, et il espérait ne plus avoir affaire à ce Kant qui l'avait empêché, l'année précédente, pour cause de révisions intensives, de profiter de l'apéro de Noël traditionnel du village et de toutes les sorties qui agrémentaient une semaine festive, où les lumières éclairaient timidement l'intérieur de maisons désertées.

Cette année, c'était encore différent. Inscrit en recherche, il n'avait pas à écumer pendant de longues heures les pages d'un cours qu'il lui faudrait péniblement réviser pour obtenir une bonne note. Non, un simple rendu de dossier faisait désormais office d'examen, parfois accompagné d'une présentation à l'oral, mais rien de comparable avec ce qu'il avait connu en licence. C'était mieux ainsi et la recherche ce n'était pas plus mal. Il avait donc pu profiter de Noël, du repas en famille et de l'apéritif traditionnel servi au bar, chez Battì, à partir de onze heures le 24, où se mêlaient aux villageois des amis d'enfance vivant le reste du temps sur le continent. En janvier, il avait pu présenter ses oraux de manière tout à fait honorable, et les épreuves n'avaient pas entraîné chez lui la moindre manifestation de l'angoisse qu'il redoutait. Il obtint de très bons résultats et cela rassura ses parents.

Février était là. Au village, le chasse-neige avait tardé, comme chaque fois, à rendre la route praticable et Battì n'avait pas attendu son passage pour rouler sans rien respecter des recommandations de prudence ou de rigueur en cas de forte tempête. Il n'avait pas installé de pneus neige ni – fidèle à son habitude – bouclé sa ceinture de sécurité. Il n'avait pas que ça à foutre. Il fallait descendre la bétaillère jusqu'au port de Bastia pour ensuite monter au Salon de l'agriculture. D'après le récit qu'en donna son cousin Nico, la descente avait été mouvementée, mais cela n'avait pas du tout contrarié Battì, aussi à l'aise avec son 4 × 4 que s'il s'était agi d'un bobsleigh.

C'était la troisième fois qu'il se rendait au salon. Il avait un stand qui fonctionnait correctement et avait proposé à une étudiante originaire du village de lui donner un coup de main. Elle avait accepté et ne manquerait qu'une semaine de cours. De toute manière, elle se trouvait déjà à Paris pour ses études de sociologie. Au moins, elle pourrait s'occuper du stand pendant que Battì irait avec ses amis goûter tous les alcools et autres saveurs de régions qu'il considérait comme autant de pays étrangers. Il la paierait grassement et pourrait ainsi faire décoller son taux de cholestérol sans que cela nuise à son business. En plus, il n'aurait pas à être poli et à dire bonjour à tout le monde : *Jackpot*.

Il avait proposé aux frères Cristini de venir, «parce qu'on allait bien rigoler avec les Basques, et qu'avec un peu de chance on pourrait trouver quelques salopes pour se faire sucer ». La perspective d'écumer les stands avec un animal incontrôlable n'enchantait pas, à proprement parler, Gabriel, mais Raphaël s'était montré convaincant. Il lui avait expliqué qu'il était resté cloîtré tout seul trop longtemps à ressasser des connaissances inutiles, et que l'isolement allait finir par le rendre véritablement fou.

— C'est vrai : Nietzsche par-ci, Cécilia par-là, il faut que tu sortes, tu étouffes, Gaby.

Il n'avait pas tort. À considérer ce qu'était la vie de Gabriel depuis août, son frère avait remarquablement bien résumé ce qui occupait la quasi-intégralité de ses journées. Il existait, c'était vrai, d'autres filles que Cécilia – même s'il confessait un scepticisme salvateur quant à la présence, au Salon de l'agriculture, de jeunes Basques prêtes à répondre aux fantasmes lubriques de Battì – et Nietzsche était abscons, lourd à force de légèreté, et la partition de l'œuvre en poèmes et autres aphorismes n'en rendait l'étude philosophique que plus exigeante. Il avait donc accepté la proposition de Raphaël.

Ils se rendirent à l'aéroport. Il faisait froid mais, cette fois, les chasse-neige avaient fait leur boulot. Leurs parents les accompagnaient, et pourraient remonter la Clio en leur évitant de payer d'inutiles frais de stationnement. La semaine promettait d'être bien arrosée.

Arrivé dans le hall vide de l'aéroport de Poretta, Gabriel vit soudainement son projet basculer. Lorsqu'il essaya de passer le portique, il fut pris d'une montée d'adrénaline si violente qu'il tomba sur le sol, avant de se mettre à pleurer devant des voyageurs gênés et une assistance médusée. Raphaël eut du mal à cacher sa tristesse, il releva son frère et l'emmena s'asseoir plus loin. Gabriel avala deux cachets avant de se rendre compte que le portique était devenu une frontière infranchissable. Pantois, ses amis, déçus de devoir partir sans lui, firent prendre à l'avion un peu de retard. Parmi eux, il y avait Joseph le pompier et Antò, un ami serveur dans une boîte de village. Ils finirent par embarquer et Raphaël resta avec son frère et ses parents, consolant Gabriel dont les larmes continuaient à couler sous ses paupières usées.

Rien n'y avait fait, ni la volonté ni les anxiolytiques. Gabriel resta à terre, la mort dans l'âme, observant le monde, étranger aux voyages, aux charmes et à la distraction de l'ailleurs. Il regarda longtemps sa canette de soda et fuma clope sur clope, malgré le regard menaçant du barman. Sa mère souhaitait le réconforter, elle parlait beaucoup – des mots creux que, malgré lui, Gabriel n'entendait pas. « Ce n'est pas grave, disait-elle, ce n'est rien. » Alors que si, tout était grave, et cela, elle ne pouvait le comprendre, non, elle ne pouvait pas.

Ce que Gabriel savait, et taisait, c'est que ce n'était pas le Salon de l'agriculture qu'il avait manqué, mais la totalité évanescente d'un monde plein de surprises. Il réalisa à quel point il était prisonnier et avait métabolisé une souffrance abstraite qui révélait désormais ses répercussions. Il repensa à Kant, à ses cours sur le réel, à la somme de connaissances inutiles qui embrouillaient son esprit fatigué. Sa perception serait désormais différente, elle ne serait plus une expérience sensorielle qui ajouterait des données à un ensemble constituant une représentation physique, non, elle serait pour toujours l'apparition du manque, les fantômes échoués et les voyages avortés, les filles aux bérets que l'on n'embrasserait pas et les pays en jachère que l'on ne visiterait jamais. Il ne voyait plus qu'un vide immense, orphelin au souvenir. Puisqu'il ne partait pas, toutes les promesses de la jeunesse s'évanouissaient. Déjà, il avait renoncé aux endroits bondés, aux soirées étudiantes et au militantisme, qui autrefois lui permettaient d'assouvir les besoins de son existence ordinaire. Les plus grands silences venaient désormais des portes de mondes trahis.

Il regarda Raphaël, lui prodigua des excuses dont celui-ci ne voulait pas.

— Je suis désolé Raphaël, je ne sais pas ce que j'ai, j'ai peur, confia-t-il. Je ne sais plus quoi te dire, j'ai l'impression de devenir fou.

Son frère le prit dans ses bras. Ils n'allèrent pas au bar, fermé toute la semaine en raison de l'immense soif de Battì. Ils rentrèrent chez leurs parents, réinvestissant momentanément une chambre qu'ils n'avaient plus l'habitude d'occuper, et dormirent ensemble, comme lorsqu'ils étaient enfants et que la vie promettait encore à Gabriel des vertiges, des rencontres, et des découvertes d'ailleurs.

Village

25 mars 2017

La souffrance ne nous est d'aucune consolation. Certains pensent, Nietzsche le premier, qu'il existe un *sens* à nos peines, non pas exactement dans les douleurs que tout un chacun rencontre dans son existence, mais bien dans leur dépassement. C'est aussi ce que croyaient beaucoup de proches de Gabriel, qui lui assénaient des poncifs sur l'après, sur ce passage de sa vie qu'il surmonterait bientôt, le rendant plus fort, vigoureux, tel un roc au milieu d'une tempête. Mais Gabriel n'entendait rien, il savait déjà, comme il connaissait la fin de Nietzsche, comme il connaissait toutes les fins, que rien ne justifie le règne impie de la douleur et que toutes les théodicées – aussi athées et pleines de compassion soient-elles – ne sont que des farces lugubres que l'on fait aux enfants malades dans l'espoir irraisonné d'un prolongement inutile de la vie et de la peine. Rien n'y avait fait, rien n'y ferait ; l'étude de Nietzsche le plongeait dans un profond embarras tant étaient difficiles à supporter, contrastant avec la beauté et la hauteur de son style, l'absurdité irrémédiable et la violence de son déclin.

Mais Gabriel n'était pas Nietzsche et il le savait bien ; il n'avait jamais trouvé quoi que ce soit dans ses écrits qui eût fini de le convertir – car tout amour de la philosophie, même nietzschéenne, peut avoir des airs de conversion. Au contraire, certains aspects de sa philosophie lui apparaissaient soudainement rebutants. Naguère, en licence, il se l'était approprié, si l'on peut dire, comme tant de ses camarades, dans la distance respectable qu'exigeait l'attachement craintif à une figure tutélaire, sans comprendre, sans imaginer que les larmes de Nietzsche étaient celles d'un enfant. Désormais, tout était différent. La rédaction du mémoire de Gabriel avait brusquement changé la donne, et la lecture du philosophe entrait dans une dimension nouvelle où les phrases révélaient un sens ésotérique inaccessible à ceux qui ne savaient rien des chemins ardus de la souffrance.

Depuis l'incident de l'aéroport, Gabriel avait eu une sorte de révélation. Si toute la philosophie de Nietzsche ne se définissait que biographiquement, alors pourquoi fallait-il faire de sa folie autre chose qu'un chemin philosophique ? Il s'avança sur le rebord de la terrasse. Il prit deux grandes bouffées de nicotine. Ce n'était pas encore ça. Il fallait quelque chose de plus précis. Il fallait prouver que la folie était non pas une erreur de parcours et une tragédie, mais plutôt un aboutissement logique. À y regarder de plus près, toute la vie de Nietzsche n'avait été qu'un combat entre lui et le monde, une forme d'agonie qu'il justifiait à travers l'esthétisation de sa solitude. Toujours pas ça, mais plus proche. « Je n'ai pas besoin d'un truc de fou », se dit-il en écrasant son mégot. Nietzsche s'était trompé de combat. Il avait probablement épuisé le sens du réel. Il avait chassé toutes les chimères de la vie, tous les réconforts et les justifications que l'on nomme Dieu ou autrement, auxquels nous donnons nos prières ou notre temps. Ainsi, au plus proche de la vérité, il ne lui restait que la certitude qu'elle serait de trop et allait probablement l'emporter avec sa raison. « C'est mieux, cela commence à ressembler à quelque chose. » Quoique brève et sommaire pour l'instant, cette interprétation ne manquerait pas d'être enrichie par Gabriel, qui s'attela à réunir les matériaux de fouilles sémantiques.

Il rentra, commanda en ligne quelques vieux bouquins introuvables, fit de multiples recherches sur Cairn et se mit sans sommation à recueillir des éléments qui valideraient sa thèse, notamment un ouvrage du psychiatre qui avait eu accès au dossier médical du philosophe, un certain Podach, dont le livre était sobrement intitulé *L'Effondrement de Nietzsche*. Il lui restait du temps, et Gabriel était content d'avoir un angle novateur. Ainsi, il pourrait reformuler sa problématique et effectuer un véritable travail de recherche. L'angoisse planait toujours à la façon d'un spectre au-dessus de lui parmi les ancêtres sépia et leurs figures austères figées dans le temps. Il se demanda si son intérêt renouvelé pour Nietzsche venait de là. Au moins, il ne ferait pas la même erreur que lui. Singer la force et la puissance quand on est souffrant possède quelque chose d'insupportable et de malhonnête. Et cela, Nietzsche en avait payé le prix.

Il prit sa veste et sortit un peu. Il fallait décompresser. Ne pas s'inquiéter. La présentation du mémoire serait pour l'année suivante. Rien ne pressait. Côté psychiatrie, il pourrait demander des infos au Dr Biancarelli. Enfin, pas sûr, il ne fallait pas qu'il l'embrouille avec des dessins à la con... Il alla s'asseoir au pied d'un arbre et fuma une autre cigarette. Les oliviers et les châtaigniers vaincus étaient nappés d'une brume légère et d'un voile humide. Il avait dû pleuvoir un peu. Gabriel ne s'en était pas rendu compte, trop absorbé par les prémices d'une avancée significative.

Il saisit son smartphone, regarda les notifications sur les différents groupes Facebook militants auxquels il appartenait, puis demanda à son frère si par chance il était dans les parages. Ainsi, ils pourraient aller aux champignons et manger avec Battì, Nico et les autres. Enfin, si son état le permettait – accompagnant ce doute, un frisson léger lui traversa l'échine comme une goutte de sueur chatouille le dos lorsqu'elle descend la colonne vertébrale pour mourir sur les reins.

Puisque Raphaël ne répondait pas, il se dirigea vers le bar en espérant ne pas croiser trop de casse-couilles qui, le soir naissant, devenaient légion. Les bars représentaient le dernier refuge de socialisation pour la plupart des personnes de la région qui ne supportaient pas l'idée de descendre jusqu'en plaine pour boire leur ration quotidienne de pastis ou de bière blonde. Et, comme les touristes n'arriveraient que deux mois plus tard, on comptait rarement sur la présence de nouvelles têtes, sinon quelques retraités paumés en quête d'exotisme et de folklore. Pour les jeunes, c'était encore plus compliqué. Toutes les boîtes du coin avaient fermé et, comme le disait Battì, « les caboulots aussi : c'est la mort de la plaine ». Non seulement il ne pouvait plus tirer son coup avec l'argent qu'il vidait de la caisse du bar, mais en plus il n'avait plus d'histoires à raconter sur les prostituées aux origines ethniques savoureuses dont il faisait étalage à Gabriel avec des détails sordides, même si ce dernier n'en avait – à vrai dire – strictement rien à foutre.

Sur la terrasse, à côté du terrain de pétanque – qui tenait lieu de parking les soirées où la place manquait –, on retrouvait les habitués qui buvaient de la bière dans des verres ballon. Augustin lui fit un signe amical qu'il rendit poliment. Ce dernier avait été garagiste toute sa vie à Toulon avant de se faire plaquer et de rentrer couler les jours heureux de sa retraite dans le village de son enfance. Il avait mis à disposition de tous un garage devant lequel s'entassaient des carcasses de voitures rouillées qui attendaient le luxe d'une réparation. Ça faisait tache, et d'ailleurs le maire ne s'était pas gêné pour le lui dire, mais ça n'avait pas l'air de le déranger. La menace d'un procès lui paraissait strictement insignifiante, abstraite et inoffensive. Toutes ses réparations étaient pour le moins originales. Si l'on excluait les phares jaunes immondes de la voiture de Gabriel, il avait aussi mis une portière rouge sur un véhicule argenté, greffé des rétroviseurs d'utilitaire sur une petite citadine et, pour le compte d'un jeune Marseillais débile fan de tuning, installé une extension becquet sur le toit de sa vieille Polo, ce qui donnait naissance, d'après les nombreux commentateurs, à un contraste étonnant. À ses côtés se tenaient deux quadragénaires, des fonctionnaires bastiais montés passer le week-end à la pêche, et la vieille Monique, nymphomane de son état, dont tout le village feignait – pour garantir la paix sociale – d'ignorer les frasques, pour la simple raison qu'elles concernaient presque toutes de brèves liaisons avec des hommes du village et, parmi eux, une bonne majorité de types mariés. Battì aussi, avait-on raconté à Gabriel, mais cette information restait impossible à vérifier, à son grand dam.

À l'intérieur, une autre table jouait à la belote. Gabriel entra discuter un peu avec Nico. Il y avait Joseph, aussi, son ami pompier avec lequel il était en classe au collège. Il était monté avec Thomas, un collègue débile et obsédé par le cul. « C'est plutôt un bon soir », se dit-il en s'arrimant au comptoir devant les sourires généreux de ses deux amis. Battì se moqua encore de ses phares jaunes comme s'il ne s'était rien passé d'autre depuis six mois. C'était probablement le cas. Ils discutèrent projets d'été, soirées, rencontres ; fin mars, il était difficile de parler d'autre chose. La fac se désertifierait bientôt, tout le monde rentrerait chez soi et l'on était déjà sourd au présent, tous les menus événements qui pourraient avoir lieu entre Pâques et le début des vacances scolaires se résumaient à l'attente enjouée d'un été dont, chaque année, les promesses ressuscitaient. Tout se figeait dans une patience molle, un demi-vertige éteint et gras. On attendait les saisons qui passaient les unes après les autres, avec leur cortège de cuites et de touristes débiles qui venaient brasser du vent dans les paillotes en vomissant leur condescendance sur de pauvres serveurs débordés, vantant grossièrement les valeurs de la Corse et du retour à la terre quand chacun de leurs pas profanait les ruines d'un temple perdu. Au village, s'ils étaient à l'abri de ce fléau, ils conservaient leur lot d'exaspérations qu'ils n'auraient pas hésité à troquer contre quelques âmes étrangères et bienveillantes. Augustin, par exemple, continuerait sans doute de laisser traîner son 4×4, qui répandrait son huile noire des siècles durant, corrompant toute la faune et les ruisseaux de la vallée. Ça pisserait, et les Cristini s'indigneraient de l'absence incroyable d'une conscience écologique des plus élémentaires. Ainsi, tout était similaire et identique, et le temps s'arrêtait dans l'attente épiphanique de l'évidence, d'un événement quelconque ou du bras d'un ange, pour que les choses comme la vie continuent d'avoir du sens.

Haute-Corse

Cette saison, Lucien ne pourrait pas aider son cousin dans la petite pizzeria qu'il tenait à Ajaccio. Même s'il n'avait jamais aimé ça, surtout depuis la remarque blessante de Raphaël, il fallait bien reconnaître que le service, dans une affaire où on lui laissait la place de chef de rang pour laquelle il n'avait jamais manifesté l'ombre d'une compétence adéquate, lui manquait amèrement. Dorénavant, ce n'était plus pareil. Quoique Lucien eût d'autres cousins prêts à le secourir lorsqu'il se trouvait dans une situation difficile, tous ne lui octroyaient pas un pactole de nabab pour le moindre labeur, il s'en rendait compte. Il avait quitté la fac si précipitamment pour rejoindre le lycée agricole que, s'il n'avait pas eu la chance d'avoir un éleveur bovin dans sa propre famille, il aurait certainement dû renoncer à sa reconversion soudaine.

Lucien travaillait désormais sur l'exploitation de son cousin François. Ce dernier, en plus de l'obliger à manquer la plupart des cours pour vaquer aux besoins de la propriété, le traitait comme un *muzzu*, soit, en langue vernaculaire, un homme à tout faire aux caractéristiques ontologiques similaires à celles d'une serpillière. Si l'on considérait en plus la nécessité d'avaler une distance colossale chaque jour en 4×4 ou l'obligation de déménager dans un trou paumé de la Castagniccia, on pouvait dire qu'en matière de choix Lucien Costantini n'avait peut-être pas fait le bon. Pour autant, n'admettant pas l'idée de l'échec, il sembla ne jamais regretter sa décision. Le cousin François pouvait bien l'exploiter comme du bétail, il encaisserait. C'était provisoire. Il avait un plan. Après un an de stage dans le pâturage, il accéderait au statut d'éleveur bovin et pourrait ainsi prétendre aux aides agricoles européennes qui lui permettraient non seulement d'installer son exploitation au plus loin de celle de François, mais aussi d'avoir la trésorerie nécessaire au développement d'une activité. De plus, un oncle gâteux qui n'en finissait pas de vieillir lui léguerait prochainement un terrain à Aléria et un cheptel d'une vingtaine de vaches. Le vieil homme n'avait plus la force de s'en occuper et avait fini par accéder aux doléances du père de Lucien en signant l'acte notarial qui laisserait définitivement à son fils la propriété. En attendant, il consacrait ses dernières forces à empêcher quiconque d'avoir accès au terrain ou au hangar attenant, et il n'était pas avare en procédures de contentieux.

La démarche avait commencé avant que Lucien ait envisagé de quitter l'université, mais elle promettait de s'éterniser, et cela le rendait chaque jour un peu plus impatient de s'exiler de cette montagne, même si, devant les exigences toujours plus nombreuses de François, il faisait preuve d'une forme de stoïcisme qui forçait le respect. Si l'on ne devinait pas qu'il nourrissait secrètement le désir de lui broyer les entrailles, on pouvait croire qu'il avait admirablement achevé sa conversion. Il supportait les affres du froid, l'humeur des bêtes mieux que celle de son cousin, et finalement son isolement social de manière tout à fait réfléchie, préférant le luxe de la solitude à sa compagnie. François avait toujours quelque chose à redire et, quand il le croisait, Lucien craignait de devoir repartir immédiatement à une vingtaine de kilomètres, où François ne se rendrait pas car son dos le « faisait souffrir ».

De temps en temps, Lucien espérait jouer une partie de belote avec les pompiers d'un village voisin. Il y avait aussi une boîte de nuit pas loin, mais cette simple perspective, en plus d'être rigoureusement étonnante, l'indifférait au point qu'il en chassait jusqu'à l'idée. Il imaginait un environnement exclusivement composé d'hommes venus fuir la misère affective dans l'alcool, et il n'avait sûrement pas tort. Si c'était pour se retrouver entre couilles, ça n'avait rien d'intéressant. En attendant, son cousin les lui brisait largement assez. C'était toujours Lucien qui prenait le pick-up pour aller chercher le foin, régler les papiers avec les différents organismes agricoles et, par-dessus tout, devait manifester sa reconnaissance en toute circonstance chaque fois que François lui rappelait comment il l'avait sorti de la merde, lui qui passait désormais l'exclusivité de ses journées à la chasse ou à jouer aux cartes dans un bar.

De fait, Lucien n'avait plus le temps de monter à Corte, et ses apparitions y étaient devenues de plus en plus rares. Il n'avait plus aucun contact avec l'université, et son rôle dans le syndicat était brutalement devenu celui d'un fantôme : présent dans les consciences collectives, il continuait à jouir d'une certaine aura tout en s'illustrant par une implacable absence physique. Il n'y avait plus autour de lui ni jeunes femmes de son âge ni gens qu'il considérait comme des amis. De plus, il était vexé de n'avoir pas reçu davantage de soutien des siens, et d'avoir subi la colère de Paul-Toussaint Desanti, qu'aujourd'hui encore il ne s'expliquait pas. Seul Sauveur lui envoyait souvent de ses nouvelles, à travers de longs messages parsemés de fautes d'orthographe, dans un sabir douteux auquel il ne comprenait pas grand-chose. Pour autant, les convictions de Lucien ne semblaient nullement étiolées, et il continuait de partager de nombreux articles pour la *lutte de libération nationale* sur Facebook, et de participer en commentant quelquefois une publication qui traitait de l'actualité militante. Son intégrité était louée, malgré des positions radicales mais, bien souvent, habilement justifiées. Il lisait encore le journal et postait de temps en temps sur les réseaux sociaux des nouvelles de sa forteresse de solitude depuis laquelle, derrière les *likes*, il cherchait à assumer la difficulté de sa retraite de pèlerin.

Son cousin l'avait laissé investir l'étage complet d'une maison familiale, à des lieues de toutes commodités. François ne l'utilisait pas, préférant passer la plupart de ses nuits chez une maîtresse dont Lucien n'avait jamais eu connaissance. Le mobilier y était tellement vieillissant et pourri qu'il avait peur, en y entrant, de se figer lui aussi parmi les objets, de devenir pareil à ces lustres jaunes, ces commodes immenses, de déchoir prématurément sans qu'aucune âme lui vînt en aide. Le premier bar se trouvait à des kilomètres et il avait parfois davantage l'impression d'être un chauffeur de taxi – avec un véhicule bien moins confortable, les chauffeurs n'ayant pas à remorquer d'immenses bétaillères qui rendaient les manœuvres difficiles – qu'un éleveur bovin, même s'il n'en possédait pas encore officiellement le titre.

De plus, ses finances ne lui permettaient pas de dépenses supplémentaires, l'essence ayant toujours eu un prix exorbitant sur l'île et son cousin François veillant scrupuleusement à surveiller tous les déplacements qu'il effectuait avec son Hilux. Lucien travaillait tous les jours, s'employant à redresser les clôtures que les vaches brisaient inlassablement comme si elles voulaient lui dire quelque chose, comme si chaque jour de peine était un message adressé au-delà du bruit continu de leurs mugissements plaintifs, et qu'il existât une signification aux constellations de bouse qu'elles répandaient sur la terre sèche.

Un matin, il aida son cousin pour la mise bas d'une vache et, au milieu du sang et de la merde, il se demanda vraiment ce qu'il foutait là. Certes, le spectacle de la vie était magique – quoique malodorant –, mais peut-être avait-il trop vite déserté Corte, sur un coup de tête, dans la précipitation. Il passa une journée ordinaire à obéir et poussa le zèle de son investissement jusqu'à la vérification des barrières, que François ne faisait jamais. Lucien parcourait souvent les routes sinueuses pour récupérer les vaches enfuies sur l'asphalte. Il avait peur, en les laissant divaguer, qu'un accident survienne, mais François répétait tout le temps qu'il n'y avait personne, et que les gens n'avaient qu'à rouler doucement. Pour Lucien, si l'on s'attardait un tant soit peu sur le problème de la divagation animale, nul n'avait besoin d'être un génie pour comprendre que cette dernière était accidentelle. Du moins pour celle qui le concernait. Son oncle déclarait ses bovins sur papier mais non – comme on le lui avait suggéré – dans le but de recueillir des subventions européennes et d'ignorer le sort des bêtes pour les laisser vaguer au bord des routes ou dans le maquis. Il n'était pas un tricheur. D'autres éleveurs, moins scrupuleux, jetaient l'opprobre sur toute la profession, au point qu'il arrivait que Lucien passât lui aussi pour un branleur perfusé par l'État. En plus du mensonge éhonté que cela constituait, l'idée d'être dépendant d'un État auquel il ne reconnaissait pas l'entière légitimité contrariait Lucien au plus haut point. Bien sûr, le reproche ne venait pas de nulle part, mais il était adressé aux mauvaises personnes. Pour les touristes arrivant bientôt, c'était une tout autre affaire. Les touristes aimaient les vaches et s'arrêtaient toujours pour prendre des photos avec elles, en garant leur véhicule n'importe comment sans jamais prendre le temps de mettre leur putain de warning. Comme l'avait constaté Lucien, le selfie avec les vaches, mais aussi avec les chèvres, était devenu de rigueur et rendait la pratique plus vulgaire encore qu'à l'ordinaire, surtout que ces pauvres bêtes finissaient affichées aux côtés de ploucs, dans les méandres d'une matrice qui les dominait tous, qui les confondait tous, accompagnées d'un hashtag douteux jusqu'à ce qu'on ne sache plus, sur la photographie, qui était vraiment le bovin ou le mouton de Panurge. Lucien synthétisait ses positions dans une réflexion qu'il maugréait souvent en travaillant encore sous les brûlures du soleil : « Ils me font tous chier. »

Il regardait devant, l'immense étendue de maquis et la mer que l'on devinait telle une surface brumeuse, à plusieurs kilomètres, et se disait qu'il serait bien là-bas, plus proche de la plage, mais aussi plus loin du cousin François. « Vivement l'année prochaine », murmura-t-il, quand il entendit un piquet de clôture se briser.

Nice

Cécilia ne connaît rien du cheminement pernicieux qui la transformera en idole. On lit partout que la souffrance nous grandit, qu'elle permet de nous révéler par l'activation secrète de puissances insoupçonnées. Encore faut-il que cette souffrance nous soit visible. Cécilia entretiendra bientôt l'illusion perverse de souffrir pour son propre bien. Les ascèses modernes réclament des sacrifices plus inutiles encore que ne l'étaient autrefois les prières des anciens, perdues dans des offrandes données sous la chaleur à un Dieu absent. Elle pense qu'en réglant le problème de ses formes, qu'elle ne trouve plus harmonieuses, elle va ébranler la totalité d'un système qui créera un cercle vertueux exclusivement alloué à la consécration de son bonheur.

Depuis la fin de l'été, cette question est devenue complètement obsessionnelle. Elle a essayé d'en parler à Magali, mais a vite compris que son amie ne partageait pas ses inquiétudes ou les ignorait. Elle lui dit qu'elle raconte n'importe quoi. À croire qu'elles ne voient pas la même chose ! Et pourtant c'est clair : si elle ne trouve pas de copain, c'est parce qu'elle est grosse, c'est parce que son corps ne renvoie plus à aucun *équilibre*, aucune *linéarité*. Cela se voit dans la glace, rien n'est strictement *à sa place*.

Alors elle se bat pour son idéal, et entame sa traversée du désert jusqu'aux oasis sèches qui la perdront. Elle commence par supprimer le repas du soir. Petit à petit, il ne faut pas aller trop vite. Elle a lu sur Internet que c'est ce repas qui fabrique le plus de graisses inutiles. Éviter les féculents, préférer un petit déjeuner plus consistant. Ce n'est rien qu'un *petit régime*. Il ne faut rien brusquer, elle ne doit pas manquer d'énergie pour les cours. Elle n'aime plus son corps, commence à acheter des vêtements plus larges. Elle s'enveloppe d'étoffes épaisses pour mieux cacher ses formes à la vue hostile des passants qui l'épient du regard. *S'ils me fixent, c'est parce que je suis grosse.*

Il n'y a rien, en vérité, qui prédétermine un rapport définitif à la réalité. Il n'y a rien qui indique que les illuminations des saints ne sont pas d'un niveau de réalité supérieure. Il n'y a rien, chez Cécilia, qui puisse la réveiller d'un sommeil profond et l'aider à considérer les exégèses du pèse-personne et de son reflet comme une hallucination. Peut-être s'est-elle rendue prisonnière d'une vision partielle de la réalité ? Chez Cécilia, il en existe deux niveaux. Le premier est donné dans le miroir et le second sur l'écran. Et, chaque fois qu'elle poste des photos, elle transpose aux yeux du monde virtuel ce mensonge sur soi qui la consume quotidiennement lorsqu'elle s'attarde de nombreuses heures devant son reflet. Nous épions les réseaux, nous sommes à la merci de cœurs rouges et d'admirations stériles, nous pensons être reconnus. En vérité, nous sommes, à l'image de Cécilia, des *personnes* qui construisent sur la pâte malléable de leur individualité des idoles aux pieds d'argile. Elle a choisi d'isoler la réalité dans une partialité, une fenêtre étroite et insuffisante qui ne peut pas décrire la matérialité totalisante du réel. Et son image lui échappe.

Elle commence les choses doucement. Elle achète d'abord une balance de précision, consulte des blogs minceur par dizaines et sa consommation d'articles devient rapidement plus importante que celle de calories. Cela semble véritablement faire effet : sur Internet, elle trouve tout ce qui peut faire d'elle la muse d'un monde sans Dieu : les offrandes, les ascèses, les parures numériques et les cultes des corps parfaits, *équilibrés*, comme le sien autrefois, avant qu'elle ne grossisse soudainement sans raison. Elle ne parle plus de son poids à Magali. C'est énervant ; dans les amitiés féminines, depuis le lycée, Cécilia a remarqué une certaine forme d'hypocrisie. Toutes lui disent qu'elle est jolie, parfois même qu'elle est la plus belle, mais – cela lui est déjà arrivé par le passé – la plupart peuvent mentir, ou encore la jalouser dans le secret.

Ainsi en est-il du sort des icônes et de ceux que la nuit choisit. Les cours se passent et sa silhouette s'amincit. Elle marche dans la rue et les regards alloués à son passage ne sont plus ceux d'Ajaccio. Des yeux la fixent, les hommes la transforment en une masse informe de chair fraîche, un bout de viande à la merci de vautours hargneux. Les femmes la dévisagent, frappées d'hostilité soudaine, et elle sent dans leurs regards des moqueries ; elle transpire en public, devient un totem maudit que les païens encerclent et jugent dans leur profanation. Elle continue le sport mais les yeux sont partout, dévorants et livides, ils scrutent sa surface comme un tableau, mais celui d'un faussaire, et les pupilles du monde se referment en faisant d'elle ce qu'elle n'est pas.

Village - Calvi
4 juillet 2017

— Mais regarde-moi ces enculés !

Au comptoir, Battì était occupé à essuyer sa vaisselle en fixant les deux touristes qui venaient de s'asseoir à la terrasse de son bar. Nico le regarda en soufflant.

— Hors de question que je sorte, il est presque midi, je suis à peu près sûr que ces enculés sont là pour manger un sandwich pour deux, en plus. Je vais pas sortir pour un sandwich moi, j'ai pas besoin de leurs sous !

Posséder un commerce tout en étant convaincu qu'on n'avait pas besoin de discuter avec sa clientèle, et a fortiori – d'après ce qu'il affirmait volontiers lui-même – moins encore de l'argent que rapportait la transaction, illustrait un paradoxe évident que Battì ne saisissait pas. Ce n'était pas le premier. Mais, comme pour tout, il s'en foutait, ne se rendait pas plus aimable qu'une porte de prison et obligeait Nico à prendre l'intégralité des commandes. Quand il lui arrivait de sortir, il faisait rarement un effort supplémentaire. Il fallait vraiment que les clients soient des habitués, ou encore des jeunes femmes ouvertes à la possibilité d'une aventure, auquel cas il se métamorphosait soudainement en une espèce d'étrange nounours bavard. Mais là il s'agissait d'un couple et, d'après l'analyse poussée que Battì venait d'exposer – des années de comptoir vous donnent des talents insoupçonnés de sociologue –, il s'agissait probablement de *gros enculés* d'Italiens. Double peine ; non seulement les Italiens étaient plus radins encore que les Français – et à en croire Battì cela dépassait complètement les bornes de l'imagination –, mais en plus ils étaient laids comme des poux. Si d'aventure le *lucchisò*[1] était cocu – les maris l'étaient souvent en vacances –, il ne fallait pas compter sur Battì pour sauter sa laideronne, et il préférait encore fermer le bar que d'avoir à supporter les louanges éternelles et la litanie des compliments de touristes émerveillés par la beauté des paysages, l'intégrité des traditions et tout ce que pour Battì, par leur présence même, ils avaient à cœur de saccager.

— Bon ça va, ça va, j'y vais moi, fit Nico en se levant de son tabouret.

Il s'éloignait du comptoir quand Battì lui lança « profs », et Nico se retourna pour répondre « employés de banque ».

Heureusement qu'il y avait Nico. Cela permettait vraiment de tenir la réputation du bar. Il était jovial et sympathique. De temps en temps, il chantait au comptoir pour amuser les touristes, qui trouvaient ça pittoresque. Il était pour eux une présence agréable quand Battì ne représentait que la somme bourrue de clichés qui confirmait leurs

---

1. Remarque péjorative visant l'immigration italienne du début du XXᵉ siècle.

a priori, qu'ils n'avaient en aucun cas à cœur de corriger. Il arrivait souvent que, depuis l'essor d'Internet, Battì trouve un commentaire épinglé sur TripAdvisor qui, tout en reconnaissant la qualité de la cuisine et l'extrême attractivité des prix, émettait un avis négatif sur l'attitude du patron. Cela ne manquait pas de faire son effet, et Battì répondait le plus souvent avec des remarques grossières parsemées de fautes d'orthographe, qui ressemblaient à des promesses de mort abominable dans un enclos à cochons.

Après une conversation chaleureuse avec les clients, Nico revint vers le comptoir.

— Deux cafés, pas de sandwich.

— Des Italiens?

— Oui.

— Profs?

— Bien vu.

Le fait que ses talents de sociologue soient encore une fois mis en évidence le contenta au point de le rendre jovial. Il se mit à faire les cafés, qu'il apporta aux touristes lui-même avec un grand sourire. Ils le saluèrent poliment avant de retourner à leur discussion, puis laissèrent quelques pièces avant de disparaître dans une voiture de location.

La place était de nouveau vide et Battì n'en revenait pas de voir à quel point, en plein mois de juillet, son bar était désert. Peut-être fallait-il se rendre à l'évidence et reconnaître que menacer de mort la plupart des touristes ne constituait pas un moyen efficace d'attirer la clientèle. « Ils ont vraiment pas d'humour, ces touristes », se disait-il. Nico s'installa au comptoir, son torchon sur l'épaule, et fit défiler plus de publications Instagram que son esprit ne pouvait en contenir. Battì le regardait. On se faisait chier. Penser que l'ennui hivernal constituait une contrepartie nécessaire à l'éveil brutal de l'été était largement admis, mais se faire chier en saison représentait une frustration impardonnable. Ils ouvrirent une bière, qu'ils burent sans mot dire. Puis une deuxième. Nico continuait de traîner sur son smartphone comme s'il attendait la manifestation d'une épiphanie qui les sortirait de leur torpeur solitaire.

— Il y a du monde à Calvi, regarde ça.

Nico tendit l'appareil à son cousin, qui le fixa avec des yeux d'ahuri. Il était difficile d'admettre que le téléphone n'incarnait plus seulement la possibilité de communiquer, mais aussi la matérialisation prégnante du fait que, à quelques kilomètres les unes des autres, les vies étaient si différentes, explosives ou fades, pauvres ou riches, joyeuses ou tristement monotones. Le smartphone donne une vision constante de l'image de ce que nous ne sommes pas, au moment où, ailleurs, d'autres l'incarnent et se chargent de nous l'imposer, de nous contraindre à les voir, les sublimer, les jalouser. C'était vrai, il y avait du monde à Calvi. Du beau monde, même : c'était un gigantesque festival de musique. Sur les différentes stories que Nico faisait défiler devant les yeux avides de Battì, on voyait une foule de danseurs sur une plage de sable blanc ou trempant leurs pieds dans une eau turquoise. Des enceintes étaient disposées autour de parasols en bois et les images étaient parsemées de jeunes femmes aux sourires radieux et aux silhouettes fines qui buvaient des cocktails en riant.

— On monte! s'exclama Battì.

— Comment, quoi, maintenant?

— Mais non demain, abruti. Bien sûr qu'on monte maintenant!

Nico était un peu décontenancé.

— Mais le bar, qu'est-ce qu'on fait? On le ferme?

— Et enfin, on va pas rester pour trois cafés!

La décision était prise. Il fallait désormais motiver les troupes.

— Qui on appelle? Gabriel?

— Non, Gaby c'est un pédé, il viendra jamais. Appelle son frère.

Nico chercha Raphaël dans le répertoire puis déclencha l'appel. Il sembla réveiller ce dernier.

— Raphaël, on monte à Calvi, tu montes avec nous?

— C'est pour les drogués Calvi, répondit-il la voix enrouée.

— On s'en fout, on y va pas pour eux, mais pour les femmes!

— Sans moi les amis!

La conversation ne s'éternisa pas, il fallait constituer une équipe. Ils firent le tour du répertoire, cherchèrent des gens motivés, de préférence pas trop radins, et un pigeon pour faire Sam, «celui qui ne boit pas», comme dans la pub. Il risquait d'y avoir des flics partout. Mais, parmi leurs connaissances, rares étaient ceux qui ne buvaient pas. Plus rares encore ceux qui ne buvaient pas et qui, en plus, accepteraient de conduire. Ils finirent par dénicher deux autres personnes et fixèrent un rendez-vous en plaine, une heure plus tard. Il fallait se préparer. Battì rentra mettre un short et enfila la montre hors de prix que lui avait offerte son père. Nico se contenta d'une simple tenue de plage et d'une paire de sandales noires. Ils grimpèrent dans le 4×4 et se dirigèrent vers la plaine. Ils avaient pris quelques bières avec eux pour passer le temps.

L'équipe réunie, ils choisirent de prendre la voiture la plus récente, histoire de ne pas passer pour des *pumataghji*[1]. Antò avait une Golf, c'est lui qui avait descendu Joseph. Ils prirent la route dans un retentissement de pneus crissants et de rires gras. C'était Joseph le pompier qui conduisait. Comme il était de garde ce soir-là, c'était lui le pigeon. Ils roulèrent en riant pendant qu'Antò veillait à ce que personne ne renverse de bière sur la banquette de la voiture de ses parents. Avec ce qu'il gagnait en tant que serveur, il n'avait pas les moyens de rouler avec ça. L'important était de faire croire l'inverse. Rouler avec la voiture d'un autre, se parer de bijoux et d'arrogances matérielles demeurait un ensemble de codes tacites qu'ils tenaient à respecter. Dans le monde qui était le leur, tout ne tournait qu'autour de l'image à renvoyer ; l'image, c'est tout ce qui intéresse, à Calvi ou Constantinople, par adoration ou jalousie.

Il y avait beaucoup de monde sur la route. Heureusement que la voiture en avait dans le moteur. Ils doublaient aisément les camping-cars, auxquels ils ne manquaient pas

1. Expression corse désignant initialement les plantations de tomates. Qualifie aujourd'hui quelqu'un qui s'habille mal ou un touriste peu fortuné. Correspond à peu près au « plouc » français.

d'envoyer de grands coups de klaxon et des doigts d'honneur. Battì descendit un peu la vitre. Il fut averti par Antò qu'il était interdit de fumer dans la voiture. Ce n'était pas le but de la manœuvre. Battì ne fumait qu'occasionnellement. Tandis que la voiture doublait un énième camping-car, Battì fit un mouvement sec du bras et lança une bouteille de bière vide qui s'explosa contre le pare-brise d'un couple d'Allemands qui vociférèrent en levant les bras.

— Accélère, accélère!

Joseph obéit à l'ordre. Sur la Balanina[1], il doubla une bonne dizaine de voitures, slalomant entre les espaces que la route offrait pour se rabattre in extremis pendant qu'Antò priait pour sa moquette probablement davantage que pour sa vie.

— T'es con, Battì, vraiment! C'est dangereux!

Pour Battì, le danger ne représentait pas un risque mais une abstraction inconnue, quelque chose vers quoi tendre, toujours et en tout lieu. Ceux qui l'évitaient faisaient immanquablement partie d'une espèce de sous-hommes, « des pédés ».

— On s'en fout, c'étaient des Allemands!

— J'espère qu'ils ont pas pris la plaque, au moins, répondit Antò.

Puis Battì et Nico burent encore une bière, histoire d'avoir « des munitions ».

— T'en veux une, Joseph?

— Non merci.

1. Route menant à la région de la Balagne.

Ils rirent grassement et la voiture entama sa descente comme si elle allait se jeter dans la mer. Le spectacle était magnifique mais ils le regardaient à peine. Il y avait de plus en plus de circulation et l'entrée dans L'Île-Rousse était franchement longue. En revanche, aucun risque d'être rattrapés par le couple d'Allemands.

Ils arrivèrent enfin à Calvi, où ils garèrent la voiture sous des pins gigantesques en suivant les indications d'un agent de sécurité. Ils le remercièrent d'un signe de la main et sortirent de la voiture. Lunettes de soleil, sacoches de marque pour deux d'entre eux, ils se mirent torse nu et avancèrent vers la plage festive. La musique était envoûtante et le monde était pris dans une immense frénésie. Tous les cultes possèdent leurs codes. Autrefois, à Byzance, les représentations avaient été chassées par le concile de Hiéreia. Mais ici les codes étaient des marques de maillot, et les temples n'avaient pas de murs autres que le sable blanc, les déesses ne se figeaient pas dans des marbres lourds ou des pierres éteintes : elles dansaient, libres, loin de l'argile et des discours qui, jadis, d'une statue, les rendaient prisonnières.

Ils jetèrent autour d'eux des regards avides, cherchant à saisir des yeux toute la beauté jaillissante qui proliférait jusqu'aux vagues cristallines où, les pieds dans l'eau salée, la plupart des fêtards sirotaient un cocktail. À l'horizon, on voyait les remparts de la citadelle et l'épaisse forteresse émergeait des profondeurs marines. Il y avait un monde fou. Il serait difficile de se faire une place au comptoir. Ils s'aventurèrent dans la foule avant de trouver un espace restreint où ils se serrèrent comme des sardines pour prendre à boire. Tout était hors de prix. Le soleil frappait sur les crânes. Malgré les bières consommées, il semblait bien que les fêtards avaient pris de l'avance sur eux. Ils commandèrent quelques bouteilles de rosé. Ils se disputèrent pour avoir le privilège de régler l'addition. À la vue du ticket, ils trouvèrent vite un arrangement.

Ils laissent l'alcool délier leurs membres lourds, révéler la puissance interne de leurs muscles dans des danses maladroites et puériles, et tous les gestes qu'ils accomplissent ne signifient que leur qualité d'étrangers. Ils ne sont pas comme les autres, ils n'ont pas la peau tatouée et bronzée, un impeccable attirail d'abdominaux ou les cheveux longs et gominés tombant gracieusement sur la nuque. Battì est un peu grassouillet, et son bronzage s'arrête au niveau du biceps, là où d'habitude son tee-shirt empêche le soleil de frapper. Un pur bronzage agricole. Il a l'impression de se trouver dans une espèce d'émission de téléréalité débile à ciel ouvert. Non pas pour la qualité des dialogues – il n'a pas encore eu le temps de les jauger –, mais plutôt à cause de ces silhouettes au physique irréprochable auxquelles ces émissions les ont habitués. Pour ses amis, qui sont plus menus, c'est certainement moins difficile.

Ils se mettent à boire en prenant les autres de vitesse, et très vite leur front exposé à la chaleur commence à rougir, l'esprit se fend comme l'écume marine derrière eux, des vagues cotonneuses se répandent dans l'intérieur du crâne et l'alcool distille le vertige qu'ils sont venus chercher. Dans tous les cultes de leur vie, il y a ce code. Parfois, un regard

161

hostile se fixe sur Battì et ce dernier répond en fronçant les sourcils jusqu'à ce que, très vite, la personne baisse les yeux, feignant l'indifférence. Ils croisent des connaissances, invitent des filles à boire du rosé et tirent quelques glaçons sur ce qu'ils estiment être des touristes. Le soleil tape de plus en plus fort. Ils exécutent quelques pas de danse maladroits, rigolent comme des demeurés et leur peau rougit sans qu'ils s'en aperçoivent.

— Garde ma place au comptoir, je vais pisser. Nico, viens ! s'écrie Battì.

Les deux autres se figent en écoutant les ordres, et restent à défendre le bout de comptoir, leur propriété, ce qui l'espace d'un après-midi représente leur trésor. Les gardiens du temple. Arrivé au parking, Battì s'avance vers un Marocain qu'il connaît. Il lui donne une tape amicale sur l'épaule et l'homme lui glisse un sachet dans la poche. Pendant ce temps, Nico pisse contre un arbre. Battì donne quelques billets au Marocain, qui repart sur la plage. Battì s'approche de Nico, l'entraîne derrière une voiture, puis lui demande de faire le guet. Il sort de son sac bleu un peu de poudre qu'il étale sur son smartphone. Sous les pins, à l'abri des regards indiscrets, Battì sniffe le premier trait. Nico imite la manœuvre et ils retournent au comptoir. Il y a des filles splendides de partout. Quelques célébrités du show-biz français et des influenceuses. Trop nombreuses aux yeux de Battì pour qu'il leur assigne une place dans sa « classification des espèces ». Mais les cultes possèdent leurs lois et respectent leurs codes, et toutes les pratiques déviantes de Battì, l'alcool et la drogue qui brûlent ses fosses nasales, ne suffiront pas à l'y admettre. Il se sait hérétique. Il n'y aura pas aujourd'hui pour Battì d'aventures à Ajaccio ou de baptêmes païens. Et le temps s'écoule, comme le sable remué sous leurs pieds, et les peaux rougissent davantage. Nico commence à s'endormir, Antò tangue maladroitement en riant et leurs esprits s'égarent comme autrefois dans le passé, bientôt dans le futur et toujours sans que jamais rien ne change. Il n'y a pas de guerre à mener ni de temple à souiller. Tout est déjà perdu, les gens prennent des selfies, font des rencontres brèves avec des sirènes échouées qui disparaissaient dans les méandres du sable tandis que le sablier, lui, s'écoule sans jamais se soucier d'eux.

— On doit rentrer, je suis de garde, rappela Joseph.

Les autres essayèrent de négocier. Sans succès. Ils étaient tous dégoûtés de partir, mais ils n'avaient pas le choix, et ils en avaient eu pour leur argent. Ils s'en allèrent, encore éblouis par le spectacle. Ils s'en souviendraient longtemps. Nico ronfla comme un sac. Battì et Antò rirent tout le trajet et finirent les bières chaudes avant de les jeter par la fenêtre. Antò n'était plus très inquiet pour la moquette.

Le lendemain, au bar, Battì s'afficha avec une dose conséquente de Biafine sur le visage. Nico était resté chez lui à dégueuler le rosé primé d'Aléria. Raphaël passa boire le café. Il se paya bien la gueule de Battì.

Au village, pendant l'été, il essayait de passer un peu de temps avec son frère. Il l'emmenait à la rivière dans des coins paumés, loin des touristes et des foules que Gabriel considérait comme d'authentiques envahisseurs. Le soir, puisque Lelia était rentrée chez ses parents, Raphaël la retrouvait à la plage de l'Arinella. Ils plaisantaient, faisaient l'amour sur une serviette et regardaient le ciel. Et, sous son regard, alors qu'il revoyait le sourire éclatant de Lelia, il lui arrivait de penser que, parfois, sur terre, les étoiles peuvent se mettre à danser.

Nice

19 février 2015

Cécilia ne maigrit pas assez. Elle a beau multiplier les régimes, rien n'y fait, tout son corps se ligue contre l'accomplissement souverain de sa *volonté*. Tous les cultes possèdent leurs codes et Cécilia les a acceptés. Elle a accepté de supprimer les plats caloriques du soir comme elle a renoncé à manger au restaurant, à acheter des sucreries ou un ensemble varié d'aliments qu'elle juge désormais proscrits. Mais cela ne suffit pas. Elle se soumet à un rituel sportif qu'elle respecte scrupuleusement, court deux fois par semaine et, le soir, quand elle a encore de l'énergie, elle fait quelques séries d'abdos dans sa salle de bains. Le reste du temps, puisqu'elle a toujours à cœur de réussir brillamment ses études, elle essaie de ne pas trop y penser. C'est difficile. Les deux premiers mois, elle a perdu quelques kilos. Depuis, rien. La balance est bloquée arbitrairement sur un chiffre qui l'insulte et l'affichage numérique semble chaque jour l'humilier. Ses prières sont vaines et son temple vide.

Dans son reflet, tout est déformé et lointain comme si, en regardant mieux, elle pouvait abolir le temps et retrouver un corps déchu, passé, enfoui. Ce que cherche Cécilia, c'est l'image qu'elle a contemplée, lorsqu'elle s'est regardée dans le miroir, ce soir du 21 juin 2013, quand elle se trouvait encore *harmonieuse* et *parfaite*. Toutes les cités perdues ont connu un âge d'or. Rome et Byzance ont disparu, comme les bouddhas de Bamiyan, alors qu'ils n'ont jamais rien évoqué à la conscience de Cécilia. Les talibans, les dévots d'hier et d'aujourd'hui prennent les temples, pillent, violent, et l'on rêverait que nul temple ne fût souillé, qu'il soit de terre ou de chair, à Constantinople en 1453 et à Ajaccio en 2013, voilé éternellement par le visage trouble de la nuit et du vice. Les deux temples ont été profanés et n'en reste que des souvenirs en lambeaux, des mémoires horrifiques et parcellaires, et, pour ceux que la nuit choisit, l'appel des astres et l'accomplissement des prophéties. Et les questions sont toujours là, présentes, similaires à celles d'autrefois à propos du sexe des anges auxquelles, paraît-il, personne ne peut répondre.

Cécilia se souvient bien du début de la soirée, du miroir qui la rendait si gracieuse, cette jeune femme aveugle à sa métamorphose, à l'accomplissement glaiseux de sa propre croissance, à tout ce qui l'a transformée en icône pour mieux la détruire, comme l'ont été les statues de Palmyre, les murs de Carthage et l'enveloppe fine d'une beauté que les promesses de l'âge ont trahie.

Elle se rappelle encore les rires, la soirée à la pizzeria, les bribes de moqueries et le sourire gêné de Lucie lors des discussions à propos de leurs amours adolescentes. On avait dressé une table pour treize, il y avait un seul garçon mais sa présence suffisait à ce que les langues ne se délient pas totalement, à ce qu'on ne raconte pas impunément les histoires d'amour, de sexe, tout ce à quoi elles rêvaient et qu'elles ne connaissaient qu'à peine ou découvriraient bientôt, comme Lucie, comme d'autres aussi, dont le silence révélait l'ignorance. Cécilia est restée pudique, et a ri, confuse, quand une des comparses, Anaïs, moins soucieuse de l'injonction invisible à la discrétion sur la sexualité, a détaillé ses expériences, la forme du sexe de ses amants, la taille et les proportions idéales pour atteindre l'orgasme. Anaïs a répondu sans ambages aux interrogations timides : «Est-ce que ça fait mal?» «Est-ce qu'on saigne?» La présence du garçon ne semblait pas le moins du monde la déranger, et la scène devenait pour les autres filles embarrassante à cause du regard des hommes et du poids de la norme. Elles gloussaient toutes d'un petit rire feint, pour signifier implicitement leur différence, leur vertu morale, pour garantir chez elles l'existence de qualités nettement plus respectables. Anaïs attirait l'attention. Le serveur, d'ailleurs, passait davantage à cette table. Il a servi du champagne et Cécilia a levé sa coupe et prononcé le sermon. Celui-là ne parlait pas du sang des traîtres ou des prophéties ni des promesses de rédemption. Judas était présent, mais ne pleurait pas.

— À notre bac, à notre amitié et aux prochaines années ensemble.

Elles ont toutes bu ce mauvais champagne, et d'autres clients les félicitaient en riant. Pour la plupart, ils semblaient fêter le même événement. À une table proche, trois Marocains qui mangeaient silencieusement les ont complimentés sur ce qui était pour eux l'achèvement de l'adolescence, le rite initiatique qui les transformerait en adultes. La liberté était là et la nuit avait choisi. Le calice ne scelle-t-il pas la promesse que la chair sera bientôt dévorée ? À cette table, une jeune Marocaine fêtait elle aussi son bac, en série ST2S. Elle était venue de Bastia avec son frère et un ami. Ils avaient décidé de sortir mais ne savaient pas trop où aller. Ils ne connaissaient pas la ville. Cécilia et ses amis leur avaient conseillé de les suivre et un autre groupe s'était joint très vite à eux, composé exclusivement de garçons plus vieux, d'un village de Haute-Corse. Ces derniers ont fait resservir une tournée à tout le monde.

Cécilia se souvient de cette ambiance joyeuse, des nappes rouge et blanc, de l'apparente simplicité de l'ordinaire, des regards complaisants des hommes qui masquaient mal leur avidité, la soif de son corps, et pour l'un d'entre eux seulement la promesse de son sang.

Elle revoit encore la mère qui essayait tant bien que mal de faire taire son bébé, le rasé qui buvait de la myrte[1] au comptoir et qui a mis une nouvelle tournée, ou le couple qui se dévorait des yeux, près de la fenêtre. Ces souvenirs lui sont toujours agréables, même si elle ne serait plus capable à présent de reconnaître les silhouettes d'alors, pas plus qu'eux ne pourraient l'identifier – sa silhouette, à elle, Cécilia, s'évanouissant doucereusement vers le poids absent de l'évanescence d'un ange. Les Écritures affirment que les anges ne connaissent pas d'existence matérielle, on

1. Liqueur de myrte.

ne peut donc les voir et c'est peut-être pour cette raison que Cécilia veut inconsciemment leur ressembler, pour disparaître sous un voile flottant.

Depuis quelque temps, elle pense de plus en plus souvent à cette soirée. Parfois, la nuit, il lui arrive de se réveiller brusquement, dans un sursaut furtif, sans que la lune donne de réponse à ce qui la plonge dans l'effroi. Elle revoit sa silhouette d'alors, son statut d'enfant, et l'innocence dont ne témoignera plus jamais la photographie arborée fièrement dans le salon familial. Avant d'être une femme, on est peut-être tel un ange, indifférent au sexe que l'on porte, car il ne se révèle que dans l'amour ou dans les drames, les pillages des cités fortes, les soubresauts des barbares venus de la nuit aux épées dressées vers le ciel, dans l'éclat jaillissant des sangs nouveaux. On a chassé sa jeunesse dans un souvenir corrompu dont elle a à peine connaissance, et pourtant chaque fragment suffit à l'alourdir du poids sourd de sa culpabilité aveugle. Elle veut redevenir ce qu'elle était alors, avant, sans ses responsabilités, sans ces regards qui la jugent difforme ou font d'elle un objet. Un état antérieur à l'adolescence, où le sang des premières règles n'aurait pas coulé, un état antérieur à la honte, celle qui l'avait fait rougir sur les bancs du collège Fesch d'Ajaccio, alors qu'elle enveloppait maladroitement de la veste d'une amie son bassin et ses cuisses salis. Elle veut nier tout ce qui a fait d'elle une femme. Sa maigre poitrine, l'extension de ses hanches, l'allongement de son visage et l'affinement de ses traits.

En repensant à la soirée, il lui arrive de sentir poindre l'atome sourd d'une culpabilité dont elle ne veut admettre l'origine. Elle regrette. Elle a un soir dans sa vie et un soir seulement perdu le *contrôle*. Il a suffi d'un pas de travers pour que le destin lui démontre la valeur pernicieuse de la liberté.

Il faudrait passer à autre chose. La psychologue a été claire : « On fait toutes, adolescentes, des expériences dont on n'est pas très fières, dont on se souvient à peine, dont on ne parle strictement à personne. » Cécilia n'a pas osé répondre que c'était peut-être valable pour des expériences consenties, mais qu'elle ne savait pas, à proprement parler, si cela avait été son cas, car elle ne se rappelait rien, sinon une ombre sur elle, à demi existante, comme un fantôme qui la terrassait.

En cours, elle se fait de plus en plus absente, et ses résultats chutent. Elle a beaucoup de mal à décrocher sa deuxième année de bachelor, et Magali s'en inquiète beaucoup. Elle l'inonde de messages, de propositions de sorties, d'idées de rencontres, mais Cécilia n'est soumise qu'à sa table de la loi, représentée par un appareil lui indiquant son poids, qu'elle note chaque jour dans un carnet : 41,7 kg.

Nietzsche écrivait que nos pensées témoignent de la noblesse de notre constitution, qu'elles sont la résultante d'un régime qui traduit notre vigueur ou notre faiblesse. C'est le corps qui se fait esprit, et non l'inverse. Pourtant, son esprit est aussi fort que les statues de Bamiyan, dont les brahmanes donnent l'exemple. Simplement, une force corrompue, néfaste, réactive. Cécilia n'est pas une brahmane.

Elle ne cherche pas à se réfugier dans les méditations inutiles que consume le samsara, et n'a rien à faire de la quête du nirvana. Elle n'endure pas son régime pour se perdre, mais pour se retrouver. Elle connaît les extases du jeûne, et parfois la faim la rapproche davantage de la béatitude que ne le ferait la contemplation. Elle aime cet état transitoire, cette ivresse où elle se sent partir, légère, abandonnée aux forces du vent comme dans un rêve, à demi détachée et absente, pareille au cerf-volant qu'elle faisait planer, lorsqu'elle était enfant, au-dessus de la plage des Sanguinaires, qu'elle ne fréquentera plus que pour assurer sa propre rédemption à travers la dévotion que l'on portera à son image, mais des années plus tard. En attendant, elle s'isole du regard des autres en évitant les amphithéâtres bondés, les soirées étudiantes, mais aussi Magali, qui la sollicite pourtant régulièrement. Plus tard, lorsqu'elle entrera à l'hôpital, Cécilia ne pèsera que 38,2 kg. Mais ça n'a pas d'importance aujourd'hui. Aujourd'hui, il faut encore maigrir.

Village – Corte

Il y a la forme de son visage qui s'avance doucement vers lui, mais autour il n'y a rien, que des vagues cotonneuses et indiscernables qui forment un décor spectral et évanescent, trouble et lumineux, auquel il ne prête aucune attention. Il semble à Gabriel qu'il n'y a qu'elle, et son visage qui s'avance quand le reste s'évanouit, et tout ce flou n'appartient ni à l'espace ni au temps mais à une éternité abstraite dont la définition est exclue. Il fixe encore Cécilia pour se perdre dans sa beauté, dépose son regard sur chaque fragment de sa peau, détaillant ce qu'un autre aurait fait au pinceau, d'abord son nez, puis ses joues, ses cheveux clairs qui tombent délicatement sur ses épaules, avant de se noyer dans la teinte émeraude de ses yeux. Ses yeux, il semblait qu'ils le fixaient, que ce n'était plus lui mais bien elle qui se perdait dans sa contemplation, et, alors qu'elle avance, son regard devient de plus en plus pénétrant, comme s'il l'illuminait, comme s'il irradiait d'une puissance sublime qui allait finir par l'aveugler. Il continue de la regarder mais il entend déjà les accords d'une musique barbare dont il ne connaît pas l'origine, et cette mélodie devient de plus en plus forte jusqu'à ce que Cécilia en soit brusquée et détourne le regard, se perde dans ce monde sans décor, tandis que Gabriel se réveille doucement pour prendre l'appel qui le chasse de son rêve.

C'était Battì. On peut se figurer ce qu'il y avait de brutal dans ce retour au réel. Il lui expliqua qu'il était en route pour Corte, qu'ils allaient sortir, et qu'il fallait que Gabriel laisse tomber ses cours de merde pour se coller une caisse dont il aurait des souvenirs.

— Non je ne sors pas, Battì, répondit Gabriel en espérant que sa voix endormie ne le trahirait pas.

Il expliqua qu'il était au village et que, de toute façon, sa voiture était en panne. Il l'avait laissée à Augustin pour qu'il la répare mais ce dernier n'avait pas l'air pressé.

— Donner sa voiture à Augustin, mais enfin, ça va prendre une éternité ! Pourquoi tu ne l'as pas emmenée en plaine ?

— Je ne sais pas. À vrai dire, j'y ai pas pensé !

— C'est bien ça ton problème, Gaby, c'est que tu penses à rien ! Tu es tellement toujours dans tes livres que tu as filé ta caisse au type le plus lent de Castagniccia et que si ta voiture est prête avant la Toussaint ce sera un miracle. T'en as pas eu assez avec tes phares de merde ?

Battì avait raison. Gabriel avait certainement eu de bonnes idées dans sa vie, peut-être d'ailleurs que son mémoire en faisait partie, mais, assurément, confier la survie de sa vieille Clio à Augustin n'en était pas. Il le savait pourtant. Pour réparer le quad de Nico, Augustin avait mis plus d'un an. Ç'avait été tellement long que Nico avait largement eu le temps d'investir dans une moto et de l'envoyer presque aussitôt contre un arbre pour qu'elle finisse en épave. Ainsi peut-être s'était-il épargné des poignées fluo, des jantes roses ou un klaxon ridicule.

Gabriel chercha à détourner le sujet mais Battì s'emporta contre lui, le traita à nouveau de pédé, lui rappela que ça faisait un an qu'ils avaient prévu cette soirée et qu'il appellerait Raphaël parce que lui au moins n'était pas un pédé et qu'il avait le sens de la fête et qu'on pouvait jamais rien demander aux pédés de la fac – avant de raccrocher sans sommation, laissant planer Gabriel dans un éveil brumeux, perdu entre Nietzsche, Battì et le sourire de l'ange dont il embrassait encore, de l'autre côté de ses paupières, le regard incandescent qui le consumait.

Il se leva du canapé et partit mettre la cafetière en route. Elle était toujours aussi bruyante. Il alluma une cigarette et sortit sur le balcon sans enfiler une veste. Ce n'était pas la peine en septembre. Il travaillait désormais sur Nietzsche depuis presque un an et cela avançait correctement. Il avait, à la fin de sa première année de master, passé un oral devant son directeur de mémoire pour le rassurer quant à sa progression et la légitimité de sa place en parcours de recherche. C'était plutôt satisfaisant. Il n'avait rien écouté des mises en garde du professeur ni des conseils de lecture qu'il lui avait gentiment prodigués. Gabriel était têtu et voulait procéder autrement. Biographiquement, il cherchait désormais un *sens* à la vie du philosophe de Bâle. En le lisant, il essayait de percer à jour un secret que les lignes dévoilaient implicitement à ceux qui, comme Gabriel, souffraient. Nietzsche n'écrivait-il pas justement que la douleur est un instrument de connaissance ? Gabriel n'en finissait pas de ces exégèses, passait ses journées à parcourir sans arrêt les mêmes textes, et sa maîtrise de l'allemand était trop sommaire pour qu'il envisage de lire le philosophe dans sa version originale. D'après ses recherches, personne ne s'accordait sur cet auteur, tant sur sa folie que sur son œuvre, qui donnaient, l'une comme l'autre, une aura à ses livres comme des lettres de noblesse à sa vie.

Il n'est pas surprenant, à vrai dire, que l'on ne trouve encore aujourd'hui pas de réponse définitive à la maladie de Nietzsche. Peut-être que la nuance qu'il revendiquait dans ses écrits s'est largement immiscée dans son existence, dépassant la circonscription étroite et contingente de ses phrases magnifiques pour incarner dans sa vie la note tragique qui témoignerait de l'ambivalence de sa fin. Se mettre d'accord sur Nietzsche – idéologiquement autant que médicalement –, c'est assurément manquer sa cible. Gabriel repensait souvent à cette scène que l'on rapporte comme celle où le philosophe vécut ses derniers instants de luci-dité. À proprement parler, pour lui, tout partait de là. Dans sa nouvelle problématique, c'était pour ainsi dire le point culminant, l'acmé de sa folie, qui dévoilait en filigrane la réponse apocryphe à l'ensemble de ses écrits. À l'hiver 1889, après une intense et foisonnante activité intellectuelle, Nietzsche se trouvait à Turin, où il se reposait après une dernière visite éprouvante à Sils-Maria, dans sa forteresse de solitude. *L'Antéchrist*, ouvrage au titre évocateur qui ne laissait planer que peu de doutes sur la finalité de son projet, était prêt pour impression et *Ecce Homo* serait écrit dans la foulée, en trois semaines. Ce sont – et les interprétations divergent à ce sujet – les ultimes vestiges de son époque lucide. Lors d'une matinée calme, alors qu'il s'apprêtait à traverser une rue adjacente à son hôtel, le philosophe vit un cocher frapper son cheval de plusieurs coups de fouet. Ce fut le renversement. Il courut se mettre à son niveau, prit le cheval dans ses bras et lança : « S'il faut que vous continuiez à frapper, frappez-moi ! » Ainsi, celui qui n'avait jamais eu d'égard pour personne s'agenouilla devant une bête souffrante et trouva dans les yeux du cheval la vérité qu'il fuyait. D'après les considérations cliniques les plus récentes, il semblerait que Nietzsche ait été victime de ce qu'on qualifie aujourd'hui de « démence maniacodépressive », ce qui ne veut pas dire, à strictement parler, qu'il y ait eu un événement préalable à cette chute que l'on sait définitive. On le ramena à l'hôtel où il séjournait, mais on ne put le ramener à la raison. Il se prenait à la fois pour Jésus-Christ et Napoléon, écrivait des lettres injurieuses sans queue ni tête au point que ses amis s'inquiétèrent et le rejoignirent à Turin pour le faire interner dans une clinique de Bâle. La suite appartient à l'histoire de la philosophie et à sa légende, à ce qui fait que beaucoup de jeunes étudiants se prennent de fascination pour cette figure à la fois austère et étrange, à la moustache énigmatique, et dont les exégèses textuelles permettent autant de chemins qu'un soleil couchant sur les portes de Thèbes.

*

Pour Lelia, ce n'était pas la folie qui rendait Nietzsche intéressant, mais plutôt sa clairvoyance, son sens de l'acuité et cette capacité à saisir le réel que ses parents à elle avaient toujours cherché à fuir. En ayant si radicalement renié la religion, le philosophe avait eu sur Lelia l'effet d'un coup de marteau. En classe de terminale, alors qu'elle ne se destinait pas à autre chose qu'au métier d'infirmière, l'étude de son œuvre avait complètement bousculé ses projets, au point de la mettre dans un embarras significatif lorsqu'on l'interrogeait. Elle en avait beaucoup discuté avec son professeur et était revenue plusieurs fois sur son choix. Elle se demandait ce qu'elle pourrait bien faire : suivre les études prévues et devenir infirmière ou bien choisir une voie qui lui était encore à ce stade inconnue. Après tout, le réel n'est-il pas seulement une affaire de perspective ? Dans un premier temps, elle avait adopté une attitude courante en préférant la sécurité. Elle avait écouté ses parents, ses professeurs et l'ensemble de ceux qui pensaient pouvoir décider à sa place. Elle était entrée en école d'infirmières mais l'expérience n'avait pas été concluante. Elle avait terminé l'année mais fini par opter pour des études de philosophie. Malgré la protestation de ses parents, elle avait imposé sa préférence et, à ce jour encore, demeurait envoûtée par la richesse des textes qui l'avaient convaincue. Depuis le début du mois de septembre, elle préparait son concours et passait ses journées à la bibliothèque, loin de Raphaël qui ne lui en tenait pas rigueur, compensant cela par une activité militante plus marquée qu'à l'ordinaire. Elle lisait les rapports des jurys et analysait des copies qu'elle avait trouvées sur des forums spécialisés. Rien ne devait être laissé au hasard.

La journée avait été chargée. Elle espérait pouvoir profiter d'un moment avec Raphaël, mais en arrivant chez lui elle constata qu'il était sorti. Elle n'avait pas vu son message expliquant qu'un ami d'enfance était exceptionnellement à Corte, qu'il boirait un verre avec lui pour marquer le coup, tout en se démerdant pour rentrer relativement tôt. Le téléphone de Lelia vibra de nouveau. Son frère était de passage dans la cité paoline et lui proposait de dîner. Elle refusa poliment et regarda par la fenêtre la ville qui commençait à bouillonner de son lancinant rituel du mardi soir. Même si l'on n'était qu'en septembre, chaque jour comptait, chaque fragment de son temps n'était consacré qu'au concours et à sa réussite. Elle vit des véhicules se garer sur le parking attenant à la faculté de lettres. Elle ne connaissait pas l'homme qui sortit d'une voiture, quoiqu'elle distinguât ses traits. Elle ne s'interrogea pas outre mesure sur celui qui rejoindrait Raphaël et dont le regard toisait la cité qu'il voulait conquérir. Dans la fraîcheur naissante du soir, il secouait la montre de son poignet. Elle baissa la tête et retourna à ses fiches de révision.

Elle se fit chauffer des pâtes, regarda un peu la télé puis lut quelques pages du roman qu'elle avait laissé reposer sur sa table de nuit. Lelia s'était déjà endormie lorsque Raphaël inséra, le plus discrètement possible, ses clefs dans la porte. Elle se réveilla. Il n'était pas très tard. Raphaël avait l'air en colère mais, comme à son habitude, il ne dit pas un mot. Il fallut le questionner, lui faire passer une espèce d'interroga-toire militaire pour qu'il finisse par reconnaître qu'il s'était disputé avec son ami. Il ne voulut pas lui dire pourquoi. Il se contenta de la rassurer, de lui expliquer que cela allait passer, comme toujours avec Battì. Qu'objectivement ça restait un gros con, mais un gros con attachant.

Ce n'était pas la soirée dont elle avait rêvé. Elle posa encore quelques questions mais finit par renoncer. Quand elle vit que Raphaël n'était pas disposé à apprécier sa présence, elle préféra rentrer dormir chez elle. Elle ne lui en voulait pas. Après tout, eux ne s'étaient pas disputés. Lorsqu'elle s'allongea, elle repensa à sa soirée avortée et au silence de Raphaël. Pourquoi ne disait-il jamais rien ? Elle emporta son doute dans la nuit.

Du fond de son sommeil, elle n'eut pas de réponse. Les étoiles qui brûlent le ciel sont déjà mortes depuis trop d'années. Peu d'entre elles, pourtant, à la lueur du soir, ont un jour dansé.

*

Il n'y avait rien à faire. Lelia ne viendrait pas dîner. Son message était on ne peut plus clair. Elle avait toujours été têtue. Malik gara son Audi au parking Tuffelli puis saisit sa sacoche. Il vérifia le contenu, les pochons prêts pour pouvoir vendre le plus discrètement possible. Tout était mesuré, calibré. Essentiellement de la cocaïne et quelques *tazs*. L'herbe rapportait moins d'argent et, en soirée, les jeunes aimaient flamber. Il avait déjà beaucoup de messages. Quelques habitués et un client d'un village, qui se trouvait exceptionnellement à Corte. Un type plutôt désagréable, mais les affaires sont les affaires. Il le harcelait carrément. Malik lui donna rendez-vous en boîte. Il faudrait tuer un peu le temps avant. Il alla boire un verre dans un bar assez chic, rencontra quelques connaissances, parmi lesquelles une serveuse qui travaillait au Fly. Il la dépanna d'un gramme de cocaïne en échange d'un clin d'œil entendu.

— Tu passes boire un coup après ? Marc-Ange t'attend.

Malik fit oui de la tête. Les choses étaient si simples. Le monde était là pour lui, les sourires étaient nombreux et forcés mais il ne les voyait pas. Les yeux étaient avides mais Malik n'était pas l'objet de leur vénération, les rires étaient complices et cachaient des trahisons et, dans cet espace où tous étaient ses amis, il était seul face à lui-même et à sa déchéance. Ce n'était pas l'idéal mais seulement l'apparence de l'idéal et, enfermé dans la superficialité arrogante des images, Malik ne savait pas qu'il vivait au milieu de masques de chair. Il entra aux toilettes se faire un rail de coke, un seul suffirait, il était là pour affaires. On ne déconne pas avec la marchandise. L'heure tournait et il but quelques verres d'alcool fruité avant de se diriger vers le Fly, où il était attendu. Il avait un accord avec le patron. Il lui reversait un pourcentage et, tant qu'il ne faisait pas parler de lui, ce dernier le laissait dealer comme si son activité incarnait l'apogée matériel de la vertu.

Il entra sans payer, se mit au comptoir et commanda une vodka orange. Il se sentait bien. Le mardi soir, c'était l'endroit où aller. Il n'y en avait pas beaucoup d'autres, au demeurant. Les étudiants commençaient à affluer, les filles étaient splendides et lumineuses, la plupart des clients n'auraient jamais la chance de les côtoyer. Ils rêvaient de danser avec elles, ils rêvaient d'étreintes lubriques et profanes, et Malik était là pour leur donner le courage d'assouvir leurs rêves. Ou, du moins, leur donner l'espoir de le faire. L'idéal et son apparence. La musique était envoûtante et la foule de danseurs baignait dans l'extase, comme s'ils appartenaient tous à un seul corps. Les filles riaient, certaines venaient le voir pour obtenir un gramme, et les néons irradiaient les visages rougis par l'ivresse. D'autres garçons, plus discrets, simulaient une discussion ordinaire avec Malik avant de lui demander à l'oreille un gramme ou un *taz* pour ne pas afficher ce qu'ils cachaient à d'autres.

Une jeune femme s'approcha et Malik engagea la conversation, il ne la connaissait pas et constata très vite qu'il ne l'avait jamais vue. Elle lui demanda ce qu'il faisait dans cette ville puisque, manifestement, il était trop vieux pour être étudiant.

— Ma sœur fait des études de philosophie, et je suis là pour affaires.

La jeune femme séjournait en Corse pour voir une amie avec laquelle elle avait fait son bachelor à Nice. Elle ne rentrait en master que la semaine suivante et avait pu s'accorder quelques jours de vacances. Elle était très souriante et se présenta : Magali. Ils continuèrent à discuter et elle lui montra du doigt son amie qui sortait d'une période difficile. Malik tourna la tête et se figea. Il continua de parler à Magali, feignit de s'intéresser à ses propos et profita de l'arrivée d'un client pour s'éclipser discrètement.

En passant, il remarqua la présence d'un petit homme habillé comme un clown, ou plutôt un berger. Il fit mine de ne pas le voir et s'approcha de son client, qui lui proposa un verre. Ce n'était pas dans ses habitudes. Il devait être saoul. Il échangea avec l'homme, qui s'appelait Battì. Ils burent quelques verres ensemble, Malik surveillait les alentours comme s'il était à la merci du regard des autres. C'était le sien propre qui le dérangeait. Battì lui demanda un gramme de cocaïne. Il mit la main dans sa sacoche et faisait passer discrètement le pochon à Battì quand une présence vint à lui, portant avec elle un béret et toute la haine du monde.

Corte

On aurait pu dire que, ce soir-là, Sauveur Luneschi était en grande forme. L'apéritif avait commencé sans prévenir sur le coup de midi, avec une équipe de chasseurs dont il connaissait la plupart des membres. Ensuite, afin de ne pas bousculer l'ordre des choses, ils avaient joué aux cartes tout l'après-midi en buvant de la bière pression, puis ils étaient retournés au comptoir à l'heure qui convenait, vers dix-sept heures. Se joignirent à eux des étudiants dont Sauveur connaissait le visage pour avoir discuté avec eux un soir similaire, de sa place dans le syndicat, de la politique en général ou du chant, qu'il pratiquait dans un groupe, avec d'autres jeunes comme lui, soucieux de maintenir le prestige immémorial d'une tradition.

Ils offrirent une tournée et il fit de même, s'accouda au comptoir avec la rigidité d'une statue, bien qu'un œil avisé pût remarquer que sa petite taille le mettait mal à l'aise et que ses chaussures ne parvenaient pas à lui offrir les quelques centimètres qui lui manquaient pour ne pas paraître branlant sur un sol où il peinait à tenir. Les étudiants commencèrent à chanter et l'invitèrent à se joindre à leur groupe, ce qu'il accepta de bon cœur. Tout le répertoire y passa. La spécialité de Sauveur, c'était ce que l'on appelle la *terza*. Sur un ensemble composite de trois chanteurs, la *terza* – «tierce» en français – est la voix conclusive des deux autres tonalités. Comme si, par la symbiose, elle s'éloignait de la dimension terrestre et tutoyait les anges, qui au ciel n'écoutaient pas Sauveur, n'écoutaient rien, à vrai dire, des chants liturgiques que sa voix portait dans des effluves d'alcool et des embruns de tabac, à côté de verres sales qu'on remplissait aussi vite qu'on les vidait et dont un peu du contenu venait perler sur le comptoir que le serveur nettoyait avec un torchon jaune fluo. On le félicitait beaucoup et Sauveur était fier. Il avait une voix magnifique, c'était bien vrai. Un jeune homme s'approcha pour lui confier qu'avec une voix pareille il était sûrement plein de femmes et qu'il devait bien baiser, le salaud! Sauveur rougissait et riait avec eux, il se sentait bien et l'ivresse faisait luire le bout de ses oreilles. Il parla de politique, rabâcha la nécessité de valider une autonomie de plein droit et un statut de souveraineté à l'île, pour pouvoir en chasser les *Pinz*[1] et les Arabes qui devenaient trop nombreux, que ce soit dans des habitations luxueuses qu'ils n'occupaient que l'été pour les premiers ou dans ce qu'il imaginait être la situation des seconds – une horde, prête à bondir et assassiner, dont il ne croisait, au demeurant, jamais aucun représentant. Les autres étaient d'accord avec lui, et Sauveur se sentait bien avec eux, «de bons jeunes», se disait-il tandis qu'il avalait désormais du whisky avec un léger soupçon de Coca-Cola, si léger

---

1. Abréviation de *Pinzutu* : Français continental (peut être péjoratif).

qu'il ne corrompait pas la couleur du breuvage dont le goût imprégnait la totalité de sa gorge jusqu'aux narines, lesquelles étaient brûlées par les fureurs de l'excès, de l'ivresse le consumant alors qu'il cherchait à relancer un énième chant, portant déjà la main à l'oreille, rehaussant son béret noir qui ne quittait jamais son crâne, comme le bleu de Chine sur son torse bombé.

— On monte au Fly maintenant, Sauveur! Viens avec nous!

Sauveur n'aimait pas les boîtes de nuit. Il détestait la musique techno, les jeunes qui prennent de la drogue, les consommations hors de prix et l'ambiance générale de ce qu'il estimait être un lieu de perdition. Ils se liguèrent pour le convaincre. Ils lui expliquèrent que les bars c'était bien pour chanter, mais qu'il fallait qu'il se trouve une femme, que pour baiser on n'allait pas rester entre hommes, quand même, qu'on n'était pas des pédés, « à moins que tu sois un pédé, Sauveur », riaient-ils, chose qu'il n'était pas, les rassura-t-il, et qui le dégoûtait au possible. Il décida donc de les suivre.

Il fallut un temps de négociation avec le videur pour qu'il laisse entrer Sauveur avec sa tenue et ses grosses chaussures, mais il finit par accepter. Les étudiants de Bonifacio l'accompagnant étaient de fidèles clients, qu'on voyait plusieurs fois par semaine depuis le début de l'année scolaire et les années précédentes. Sauveur ne fut pas abasourdi par la surprise. Il ne fit que constater la validité de ses aversions tandis que sa tête lui faisait mal à cause de cette musique qu'il exécrait, des néons qui l'irradiaient et de l'odeur de clope qui l'étouffait. Il détestait la cigarette pour la simple raison qu'elle abîmait la voix. Il y avait beaucoup de monde. Des filles dansaient dans des tenues superbes, rayonnaient de paillettes et de prodiges d'artificialité dont il ne soupçonnait pas l'existence. Il s'avança avec les autres. Ils riaient en chœur. Sauveur se sentait soudé au groupe telle une partie organique d'un ensemble supérieur.

Ils s'installèrent dans un box, commandèrent deux magnums d'une vodka particulièrement chère et insistèrent pour que Sauveur ne paie pas. Il tint toutefois à participer à la hauteur de cinquante euros, bien qu'il sût que cet argent lui manquerait à son réveil. Pour l'instant, ça n'avait pas d'importance. Ils burent encore et Sauveur mélangea la vodka avec du Red Bull, ce qui n'avait pas mauvais goût, pensat-il alors qu'il déambulait dans la boîte où tout le monde paraissait le dévisager. Il croisa soudain le regard d'une jeune femme et son cœur s'arracha de sa poitrine. Elle était avec une copine qui discutait avec un Arabe, qui disparut presque aussitôt. Il essaya de s'approcher d'elle, il essaya de lui signifier son intérêt, mais les mots lui manquaient, il n'articulait que difficilement des phrases qui mélangeaient des éléments sans signification. Elle ne comprenait pas ce qu'il disait, pourquoi il lui parlait de chants et de voyages, de promesses mirobolantes à propos de territoires qu'elle ne connaissait pas, et Sauveur pensa qu'elle se moquait de lui. Il se mit en colère. Il dévisagea la jeune femme, qui s'étonna de son attitude mais ne lui prêta pas davantage attention. Elle pensa simplement qu'il était trop ivre pour discuter. Ensuite, il retourna vers le box où le groupe s'était scindé.

Il se servit encore un verre de vodka et remarqua sur le côté deux autres jeunes femmes qui le pointaient du doigt en riant. Il s'avança vers elles en leur demandant ce qu'elles avaient.

— Rien, on n'a rien, mais simplement ma copine te trouve super beau et elle aimerait bien faire connaissance. Les autres nous ont dit que tu chantais bien, c'est vrai ?

Sauveur s'aventura poliment dans la discussion, les filles étaient jolies et il n'avait pas l'habitude de se faire aborder si frontalement. Pour tout dire, il n'avait pas l'habitude de se faire aborder du tout. Les autres avaient raison, c'était bien d'aller en boîte, même s'il fallait supporter cette musique de merde, la fumée qui lui brûlait les yeux et l'ensemble d'un monde qui lui semblait hostile. Les filles lui posaient plein de questions sur ce qu'il faisait, ce qu'il aimait faire avec les femmes, dans son intimité, quel genre de type il était, si sa petite taille s'étendait à toutes les parties de son corps, autant de phrases qu'il entendait mal, bien qu'il approchât son oreille, même si ses oreilles, aussi grandes fussent-elles, percevaient difficilement les moqueries qui se distillaient dans l'air et le feraient bientôt entrer dans une colère sourde.

Il s'en alla. Il n'essaya pas de faire quoi que ce soit à ces filles qui aurait pu le mettre dans la merde. « C'est des droguées et des cloches », se dit-il. Il récupéra sa veste sans dire au revoir et se dirigea vers la sortie. Alors qu'il s'en approchait, il tomba sur le Marocain, en train de discuter avec un homme plutôt corpulent, qui le dévisagea. Sauveur remarqua qu'il venait de mettre dans sa poche un petit sachet dont il ne put apercevoir le contenu. Il s'avança vers le Marocain pour lui demander ce que c'était et s'entendit répondre qu'il ferait mieux de se mêler de son cul. Sauveur lui signifia qu'il n'allait pas se laisser parler comme ça par un Arabe et que s'il le souhaitait il n'avait qu'à le suivre dehors. Le Marocain lui demanda de répéter ce qu'il venait de dire.

Les choses auraient pu s'arrêter là si Sauveur n'avait pas été contrarié, si tous les éléments de la soirée n'avaient pas comploté à sa fatale issue. Rien n'est écrit que nos choix, disent les Écritures. Les esprits s'échauffèrent. L'homme corpulent qui discutait avec le Marocain avait disparu. Sauveur n'eut pas le temps de répéter les paroles qui avaient suscité la colère de son interlocuteur. Le coup frappa telle une déflagration silencieuse accompagnée d'un sifflement lourd, sans douleur aucune, et Sauveur se retrouva soudain par terre. Une seconde salve s'abattit sur ses côtes en l'étouffant dans un spasme muet. Il gisait dans la boue et l'alcool, ne voyait plus que les pieds du Marocain et, autour de lui, tout le bruit du monde était sourd et l'ensemble de la boîte riait de sa déchéance. Il chercha à se relever mais n'y parvint pas, comme si ses chaussures trop lourdes le sommaient d'épouser le sol qu'il essayait vainement de fuir. On le traîna dans un box et on lui apporta un peu d'eau. Sauveur pleurait, il était dans une colère noire. Il chercha le Marocain du regard mais déjà les videurs l'avaient exclu. Et lui se débattait vainement dans les bras de serveurs qui le maintenaient dans le monde hostile de la défaite et de la honte. Le groupe qui l'avait amené là avait complètement disparu. Il expliqua aux serveurs qui essuyaient le sang sur son visage qu'il allait bien et qu'il fallait le laisser partir. Les clients le fixaient, certains avec compassion, beaucoup avec mépris. Il revit les deux filles, qui se fendaient d'un rire sardonique. Il entendit quelques mots parmi lesquels « berger ».

Il n'avait pas revu celle qui avait un si joli visage, mais n'y pensait plus à présent qu'il quittait la boîte, rongé par la colère et la honte, cherchant son 4×4 dans la ville pendant que le jour se levait. Il grimpa dedans tant bien que mal. Il démarra, roula un moment et emprunta la route du village. Sur la Scala[1], il ne prit pas la peine d'observer le défilé des virages, les ponts génois et les amas de pierre qui se précipitaient dans des chutes vertigineuses, où secrètement il aurait voulu disparaître. Il ne vit rien du défilé d'écrins de roches et de l'explosion de leurs couleurs fanées. Il se coucha d'un sommeil lourd et sans rêves.

En se réveillant, il pleurait encore de chaudes larmes de colère. Sa gorge était sèche et son crâne très endolori. Son front abîmé marquait une légère fente où germaient de petites croûtes de sang séché. Il fixa longtemps son œil amoché dans un miroir sale, frappa plusieurs fois son poing contre les poutres en châtaignier de la vieille maison, et pleura encore en se laissant submerger. Il pria Dieu de lui laisser accomplir la grâce d'une vengeance.

Il arrive, au ciel absent aux anges et à la tristesse de notre sort, que nos prières soient exaucées. Ainsi soit-il.

1. Route menant à la vallée du Niolo.

Nice

Le miroir est là, toujours là, mais ne parle pas. Cécilia n'entend pas qu'elle est la plus belle et, dans le silence de son reflet, des voix murmurent jusqu'aux profondeurs blessées de son crâne malade : « J'ai trop mangé, je suis faible. J'ai pris un petit déjeuner, ma journée est gâchée. » Les yeux du monde sont noirs et continuent de la fixer, les voix émergent, elles se font fortes et prégnantes, comme des hurlements de goules dans la nuit malade de son cœur, il y a des formes, des incubes et même, dans ses rêves, une vieille femme en noir dans un champ d'oliviers. Elle se regarde, se fixe mais ne voit qu'une masse informe, des stries dans la peau, et son image est devenue la représentation mensongère et insolente d'un blasphème.

Cécilia sort faire du sport. Depuis qu'elle s'impose un régime, elle a beaucoup moins d'énergie. Pourtant, elle ne maigrit pas, le miroir le lui dit tous les jours, le répète de manière obsédante et provocatrice : « Garde le *contrôle*. »

Dehors, son téléphone vibre. Elle est surprise de recevoir encore un message de Magali, qui lui propose un café. Cécilia pense qu'elle ne la mérite pas, comme elle ne mérite

190

rien en dehors de sa souffrance puisque, de toute évidence, elle est incapable de suivre un régime. Elle n'a envie de voir personne, ne veut pas imposer l'angoissante vacuité de sa silhouette inesthétique à qui que ce soit, surtout pas à Magali. Pourtant, elle fait semblant, est très active sur les réseaux et s'isole de sa vie réelle pour entrer dans la dimension fragmentaire et appauvrissante du numérique. Elle y a toujours l'air aussi active et populaire.

Sur la promenade des Anglais, alors qu'elle commence un footing en mettant ses écouteurs, les yeux noirs du monde sont de nouveau là, épient sa chair maigrissante et scrutent sa peau sur laquelle elle ressent une présence, des frissons, un parfum. Elle a chaud, accélère mais s'épuise, elle ne fuit rien d'autre que sa carcasse fragile et les regards de compassion ou de surprise ont pour elle l'obscénité du jugement. Elle s'arrête, répond à Magali et rentre prendre une douche avant de ressortir, aussi couverte qu'elle le peut.

Quand Cécilia arrive au café, Magali la fixe et peine à la reconnaître avant d'oser la première parole d'un doute salvateur :

— Mais tu n'as pas maigri ?

— Je suis au régime, répond Cécilia avec toute la lueur d'une insouciance malsaine.

Magali se fige.

— Mais enfin, tu ressembles à un squelette !

C'est la première fois. Cette fois-ci et les nombreuses fois où elle entendra cette sentence de la bouche d'infirmières, d'amis ou de proches, elle ne comprendra pas. Comme si tous ceux qui proféraient cette insulte étaient pris dans une forme d'hallucination collective. Magali change de sujet, très vite, pour que rien dans le monde de Cécilia ne soit brusqué. Elle parle d'autre chose, la rassure vis-à-vis des cours qu'elle a manqués et lui dit que le sport est une bonne idée. Cécilia en profite pour expliquer à Magali qu'elle rentrera voir ses parents cet été. Il arrive parfois, dans un ciel absent, que rien ne suffise aux anges pour qu'ils manifestent leur compassion. Or, si nous sommes incapables de les discerner, à cause de la mauvaise qualité de notre vue, nous pourrions au moins nous concentrer sur ceux qui ne portent pas d'ailes et volent au milieu du chaos pour nous porter secours. Il existe, dans les saintes Écritures, un passage du livre de Tobie qui atteste ce fait. Pour nous sauver, les anges agissent parfois par l'intermédiaire d'une personne, eux-mêmes, à la tristesse de leur sort, ne pouvant s'incarner humainement.

Magali lui propose de manger avec elle le soir même. Cécilia refuse. Elle répond qu'elle ne mange plus au restaurant depuis un petit moment déjà, mais ne dit rien du repas du soir, qu'elle a supprimé. Alors Magali n'insiste pas, de peur de la blesser. Il faudra faire autrement. Elles prennent congé l'une de l'autre et Cécilia a l'impression d'avoir passé un agréable moment. Elle ne regrette pas d'avoir répondu au message de son amie.

Magali rentre chez elle l'estomac noué et décide d'appeler sa mère. Elle habite à Nantes, où elle est infirmière libérale.

Magali lui pose de nombreuses questions en si peu de temps que son crâne manque exploser.

— Mais enfin, il ne faut pas t'inquiéter comme ça ! Tu es sûre que c'est si grave ?

Elle lui rappelle à quel point Magali a toujours été anxieuse pour tout le monde, quitte à parfois négliger sa propre personne. Magali explique que, cette fois, ce n'est pas la même chose.

— Comme toujours ! plaisante sa mère.

— Elle rentre en Corse, ses parents s'en rendront compte. Autrement il faudra agir.

Arrivée dans son immeuble, Cécilia remarque son reflet dans l'immense vitre teintée du hall. Elle se fige devant la glace. Elle a encore grossi. Elle repère même, sur l'extrémité droite de l'aine, l'apparition d'un bourrelet léger. Elle ressent un dégoût profond. Elle pleure et rentre s'isoler chez elle, perdue dans la honte de son image imparfaite que tous les regards et les reflets offrent à la face hostile du monde.

Corte - Lupino

Lelia termina son livre et le posa sur la table de chevet. Allongé sur le lit, Raphaël le récupéra pour en lire la quatrième de couverture. *La Fin d'une liaison*, Graham Greene. Cela ne lui disait rien. En tout cas, à en juger par les premières pages qu'il scrutait désormais avec attention, ç'avait l'air bien écrit. Il se laissa distraire un long moment avant d'être interrompu.

— Je te le laisse, si tu veux, dit Lelia en riant.

Raphaël fit oui de la tête avant de se lever pour se diriger vers la fenêtre.

— Tu devrais fumer un peu moins, murmura-t-elle.

Raphaël avait ouvert pour s'offrir le luxe d'un plaisir devenu fautif par la voix aimée dont il écoutait les reproches. Il alluma sa cigarette, ce qui sembla la mettre de mauvaise humeur. Elle le fixa avec un mélange de surprise et d'interrogation.

— Si je fume tant, se justifia-t-il, c'est parce que je me fais du souci pour mon frère.

Il se rendit compte qu'il avait involontairement brisé la carapace de glace qui le caractérisait. Il n'était pas du genre à s'épancher sur lui-même ou un autre membre de sa famille.

Il ne lui avait jamais raconté son altercation avec Lucien, l'automne précédent, de peur de la blesser. Il était resté discret, deux semaines plus tôt, alors qu'il s'était pris la tête avec Battì parce que ce dernier s'était moqué grassement de sa relation. Il avait fait de son intériorité un temple et de son cœur une forteresse de pierre. Mais là, accidentellement, ses mots lui avaient échappé. Cela lui paraissait de fort mauvais augure. Justifier son addiction par les problèmes que rencontrait Gabriel semblait au mieux une naïveté coupable, au pire une trahison.

— Il ne va toujours pas bien ? répondit-elle, mimant involontairement une moue compatissante et regrettant de l'avoir accablé.

Raphaël jouait avec son briquet.

— Non, non, il en chie. Les profs ont accepté qu'il ne rende qu'un petit mémoire pour le M1 et il est toujours dispensé de cours et de présence.

— Mais qu'est-ce qu'il a ? Et pour son mémoire il a trouvé sa problématique, au moins ? demanda Lelia sans se rendre compte de la brutalité de son intrusion dans les tourments des Cristini, ce dont Raphaël ne lui fit pas grief.

— On ne sait pas vraiment. Et oui, il l'a trouvée, je crois. Je crois qu'il veut analyser Nietzsche biographiquement, mais j'y comprends rien à vrai dire.

— Biographiquement ?

Sur ce, Lelia fut prise d'une étonnante illumination. Elle lui dit que c'était un auteur qu'elle admirait – ce qu'il savait déjà –, qu'elle avait lu plein de trucs dessus et pourrait largement aider son frère s'il en avait besoin. Puis elle se mit à expliquer sans s'interrompre ces concepts qui l'aidaient à vivre, qui la tenaient debout au milieu des supplices que constituait la maturation de son existence.

Raphaël la regardait en souriant pendant qu'elle parlait trop vite pour être comprise. Il ne fallait jamais la brancher sur ces sujets.

— Bon, ça sera un peu plus difficile cette année, avec la préparation du Capes, mais je peux bien faire ça pour lui, après tout, ça fait un an qu'on se voit maintenant.

Un an. Il n'avait rien vu. Les choses étaient allées si vite. Il se laissa prendre au jeu et l'écouta lui raconter la vie de celui que Gustave Thibon avait baptisé, longtemps après sa mort, le «prophète de l'orgueil». Elle lui parla de son influence, de son fameux «Dieu est mort» et de l'impact particulier qu'il avait eu sur elle quand elle en avait entendu parler pour la première fois, en classe de terminale.

— Tu comprends, dans ma famille, ils sont vraiment croyants, donc j'ai pas vraiment l'habitude d'en parler, et ici tout le monde s'en fout.

Raphaël ne voulait pas l'interrompre, même s'il ne comprenait pas tout, même si le sujet, à vrai dire, ne l'intéressait pas plus que ça ; il se contenta de rester concentré en regardant ses grands yeux pleins de flammes et son sourire qui le condamnaient. Peut-être ne retiendrait-il rien de ce long monologue que Lelia livrait avec passion. De la vie atroce que Nietzsche avait eue, de tous ses organes malades qui avaient constitué la vigueur de sa philosophie, de cette figure de prophète de la modernité qu'il incarnait – lui-même au demeurant reniant vigoureusement ce rôle.

— En fait, ce que ton frère doit se demander, c'est : est-ce que Nietzsche était malade avant ou est-ce à cause de la vérité ?

Sans pouvoir répondre, Raphaël suspendit son attention dans une zone grise, comme s'il était soudain sourd à la conversation et que les mots de Lelia ne lui apparussent plus que fragmentés à la lumière de son attention parcellaire et dispersée. Il fallait changer de sujet.

— Est-ce que tu veux que je t'accompagne à Bastia ?

Elle sembla surprise, demeura un instant silencieuse, puis acquiesça. Au moins, elle n'aurait pas à prendre le train. Il arrivait souvent, le vendredi, que ce dernier soit tellement bondé qu'elle était contrainte de faire l'intégralité du trajet debout, serrée contre une masse informe d'étudiants qui partageaient avec elle ce wagon de fortune. Et puis, comme le lui expliqua Raphaël, ils seraient encore mieux dans la voiture de ses parents, Gabriel ayant eu l'idée stupide de confier la Clio à Augustin pour une panne mineure.

— De toute façon, il ne pourra pas faire pire que ces phares jaunes !

Elle accepta. Ils passèrent chez elle chercher sa valise. Elle semblait déjà peser une tonne mais Lelia tenait à y ajouter son Polaroid. Raphaël peinait à comprendre comment elle pouvait mettre autant d'affaires dans un espace si exigu.

— Championne de Tetris, sourit-elle.

Ses parents habitaient dans le sud de Bastia, dans une des immenses tours HLM qui surplombaient le quartier de Lupino, à la périphérie de la ville. Cela représentait pour elle une grande source de complexes. Elle s'était toujours refusée à y recevoir des amis et entretenait avec ses parents des rapports suffisamment distants pour qu'ils ne lui posent jamais de questions. Dans le pire des cas, il lui arrivait d'enrober la vérité avec de jolis mots. Comme Janus, il faut avoir plusieurs visages. Surtout quand le réel n'est pas à la hauteur de nos espérances. De plus, elle ne voulait pas qu'on la voie avec Raphaël pour éviter d'avoir à épiloguer pendant des heures sur le fait qu'elle fréquentait un Corse.

Les tours où vivait la famille de Lelia rendaient compte d'une certaine forme d'hostilité à la vie. Il s'agissait d'immeubles construits par la municipalité bastiaise au début des années 1960 et qui avaient constitué d'énormes réserves électorales. Prisé dans un premier temps par les Corses qui quittaient le monde rural, l'endroit avait petit à petit été investi par des ressortissants étrangers issus des vagues de décolonisation. En Corse, l'immigration avait été essentiellement marocaine. Le rapatriement algérien avait posé beaucoup de problèmes. Après la guerre d'Algérie, l'arrivée des pieds-noirs avait été facilitée par la dotation de fermes clefs en main, ce qui avait provoqué la jalousie et l'incompréhension des insulaires. La réponse à une crise en avait entraîné une autre, comme il arrive lorsque les lois de l'inférence causale choisissent un chemin, parfois le mauvais, que l'on ne peut deviner. Que l'État prenne des terres pour les offrir à des inconnus avait provoqué un sentiment d'injustice. Le 22 août 1975, de jeunes militants régionalistes issus de l'ARC[1] s'étaient mobilisés en occupant une des exploitations soupçonnées de corruption et d'escroquerie au vin frelaté. Ç'avait été l'un des principaux éléments de la naissance du nationalisme moderne.

Raphaël évoquait l'épisode en expliquant à Lelia que faire intervenir des chars, débarqués en plein cœur de Bastia, envoyer plus de mille personnes pour mettre fin à l'occupation d'une ferme, au départ pacifiste, prouvait que la Corse était aux yeux des Français une espèce de mélange hybride entre un bronze-cul et une colonie.

— Tu imagines des chars en plein Paris, toi ?

Non, c'est vrai, elle ne l'imaginait pas. Elle n'imaginait pas Paris autrement que dans la beauté et l'immatérialité d'un songe.

Raphaël roulait assez doucement et continuait à discuter avec Lelia.

Bien que discrète, leur relation avait rapidement éveillé les commérages, qui, dans la ville étudiante, étaient légion. Dès le début Lucien, et plus récemment Battì, même si sa réflexion ne signifiait rien d'autre qu'une forme ordinaire de jalousie. C'est pour ça que, le soir où ils s'étaient retrouvés, Raphaël était rentré tôt, sans le suivre en boîte. Quand il buvait, Battì pouvait très vite se transformer en monstre ou en gros con. Cela emmerdait Raphaël de ne pas pouvoir faire sa vie tranquille. Être épié par un panoptique

---

1. Action pour la renaissance de la Corse. Groupe politique fondateur du nationalisme moderne, mené par le Dr Edmond Simeoni.

de la médiocrité est le lieu commun des petites villes, mais il ne le supportait pas. Il pensa à autre chose.

Sur le trajet, ils plaisantèrent beaucoup et ne parlèrent plus de Gabriel ni de Nietzsche. La route de Corte était réputée dangereuse alors qu'elle se composait essentiellement de longs tronçons droits entre des formations rocheuses. Toutefois, quelques épingles meurtrières nourrissaient les craintes des locaux, qui, régulièrement, se révélaient hélas justifiées.

Raphaël décida de ponctuer l'échange par un peu de musique. Quand le poste démarra, il fut surpris d'entendre la voix de Jim Morrison dans la voiture de ses parents. En fait, Gabriel avait fait graver tout un éventail de disques selon des choix musicaux exclusivement personnels, si bien que finalement, dans la famille, personne n'y échappait.

— C'est un CD de Gabriel, s'excusa-t-il immédiatement.

— Je suis sûre qu'il a bon goût, répondit Lelia en souriant.

Le trajet se termina dans un silence dominé par la voix de Jim Morrison, qui les invitait à passer de l'autre côté.

La nuit succède au jour qui succède à la nuit, mais il existe des paraboles où le temps se fige et donne aux hommes qui ne méritent rien l'illusion du voile de l'éternité. Ils étaient déjà passés de l'autre côté sans le savoir, sans l'usage de drogues psychotiques que préconisait celui qu'on appelait le roi lézard et que l'on continuait d'entendre chanter, caresser de sa voix suave l'habitacle de la voiture qui roulait vers sa destination. Parfois, les instants ne doivent pas prendre le risque d'une parole qui les rendrait caducs. Parfois, il est préférable de se contempler dans le silence intérieur et de laisser les cœurs battre au rythme chaud des organes et du feu qui les tient.

Lelia indiqua à Raphaël de prendre à droite au niveau du centre médico-social et de continuer un peu plus loin jusqu'au parking. Tout était grand et triste. Non seulement il n'existait pas un seul espace de verdure mais le quartier était prisonnier d'une peste grise, une prolifération inesthétique et bétonneuse qui avait contaminé l'espace habitable. Raphaël n'était jamais venu. Il ne soupçonnait pas l'existence de ce décor. Cette série de tours identiques à la sortie de Bastia. Il n'imaginait pas ces immeubles délabrés aux surfaces usées, érodées par le temps. Tout cela appartenait pour lui à ce qu'il voyait à la télé, une forme d'imagination périphérique des métropoles continentales. Les murs étaient sales et pleins de graffitis. Les immeubles se faisaient face et un parking gigantesque tenait lieu d'agora où des épaves traînaient au milieu d'autres voitures de tous les horizons. Il découvrait un monde. Il ne connaissait rien de la misère urbaine, de la promiscuité malsaine des âmes que la distance excluait, de la saleté et de l'odeur de pisse de ces tours qui surplombaient le vide, ni même de ce mélange de gris, de jaune délavé et de saumon fade qui s'étendait jusqu'à avaler la mer. Tout était morne, et cette tristesse allait des perrons d'escalier aux cages d'ascenseur, bouffant les éclats de vie et les couleurs gaies que portaient les jeunes qui fixaient la voiture, assis sur des bancs.

Raphaël se gara et sortit, sans se rendre compte qu'il avait l'air plutôt inquiet. Aux fenêtres, déjà beaucoup de monde les regardait. Il essaya de masquer son malaise pour qu'il n'apparaisse pas comme une forme de mépris. Il ne savait pas quoi dire et Lelia aussi avait perdu sa langue dans les craquelures du béton chaud. Sur leur droite, un jeune frisé qui salua Lelia de la main ébauchait une fresque sur une des seules façades blanches. Raphaël avait beau essayer de déchiffrer le croquis, la forme ne paraissait pas encore assez aboutie pour s'imposer de manière tout à fait intelligible. Quelques jeunes jouaient avec un ballon et une femme poussait un landau. Raphaël se sentait observé et essayait de ne rien laisser paraître.

Lelia était toujours en train de sortir sa lourde valise du coffre quand une voiture se gara quelques places plus loin. Son visage blêmit. Il s'agissait d'une Audi noire aux vitres teintées. Un jeune homme d'une trentaine d'années en sortit avec une sacoche autour de la taille. Il portait les cheveux très courts et des vêtements de marque. Il fixa Lelia avec insistance avant de s'avancer vers elle sans la quitter des yeux. Raphaël remarqua que ce regard n'avait rien de rassurant. Il comprit que se jouait maintenant une autre épreuve. Lelia le devança.

— Raphaël, je te présente Malik, c'est mon grand frère.

Raphaël esquissa un sourire timide et s'approcha, main tendue, pour saluer cet homme qui le toisait de trop haut, comme s'il était à un rang supérieur des sphères célestes. Il ne répondit pas à son appel.

Lupino

Il ne se l'expliquait pas. Ça n'aurait pas dû se passer ainsi. Il se revoyait sortir de la voiture, reconnaître sa sœur au côté d'un jeune brun trapu, la voir sourire et s'énerver de la voir sourire. Malik ne savait rien de lui-même. Il ne connaissait pas la colère qui l'avait poussé à refuser cette main, pourtant tendue vers lui, cette main qui n'augurait rien, aucune dispute, parce que, si les choses s'étaient passées normalement, il n'y aurait eu là aucune raison de discorde. Il aurait suffi de la serrer. Et il ne l'avait pas fait. Mais Malik avait compris depuis longtemps qu'avec lui se passait toujours uniquement ce qu'il aurait voulu éviter. Il s'emportait chaque fois, possédé par une force indicible et souveraine qui agissait depuis le fond de son être en contrariant sa volonté.

Il repensa au mec de Corte, à cet abruti de berger à qui il avait mis une belle correction. Il se demanda si sa haine ne venait pas de là, de ces histoires, si ses gestes ne traduisaient pas l'éternel aboutissement d'une colère aux racines multiples. Au fond, il l'ignorait. Toutes les raisons qu'il invoquait se mélangeaient sans congédier sa faute et son estomac brûlait. Il avait l'air blafard. Il avait blessé sa sœur.

Racim lui en avait fait la remarque. Il lui avait dit qu'il avait déconné. Malik le savait, comme il savait que les paroles de Racim étaient pleines de sagesse, que ce gosse qui passait ses journées à peindre des fresques inutiles était sûrement le mec le plus droit qu'il lui était donné de connaître. Mais il ne fallait pas montrer de faiblesse. Il lui avait crié de fermer sa gueule, qu'il garde pour lui ses jugements à la con. Il connaissait sa sœur mieux que personne et il savait ce qui était bon pour elle. C'était lui le grand frère, et donc c'était à lui que revenait la majorité des choix.

Les habitants du quartier l'observaient de manière détournée, veillant à ne pas croiser son regard. Aux fenêtres des tours, les curieux s'assemblaient avant de disparaître aussitôt. Les plus téméraires faisaient semblant de ramasser le linge. Malik aurait pu décolérer. Il aurait pu étouffer de sanglots dans les bras de Racim et lui dire, « Oui, tu as raison, Racim, oui, je suis un lâche et un imbécile, ma sœur est largement assez grande pour choisir qui fréquenter, et puis de toute manière ça ne me regarde pas, oui, tu as raison ». Mais il ne le fit pas. Il ne dit rien des mots qui l'auraient éloigné de sa chute. Il voulait trouver la source première de sa faute, la racine de ses colères et de leurs métastases inutiles. Il fixa Racim dans le fond de ses grands yeux bleus. Il cherchait dans son regard ses propres entrailles, pour mieux comprendre d'où avait émergé ce geste qui lui semblait celui d'un autre, ordonné, conquis par un composant organique qui lui restait inaccessible, manifestant par cet impératif son existence et son droit au chaos.

Raphaël était reparti. Il avait lancé un regard noir à Lelia et était remonté dans sa voiture. Il ne voulait pas d'histoires. Cela ne lui ressemblait pas. Malik l'avait remarqué. Il savait reconnaître un cherche-merde lorsqu'il en débusquait un, et cette fois ce n'était pas le cas. Lelia était partie en pleurant, elle avait crié quelques mots en arabe que personne n'avait compris car on ne l'entendait jamais s'exprimer dans cette langue. Elle avait fui jusque chez ses parents en courant, laissant ses affaires sur le parking, était entrée dans cet immeuble qu'elle haïssait pour se réfugier à l'endroit qu'elle avait tant voulu quitter. L'ascenseur était toujours en panne, les murs étaient sales et sentaient la pisse, les craquelures du lino crépitaient comme s'il cachait des rats et des insectes murmurant des paroles absconses aussi incompréhensibles que l'arabe de Lelia.

Elle entra dans l'appartement sans saluer personne, regarda sa mère plier le linge et cette dernière ne parut pas le moins du monde surprise de sa colère. Elle s'enferma dans sa chambre. Elle en voulait à son frère et s'en voulait aussi. Elle regrettait d'avoir dévoilé cette part intime de son être comme si elle avait manqué de pudeur et que cette indélicatesse la précipitait dans une punition qu'elle ne méritait pas. Il faudrait encore en parler à ses parents. Expliquer la raison de leur dispute. Malik essaya de lui parler. Elle s'enferma dans sa chambre. Il faudrait revivre une scène qu'elle ne se sentait pas prête à assumer. Elle préféra éviter.

Elle retourna à Corte dès le lendemain, écourtant son week-end sans saluer sa famille, qu'elle laissa médusée. Ses parents réclamèrent des explications timides à Malik. Il ne répondit rien.

Il n'avait pas toujours été ainsi, il n'avait pas toujours été ce que certains appelaient un « mauvais garçon ». Il semblerait plus juste de dire que Malik était un *devenir* incarnant matériellement la somme des mauvaises rencontres qu'un destin maudit lui avait promises. Il n'avait pas, comme le penseraient certaines âmes qui jugeraient son avenir, été conditionné par son être, même si les commentaires attribueraient son futur exclusivement à ses origines ethniques en les vouant, lui et les siens, aux gémonies.

Il avait grandi dans la ferveur et l'admiration d'un grand-père qui prenait soin de lui expliquer que le travail était important, que l'on devait respecter autrui aussi bien que soi-même et que, là-haut, Dieu connaissait toujours nos actes car on ne pouvait pas mentir au Créateur. « *Masha'Allah*. Dieu sait ce que tu penses, même les yeux fermés, disait-il, il sait tout ce que tu fais », et Malik autrefois passait des heures à craindre ses pensées aussi bien que les secrets de son cœur. Il se souvenait, petit, de la figure usée de son grand-père Hassan, qui avait appliqué toute sa vie scrupuleusement les commandements de Dieu sans qu'Il lui eût accordé la grâce d'écouter ses prières. Il ne lui avait jamais rien raconté d'autre que des histoires qui le terrorisaient. Le soir, derrière les murs trop fins, Malik épiait silencieusement les discussions tardives de ses parents. C'était de cette manière qu'il avait compris ce qu'avait été l'existence d'Hassan sur cette île minuscule et hostile. Depuis que sa famille avait quitté Meknès, elle n'avait jamais pu profiter du confort de vivre à proximité de la mer. D'ailleurs, ils n'avaient pas toujours habité Lupino. Ils avaient été ailleurs. Ils avaient travaillé dans les champs, dans des vies de labeur, de résignation et de honte.

Des années durant, quand Malik et Lelia n'étaient pas encore nés, bien avant que leurs parents ne soient des projets, Hassan et sa femme avaient vécu dans un hangar insalubre du côté de la plaine d'Aléria. Parfois, l'été, lorsqu'il y avait du vent, les tôles chaudes branlaient, manquaient chuter sur leur dos pendant que, penché vers le sol, Hassan effectuait chaque jour les commandements de Dieu. Lui et sa femme partageaient un quotidien difficile avec deux familles marocaines dans ce taudis qui n'aurait convenu à personne. Ils avaient attaché des tissus à de longues cordes pour séparer, par ces murs artificiels, plusieurs foyers de fortune et s'offrir ainsi le peu de confort auquel ils pouvaient prétendre. Dans cette espèce de grange, au milieu d'outils et de quelques plants restés à l'abri du soleil brûlant, des draps dessinaient des *riads* non loin des rats qu'ils entendaient ronger à la nuit tombante. Et, malgré le peu d'intimité dont ils disposaient, derrière ces séparations trop fines pour pouvoir faire taire les murmures timides d'étreintes silencieuses, se dessinait la venue de leur premier enfant dans l'étuve vétuste de leur couche brûlante. Il s'appellerait Mohammed, « comme le prophète », et épouserait une fille qui naîtrait une année plus tard dans les conditions analogues que partageaient leurs voisins d'indigence.

Parfois, les destins se lient au mauvais sort que les étoiles ne font jamais briller. Ils avaient pourtant fondé des espoirs pour leurs enfants, ils avaient, eux aussi, espéré autre chose. Comme les Cristini, comme tous. Nous ne commençons pas par naître, mais nous existions déjà bien avant, dans le crépuscule silencieux des songes, des amertumes et des regrets. Tous les enfants sont tissés par des mensonges précoces avant d'être amenés à la lumière. Ainsi, nous ne sommes jamais nous-mêmes, ni la marque de nos héritages, mais l'ombre de nos pères, de nos sœurs et de nos mères, dont nous incarnons matériellement les promesses trahies. Les tissus fœtaux portent les cicatrices invisibles que l'existence viendra révéler. Oui, chaque parent rêve pour son enfant de ce dont il a été privé, et expose sa descendance aux mêmes espérances illusoires. On n'intègre pas que l'espoir ne porte rien d'autre que sa propre répétition, la consécration éternelle de sa boucle vaine. Pour les parents de Malik et Lelia, ce n'étaient pas des espérances mirobolantes, simplement la marque d'un succès social qui imprimerait sur tous les visages un signe de respect. Une vie en dehors du labeur des champs, de la misère de ce hangar et de la proximité des rats. Pour d'autres, ce serait du droit ou de la médecine. Quelque chose de différent qui rendrait la monnaie des efforts, comme si le bonheur était un dû. Et tous ces rêves ne portent que l'assurance inutile de leurs échecs, d'une génération à l'autre, amnésique de la précédente aujourd'hui portée aux tombeaux avec sa lassitude, sa déception et ses songes avortés. C'est peut-être cela, finalement, que Nietzsche aurait dû appeler l'éternel retour. On ne peut pas faire de la vie une force. Une seule existence suffit à prouver ce que ce mythe contient de vain et puéril. Une attaque de panique avait convaincu Gabriel, qui écrivait son mémoire avec cette certitude. Le souvenir coupable de Cécilia figurait au nombre des preuves, et ces dernières ne manquent pas sur l'autel éternel de la souffrance renouvelée. L'existence, en soi, ne suffit pas, et ce n'est pas sa densité qu'il faut remettre en question, mais simplement sa qualité. Le vouloir-vivre est vain non par le vouloir, mais simplement par l'accomplissement de la vie et sa célébration.

Plus tard, l'immense hangar agricole serait vidé par les familles marocaines. Après trois ans, on les avait sommés de le quitter pour en laisser l'exclusivité aux bêtes ou aux outils. On trouva des commodités analogues, de vieux bungalows, des caves miteuses, jusqu'au jour où, ayant scellé un accord illégal avec des politiciens corrompus, la famille pour laquelle ils travaillaient leur permit d'investir les immeubles neufs de la périphérie de Bastia. Tous les travailleurs marocains en étaient très heureux. Ils ne paieraient qu'un loyer dérisoire en échange de la promesse de leur future fidélité électorale. Ils acceptèrent. Pendant des années la famille de Malik et Lelia resta soumise aux propriétaires de cette exploitation qu'eux ne connurent jamais. Pendant des années, ils entendirent leur père maudire le sort qui était le leur d'avoir croisé la route des Costantini et d'y avoir été si longtemps liés.

Ce fut Mohammed le premier qui refusa de travailler pour les Costantini, au grand dam de son père. Il s'engagea dans le bâtiment quelques années avant d'avoir Malik. À la naissance de ce dernier, le fils d'Hassan reçut les félicitations de la famille Costantini avec un chèque d'une somme honorable qu'il n'encaissa jamais. Quand sa femme lui demanda pourquoi il le déchirait, il expliqua que Malik devait se défaire du destin qui le liait aux Costantini. Ne pas courber l'échine comme son père. Ainsi, il pourrait tracer sa propre voie à l'abri du fatalisme qui les avait condamnés. Cela sembla fonctionner. Malik était doué à l'école, il prit les rênes de sa propre existence. Puis, à la suite d'un baccalauréat technique qui fit leur fierté, il arrêta les études pour commencer à travailler. Ce fut une mauvaise surprise pour tout le monde. Après une somme d'expériences amères et de contrats qui ne se renouvelaient jamais, il commença à vendre un peu d'herbe. Un soir, en 2013, après l'obtention du bac par sa sœur, il rentra changé d'un week-end à Ajaccio. Il avait perdu son sourire. On ne sut jamais pourquoi.

Peut-être que son destin l'avait rattrapé.

Nice

Ce que Cécilia recherche à travers la contemplation de sa propre image, c'est un reflet du passé, d'une existence révolue, la présence sous ses traits de l'adolescente qu'elle a été et dont elle ne sait définitivement pas faire le deuil. Mais il n'y a plus rien sur cette peau, ou, devrait-on dire, selon l'expression consacrée, il ne reste plus qu'elle – cette peau froissée, cette peau martyrisée, cette peau usée – qui se fixe dans les étroits replis d'un visage décharné.

Elle se trouve toujours grosse. Elle ne voit désormais plus personne et a perdu la totalité de son centre de gravité. Elle ne répond plus à Magali, qui est pourtant la seule à se soucier d'elle. De tout l'été, elle n'est pas sortie. Elle a raconté à Magali qu'elle était rentrée en Corse pour avoir un peu de tranquillité. Ses autres amis de la promo semblent n'être que le souvenir de l'existence d'une autre. Une autre Cécilia, à la forme inaccessible et convenable qu'elle n'est plus aujourd'hui, et le manque de nouvelles de ses camarades relève de sa seule responsabilité et de ses formes qu'elle considère comme disgracieuses. Il en est pourtant tout autrement.

Cécilia a pris malgré elle l'habitude de voir des gens, et admet naturellement qu'une amitié naissante est faite pour durer. Après tout, quel est l'intérêt de créer des relations dans le seul but de les voir s'éteindre ? Elle pense que les Matthieu, Joël et Maxime qu'elle a rencontrés sur le continent sont une forme de prolongement des Lucie, Anaïs ou Paul-Thomas qu'elle a connus en Corse, et dont elle n'a pas de nouvelles. Au fond, elle sait bien que cette absence de démonstrations amicales n'exprime aucune animosité, et que, si d'aventure elle choisit de rentrer un jour – l'idée de devoir obéir de nouveau à une autorité parentale suffit à lui en faire abandonner la perspective –, elle pourra revoir ses anciens amis sans qu'il lui soit fait grief de son silence. À Nice, c'est différent. Elle est une passagère dans une ville gigantesque où tant de visages se croisent sans jamais rien livrer d'autre que leur élégante surface, la beauté de leur peau, mais pas l'assurance fidèle que l'amitié survivra au temps, auquel, malheureusement, rien ne survit vraiment. Elle n'est ici qu'un visage parmi d'autres alors qu'elle compte ailleurs, sans doute parce que dans son île rien ne change jamais, et que les longues amitiés sont les seules fleurs d'un désert ruiné où le temps n'existe pas.

Cécilia ne sait rien de tout cela et se pense fautive. Autrefois, on s'attardait sur elle, elle a été une jeune femme charmante et drôle dont l'élégance ne masquait pas les qualités. Il existe une image de Cécilia comme il en existe un au-delà, car les beautés angéliques donnent toujours à voir, pour ceux qui savent les épier, davantage que ce que leur surface suggère, même si on n'ose jamais leur quémander le sel, par timidité, jalousie, et le respect que commandent les icônes.

Elle ne va plus beaucoup en cours. Elle a validé ses deux premières années mais au cours de l'été, où, encore une fois, elle n'est pas rentrée en Corse, lui a été révélée l'immense vacuité de son parcours universitaire. En fait, en dehors de son poids, il n'y a rien qui l'intéresse. Sa dernière relation remonte au lycée et, à vrai dire, ces choses-là sont si éloignées qu'elle s'y sent parfaitement indifférente.

Elle évite de sortir et va faire ses courses de bonne heure. Elle n'a pas réalisé qu'elle charge moins ses sacs, car ses bras sont devenus faibles et le simple fait de s'approvisionner de façon maigre et superficielle lui coûte une énergie colossale. Elle surveille toujours son poids, comme si le chiffre indiqué sur le cadran numérique signifiait autre chose, comme s'il n'attribuait pas un poids mais un objectif à atteindre, une compétition qu'elle a engagée contre elle-même et dont, sans le savoir, elle sortira forcément perdante. Elle reste longtemps à contempler sa figure imparfaite, la disharmonie de ses formes qu'elle voit larges, et, souvent, lorsque le froid vient faire frissonner sa chair éteinte, elle passe de nombreuses heures à réchauffer son corps avec un sèche-cheveux, qu'elle approche au plus près de sa peau rougissante.

La nuit, elle est régulièrement réveillée par la faim au milieu de cauchemars où elle revoit l'ombre sur elle, sent son parfum, détaille sa forme qui, petit à petit, se détache de ses propres limbes pour venir mourir avant qu'elle ne puisse discerner autre chose qu'un spectre, un fantôme sans chair, sans visage et sans nom. À l'école, elle reste sérieuse les deux premiers mois puis, comme par magie, s'évapore et revient pour des périodes très courtes, évitant d'avoir à fréquenter qui que ce soit, cachant ses formes aux regards des autres en portant de larges vêtements.

Ainsi, elle s'allège, ainsi, elle disparaît aux yeux du monde et entre doucement dans une inconfortable victoire qu'elle remporte contre ses organes, leur imposant une ascèse malsaine, à son estomac surtout, qui ne supporte plus rien tant la nourriture la fait frémir d'horreur.

Lupino - Corte

On n'échappe pas à sa condition. On fait des efforts, on se travestit dans une existence pour mieux en fuir une autre, on s'arme d'artifices, on se barde de diplômes et de paillettes mais à la fin il reste toujours un vêtement qui nous trahit, un costume trop grand, un masque factice qui révèle nos visages invariants.

Lelia avait fait tant d'efforts pour s'éloigner de ses parents, de sa vie dans le quartier pauvre qu'elle méprisait, elle avait fait tant d'efforts pour s'accomplir *toute seule* qu'elle ne comprenait pas comment tout pouvait basculer aussi vite. Depuis la rencontre ratée avec Malik, Raphaël était entré dans une colère noire que les jours ne dissipaient pas. Cela ne lui ressemblait pas. Lelia ne le reconnaissait plus. Avoir du mal à reconnaître quelqu'un, c'est, d'une certaine façon, inconsciemment, réaliser une forme commune d'idolâtrie. On aime quelqu'un, on fixe son caractère, on attend de sa personne qu'elle réponde aux images que l'on a construites sur l'armature fragile d'un papier crépon. Or il suffit que se révèlent un secret, une attitude suspecte qui bouscule l'ordre de nos représentations pour qu'un monde s'effondre, et que l'on comprenne soudainement ce que les iconoclastes condamnent et qu'on ne prend plus le temps d'écouter. Ne reste de Byzance que ses querelles éternelles.

Dans un premier temps, Raphaël cessa de répondre au téléphone. Il rentra au village, où Gabriel était occupé à la rédaction de son mémoire. Il ne lui parla pas de cette mésaventure et s'isola dans une chambre sans que son frère se rende compte de rien.

De son côté, Lelia ne décolérait pas. Elle avait traité Malik d'abruti, elle avait crié des jurons dans un arabe que l'on comprenait mal et, depuis, refusait catégoriquement ses excuses. Il lui avait raconté ce soir-là qu'il était contrarié, de mauvaise humeur. Il s'était récemment battu à Corte et il ne voulait pas qu'elle lui en veuille. C'était comme si les mots avaient traversé les murs trop fins et craquelés que Malik tapait du poing, comme s'ils étaient restés opaques à Lelia, qui répandait dans son oreiller des larmes qu'elle ne contenait plus.

Dans toutes les disputes qu'avaient eues Malik et Lelia, leurs parents n'avaient jamais jugé utile d'intervenir. Ils ne se préoccupèrent pas de connaître l'origine du conflit et se murèrent dans un silence épais au milieu d'une fratrie déchirée et hostile à toute forme de réconciliation. Lelia reprit trop vite le train pour Corte. Elle n'écouta pas les lamentations de Malik, ne fit rien pour atténuer la culpabilité qui lui brûlait le ventre et lui serrait la gorge. Elle reprit son téléphone, envoya encore des textos à Raphaël, le pria de répondre à ses appels, lui expliqua qu'il fallait absolument avoir une discussion, qu'ils ne pourraient pas régler les choses autrement.

Elle était déjà remontée à Corte quand il finit par décrocher, à sa plus grande surprise. Elle s'énerva qu'il ne l'ait pas fait plus tôt, lui dit qu'il ne fallait pas en vouloir à son frère, qu'il avait toujours été comme ça, il essayait de la protéger, même s'il s'y prenait toujours très mal. Raphaël lui répondit qu'il ne voulait rien savoir de ses excuses, que son attitude avait été déplorable et que Malik était un abruti, ou au mieux un fou, prisonnier d'une colère noire qu'il semblait incapable de surmonter.

— Mon frère, un fou ? Est-ce qu'on en parle du tien ? s'exclama Lelia sans remarquer que ses mots avaient passé sans qu'elle le veuille l'armature de sa prudence, le filtre d'une identité qu'elle avait par mégarde trahie.

Elle avait réveillé les mots de son passé, mais cette fois ce n'était pas elle la cible. Elle se rendit compte que l'appel avait été coupé. Elle pensa dans un premier temps que c'était parce que Raphaël habitait dans un *village perdu* et que cela arrivait fréquemment en raison de la mauvaise couverture réseau. Elle croyait encore qu'il allait rappeler quand elle reçut un texto où il était écrit *Fin de l'histoire*, sans que Raphaël lui fasse la grâce d'une explication. Elle ne put ni retenir ses larmes ni trouver cette force dont parle Nietzsche, qu'elle lisait si souvent, qui consiste à aimer les épreuves car elles nous révèlent le fondement intime de notre force, et elle bascula dans les méandres d'une tristesse insurmontable.

PARTIE III

« Qui parle dans ces pages n'est pas un "prophète". »

Friedrich NIETZSCHE,
Ecce Homo

Village
25 août 1916

Vénérande Cristini était dans le deuil comme dans un vêtement, couverte de larmes sous son foulard noir qu'elle ne quittait plus alors qu'elle errait sur le haut du *furnellu*, au milieu des arbres que le soleil maudissait. Elle ne venait plus au village, ni pour porter le linge jusqu'au lavoir ni pour rien au monde, s'abandonnant ainsi dans l'exil avec les raisons que la mort avait données, elle qui lui avait tout repris pour la laisser à cette indifférence à laquelle les astres l'avaient résolue. Elle n'était plus si seule, pourtant, des femmes lui parlaient le soir, lorsqu'elles la voyaient s'éloigner, sa cruche sur la tête. Elles la rattrapaient, lui murmuraient des condoléances, et ensemble elles se signaient, mères, veuves, devant des tombes vides qu'elles couvraient de fleurs fanées et de bougies sèches. Le jour, elles allaient aux récoltes, piochaient, bêchaient, remuaient la terre dans laquelle, plus loin, elles auraient aimé que leurs fils et leurs époux reposent.

Une matinée où le soleil frappait plus fort, on entendit un bruit sourd dans un jardin que la guerre avait laissé sans maître. On eut du mal à en trouver l'origine tant on connaissait peu le son de sa voix. Par terre, le panier renversé, Vénérande était prise de convulsions et priait le ciel, elle criait dans un vieux corse que l'on comprenait à peine – un corse qui venait, comme elle, du plus profond de la nuit. Elle parlait de Gabriel qui serait maudit, d'un monstre aux yeux jaunes qui l'arracherait dans la nuit, une bête immonde à l'adresse féline qui croquerait son fils en l'emportant sur les rivages de l'éternité. Mais son fils était déjà mort, pris par un monstre plus affreux encore qu'elle ne l'imaginait et, par terre, elle se confondait en pleurs et en cris pendant qu'une voisine lui versait un peu d'eau sur le visage en priant. Autour, les femmes se signaient. Les enfants se cachaient derrière leurs robes ou s'enfuyaient en courant. Elle répandait sa salive et griffait son visage de ses ongles sales. On avait déjà vu ça, chuchotèrent quelques voix, et certains se souvenaient d'une nuit de janvier où, par celui qu'elle épouserait, le prêtre avait été battu. Elle racontait que les coupables périraient pour de mauvaises raisons, et que leur sang laverait les murs en s'exhibant hostilement au souvenir des victimes. Elle répétait cette phrase de manière lancinante, pendant qu'on déposait un tissu humide sur son visage tiré, abandonné à de violentes crispations catatoniques. Elle n'avait pas beaucoup parlé dans sa vie, Vénérande, et elle reviendrait bientôt au silence, bien qu'elle en eût été à peine chassée ce jour-là par les convulsions, en plein mois d'août, au milieu d'un champ brûlé par la morsure du soleil.

Elle ne recouvra jamais plus la raison, oscillant entre des phases de calme et de terreur, de présence et de ténèbres. Parfois, elle était si sereine que rien ne l'atteignait, loin, dans la nuit de son âme, sourde à elle-même et aux souffrances des Cristini. Et, soudainement, sa propre parole venait la surprendre comme un éclair sur un roc de granit. Elle racontait alors la même histoire, prise dans des tourments affreux, détaillait dans une langue maudite le monstre qui la possédait définitivement, ses grands yeux jaunes qui bouffaient la nuit, sa façon subite de happer Gabriel et de l'emporter dans le néant.

Peu à peu, chaque spasme la condamnait davantage et ses mouvements devinrent difficiles. Le jeune Orsu et son père la portaient sur une chaise, l'installaient sur la terrasse d'où elle fixait l'horizon lointain. Dix ans durant, ils s'astreignirent à toutes les tâches, dans le silence que portaient les Cristini et contre lequel ils ne pouvaient rien. Ils écoutaient ses plaintes et l'histoire des visages qui hantaient les murs, du sang d'une victime et de sa damnation. On fit venir un prêtre pour bénir la maison. Il parla de démonie, de prophétie, sans toutefois que son magistère émette sur ce cas un jugement catégorique. Un matin, après une énième allusion et un spasme définitif, on ne l'entendit plus alors qu'elle se tenait assise, regardant la mer au-dessus des oliviers qui l'avaient rendue fière.

Un siècle après, on peut encore lire son nom dans le cimetière à la sortie de ce village où, pour échapper à un autre, elle a tant souffert. Personne ne sait plus rien de son silence, ni de ses spasmes, de ce qu'ont été sa vie et ses longues heures de peine, et elle repose toujours dans une tombe sèche, au milieu des pierres muettes.

Haute-Corse

Les nuits d'automne à la caserne étaient toujours trop calmes. Après une énième partie de belote, où Joseph avait scrupuleusement compté tous ses atouts afin de ne pas contrarier l'humeur de son chef de centre, il était rentré se coucher. Il s'était allongé en pensant à ce que pourrait être sa vie ailleurs. Il ne gagnait pas suffisamment avec les gardes et, n'étant ni diplômé ni pistonné, il ne pouvait guère se satisfaire d'une situation sans espoir d'évolution. L'école n'avait jamais représenté pour lui qu'un refuge de solitude et il n'avait pas eu la chance de développer un goût prononcé pour un domaine spécifique dans lequel s'investir jusqu'à l'aboutissement de son exil.

Pour autant, il ne se sentait pas mal ici, même plutôt bien. Il était pris dans ce confort si commun, dans les habitudes d'un monde stable et d'une routine qui l'avaient rendu à la fois libre et prisonnier, à l'image d'un oiseau dont les ailes auraient été affaiblies par les vents et marées, l'empêchant ainsi de trouver ses forces et conquérir sa liberté. C'était vrai qu'ici il ne se passait pas grand-chose. Une absence constante de vertige, comme s'il n'arrivait jamais rien de différent, et qu'on étouffât dans l'ennui. Qu'est-ce qui le rattachait à l'île ? Une forme diffuse d'amertume, l'impression que la vie ailleurs serait beaucoup trop bruyante et rapide, la peur d'une solitude soudaine qui le mêlerait aux visages de milliers d'anonymes. Il y avait quelque chose de réconfortant ici, même dans les traits abrupts du Grizzly. Tout demeurait strictement identique à la veille et au lendemain, si bien qu'on aurait dit que le temps ne mesurait pas la succession des jours mais plutôt le retour cyclique du non-avènement de la nouveauté. Du rien. La vie ressemblait à un présent long comme un dimanche d'hiver que les forces du temps ne vaincraient pas.

Allongé dans son duvet, Joseph regardait son smartphone en se contorsionnant pour ajuster ses vertèbres à son matelas de fortune. Sur Instagram, son pouce faisait défiler les profils d'inconnues aux silhouettes irréprochables, aux musculatures évoquant les statues de marbre de l'Antiquité, et les photos de plats aux couleurs vives et mirobolantes, agencés davantage pour être admirés que consommés. Tandis que son doigt glissait frénétiquement sur l'écran, il fut attiré par une mosaïque au moment où elle allait disparaître dans les méandres des publications traversées sans l'ombre d'une reconnaissance.

Il s'arrêta sur la photo. Sur la plage des Sanguinaires, où il n'était jamais allé, posait une jeune femme splendide dont le corps fin déposait sur le sable blanc une empreinte pareille à celle des sirènes des mythes, si fragile, si belle et légère qu'elle épousait le décor en lui appartenant davantage que la tour génoise qui se perdait dans le fond. Elle portait une jolie couronne de laurier-rose. Il reconnaissait son visage, il lui *disait quelque chose*. Joseph consulta l'intégralité de son profil, comme si chaque photographie participait d'une musique cachée, d'une harmonie secrète, et révélait à ses yeux l'existence d'un mystère. Il y en avait beaucoup. Le plus souvent, des photos dans des tenues hautes en couleur ou bien dans de sobres et élégants maillots de bain. Des pièces de couturiers célèbres auxquelles Joseph ne comprenait rien, un langage artificiel dont les codes lui étaient strictement étrangers, comme une rune sanskrite dans le désert de Thar. S'affichaient, au milieu du profil d'une beauté impératrice, des paysages du sud de la Corse, le plus souvent des bords de mer, mais aussi des forêts de pins ou des étendues rocheuses ocre blessées par les caprices de la mer dans les calanques de Piana. La jeune femme ne laissait rien au hasard, que ce soit dans l'agencement ou le rythme de ses publications. Aucune citation ne comportait de faute d'orthographe, et la typographie était toujours soignée, en quelque sorte adaptée à l'élégance de la photo. Joseph ne savait même pas qu'il pouvait changer la police des publications.

Il continuait à parcourir ce labyrinthe d'oasis numériques, l'étincelant profil de cette muse pixélisée, quand il remarqua qu'ils partageaient un abonné en commun : Gabriel Cristini. Tout devint soudain plus clair. Cette fille, c'était elle qui avait appelé les pompiers le jour où Gabriel avait fait son étrange malaise. Il la reconnaissait à présent, même si son profil Instagram renvoyait davantage de superficialité que ce que son souvenir lui suggérait. Il se dit que Gabriel avait beaucoup de chance, et laissa glisser son doigt vers le bouton bleu qui lui proposait comme un ordre intime de s'abonner à la page. Peu après, il verrouilla son téléphone, qu'il posa sur le sol avant de s'assoupir, l'esprit brumeux, pris encore dans le nuage artificiel des photos auxquelles il avait accordé, en les signant de cœurs rouges, sa plus profonde dévotion.

Elle est maintenant là, devant lui, sur la plage des Sanguinaires, et ils sont allongés dans le sable sans craindre l'érosion de leurs peaux, la désagréable impression d'être recouverts d'une substance écailleuse et collante, baignant seulement dans une chaleur intime et réconfortante. Ils rient beaucoup. Elle lui explique qu'elle n'aime pas Gabriel, qu'il ne faut pas s'en faire et qu'elle s'appelle Cécilia. Il se sent mal à l'aise de profiter de son rire, d'être dans ses bras, mais chaque pore de sa peau semble une inespérée consolation, et cela, Gabriel pourrait le comprendre et il ne lui en voudrait pas. Il s'approche pour l'embrasser mais son visage recule, elle rit de toute sa grâce et de sa complicité en le regardant rougir. Ses lèvres tremblent, Joseph fixe son expression qui change soudainement. Elle se met à verser quelques larmes timides, à murmurer des détails à propos de blessures, de malédictions, de coupables et de sang versé. Elle répète : c'est écrit, c'est écrit, c'est trop tard et Joseph ne comprend pas, il essaie de la consoler, de la prendre dans ses bras, alors il fixe une dernière fois l'icône à la recherche d'une réponse puis l'alarme retentit et c'est la fin de son rêve comme la fin des interrogations et des myriades de réponses laissées de l'autre côté du sommeil.

Il quitta son lit aussi vite que possible, pour éviter d'avoir affaire à l'humeur du Grizzly, n'eut le temps de repenser ni à Cécilia ni à ses prophéties, aux plages de sable blanc, à ses larmes qui coulaient lentement le long de son visage d'ange.

— Une sortie de route, pas très loin sur les *Sulane*[1].

Les pompiers montèrent dans l'ambulance tandis que le jour pointait à peine dans l'horizon brumeux et que la fraîcheur de l'aube se distillait doucement dans la carcasse de métal qu'ils trouveraient bientôt. Le véhicule de secours routier les suivait de peu. Ils roulèrent vite. C'était une vieille dame qui avait donné l'alerte. Elle avait vu, en regardant par sa fenêtre, les phares jaunes d'une voiture se jeter dans la nuit. Le chef l'avait rappelée pour repérer au mieux l'endroit. Elle avait beaucoup pleuré et très vite raccroché quand le Grizzly l'avait remerciée de quelques paroles de circonstance dans un joli corse qu'elle aurait préféré ne jamais entendre. Joseph, toujours secoué par son rêve, fit des efforts pour s'en extraire mais la voix d'un ange le retenait dans les limbes et murmurait des paroles dont il ne se souvenait plus. Il secoua la tête, se ressaisit. L'ambulance arriva très vite sur place. Le médecin urgentiste avait déjà été prévenu. Ils purent se rendre compte de tout, imaginer l'exacte trajectoire de la voiture grâce aux traces de pneus laissées par le véhicule sur le goudron usé, à la balustrade abîmée dont la ferraille branlante n'avait pas suffi à freiner la chute. Sur le côté, une vache étalée meuglait encore toute sa souffrance au monde. Le véhicule de secours routier se

1. Nom que l'on peut donner aux routes exposées au soleil.

gara derrière l'ambulance. Thomas sortit et installa le spot lumineux géant. Il ne faisait pas encore vraiment jour.

En regardant par-dessus la barrière, Joseph comprend. Le Grizzly demande à Thomas d'éclairer la zone pour se frayer un chemin. Le temps est compté. Joseph fixe la scène, comme absent, il perçoit un murmure qu'il peine à entendre, se concentre et attend les instructions. La voiture est plus bas, dans le fossé, écrasée contre un arbre. À côté d'eux, la vache agonise en secouant ses onglons dans l'air brumeux pendant que la pluie commence à tomber et rend chaque manœuvre plus délicate.

Le Grizzly s'aventure le premier, suivi d'une femme, nouvelle à la caserne. Thomas, resté au camion, supervise l'opération en les suivant à l'aide du spot. L'endroit est désormais balisé de plots et de panneaux de signalisation. La route est coupée sur une voie. Joseph s'apprête à descendre à son tour quand il voit un pick-up s'avancer vers la vache aux yeux vitreux, perdus dans le vide. Le conducteur laisse ses pleins phares. Une lumière aveuglante masque son visage, il sort sans regarder autour de lui, déterminé. Joseph ne distingue pas son visage, il comprend à peine, en voyant le bras tendu de l'homme, ce qui va arriver. Le coup de feu part et éclate le crâne de l'animal dont on n'entendra plus jamais les meuglements accabler de plaintes sinistres les vivants. Personne n'a le temps de s'étonner. Thomas se retourne brièvement et Joseph amorce sa descente. Au-dessus de la vache, l'ombre sort un couteau, se baisse et coupe l'oreille du bovin. Elle emporte avec elle l'étiquette pour preuve de sa faute et la dépose dans le pick-up pendant que tous fixent la voiture fumante qu'ils s'apprêtent à investir. Les trois pompiers avancent prudemment sur le chemin. Il y a des pierres partout et de petits arbustes touffus. Les ronces sont peu nombreuses et la vue dégagée. Joseph entend un murmure, il se retourne mais il n'y a rien. Il fixe la masse fumante et s'approche alors que ses deux collègues arrivent à proximité. Ce n'est plus une voiture mais un assemblage de métal plié et de corps meurtris, d'huile et de fumée. Le véhicule s'est lancé frontalement. Le pare-brise est éclaté et le visage du conducteur est écrasé contre le tableau de bord. Il n'a pas sa ceinture de sécurité. Joseph regarde la toiture crevée et les tôles froissées qui rendent difficile l'identification du véhicule. Son regard se pose soudain sur les phares jaunes qui éclairent timidement le sol.

— Gabriel, c'est la voiture de Gabriel! gueule-t-il, commençant malgré lui à pleurer, essayant de reconnaître son ami dans le visage détruit du conducteur, cherchant dans ce qu'il reste de barbe une image fidèle qui lui confirmera la légitimité de sa peur, la validité de ses larmes, jusqu'aux vomissements qu'il expulse douloureusement.

La voix revient mais il ne l'entend pas. Les airbags ont explosé, comme s'ils craignaient eux aussi le spectacle macabre. On reconnaît à peine les formes humaines. Des profils tuméfiés contre les grilles du radiateur, des lambeaux de chair et des effusions de sang qui se figent dans la mémoire des témoins.

— Reprends-toi, Joseph! le somme le Grizzly.

Mais Joseph déverse encore sa bile dont l'expulsion brûle ses narines de relents acides. En face, les yeux grands ouverts, la nouvelle volontaire tremble de tout son corps face au spectacle sinistre des orphelins de Dieu.

— Joseph, viens !

Il ne bouge pas mais la femme s'approche, elle suit les indications du Grizzly, elle sait que ses massages sont inutiles, elle sait qu'elle n'applique qu'un protocole dénué de sens et barbare, et, les mains dans le sang, elle trouve le courage de masser des corps broyés. Joseph n'avance pas, le Grizzly crie mais sa voix est muette, il en entend une autre, plus loin, il se tourne encore, ne voit rien et pourtant c'est sa parole qui le surprend, comme si son rêve parlait encore à travers lui et répondait à l'homme qui le toise de sa colère vaniteuse :

— C'est écrit, c'est écrit, c'est trop tard.

Le Grizzly gueula encore, « Joseph, Joseph ! » mais déjà il s'éloignait, Thomas éclairait toujours la voiture, la nouvelle s'affairait aussi bien qu'elle pouvait auprès des deux passagers, le véhicule de désincarcération était inutile, comme l'étaient ses gestes, ceux du Grizzly ou bien les larmes des anges.

Un peu plus tard, une voiture se gara. Le médecin urgentiste en sortit et descendit vers l'épave. Malgré toute sa bonne volonté, il ne put que constater les décès.

Joseph était à proximité. Il repensa à ce rêve, à ce témoignage d'une trahison onirique et dernier hommage à son ami. Le souvenir de Cécilia le hantait et, avec lui, l'impression d'avoir volé à Gabriel sa dernière possibilité de rédemption et les promesses de sa beauté. Le Grizzly continua à crier. Il ne l'écoutait plus.

Il retourna à la caserne pour s'allonger et pleurer. Il ne voulait pas assister à l'identification des corps. Il remarqua son téléphone, abandonné sur le sol dans l'urgence de l'intervention. S'affichaient plusieurs appels en absence et aussi, parmi eux, la notification posthume du dévoilement de sa faute : *SantoniCécilia a commencé à vous suivre.*

Haute-Corse

Leurs jambes étaient lourdes, souffrantes, et des courbatures naissaient dans le bas des reins pour s'épaissir et se répandre dans leurs muscles acides et secs qu'elles sentaient écrasés par la fatigue, les longues privations et le manque de repos. Elles avaient travaillé pendant un mois aux vendanges et il avait fallu se battre pour être payées. Elles étaient fatiguées et avaient le dos en miettes. Le propriétaire leur avait laissé le droit de camper sur son terrain, où se trouvaient une arrivée d'eau et des sanitaires. L'endroit était un peu paumé et aride mais demeurait du grand luxe en comparaison de ce qu'elles trouvaient d'ordinaire. Elles avaient attendu des semaines dans ce trou perdu que le patron les engage de nouveau pour les clémentines, avant de se rendre compte qu'une partie non négligeable de leur paie avait été ponctionnée par des frais de sanitaires aussi dispendieux que fantaisistes. Du coup, elles s'étaient barrées.

Naomi et Natacha buvaient une pression dans un bar au bord de la route départementale et s'interrogeaient sur un avenir qui ne se profilerait pas.

— On peut pas rentrer, ce connard nous a juste assez payées pour survivre mais si on prend le bateau avec le camion ça va nous coûter une fortune.

Sur leur smartphone alternaient des offres plus chères les unes que les autres.

— Qu'est-ce qu'on fait alors ? demanda Natacha en roulant une cigarette dans un papier bruni.

Elle ajouta du tabac tout en regardant autour d'elles la terrasse vide, composée de tonneaux qui faisaient office de tables. Elle avait déjà remarqué que l'île était désertée dès les premières lueurs de septembre. Elle alluma sa cigarette avec un briquet jaune qui vantait une compagnie de bateaux *low cost.*

— On peut faire les châtaignes, mais c'est difficile. Enfin, moi, j'ai jamais essayé, mais je me suis renseignée quand j'ai fait les vendanges du côté de Patrimonio. C'est chiant et on va avoir froid. Mais les gars sont réglo et on est payées à la tâche. Avec un peu de repos et un gros coup de pied au cul, on peut facilement faire un smic ou deux en deux semaines. Après ça, on pourra passer quelques jours en Toscane.

L'idée de ramasser des châtaignes n'enchantait pas vraiment Natacha, qui craignait néanmoins de ne pas avoir d'autres perspectives. Elle se résigna à cette solution, trouvant dans la promesse toscane de son amie l'acompte d'un réconfort moral qui, espérait-elle, préserverait son dos le temps qu'il faudrait.

Elles regardaient la route en commentant la faible circulation. Elles avaient toutes les deux découvert la Corse en été, lorsque, plus jeunes, elles étaient venues à L'Île-Rousse pendant des vacances que leurs parents avaient organisées. Elles ne reconnaissaient rien des souvenirs de chaleur des premiers étés lycéens.

Une jeune serveuse roumaine leur apporta deux nouvelles pressions, sans qu'elles aient rien commandé.

— De la part du comptoir, murmura-t-elle, articulant difficilement ses syllabes dans un français approximatif.

Par politesse, elles se levèrent, prirent leur verre et allèrent échanger quelques mots avec l'homme qui leur avait offert leur boisson. Il s'appelait Battì. Il était jovial et d'une grande bonhomie. Il posait beaucoup de questions sur ce qu'avaient été leurs saisons, éprouvait un vif intérêt pour chacune de leurs réponses et confia qu'il était le propriétaire d'un bar avec des chambres d'hôte dans un village à proximité. À mesure qu'ils échangeaient, il leur apprit aussi qu'il connaissait bien un exploitant agricole qui possédait une châtaigneraie.

— Ah, c'est super, ça, tu pourrais nous le présenter ? s'exclama Natacha, comme si, dans ce hasard opportun, elle devait saisir l'instant sur-le-champ avant qu'il ne s'échappe.

— Ce sont des amis d'enfance, les Cristini.

On les verrait le lendemain. Il en toucherait un mot à Gaby, un ami proche. En attendant, on pouvait faire une soirée.

Il s'absenta un instant et rejoignit près des toilettes un jeune Marocain, qui lui tendit un petit paquet qu'il glissa dans sa poche. Il le congédia en lui faisant un clin d'œil amical et l'homme disparut dans l'ombre, d'où il n'avait jamais semblé surgir. Battì s'excusa de son absence et proposa aux jeunes femmes de les guider dans la vallée. Elles acceptèrent de bon cœur. La perspective de dormir dans un vrai lit et de rencontrer quelqu'un d'intéressant les avait séduites si vite qu'elles ne pensaient plus qu'à ça. Elles montèrent dans leur van, garé sur le parking d'une boulangerie voisine. Battì démarra son 4×4. Il mit son clignotant, fit signe aux deux jeunes femmes, et elles le suivirent sur la route ombragée du soir naissant.

Il est dit, dans les saintes Écritures, qu'un ange, parfois, peut guider les âmes égarées vers un havre de paix et de lumière, intervenir en ce bas monde vil et froid, afin d'accorder aux destins un peu de miséricorde. Mais savent-elles, ces âmes, ce qu'elles doivent aux cieux ?

Doucement, elles roulaient derrière Battì, dont le regard bienveillant surveillait les rétroviseurs pour s'assurer du respect de la trajectoire. Ils entrèrent dans une zone broussailleuse et verte, comme si, sans prévenir, le décor, transfiguré, irradiait soudain d'arbres centenaires et de châtaigniers invincibles. Elles en prenaient plein les yeux. Elles parlaient du village pittoresque qu'elles allaient découvrir, de la soirée mémorable qu'elles allaient passer, et Naomi avait déjà hâte d'appeler sa mère le lendemain pour tout lui raconter, sans rien savoir du soupir des anges et de leur désespoir.

Elles ne furent pas déçues. En arrivant, elles admirèrent les vieilles maisons de pierre, leurs toits en lauze, ces vestiges d'un temps qu'elles pensaient dépassé, qui pourtant gisaient là, sous leurs yeux ébahis. Battì se gara quelques mètres devant elles. Il leur indiqua d'un signe de la main qu'elles pouvaient stationner sur l'emplacement handicapés du parking et ajouta qu'on était en octobre et que personne ne viendrait les emmerder. De la place du village, elles prirent le temps de regarder le soleil décliner et d'envoyer une photo à leurs proches, avec pour tout commentaire un smiley, considérant que le paysage se suffisait et rendait tout verbiage absurde et inutile. Elles s'avancèrent timidement vers le bar, où discutaient quelques habitués en terrasse.

À l'intérieur, assis sur un tabouret, Nico regardait le football à la télé. Quand il se rendit compte de leur présence, il éteignit immédiatement le poste, passa derrière le comptoir et sortit des verres en souriant. Dehors, il y avait toujours Augustin, parlant de mécanique à un voisin qui ne l'écoutait pas. Depuis l'extérieur, il regarda Battì, à qui il adressa un clin d'œil complice. Il murmura quelques paroles en corse, étouffées par la distance, que personne ne comprit. Il bouffait la moitié de ses mots, et davantage encore lorsqu'il avait un peu bu, c'est-à-dire tout le temps. Ensuite il se leva, laissa un billet sur le comptoir, s'adressa à son compagnon pour qu'il en fasse autant et disparut dans le village. Battì abaissa le store du bar pour faire comprendre aux éventuels clients que ce dernier était désormais réservé à l'exclusivité de son désir d'ivresse. Il présenta les filles à son cousin, qui garda le lieu ouvert le temps que Battì fasse les courses et qui se montra immédiatement d'une bienveillance amicale et sereine. Il était très drôle. Plutôt beau garçon, pensa Naomi. Il s'appelait Nicolas. Ça faisait du bien de croiser autre chose que des rustres qui les regardaient avec une certaine condescendance, quand ils daignaient seulement prendre conscience de leur existence.

Nico leur demanda ce qu'elles voulaient boire et elles optèrent pour de la bière.

— J'ai pas de pression, je vous la sers en bouteille ?

Ça ne leur posait aucun problème. Quand Naomi voulut sortir un billet pour payer, Nico la fixa en lui disant :

— Range ça.

Elle ne saisit pas immédiatement et se demanda si elle n'avait pas eu un geste déplacé. Les garçons éclatèrent de rire, ce qui la rassura. Depuis la place déserte, le soleil couchant déclinait mais ils ne le voyaient pas. Le store rouge masquait ce spectacle radieux. Ils mirent de la musique. Du corse, essentiellement. Ils s'amusaient à traduire les paroles qu'elles ne comprenaient pas. C'était très joli. Ils leur parlèrent de traditions et d'authenticité, du combat des nationalistes et de leur lutte contre le clanisme. De l'insécurité dans laquelle leur pays à elles basculait chaque jour davantage, et ils juraient qu'ils ne le permettraient pas ici. Les filles ne souhaitaient pas entrer dans ce genre de débat et acquiesçaient aux paroles de leurs hôtes.

Nico ressortit des bières. Battì s'en alla dans la cuisine et revint avec du pain et un plateau de charcuterie. Il précisa que c'était la sienne, qu'il la produisait l'hiver et qu'avec le revenu du bar ça lui permettait de vivre confortablement. Ils exposèrent les différences entre ces deux entités qu'ils pensaient irréconciliables, la Corse et la France. Nico expliquait que, chez eux, ils n'abandonneraient jamais quelqu'un qu'ils connaissaient à la rue, qu'il y aurait toujours du travail, et une bonne âme pour l'héberger. Qu'ils ne laisseraient pas non plus les femmes être emmerdées et qu'il n'y avait plus de vrais hommes en France. Puis la discussion dériva, échappant un moment à la politique pour y revenir subrepticement avant de s'en éloigner à nouveau.

Nico sortit des bouteilles de vin. Battì lui demanda de prendre la guitare sur le *parastage*[1]. Les esprits s'échauffaient sous les notes vibrantes de Nicolas et ils commencèrent à chanter. Au départ, seulement du corse, puis très vite ils passèrent du Cabrel, chantèrent *La Corrida* et *Hasta Siempre*. Ils posaient des questions sur leur mode de vie, leurs cheveux clairs tressés en cadenette, ce qu'elles pensaient de l'île où, sans le savoir, elles avaient choisi la damnation. Assise sur un tabouret en osier, Natacha regardait autour d'elle. Elle remarqua un portrait du *Che* au-dessus du comptoir. Naomi chantait, sans autre souci du monde. Natacha ne l'avait pas vue heureuse depuis si longtemps. Le bar était somme toute assez sommaire. Un comptoir duquel ils n'avaient pas bougé depuis plusieurs heures. Des murs parsemés de photos de soirées, au milieu desquelles trônaient quelques avertissements humoristiques sur les dangers de l'ivresse. Par terre, des carreaux à damier couraient jusqu'aux tables disposées près d'une porte vitrée. Des cendriers pleins et quelques tapis de jeu où traînaient de vieux paquets de cartes usées. Ils passèrent aux alcools plus forts. Essentiellement du whisky et du rhum, qu'ils burent avec un peu de Coca.

Naomi commençait à avoir chaud. Elle écoutait les histoires de Nico, qui parlait des voyages qu'il faisait avec

1. Mot issu du parler bonifacien et désignant une étagère.

son groupe de chant durant la saison. Battì continuait de parler à Natacha en s'intéressant à ce qu'elle lui confiait de ses aspirations. La liberté, l'idée de ne pas devoir obéir continuellement au même patron et de vivre une vie en accord avec ses principes.

— Cul sec! lança Nicolas en coupant la conversation.

Les langues se déliaient. Ils commencèrent des jeux à boire et Battì demanda à son cousin de vérifier que le store était bien baissé. Il s'exécuta, sous le regard interrogatif des filles que l'alcool grisait, et lui fit un signe de la main. Battì tira de sa poche un petit pochon qu'il sépara d'un autre sachet minuscule de couleur bleue. Il en sortit de l'herbe, qu'il proposa à ses convives. Elles acceptèrent. Naomi dit à Battì qu'elle pensait que ces choses-là étaient mal vues, et que les Corses qu'elles avaient croisés jusqu'à présent étaient plutôt contre la drogue. Il lui répondit que tout le monde critiquait mais que tout le monde en prenait – davantage encore les gens qui se prétendaient contre. C'était à n'y rien comprendre.

Ils branchèrent les enceintes et montèrent le son de la musique. Des choses pour s'ambiancer, pour bouger. Ils se lancèrent sur une piste imaginaire. Un joint que Natacha avait roulé tournait et sa fumée se répandait en épousant les surfaces de meubles poussiéreux. Les filles dansaient avec Nico pendant que Battì était occupé à autre chose. Il sortit de son petit sachet bleu une poudre blanche qu'il disposa en quatre lignes égales sur le comptoir. Il prit dans sa poche arrière plusieurs billets de cinquante euros. Il en roula un et se pencha vers le marbre pour inspirer une trace. Il souffla fort avant de se frotter le visage, se mit à rire et invita, d'un signe, le reste de la bande. Nico l'imita. Ses yeux devinrent écarlates et il poussa un cri en raidissant sa nuque. Naomi prit la suite sans trop réfléchir et Natacha hésita avant de se soumettre au rituel sous la pression des regards. Ils riaient tous et sautaient partout dans le bar vide. Ils recommencèrent à danser en tapant des pieds sur le sol.

Soudain, Battì coupa la musique et suggéra d'aller en boîte. Il connaissait un endroit sympa à un peu plus d'une demi-heure. Les filles demandèrent s'il était en état de conduire.

— Évidemment, est-ce que j'ai l'air déchiré ?

Le pire, c'est qu'il semblait sûr de lui. En dehors de ses yeux rouges, il paraissait parfaitement maître de ses mouvements.

Ils sortirent du bar. Il faisait froid et il était minuit passé. Battì monta dans son 4×4 et invita tout le monde. Il essaya de démarrer mais le moteur grogna et cala immédiatement. Il réitéra plusieurs fois l'entreprise, en vain. Peut-être fallait-il savoir recevoir les avertissements du ciel. Une plume dans le moteur, un ange gardien. Il s'énerva sur la clef et recommença. Il tapa du poing sur le volant.

— Merde ! Qu'est-ce qu'il a ? Il roulait nickel tout à l'heure !

Il proposa de prendre le camion des filles. Elles refusèrent. Nico n'avait pas sa voiture, il était monté avec son père, qui dormait déjà pour partir chasser à l'aube. Mais il eut une idée.

— Augustin a réparé la voiture de Gaby ! s'exclama-t-il.

— Déjà ? Miracle !

— Je suis sûr que ce gros con a laissé les clefs sur le contact.

C'était le cas. Il les avait bien laissées. Ils démarrèrent le plus silencieusement possible avant de quitter le parking du garage d'Augustin laissé ouvert. Autour d'eux, des véhicules rouillés s'entassaient dans la poussière, attendant de subir d'étranges métamorphoses. Des rétroviseurs, des peintures barbares témoignaient de goûts esthétiques discutables.

Battì accéléra. La Clio filait à toute vitesse sur la route déserte du village, sans rencontrer aucun obstacle, brisant le calme olympien d'une nuit que rien ne troublait. Elle passa à proximité de chez Gabriel. D'immenses phares jaunes sillonnaient la nuit galopante.

— On retourne vers la plaine ? demanda Naomi.

— Non, trop de flics, on va éviter.

Elles n'avaient pas compris le monde qu'elles avaient pénétré. Ici, les sarouels et les cadenettes n'étaient pas les bienvenus, et ces tresses représentaient une forme de rite étrange auquel les garçons ne voulaient en aucun cas être associés. Ils indiquèrent le nom de leur destination mais elles ne comprenaient pas le corse et se contentèrent d'acquiescer. Les panneaux étaient criblés d'impacts de balles. Battì roulait avec la voiture de son ami d'enfance qui n'en savait rien et dormait loin d'ici d'un sommeil de plomb. Gabriel était resté à Corte. Puisque sa voiture était en panne depuis un mois à peine, il n'espérait pas de nouvelles d'Augustin. Il organisait ses trajets en micheline et dormait chez son frère, sur le canapé, pendant que ce dernier

242

sortait boire sur le cours Paoli des quantités déraisonnables d'alcool.

Battì roulait pied au plancher sur la départementale déserte. Tout le monde riait dans la joie de l'inconscience. Il prenait les virages avec beaucoup de dextérité et paraissait totalement maître de la route. Il avait une telle assurance que les filles ne se souciaient de rien et tentaient de déchiffrer le paysage de leurs yeux embués par l'ivresse, pendant que les phares avalaient l'asphalte humide. Arrivés à destination, ils se garèrent à proximité de l'endroit indiqué par un vieux néon sale. Ils sortirent de la voiture et s'avancèrent en riant vers des escaliers, où un panneau lumineux à moitié éteint affichait MACUMBA.

À l'intérieur, les plafonds piquaient assez bas et les murs étaient en pierre. Cela ressemblait à une espèce de vieille cave. Seule une boule disco confirmait que l'on se trouvait dans une boîte de nuit. Un épais brouillard étouffant brûlait les yeux. Il y avait une vingtaine de personnes. Surtout des hommes. Tout le monde fumait. Battì et Nico étaient entrés les premiers. Ils firent la bise à la totalité des clients. Ensuite, ils s'installèrent au comptoir et commandèrent deux bouteilles de vodka. Antò, le serveur, leur apporta une vasque avec des glaçons et des accompagnements. Il était content de les revoir ; depuis Calvi, ils ne s'étaient pas retrouvés. Plutôt timides, les filles n'osaient pas se mêler au reste des clients. La musique était très forte. Ils s'entendaient à peine parler. On leur fit servir de grands verres.

Très vite, ils recommencèrent à danser. D'autres personnes se joignirent au groupe. La plupart n'étaient pas là pour s'amuser. Ils passaient la soirée à contempler le fond abyssal de leur verre avant de le remplir pour le siroter doucement à travers une paille mâchée. Nicolas commença à se montrer plus entreprenant. Il dansait contre Naomi en la tenant par les hanches. Autour, les gens riaient comme des complices. Battì ne bougeait pas du comptoir, auquel il semblait attaché par une corde invisible. Nico murmura quelque chose à l'oreille de Naomi et ils s'éloignèrent vers la sortie. Discrètement, son cousin le gratifia d'un clin d'œil entendu.

Battì partit aux toilettes. Il s'observa dans une glace concave usée. Il fixa ses yeux rouges, ses cheveux noirs et ses joues creusées. Il ne voyait rien d'autre que le reflet de sa déchéance dans le miroir sale. De sa poche, il sortit le sachet bleu qui contenait le reste de cocaïne. Il s'assura que la porte était bien fermée. Il cligna plusieurs fois des yeux et déposa méticuleusement sur le bord du lavabo une trace de substance blanche. Il sortit de sa poche un billet de vingt euros dont il se servit pour taper une ligne. Il releva son visage pour se regarder à nouveau dans les reflets morts de l'étain cuivré par l'usure. Il vérifia qu'il ne restait pas un peu de poudre échappée de ses fosses nasales brûlantes. Il sentait son sang chaud battre la chamade d'un cœur qui se rompt. Il se haïssait, se tenait pour faible et se traitait de noms d'oiseaux. Beaucoup de colère. Face à lui-même, dans le procès intime qu'il intentait à son reflet, il n'y avait pas d'avocat pour porter avec lui le poids de sa culpabilité, dont il ne discernait pas l'origine.

Soudainement, il sentit arriver un poids désagréable dans le fond de sa gorge. C'était le signal. Il était prêt. Il sortit des toilettes. Tout le monde était là. Nico buvait toujours et il était complètement à côté de ses pompes. Il embrassait Naomi qui s'en rendait à peine compte. Il l'emmena dans un box près des enceintes. Natacha était debout et bavardait avec des villageois. Elle avait l'air heureuse d'être là. Battì s'en approcha et recommença à discuter avec l'assurance d'un seigneur. Elle était très encline à l'écouter. Elle était ivre aussi, ils l'étaient tous, il n'y avait pas, dans cette brume épaisse, une âme qui n'ait été grisée par les vapeurs de l'alcool et qui fût maîtresse de son entendement. Battì rigolait beaucoup. Natacha pouffa en lui montrant le box du doigt. Nicolas s'était endormi contre une enceinte, évanoui dans un sommeil profond. À côté de lui, Naomi riait en s'échappant doucement de son étreinte. Ils sortirent des feutres pour lui colorier le visage. Ils s'amusèrent à lui mettre un peu d'eau sur le front et quelques petites claques. Rien n'y faisait, il était complètement endormi. On profita de la situation pour lui insérer un feutre dans le nez, jouer avec lui comme avec une marionnette, dans des positions fantasques pour prendre des photos en louchant et grimaçant grossièrement à côté de son visage éteint par la fatigue, la drogue et l'alcool. Ces images seraient publiées sur Snapchat dans une story qui durerait vingt-quatre heures, bien après que se seraient éteints leurs téléphones et les phares de la voiture qui devait les ramener au village.

Battì proposa aux filles de rentrer. Il serait bientôt cinq heures.

— On fait quoi de Nico ? répondit Naomi.

— Il dormira chez Antò, le serveur.

C'était toujours un enfer de réveiller Nico. Quand il buvait, c'était chaque fois la même chose, il pouvait s'endormir au beau milieu d'une tornade. Battì n'avait pas envie d'attendre. Il fallait conduire et ramener les filles.

Quand ils sortirent, Nico ignorait qu'il épongeait sa dernière ivresse avant que les autres ne deviennent pour lui la remémoration de son sommeil coupable. Ils regardèrent le ciel et les étoiles. Tout le monde avait beaucoup trop bu. Dans le village, il faisait encore froid et on distinguait les formes des voitures et des maisons qui se perdaient dans l'évanescence fuyante de contours nocturnes. Le panneau du bar annonçait toujours, en lettres capitales, MACUMBA. Battì le fixa longuement pour en déchiffrer le sens, mais ses yeux n'y parvenaient plus. En souriant, Naomi raconta que Nico l'avait emmenée dehors pour l'embrasser avant de somnoler de tout son poids contre son épaule. Il lui avait raconté qu'il était l'héritier d'une grande fortune et qu'il cherchait à fonder une famille. Ça faisait beaucoup rire tout le monde.

Qui sait si ce qui détermine les destins n'est pas seulement l'obscénité d'un Dieu absent à nos prières ? Ils imaginaient cette fiction de Naomi épousant Nico et devenant l'hypothétique héritière d'une fortune dont personne n'avait jamais entendu parler. Battì se moquait gentiment. Il plaisantait tout en assurant à Natacha que c'était un type bien et qu'il fallait le croire, il connaissait les hommes, et que cette région était bardée d'enculés qui ne s'intéressaient qu'au cul, mais qu'eux ils n'étaient pas comme ça, en témoignait la preuve qu'ils avaient passé toute la soirée avec elles sans la moindre allusion. « C'est vrai, ils sont cool », se disaient les filles. Loin de l'image des Corses qu'elles avaient connus et qu'on leur avait donnée sur le continent. Le regard de Battì exprimait une bienveillance distraite.

Ils montèrent dans la Clio. Natacha s'installa au côté de Battì et Naomi s'écrasa sur la banquette arrière. Il n'avait pas démarré qu'on l'entendait déjà ronfler.

— Elle irait bien avec Nico, je te le dis, moi, plaisanta Battì.

Natacha riait, elle le trouvait drôle.

Il commença à rouler et ils discutèrent de la soirée. Il avait l'air très sûr de lui et parfaitement maître de ses gestes. L'aube commençait à poindre et on devinait à peine les formes spectrales qui se perdaient sur la route sinueuse. Il ne faisait pas encore assez jour pour se permettre de couper les phares, c'était dangereux. Bien qu'on la devinât à peine, l'aurore semblait promettre une beauté nouvelle que la rosée révélerait. Le ciel était brumeux, il y aurait une averse.

Battì parlait toujours tandis que sa main s'éloignait du levier de vitesse pour s'approcher des cuisses de Natacha. Elle était très gênée. Il colla sa main sur son sarouel et continua de discourir comme s'il n'était pas entré dans son intimité, comme si son geste ne signifiait rien et, pour lui, appartenait à un royaume de pureté tout à fait étranger à l'intime et aux prémices de la sexualité. Tel n'était pas le cas, et Natacha repoussa du bout de ses phalanges timides ce qu'elle prit pour une avance grossière et malhabile. Il reposa sa main presque immédiatement. Elle l'éloigna avec davantage de fermeté. La colère le saisit. Il était gêné et se mit à bafouiller. Il réitéra encore deux fois son geste avant d'être congédié par un avertissement brûlant qui réveilla Naomi.

— Mais enfin, qu'est-ce que vous avez à crier comme ça ?!

Le visage qu'il craignait était de nouveau là, mais il n'y avait plus de miroir pour en témoigner.

Battì accélère. Il peste dans un corse que lui seul comprend. Les filles sont terrorisées. Elles ne reconnaissent plus son visage enfoui sous de profondes plissures de rage. Elles lui crient de ralentir, elles le supplient et tous leurs muscles usés se tendent dans une terreur grandissante. Bientôt, les larmes de Naomi rejoignent le cortège des plaintes inutiles. Battì leur répond de fermer leur gueule, il connaît la route, et c'est pas deux putains de Françaises qui vont lui apprendre à conduire. Elles ne comprennent pas l'insulte et demeurent stupéfaites. Il y a un silence. Pour le rompre, Battì allume machinalement le poste, d'où Jim Morrison prophétise la fin du monde, *The End*, qui est en voie de s'accomplir sous le voile naissant du jour et des anges médusés.

— C'est quoi cette musique de pédé ! s'exclame-t-il alors qu'il roule de plus en plus vite, sans prêter la moindre attention aux pleurs qui ruissellent dans l'espace exigu de l'habitacle.

Il se penche pour chercher un CD dans la boîte à gants, quand un hurlement de Natacha le sort de sa colère, de sa rancœur aussi, et le prépare à quitter l'existence par le choix de la nuit. Il donne un coup de volant qui ne l'empêche pas de frapper dans cette forme qu'il ne devine pas et les entraîne dans le ravin où tous disparaissent.

Il ne sut jamais s'il s'agissait du visage voilé de noir d'une femme du passé comme il ne sut plus rien de sa colère ni de ses doutes, il était guéri de sa faiblesse et de ses manques et n'entendit pas les cris qui se consumaient avec lui dans le flou total du néant qui les faisait disparaître, eux, leurs projets inutiles de mariage, la soirée avec Nico, cette dispute au lycée, ce premier amour derrière l'église et la fontaine, les études sur le continent, les nuits à la fac, les voyages autour du monde et le dernier, sans même un souvenir ou un adieu. La Toscane.

Dans la nuit, au village, on raconterait longtemps qu'on avait vu deux yeux jaunes se jeter dans le néant, mais personne ne saurait que, au ciel, les anges n'y pouvaient rien.

Nice
Décembre 2015

Cécilia fait de son petit appartement le contenant exigu de ses névroses. Tout y est à une place strictement définie et elle met autant d'ordre dans son salon que dans la préparation de maigres portions de légumes cuits qu'elle avale difficilement. Les objets parlent pour nous. Ils matérialisent le poids de nos silences et l'amertume de nos solitudes. Dans l'appartement de Cécilia, ils ne font pas que dévoiler l'existence d'une forme de présence spectrale ; ils murmurent, par leur emplacement, par leur silhouette et le strict équilibre entre les formes et le lieu qu'ils épousent, la volonté tyrannique d'un contrôle de tous les aspects de son quotidien.

Elle ne supporte pas la moindre tache, ne peut imaginer qu'une commode soit bancale ou qu'un cadre photo soit décalé des quelques millimètres qui rompraient la symbiose imaginaire de son équilibre précaire. Tout témoigne pour elle, l'agencement de son cloître représente une extension de sa personne diaphane, dont la maigreur la rend plus fine encore que les objets qu'elle déplace maintenant difficilement. Elle perd l'usage de ses forces et passe des journées absente à elle-même, préoccupée exclusivement par son obsession lancinante et la préparation de plats dont elle pèse minutieusement tous les ingrédients. Comme si chaque morceau de nourriture incarnait la métaphore d'un péché qu'elle confesse à l'archange Michel pour le salut de son âme et la rédemption de ses fautes. Sur la balance pourtant, elle est plus légère qu'une plume de l'ange gardien qui l'a délaissée.

Elle a beaucoup de mal à rester concentrée. Elle consacre bien moins de temps qu'auparavant à ses études, qu'elle a pour ainsi dire mises entre parenthèses. Sur son étagère, on peut toujours voir son exemplaire de la bible du marketing, à laquelle elle n'accorde plus d'importance. C'est dans son poids qu'elle cherche la possibilité illusoire de son salut. Elle n'est plus Cécilia, mais simplement ce nombre qui la définit, et toute sa vie obéit à l'exclusive tâche de réduire ce poids, comme si chaque kilo qu'elle perdait devait mener son âme à un étage supérieur des sphères célestes. Elle passe beaucoup de temps devant des séries, distraite, et les sujets qu'elles abordent sont pour elle la somme de matérialités et de questions futiles auxquelles elle ne porte plus aucun intérêt. Les garçons, la sexualité, les cours, les amitiés paraissent aussi proches que le rêve d'une étrangère. Sur Facebook, elle ajoute des citations d'écrivains qu'elle ne connaît pas. Sa grand-mère commente tous ses faits et gestes. Elle reçoit de nombreuses demandes d'amis et autant de messages auxquels elle ne répond pas. De temps en temps, elle publie une vieille photo sur Instagram. On n'y devine jamais ses formes.

Son téléphone vibre. Elle répond encore à Magali. Elle la rassure en lui disant qu'elle traverse juste une légère phase de démotivation et qu'elle reviendra bientôt. Depuis septembre, c'est vrai, elle s'est beaucoup plus absentée qu'à l'accoutumée. Elle n'est plus allée voir sa grand-mère qui, elle aussi, s'inquiète. Un jour, en se levant, elle a remarqué, alors qu'elle se regardait dans le miroir de la salle de bains, un paquet de tampons posé sur une petite étagère à proximité de la douche. Elle n'a pas eu ses règles ce mois-ci. À bien y réfléchir, elle ne se souvient plus exactement de la dernière fois où son ventre l'a fait souffrir pour autre chose que la faim, ni des migraines qui annonçaient l'apparition prochaine des règles. Elle pense, l'espace d'un instant, qu'elle est redevenue l'enfant qu'elle a été et le sang qui ne coule plus témoigne de cette jouvence nouvelle. On ne peut pourtant rien à l'écoulement du sang ni à celui du temps, et la vaine illusion dans laquelle se consume son esprit ne concrétise ni son envol ni la parure de plumes blanches et translucides qui ferait d'elle un ange, et moins encore la réponse que cherchaient les scolastiques sur ce qu'est leur sexe – mais, paraît-il, personne ne sait.

Autrefois, en Italie, il existait des femmes qui ne voulaient rien savoir du commerce de la chair. Mais elles mentaient. Elles auraient voulu connaître les soubresauts d'un cœur consumé par les brûlures du désir, elles auraient voulu sentir la chaleur de la peau d'un homme et l'ivresse d'un baiser. Mais toutes ces choses elles n'osaient les réclamer, n'écoutant jamais le feu de leurs reins, devenant elles-mêmes ce feu qu'elles essayaient vainement de fuir. Elles se brûlaient la langue et avalaient des insectes, voulaient laver par les vomissures et les déjections leurs bouches emplies par l'acide volupté corruptrice du péché. Elles invoquaient la Vierge, elles la priaient d'être pures, elles priaient d'être débarrassées du désir par l'exécution de leurs ablutions malsaines. Elles recherchaient l'extase et recherchaient Dieu, mais ne trouvaient rien d'autre que le silence monacal et le bafouage inutile de leur piété, auxquels les anges rendaient leur indifférence coutumière.

Cécilia est différente. Elle ne veut rien savoir de la sexualité ou de leur transcendance inutile. Elle recherche une autre grâce, la permanence de son *moi*, le mirage fantasque d'être toujours une adolescente de la cité impériale perdue aujourd'hui dans des limbes dont elle reste prisonnière. Pourtant, dans son miroir elle ne trouve rien, comme si son obsession la faisait passer de l'autre côté, dans un conte où elle revoit son enfance, dont elle imite maladroitement les vestiges passés. Mais elle n'est plus une enfant et elle le sait, elle a aujourd'hui des formes, des hanches, une modeste poitrine et une pilosité qui la dégoûte. Tout est passé si vite. De plus, maintenant qu'elle est grosse et difforme, elle n'arrive à rien, plus même à aller en cours à cause du régime drastique imposé à son étoffe friable. Le nombre qu'elle voit briller sur la balance électronique n'est jamais le bon, ne signifie pas son poids mais autre chose, un langage mystérieux et apocryphe dont elle n'a pas connaissance, ni en surface ni dans les profondeurs moites de son estomac.

Village
28 et 29 octobre 2017

Le chagrin était parvenu aux Cristini comme aux autres via un appel téléphonique matinal qui augurait une funeste nouvelle. Quoique les téléphones aient envahi l'intégralité de nos existences et que les usages aient changé, il n'en demeure pas moins que certains codes persistent. Ainsi, une sonnerie entendue avant huit heures, au matin pluvieux d'une journée d'octobre, ne pouvait révéler qu'une triste nouvelle.

Ce matin-là, lorsque Gabriel Cristini se réveilla aux aurores pour découvrir deux appels en absence de sa mère, il n'eut aucun doute. Il avait très mal dormi et pressentait quelque chose de mauvais, sans pour autant se l'expliquer. C'était *écrit*. Il se leva du canapé sur lequel il s'était couché chez son frère, parti passer la nuit ailleurs, Dieu savait où. Il était sept heures quarante quand Gabriel, passablement angoissé et vaseux, décida de rappeler sa mère.

Par-delà le combiné, les anges écoutaient, muets, et personne ne sut rien de leurs larmes.

— C'est Battì. Il s'est tué avec ta voiture cette nuit avec deux saisonnières, en redescendant de boîte. Apparemment il avait trop bu.

Gabriel lâcha son smartphone et éclata en sanglots, expulsa tout ce que contenait son corps de larmes et de bile, il sentit son pouls accélérer, son cœur s'arracher de sa poitrine comme s'il avait voulu s'enfuir du corps qu'il peinait à faire tenir debout. Il tomba sur le carrelage et perçut à peine les plaintes de sa mère, inquiète, qui criait :

— Gabriel ! Gabriel !

Par terre, étouffant dans sa sueur, Gabriel reprit le téléphone en pleurant. Il voulait savoir pourquoi, il bavait et barbouillait des phrases incompréhensibles, et ses lèvres s'agitaient de tremblements muets. Il demanda à sa mère la raison de sa mort, non pas celle-là, la vraie raison, il parla d'yeux jaunes et de coupables mais sa mère ne comprit pas.

Le plus cruel, peut-être, c'est que nous cherchons des raisons. Nous sommes habitués à attribuer aux choses et aux formes un rapport de cause à effet que les lois de la physique élémentaire semblent indubitablement respecter. Nous ne nous en plaignons jamais. Il suffit pourtant que l'ordre des choses n'obéisse pas aux règles impérieuses de nos nécessités internes pour que notre système vacille. La force de l'habitude nous entraîne à penser que tout a un *sens* et une direction et maintient, dans un équilibre précaire, l'illusion d'un ordre donné selon lequel les choses iront bien. Il est rare qu'il en soit ainsi.

À nouveau, le réel n'était plus pour Gabriel qu'une forme menaçante. Il mit le téléphone sur haut-parleur et avala immédiatement, sans eau, deux comprimés de Lysanxia qu'il avait laissés sur la table de nuit. Il serra ses mains dans ses cheveux sales et écouta geindre sa mère dans un flot de paroles inutiles.

— Il avait pris de la cocaïne, il a volé ta voiture à Augustin, et deux filles de vingt-trois ans sont mortes avec lui. Tu imagines, pour les familles ? Elles n'ont pas encore été prévenues.

Elle continuait à donner des détails sordides, à parler de chairs déchirées et de tôles froissées.

— C'est Joseph qui est intervenu, il paraît qu'il ne veut plus sortir de chez lui. Et les parents de Battì, tu te rends compte ? Ils sont dans l'avion, ne me faites jamais ça, *i mo tesori*[1], je m'en remettrais pas.

Et Gabriel laissa sa mère se répandre en lamentations, mais déjà il ne l'écoutait plus, abasourdi et muet.

— Ton père monte vous chercher, il a déjà appelé Raphaël, il est dans tous ses états.

Raphaël, justement, arrivait. Il avait quitté son hôte en pleurant, sans la grâce d'une explication.

Gabriel rassura sa mère, lui fit les promesses vaines qu'elle attendait et raccrocha. Il tremblait beaucoup et des larmes continuaient de suinter sur ses joues. Il ouvrit la porte pour laisser entrer son frère, qui le prit dans ses bras.

Gabriel reposa les mêmes questions absurdes en pleurant :

— Qu'est-ce qu'ils ont fait ces cons ?

Et puis :

— Tu savais, toi, que Battì prenait de la coke ?

1. « Mes trésors ».

— J'ai eu Antò au téléphone, il était avec Battì hier soir. Il m'a dit qu'il y avait Nico aussi mais qu'il s'était endormi dans un box et que du coup il avait passé la nuit chez lui. Il va vraiment très mal.

Dans la matinée, Paul-Joseph Cristini arriva à Corte pour récupérer ses deux fils sans prononcer une parole. Des mots, sont toujours plus importants ceux que l'on tait. C'était la période des châtaignes. Il avait laissé ses saisonniers sur une parcelle escarpée, il n'avait pas eu la force de charger les épais sacs de jute dans la benne de son 4×4 à plateau. Il ignorait que, pour cette tâche, deux âmes devenues fantômes l'auraient accompagné d'un sourire et de la force de leurs bras usés. Il était sorti tôt de la maison du village qu'il avait toujours voulu fuir, baissant les yeux devant les visages de ses ancêtres qui, sur les photographies des murs, semblaient le juger. À sept heures, il était au *fucone*[1], où il avait ajouté quelques bûches de châtaignier pour raviver le feu. En remontant, il avait trouvé Augustin devant le bar fermé. C'était lui qui lui avait tout raconté. Paul-Joseph avait essayé de consoler le mécanicien, qui pleurait de vaines larmes de coupable. Au fond de lui, Paul-Joseph remerciait le ciel, tout en se trouvant minable devant sa propre pensée, que ses fils soient étrangers à sa tristesse.

---

1. Un bâti généralement carré, composé de planches de châtaignier, de pierres et d'argile, sur lequel le feu est allumé. La fumée a pour fonction de sécher les châtaignes à partir desquelles sera faite la farine.

Ensuite, il avait appelé sa femme et elle avait appelé Gabriel.

Ils quittèrent Corte dans le silence. Ils n'osèrent pas passer par le lieu du drame. Habituellement, Paul-Joseph empruntait exclusivement cette voie. Ils firent un détour, rentrèrent se vêtir de costumes noirs sous lesquels ils portaient des croix dorées et se rendirent dès l'après-midi chez Battì, où l'on attendait le corps qui reposerait dans un cercueil fermé.

La mère de Battì était assise et contemplait le vide sans émettre une parole. On avait disposé un peu de nourriture sur une grande table que personne n'approchait. Quelques bouteilles d'alcool intactes côtoyaient des fruits secs et de vieux biscuits apéritifs. Le père était resté à la porte et veillait sur sa femme et sur sa propre mère qui, elle, se répandait en sanglots dans un mouchoir de batiste, en priant en corse dans une langue chuchotée. Le dimanche, ils iraient au funérarium, où ils rendraient un hommage aux défunts. Ils prieraient pour les inconnues et leurs familles avant que les cercueils ne soient rapatriés sur le continent. Ensuite, le mardi matin, au cimetière du village, non loin de la tombe de la vieille Cristini, reposerait Battistu Leoni, à côté des siens pour l'éternité. Sur la pierre serait inscrit : 15 AOÛT 1989-28 OCTOBRE 2017. Pendant longtemps, on parlerait de quelqu'un de bien, du sort funeste et immérité de celui qu'on rebaptiserait à titre posthume « le pauvre Battì ».

Haute-Corse

Peut-être Lucien ne sortirait-il jamais du lent cauchemar qui l'avait investi. Le cousin François n'était pas à la maison. Il avait probablement quitté les lieux au beau milieu de la nuit, rongé par une pulsion virile qu'il n'avait pas su étouffer. Il avait des maîtresses un peu partout dans les villages alentour mais, assez curieusement, Lucien n'avait jamais vu de femme franchir le seuil de sa maison, comme si cet espace clos et sale représentait un cercle d'abstinence, la possibilité de s'extraire de lui-même et des forces qui le dominaient. D'une certaine manière, ce n'était pas plus mal. Lucien n'avait pas envie de partager la maison avec une ribambelle d'inconnues et la présence seule de son cousin lui était déjà tout à fait insupportable. François ne faisait rien d'autre qu'enfoncer son gros cul dans un fauteuil massant depuis lequel il regardait le football dans un premier temps, puis les commentaires sur le match et, généralement, pour terminer, l'exégèse d'analystes qui spéculaient sur l'avenir d'un champion, avançant une multitude de pronostics invraisemblables et stupides.

La maison était froide et déserte, et le café ne suffit pas à décoller les paupières de Lucien, encore lourdes du poids de sa résignation et de ses rêves condamnés. Rien n'avançait comme prévu. Chaque jour, il redoublait d'efforts pour s'impliquer davantage, et son cousin ne l'avait jamais gratifié de mieux qu'une tape sur l'épaule, un soir où, grâce aux faveurs de l'alcool, il s'était laissé aller à une marque d'affection surprenante et miraculeuse. En attendant, cousin ou pas, c'était toujours Lucien qui faisait le sale boulot. Ce jour-là encore, c'était lui qui se rendrait sur l'exploitation pendant que François ronflerait tout son saoul dans les bras d'une inconnue.

Il sortit le pick-up, quitta le hameau dans lequel il était parfaitement seul, et laissa bercer son esprit brumeux par la musique qui peinait à le réveiller.

> *Fà fronte ô ghjuventu,*
> *Per fiurì la to sorte*
> *Cumbatte cume centu*
> *I mercanti di morte*[1].

Il ne réfléchissait pas au poids de ses actes, à ses peines et à leur signification supérieure. Il ne pensait qu'à la possibilité inédite d'une reddition, une bactérie immonde qui décimerait tout le troupeau et lui donnerait une bonne excuse pour s'en aller. Il roula quelques minutes avant

1. « Fais front ô jeunesse / Pour fleurir ton sort / Combats comme cent hommes / Les marchands de la mort. » L'Arcusgi, *Mercanti di morte*.

d'apercevoir soudainement des panneaux signalétiques triangulaires et des gyrophares qui tournoyaient dans l'épaisseur brumeuse du jour naissant. En avançant, il vit le camion de pompiers depuis lequel un homme éclairait le fossé avec un spot lumineux géant. Il avait à peine la place pour passer. Sur sa droite agonisait une vache couchée sur le flanc qui agitait ses onglons en nappant de rouge l'asphalte froid. Il regarda le bovin, fixa pendant quelques secondes ses yeux vitreux et vides comme s'il lui était ordonné d'obéir à Sa volonté, comme si le geste qu'il allait accomplir était supérieur à la contrition à laquelle, en saisissant le Glock dans le pick-up de son cousin, il ne pourrait plus échapper. Il regarda celui qui l'observait, interrogatif, sur le bord de la route, et reconnut le pompier avec lequel il avait joué quelques parties de belote. Il laissa les pleins phares, sortit du véhicule en baissant la tête, tendit le bras vers la vache qui le suppliait et pressa la détente, et la balle explosa le crâne d'où giclèrent quelques gouttes de sang au milieu de minuscules fragments d'os. Il s'avança rapidement. Il n'avait pas le temps pour une prière, il n'avait pas le temps de fermer les yeux du bovin qui cherchait la prairie édénique dont Lucien se savait chassé. Il prit son couteau, coupa l'oreille de la vache et remonta immédiatement dans le pick-up, démarra en trombe, couvrant sa silhouette sous une épaisse veste de chasse, et partit vers l'exploitation, où il cacha son véhicule, avant de se terrer pour vomir son café nappé d'aigreurs et de bile.

Toute la matinée, il maudit son cousin, l'imaginant volontiers dans les vagues dévorantes d'un brasier ardent.

En donnant à manger aux vaches, il remarqua, sur un terrain lointain qui jouxtait la route pendant quelques mètres, une clôture endommagée. Il chargea la benne du nécessaire et partit la réparer.

Il quitta l'exploitation et rentra par la même route que le matin. Il était inquiet et tremblait un peu. Sur le lieu de l'accident ne restait déjà plus que quelques taches de sang sur le sol, et une barrière défoncée. Quelqu'un avait dû jeter la vache dans le fossé, ou bien les équarrisseurs avaient été appelés et, comme elle n'avait plus d'étiquette, elle avait probablement rejoint le paradis abstrait des bovins anonymes. Il accéléra vers la maison, le ventre serré par l'impression vague d'un danger imminent.

Il fouilla dans une vieille armoire pleine de naphtaline et de vaisselle en porcelaine et en sortit une boîte en carton usée dans laquelle il restait une dizaine de balles. Il rechargea l'arme, en nettoya la crosse et la détente, et la reposa dans le lieu qu'elle semblait n'avoir jamais quitté. Son portable vibra. Il avait manqué beaucoup d'appels de son cousin. Le réseau ne passait que rarement. Il y avait un message.

En premier lieu, il décida de rappeler François. Ce dernier lui apprit que trois jeunes étaient morts dans un accident de voiture. Son ventre se serra et il écouta, muet, ses lamentations.

— Apparemment ils avaient trop bu.

Le premier était, comme il le lui expliqua, Battistu Leoni, un jeune éleveur qui tenait un bar dans un village à proximité, et que Lucien ne connaissait pas. Les deux autres étaient des saisonnières, mais elles ne portaient ni nom ni visage. Elles étaient condamnées à ce mot dans lequel étaient confondus des milliers d'anonymes – les autres, au moins, étaient vivants, tandis que, depuis le néant, elles n'auraient droit qu'à un souvenir brouillé, des visages brumeux et une pitié passagère.

— Tu as rien vu ce matin, en allant aux vaches ? demanda soudainement François.

Il sait, il sait et il va essayer de me cuisiner.

Dans la conscience de Lucien s'éloignait doucement la paix et il regretta son passé, sa vie d'étudiant, son militantisme radical qui avait fait de lui une figure respectée. Il aurait pu lui parler. Il aurait pu prendre le chemin de la parole, mais il n'avait aucune confiance envers François. Il ne voulait pas risquer qu'il lui fasse porter le chapeau.

Intérieurement, il le maudissait. C'était sa faute. S'il ne passait pas son temps à sauter tout ce qui bougeait, il aurait probablement vu la clôture endommagée ou, du moins, Lucien aurait eu moins de travail et aurait pu la réparer. Mais cela n'avait pas été le cas. On aime, quand les choses tournent mal, imaginer des situations où les lois de l'inférence causale nous auraient été favorables. Mais ces lois-là ne sont pas écrites pour qu'on les comprenne, et n'appartiennent pas entièrement au royaume du prévisible. Il aurait suffi d'un rien pour que la vache prenne une autre voie, un autre chemin que celui de sa faute, restée à ses yeux sanguinolents inconnue et abstraite. Ainsi, à une vingtaine de mètres, le conducteur aurait pu freiner, éviter sa silhouette et raconter, le lendemain au bar, en jetant son aspirine effervescente dans un verre tube, à quel point il avait eu peur, les cauchemars qu'il faisait ces derniers temps et la cuite monumentale qu'ils avaient prise. Tel, pourtant, n'avait pas été le cas, et Lucien retint son souffle avant de donner à son cousin les détails de son mensonge.

— Non, je n'ai rien vu, François. Je suis passé par la route de la grue jaune ce matin.

— Pauvres jeunes. C'est vraiment injuste. Tu imagines les familles ?

Et ainsi celui que Lucien pensait doté d'un cœur de pierre dénué du moindre sentiment s'en allait-il vers des épanchements de commisération.

François arriva dans la vieille maison froide. Il prit Lucien dans ses bras, ce qui figea ce dernier dans une raideur panique. Il pleura quelques larmes sur son épaule en murmurant doucement :

— Ça aurait pu être toi.

Lucien fixa ses yeux humides de larmes naissantes. Lentement, sans le brusquer, il se détacha de son étreinte et monta à l'étage s'isoler de sa peine.

Il prit son smartphone et écouta le message qui était resté en suspens dans la boîte vocale. Son père, avec une voix qui cachait mal son impatience, annonçait qu'il sortait tout juste du dernier rendez-vous notarial avec son frère. Cette fois-ci, les lois étranges de l'inférence causale semblaient bien être de son côté. Tout était en ordre : Lucien était désormais propriétaire.

Village

31 octobre 2017

Les parents de Battì avaient ressenti le besoin impérieux de régler les frais de transport pour que les dépouilles des deux jeunes femmes soient rapidement rendues à leurs familles. N'ayant pas eu le courage d'appeler, ils envoyèrent une carte dans laquelle ils présentaient de longues condoléances affligées. Ils ne surent rien du chagrin des familles, consumé tout entier dans le leur, et peut-être que finalement, comme le disait Raphaël, ce n'était pas plus mal. Il y avait suffisamment de peine dans l'air brumeux du village pour ne pas y ajouter les légions torrentielles de larmes d'étrangers.

Sans que personne ait abordé le sujet, le père de Battì avait laissé dans la boîte aux lettres de Paul-Joseph Cristini un chèque qui servirait à rembourser la voiture qu'il ne restituerait jamais. On ne revint pas, par une forme de pudeur que commandent les tragédies, sur la somme laissée, et personne n'en parla plus. Le contraire eût été indécent. Pour le van, on chargea un cousin de le remonter jusqu'en Bretagne. Il fallut toutefois supporter sa présence quelques jours sur le parking, là où d'ordinaire traînait le vieux 4×4 d'Augustin.

Paul-Joseph assista à l'enterrement avec ses fils, imaginant sans arrêt l'un d'entre eux dans ce cercueil en noyer qu'ils allaient mettre sous terre et qu'il porterait avec Raphaël. Dans l'église, Gabriel chanta et sa voix, dit-on, paraissait portée par les anges. Il pleuvait beaucoup. Tous les jeunes du village pleuraient. Ils se serraient dans les bras, se tenaient les uns aux autres pour se rassurer, pour consoler Nicolas, enfermé dans les limbes d'un silence profond. Joseph, le pompier, ne vint pas. On raconta qu'il n'en avait pas eu la force. Il y avait Antò et les autres de la boîte. On retrouva tous les jeunes des villages voisins, mais aussi quelques personnalités de la ville, parmi lesquelles des visages que l'on n'attendait pas. Des connaissances, des clients, des parents lointains, d'anciens amis, et même des « enculés de la plaine » ne sachant pas s'ils auraient dû s'abstenir d'être là ou bien si la mort emportait tout, y compris les disputes juvéniles et les contentieux. Il y avait aussi les petites filles du village à qui Battì offrait des glaces et les jeunes débiles qui cabraient devant le bar.

Lorsqu'il porta le cercueil, Raphaël crut reconnaître, à l'ombre de l'assistance qui le suivait en chantant, le visage de Malik. Il tourna la tête mais déjà la forme avait disparu dans un angle lointain, ou était retournée dans son imagination. Il ne le sut jamais.

On fit des discours. Le maire décida d'annuler le bal du village et personne n'y trouva à redire. Le bar resterait fermé pendant deux mois, pour marquer une transition silencieuse qui scellerait la passation de propriété du défunt à son cousin, encore submergé par la culpabilité. Même si la nouvelle agaçait Augustin ou les poivrots les plus aguerris, il fallait bien reconnaître qu'il aurait été délicat de protester. Les murs de l'établissement appartenaient aux parents de Battì, tout comme les chambres d'hôte, et ils pouvaient laisser le bar fermé autant qu'ils le voulaient quand bien même, ainsi qu'on le disait au village, ils rentreraient définitivement sur le continent.

Les frères Cristini s'absenteraient pendant deux semaines, et Raphaël serait complètement inconsolable, ce qui, dirait-on, ne lui ressemblait pas. Ils restèrent dans la maison du village, d'où ils émergeaient parfois pour aider leur père à transporter des sacs de châtaignes ou pour le conduire jusqu'au moulin.

On mit du temps à combler le vide que l'absence de Battì laissait, on mit du temps à se faire aux nouvelles têtes dans le bar, à cette serveuse qui, en décembre, fut engagée par Nico et qui ne comprenait pas pourquoi on lui adressait si peu la parole. Le bar rouvrit pour le traditionnel apéro de Noël. Il n'encaissa aucune tournée. Au-dessus du comptoir trônait désormais le portrait de Battì qui surveillait, depuis le néant, le monde qu'il avait investi de sa présence joviale et bienveillante. Son cheptel fut abattu par un éleveur voisin et on prit soin de donner au bar la totalité de la charcuterie ainsi produite.

Les premiers temps, on ne remua pas les souvenirs, on restait timide et réservé et on ne passait au bar que pour saluer Justine, présente le week-end, et encore, lorsque Nicolas daignait ouvrir l'établissement. Ensuite, petit à petit, on parla du pauvre Battì, de ce qu'il avait été, des moments qu'on avait partagés avec lui, à Corte, Calvi ou Ajaccio, au Salon de l'agriculture où Gabriel et son frère n'avaient pas pu se rendre et dont ils imaginaient aujourd'hui douloureusement les souvenirs avortés. Fin novembre, les frères passèrent davantage de temps à Corte, pour fuir le visage de Battì au-dessus du comptoir, ou considérant simplement qu'il serait indigne de manifester de la joie après seulement quelques semaines d'un deuil tragique.

À Corte, Gabriel passa un mois difficile dans des lectures absconses qui ne lui évoquaient plus rien. Son frère rentrait souvent en pleine nuit, ivre, et se répandait en sanglots. Il laissait traîner des cadavres de bouteilles de bière partout dans l'appartement quand il ne sortait pas, ou s'absentait pour des réunions interminables d'où il revenait aussi immanquablement saoul. Tout le monde comprenait sa peine, on le réconfortait en lui parlant de son ami, de leurs souvenirs communs et, dans la chaleur de son cœur blessé, portant le secret de son chagrin coupable, personne ne savait que ses larmes, elles, ne coulaient pas seulement pour Battì.

Nice

16 février 2016

On sonne à la porte. Cécilia n'attend pas de visite ; à vrai dire, elle n'en attend plus. Par le passé, elle a accordé beaucoup d'importance à l'amitié, celle de Lucie en particulier, mais c'était avant, lorsqu'elle estimait encore celle qui, à ses yeux, l'a inconsciemment trahie. Il reste Magali et les autres filles de la promo. En revanche, aujourd'hui, Lucie appartient à un royaume invisible dont Cécilia reconnaît à peine les vestiges perdus dans des lambeaux de souvenirs imperméables au pardon. À son insu, Lucie, ce soir-là, s'est rendue coupable de trahison par la simple consécration de son individualité.

Il arrive que les parjures ne portent pas la marque consciente de la volonté. Nous nous livrons à nos désirs, nous laissons nos enveloppes charnelles s'adonner à l'union qu'elles recherchent et se consacrer à l'exclusivité de nos soifs sensuelles et, comme Lucie, nous nous perdons dans un regard consumant et l'ivresse de notre réussite. Les plus grandes erreurs sont accomplies dans l'insouciance souriante d'une soirée pleine de chaleur. Il existe, dans tout assouvissement d'un désir, la trahison secrète du rêve d'un autre. Il y a eu, pourtant, tant de bons souvenirs du lycée. Les bêtises en classe, les moqueries rieuses et enfantines envers ce professeur de physique qui faisait cours dans des chemises qu'il portait deux tailles au-dessus de sa corpulence, sans que l'aération garantie par ce choix stratégique l'empêche pour autant de transpirer abondamment, rendant les marques de sueur inéluctables, de larges auréoles dessinées sous ses aisselles qui lui valaient dans tout le lycée Fesch le surnom de Jésus – surnom qui, par bonheur, n'était jamais arrivé à ses oreilles. Quoi de plus visible, finalement, que ce que l'on cherche à dissimuler ?

Au lycée, tout le monde avait quelque chose à cacher. Lucie, comme beaucoup de gens des milieux modestes, ne supportait pas le regard condescendant des Ajacciennes, qui la jugeaient à l'aune de critères esthétiques qu'elle ne pouvait pas respecter. Il existait un impératif silencieux qui commandait aux filles et aux garçons d'admirer les marques de luxe comme s'il s'agissait de la Toison d'or du mythe de Médée. Chacun trahissait un père ou une mère afin d'acquérir ces vêtements hors de prix qui consacraient officiellement son existence dans l'espace social. Lucie les obtenait grâce aux privations de ses parents, et cela suffisait à ce qu'elle ne se sente pas exclue, à ce qu'elle ne soit pas définie telle une *straccia*, terme qui, en corse, désigne une femme couverte de haillons.

Cécilia n'a pas connu ce problème. Puisqu'elle a toujours eu d'excellents résultats, ses parents lui offraient volontiers tous les accessoires dont elle avait besoin pour assurer le maintien ostentatoire de son prestige. Elle attirait beaucoup les garçons, mais n'entretenait que peu de relations, aimant laisser s'éteindre le désir qu'elle suscitait, choisissant, de temps à autre, de vivre une histoire éphémère qui ne durait jamais plus de quelques semaines. Les vêtements étaient des codes, les relations aussi. Il fallait surveiller sa réputation. Savoir ce qui était *en place* et ce qui était *ringard*. Ce qui était sacré et ce qui était profane. On ne devait pas coucher avec beaucoup de garçons, on ne devait pas sucer avec les dents ni baiser avec des Arabes. Les jeunes hommes, eux, garantissaient chaque jour à un auditoire avide l'étendue de leurs conquêtes et l'impeccable santé de leur sexualité précoce. Ainsi, tout le monde feignait le respect apparent d'un secret, d'une image que chacun avait à cœur de dévoiler, ou, parfois, de salir, blasphémer.

Aujourd'hui encore, tandis qu'elle s'approche de la porte qui va bientôt révéler sa surprise, Cécilia n'éprouve aucun désir, et l'ordre intime qui préside au maintien absurde des générations et de la peine ne la possède aucunement. Le sexe la dégoûte et elle est toujours parfaitement indifférente aux commentaires qui sont le centre de gravité de toutes les existences autour d'elle. Son centre à elle n'a plus de gravité. Elle trouve ces épanchements vulgaires et triviaux, à l'image de l'action mécanique que réalisent instinctivement la plupart des bêtes sauvages.

À vrai dire, elle associe souvent le sexe à la viande rouge, à cette nourriture dont elle a depuis longtemps exclu la présence dans ses maigres repas. La viande rouge pour cette raison, les pâtes car beaucoup trop lourdes en calories et le poisson pour son odeur caractéristique qui lui répugne. Elle a drastiquement réduit les quantités et cuisine généralement des légumes vapeur, qu'elle accompagne de beaucoup de fruits. Rien ne doit brusquer la fragilité de son œsophage, qui considère chaque mets comme un étranger s'apprêtant à franchir des frontières interdites. Il arrive souvent à Cécilia, alors qu'elle déambule en culotte dans son appartement, de se sentir légère, tout en volupté, indifférente aux contingences du poids qui maintiennent son corps à terre quand son esprit virevolte au-dessus des nuages, rendant possibles son élévation diaphane, l'échappatoire à son existence et sa quête de purification.

Elle enfile très vite un peignoir, ne vérifie pas l'état de son appartement avant d'ouvrir la porte et de découvrir, médusée, les visages de ses parents inquiets et celui de Magali, plus inquiet encore, craignant que Cécilia ne considère cette irruption comme la marque d'une trahison. On ne sait pas lire l'amour dans le visage d'un proche lorsque l'on est tout entière livrée au maintien illusoire de son propre salut. Depuis que Cécilia est partie sur le continent, depuis qu'elle se consacre à sa propre réussite, elle a voulu voler de ses propres ailes. C'est pourquoi elle ne comprend pas cette intrusion soudaine dans son intimité. Elle a cherché à éviter ses parents, elle pense qu'elle ne rentre pas car tout a changé, elle est devenue une adulte, elle pense que c'est sa consécration qui la maintient loin de la cité impériale.

Surprise, déboussolée, Cécilia ouvre plus largement la porte. Sans vraiment savoir si c'est ce qu'elle désire, elle les laisse entrer. Ils ont vraiment l'air bizarre. Ils la regardent telle une créature étrange et font le tour de l'appartement comme s'ils voulaient débusquer les indices d'un crime opéré dans le secret. Ce n'est pas bien spacieux pourtant. À droite, une grande armoire ouverte abrite des piles de vêtements impeccablement rangés. La porte fermée révèle un miroir gigantesque aux bordures dorées. Plus loin, quelques fausses fleurs et une décoration sommaire montrent le peu de considération que Cécilia accorde à son environnement. Un peu d'encens brûle sur une table basse. Le tout est plutôt bien éclairé et assez classique pour une location étudiante.

Elle se demande pourquoi ils sont là. C'est vrai qu'elle a beaucoup manqué les cours ces derniers temps, et probablement séché un ou deux examens. Elle ne cherchera pas à éviter la confrontation, expliquera ses difficultés à se concentrer et son scepticisme quant à ses perspectives après un bachelor en marketing. Mais ce n'est pas le problème. Ils s'assoient sur le canapé après que la mère de Cécilia a vérifié le contenu du frigo. On dirait qu'ils s'apprêtent à lui faire part d'un deuil. Elle pense soudain à sa mamie et culpabilise. Mais ce n'est pas non plus le sujet.

— Assieds-toi, Cécilia, s'il te plaît, lui ordonne gentiment son père en lui indiquant un pouf qui se trouve en face du canapé.

Elle s'exécute sans comprendre. Machinalement, elle demande à sa mère de ne pas trop toucher ses affaires, de ne pas déranger l'agencement sommaire de son cloître, ce qui la surprend. Cécilia observe Magali, qui fuit son regard.

— On doit parler, nous avons des choses à te dire.

Son père a dit cela sur un ton très doux, sans que ses paroles brusquent quoi que ce soit, comme si elles appartenaient aussi au silence tranquille de cet appartement. C'est bizarre. D'habitude, il n'utilise pas ce ton. Il a toujours été distant, se contentant de la féliciter dans l'accomplissement ordinaire de ses succès scolaires et de répondre à chacun de ses désirs sans chercher à en comprendre l'origine. Le fait qu'il lui parle ainsi met Cécilia mal à l'aise. Il se passe quelque chose. Pour prendre les devants, elle assure qu'elle reviendra bientôt en cours, qu'elle se rattrapera, que de toute façon elle en a largement les moyens intellectuels, ce dont son père ne doute pas. Mais le problème n'est pas là.

— Tu es malade, Cécilia.

Cécilia esquisse un sourire qui révèle sa maigreur et rend plus insupportable encore le spectacle de sa déchéance physique. Sa mère éclate en sanglots. Magali la suit de peu. Cécilia essaie de poser des questions, elle prétend qu'elle n'est pas malade, que tout va bien, mis à part le fait qu'elle a un peu grossi ces derniers temps. Tous les regards se figent sur le détail de sa peau.

— Mais enfin, tu ressembles à un squelette !

Le mot est lancé, encore, de la bouche de son père cette fois. Quand Magali l'a utilisé il y a quelques mois, il n'a pas blessé Cécilia, il n'a pas pénétré sa chair presque translucide. Non, il est resté à la surface diaphane de son enveloppe comme un mensonge, comme un incube qui ne peut entrer dans la chair qu'il convoite.

— On pense que tu es anorexique.

— Anorexique ? Mais non, les anorexiques c'est les filles qui se font vomir ! répond-elle à brûle-pourpoint tant les paroles de son père paraissent absurdes, comme s'il était l'instigateur d'une mauvaise blague, d'un complot ourdi contre sa personne et qui se révélait aujourd'hui dans l'hostilité mesquine du grand jour.

— Pas forcément, répond Magali.

Elle n'a pas ouvert la bouche depuis qu'elle est arrivée, elle n'en a pas eu le courage, trouvant son amie dans un état plus grave qu'elle ne l'imaginait, se félicitant d'avoir été prudente, d'être intervenue avant qu'il ne soit trop tard.

Elle a fait ce qu'il fallait. Elle a pris un bus pour rendre visite à la grand-mère de Cécilia. Elle lui a expliqué que Cécilia allait bien mais qu'elle avait besoin d'un peu de temps parce qu'elle était débordée de travail. Elles ont discuté, bu du thé et mangé des biscuits. Puis Magali a exposé son projet : elle voulait se rendre en Corse cet été, mais souhaitait faire la surprise à Cécilia, elle avait donc besoin du numéro de ses parents. La grand-mère s'est rendue complice de la manœuvre et a promis de garder le secret. Elle a raconté à quel point elle était fière de sa petite-fille, a montré quelques photos de famille où son mari était encore présent, de vacances passées en Corse, sur la plage des Sanguinaires, où Cécilia faisait voler un cerf-volant sans autre souci du monde. En appelant à Ajaccio, Magali a compris que Cécilia n'était pas rentrée l'été dernier, contrairement à ce qu'elle lui avait dit.

Aujourd'hui, elle est là, loin des Sanguinaires, loin de son enfance aussi, et elle regarde médusée le tribunal qui vient de la juger coupable. Elle ne comprend pas. Son père pleure. Elle ne l'a jamais vu ainsi, pas même à la mort de son propre père, qu'on a enterré au village, lors d'obsèques où il s'est montré stoïque, insensible à sa propre souffrance et aux condoléances que lui adressaient des cousins lointains qu'il ne connaissait pas. C'est cette image qui la frappe le plus. Ce sont les larmes de son père, sanglotant sur l'épaule frêle de sa fille, qui la poussent à se résigner, à taire les questions foisonnant dans son esprit malade, et à accepter de les suivre, sans savoir qu'ils vont rouler longtemps sur le chemin de sa rédemption.

Après plus de onze heures de trajet, ils arrivent à Nantes, à proximité d'un complexe hospitalier où l'on peut lire : Centre Lou-Andréas-Salomé. Elle y restera quarante jours.

Corte

15 novembre 2017

Sur l'ensemble d'heures d'activité que contenait une journée bien remplie, Lelia n'en conservait qu'une pour se divertir. Le reste était toujours réservé aux différentes formes de révisions qui permettraient l'obtention de son concours. Les rapports de jury, les cours, les lectures d'œuvres intégrales, et enfin le récapitulatif de ses exégèses sur de grandes feuilles qu'elle affichait un peu partout sur les murs de son appartement. Le matin seulement, de huit à neuf heures, elle prenait quelques nouvelles de ses amies ou buvait un café en lisant le journal dans un bar à proximité. En général, elle le buvait seule, mais il arrivait qu'un camarade de promotion se joigne à elle pour partager ce temps, qu'elle savait précieux parce que limité.

C'est par un de ces journaux qu'elle apprit le terrible accident qui avait eu lieu, plus de deux semaines avant, dans la région dont Raphaël était originaire. Elle avait lu la une avant d'ouvrir précipitamment le journal pour connaître le nom des victimes. Son cœur accéléra et elle fut bien heureuse de ne pas y voir le nom de Raphaël ni celui de Gabriel, à qui elle avait décidé, malgré sa rupture avec son frère, d'envoyer une documentation complète pour l'aider à la construction de son mémoire sur Nietzsche. Peut-être l'avait-elle fait uniquement parce qu'elle s'en voulait de l'avoir traité de fou, et tentait par là de rattraper sa faute en espérant un pardon de Raphaël, dont elle n'avait plus de nouvelles. Aucun message depuis plus d'un mois. Elle avait été très triste pendant quelques jours, avant de se ressaisir et de s'adonner à ses révisions à un rythme effréné.

À Malik, elle ne répondait plus. De temps en temps, il lui envoyait un message, un snapchat où elle le voyait sourire – ce qu'il ne faisait jamais d'ordinaire –, mais elle ne réagissait pas. Le simple fait de voir que leur expression était la même la mettait en colère. Il lui faudrait du temps pour lui pardonner. Elle ne pouvait s'empêcher de penser qu'au fond, bien qu'il contînt cette émotion dans le secret de son cœur, il devait être bien content, le salaud. Elle relisait souvent Nietzsche, quelques aphorismes, avant de se coucher, pour retrouver dans les lignes ce courage dont elle pensait être faite mais qui l'avait désertée avec Raphaël : « Il faut porter en soi un chaos, pour pouvoir mettre au monde une étoile dansante. Je vous le dis : vous portez en vous un chaos. »

Zarathoustra, probablement son livre préféré. La possibilité infinie d'interprétations et la promesse éternelle d'une beauté renouvelée. Elle déposa le livre sur la tranche. Oui, Lelia portait un chaos en elle, bien qu'elle le fît taire, bien qu'en se répétant ces jolies phrases comme un mantra elle n'arrivât plus à croire en leur magie, comme si les mots se dépossédaient de leur sens et s'échouaient contre elle, nus, et le travail qu'elle accomplissait chaque jour, rituellement, pour les apprendre n'était plus qu'une somme de connaissances sans saveur dans la langue morte d'un culte éteint.

Elle échangeait beaucoup avec ses professeurs, particulièrement l'une d'entre elles, qui la conseillait sur les différents devoirs qu'elle envoyait. C'était déjà très brillant, mais Lelia ne voulait pas être rassurée. Elle savait les concours à ce point hasardeux qu'il valait mieux ne pas s'en remettre à la bonne fortune, une étoile ou un ange, auxquels elle ne croyait pas. Il arrivait souvent que les textes aient des significations cachées, ou encore qu'on pût se tromper à propos de certaines interprétations. « Le diable est dans les détails », se disait Lelia. Encore une citation faussement attribuée à Nietzsche. Se méfier des prophètes, des mensonges et de tout ce qui paraissait évident.

Ce matin-là, comme tous les mercredis, elle avait un examen blanc. Dans les salles de l'Espe de Corte, non loin du bâtiment de la faculté de lettres dans lequel elle avait ses habitudes, elle se prépara une nouvelle fois à son épreuve, ne tremblant pas, ne maugréant pas, laissant ses problèmes derrière elle, regardant devant pour, en se rassurant, éviter d'être ramenée en arrière dans les bras ballants du souvenir de ses fautes. Elle avait coupé son téléphone toute la durée de l'exercice. Elle ne vit que quelques heures plus tard le message annonçant que son frère était dans la ville « pour affaires », ainsi qu'il l'écrivait, et la simple perspective qu'il lui parle de ses commerces illicites comme s'il s'agissait d'un business respectable la dégoûtait.

C'était tout sauf un business respectable, mais Malik ne faisait pas de chichis : si ce n'était pas lui, un autre se ferait de l'argent à sa place, et la simple idée que l'on empiète sur ses plates-bandes lui était insupportable. Dealer lui permettait de gagner des sommes d'argent substantielles, de rouler dans une belle voiture, de flamber en soirée, et il lui arrivait de coucher avec des clientes en échange de quelques grammes de cocaïne. Des beautés souvent inconsistantes, damnées par la nuit et par les lois admises selon lesquelles l'argent est roi. Tout ce que Lelia détestait : une existence superficielle telle la parure d'un manteau de fourrure. La vie de Malik n'allait pas au-delà, circonscrite à l'immédiateté de ses plaisirs sensuels. Toutes les trahisons qu'il perpétrait chaque nuit l'approchaient de sa déchéance et, fumant, reniflant, il se vengeait des rêves qu'il n'avait pas la force d'accomplir.

*

Malik se gara dans un parking souterrain en veillant à être discret. Il était *clean* et n'avait rien sur lui. Juste ses papiers dans sa sacoche et une importante somme d'argent en liquide. Il avait rendez-vous dans un établissement de nuit. Celui où, au mois de septembre, il avait éclaté la tête du tocard qui lui avait manqué de respect. Il marcha silencieusement vers la vieille ville. La porte s'ouvrit avant qu'il ait pu constater la présence de qui que ce soit. Il regarda autour de lui. Personne dans la rue, voie libre, tout allait bien. L'intérieur paraissait complètement vide. Quelques serveuses étaient attelées à compter les stocks de bouteilles, d'autres nettoyaient le sol ou bien les box, et, ainsi à nu, Malik ne reconnaissait rien de l'endroit dont il avait l'habitude. Le luxe avait besoin d'artifice pour briller des ornements superficiels du mensonge.

Il fit la bise aux deux videurs, qui lui demandèrent de les suivre à l'étage. Il adressa un clin d'œil complice à une serveuse et se dirigea vers l'escalier, puis franchit une porte avec ses hôtes silencieux. Ils marchèrent dans un couloir sombre encombré de cartons pleins de néons éteints sur lesquels le nom de l'établissement, Fly, apparaissait aux côtés d'auto-collants ou de flyers destinés aux établissements voisins. Ils poussèrent une autre porte avant que les deux gorilles disparaissent, laissant Malik seul dans un bureau vide. Un peu plus loin, un homme rasé était assis en face d'un autre, en costume, sur un canapé, et ils fumaient tous les deux en discutant. Malik s'approcha. Il resta à une distance de quelques mètres et les hommes continuèrent de parler sans se soucier de lui, sans même lui accorder la grâce d'un regard.

— Je m'en fous Paul-Toussaint, que tu n'aies pas pu arroser le notaire, tu vas devoir te débrouiller autrement.

L'homme sembla mécontent que l'on dévoile son identité. Il toisa Malik avec un regard mauvais. Puis il se leva, fit un signe cordial à son interlocuteur et s'éloigna dans le silence. Le rasé fit signe à Malik de s'asseoir à la place fraîchement libérée. Il sentait le parfum.

— Ces politiciens, on peut pas leur faire confiance.

Malik approuva silencieusement, s'interrogeant plutôt sur la raison de sa présence ici, qui, pour l'instant, ne lui apparaissait que fragmentée, nébuleuse, et le mystère devait s'épaissir à mesure que la conversation se poursuivrait.

L'homme prit de ses nouvelles, plaisanta sur la beauté des serveuses, les affaires qui tournaient plutôt bien, grâce à la discrétion qu'il avait à cœur de mettre au centre de tous ses projets, à Corte, Calvi ou même, autrefois, à Ajaccio.

— J'imagine que toi, en tant que dealer, tu es d'accord avec ça, Malik, reprit-il en souriant.

— Oui, bien sûr, confessa ce dernier, évidemment.

L'homme devint soudain écarlate. Son visage se déforma sous d'immondes plissures nerveuses qui laissaient apparaître la teinte bleuâtre de ses veines. Il se leva, sortit quelque chose de son pantalon et envoya de toute sa force un grand coup de crosse sur le côté droit du crâne de Malik, qui s'affaissa sur le sol, la tête entre les mains, sonné, attendant une réplique qui ne venait pas.

— Alors pourquoi tu me prends pour un con ?! Je fais *tout* pour toi, je te laisse dealer dans *mon* établissement et tout ce que tu trouves à faire c'est frapper le cousin de *mon* ami avec qui j'étais sur le point de conclure une affaire de la plus haute importance !

Par terre, assommé, alors qu'un filet de sang s'échappait du haut de son crâne, Malik ne comprenait rien à ce qui se passait. L'homme lui demanda s'il se moquait de lui, s'il voulait la lui jouer à l'envers.

— Non, Marc-Ange, je te promets, j'ai pété un plomb, ça n'arrivera plus.

Il toucha plusieurs fois son crâne en regardant sa main couverte de sang. L'homme se leva, se dirigea vers un frigidaire à proximité, sortit un seau de glaçons, en saisit une poignée, l'enroula dans une serviette et la tendit à Malik qui, tremblant, mit quelques secondes à accepter l'offrande de son bourreau, débarrassé des plissures de colère qui l'avaient défiguré.

— Je me suis emporté, Malik, je suis désolé. Mais ne crois pas que j'ai fait ça parce que je t'en veux. Les cartes sont tirées à présent, et j'ai de nouveaux projets pour toi.

Il se rassit dans un calme olympien, posa le flingue devant lui, le canon pointé vers le buste de Malik, qui maintenait la serviette froide sur son crâne blessé. Malik ne répondit rien. Ce n'était pas une proposition. Il avait franchi un seuil et s'était immiscé dans un monde où, désormais, ne lui serait plus donnée la possibilité de choisir. Marc-Ange le consola, lui expliqua qu'il n'aurait pas grand-chose à faire, juste être là pour lui de temps en temps. Il fallait qu'il se mette à l'ombre. Il n'avait pas envie d'avoir des problèmes avec les flics, qui le surveillaient sans doute. Il lui serra la main, vérifia l'état de son visage et l'invita à sortir sans le raccompagner.

Une fois dehors, Malik repartit vers le parking et remonta dans son Audi, tapant plusieurs fois sur le cuir du volant avant d'appeler sa sœur, qui ne répondit pas. Sans les ornements dont il parait sa vie, le masque fragile retombait à ses pieds, dévoilant sa chair blessée. Il chercha une présence dans les matières luxueuses, mais il ne trouva rien. Le souvenir de son grand-père Hassan lui revint en mémoire et, en essuyant un peu du sang sur son crâne, il regretta soudain de l'avoir trahi.

Corte

6 décembre 2017

Raphaël se passa la tête sous l'eau froide. La fraîcheur inonda sa nuque mais n'allégea en rien le poids de sa culpabilité. Il ne baignait pas son visage dans les eaux du Jourdain. Il ne recevait pas l'eau du baptême comme absolution et il n'y aurait pas eu assez d'un cumulus pour le laver de ses fautes et entraver son péché. Il releva la tête, fixa de ses yeux rouges son reflet, les vaisseaux sanguins usés et grossis, et coupa l'arrivée d'eau du lavabo. Il prit une serviette qu'il enroula autour de son visage. Il avait la gueule de bois. Une sensation amère de gorge sèche, d'aridité et de sueur, avec l'acidité qui étreignait tous ses muscles et le fond pâteux de son estomac malade. Il était encore sorti.

Avec les activités militantes, les soirées représentaient désormais son occupation principale. Sa vie se partageait entre deux pôles contraires et il passait d'un monde à l'autre tel un funambule égaré, tanguant de pas mal assurés sur un fil qui pouvait se rompre à tout instant. Et cet instant était là. On peut dire que ça n'allait pas. Et ce, depuis sa rupture avec Lelia. La mort de Battì aggravait les choses. Il buvait beaucoup trop, rentrait avec des filles, se battait. Personne ne le reconnaissait. On s'habitue à une image comme si n'opéraient jamais, dans les tréfonds invisibles des cœurs, des métamorphoses qui bousculent les représentations des êtres que l'on a fixées.

Il avait passé la nuit chez cette fille dont il n'avait même pas souvenir du nom. Il savait juste qu'elle était nouvelle et militait avec lui dans le syndicat. Il en avait profité pour faire connaissance. Première erreur. Ils avaient bu un verre après une énième réunion militante, et, puisqu'il sortait, il lui avait proposé de le suivre pour continuer la conversation. Deuxième erreur. Et cette grosse conne avait dit oui. Il lui en voulait. *Pourquoi est-elle venue avec moi, elle n'a pas vu que je n'étais pas dans mon état normal ? À moins que ce ne soit ça qui l'ait attirée, elle s'est prise pour une sœur ou une putain d'infirmière...*

À vrai dire, elle ne l'avait pas forcé. C'était plutôt lui qui l'avait draguée, et même assez lourdement. Usant de multiples stratagèmes pour l'impressionner, payant ses consommations, affichant ostentatoirement l'assurance d'un lion aux yeux de ceux qui les regardaient et plaisantant sur l'ensemble des sujets qui lui venaient à l'esprit. Comme si tout était *déjà joué*, comme si tout était trop simple. Ensuite, après quelques verres, ils s'étaient dirigés vers un camion pizza et il avait payé pour eux deux. Elle l'avait invité à manger chez elle, sur le campus Grossetti, où elle vivait. Il avait accepté. Troisième erreur.

Sur la petite table, il restait quelques morceaux de pizza qu'ils n'avaient pas pu terminer. Elle s'était relevée avant.

Elle s'était tenue debout devant lui, tandis qu'il la fixait avec des yeux interrogatifs. Elle s'était déshabillée à une vitesse remarquable. Des lumières tamisées. Un épais châle noir, le pantalon d'une marque insulaire, et un soutif qu'elle avait dégrafé avec autant de dextérité et d'adresse que nécessaire, dévoilant de petits seins ronds et pointus. Elle avait laissé ses vêtements au sol tel un tas de cendres épais sur l'autel d'un rituel païen sans gloire. Raphaël était resté debout, comme si cela avait été indécent, comme si la scène avait outragé en lui un sens moral pudibond dont personne ne soupçonnait l'existence. Il s'était approché d'elle et l'avait gratifiée d'un baiser brûlant déposé sur sa joue, imaginant qu'embrasser ses lèvres aurait marqué le franchissement d'une ligne trahissant jusqu'au souvenir de Lelia. Les premiers baisers nous éveillent à une connaissance qui nous semble coupable. Que tout lui soit donné aussi facilement ressemblait à une mise en scène insupportable. Elle était là, offerte sous ses yeux telle une apparition.

Il s'était allongé auprès d'elle, avait vu pétiller ses yeux, mûrir son désir, et il avait senti doucement ses reins brûlés par l'érection profane de son membre trahi. Des larmes de colère naissaient sur le bord de ses paupières, il se sentait partir, il ne s'appartenait déjà plus, et il avait pensé à un sommeil lourd et sans rêves, à tout ce qu'il aurait pu faire si ce n'avait pas été elle mais Lelia, dont le souvenir devenait plus prégnant à mesure que, devant lui, se courbait le corps inconnu de celle qui partagerait sa faute. Il revoyait le sourire de Lelia qui rayonnait désormais avec l'insolence et la beauté d'un blasphème. L'estomac lui brûlait aussi fort que les reins, il sentait l'alcool, la sueur et le tabac, rougissait de se trouver là, si peu stoïque face à un autre corps, maudissant la faiblesse de la chair. Peut-être s'agissait-il d'un cadeau, l'occasion rêvée d'oublier Lelia, ou peut-être cherchait-il simplement des excuses à l'accomplissement prochain d'une pulsion coupable. Après tout, les corps ne s'oublient que s'ils se consument. Ce faisant, ils marquent en eux des étapes ou des trahisons, portent la trace du temps dans l'acte qui les use, avant d'eux-mêmes porter le temps, dans l'apparition d'un bourrelet, l'affaissement et la courbure des lignes ou le souvenir étouffé d'actes passés dans des nuits éteintes.

Il la regardait, se tenant au-dessus d'elle, détaillant l'ensemble de ses contours comme un tableau, non pour ce qu'elle était mais pour ce qui était absent, cherchant le corps de Lelia dans une peau déjà revenue des brunissures de l'été. Elle n'avait pas sa beauté, elle n'avait pas sa bouche, dont les dents blanches illuminaient chacun de ses sourires, ni ses hanches, ni ses seins, ni ce grain de beauté que Lelia cherchait toujours inutilement à cacher.

Elle se pencha vers lui pour embrasser son torse, il sentait son membre noueux et dur lui déchirer le bas du ventre puis, alors qu'elle le déshabillait, elle prit dans ses mains son organe, le porta doucement à ses lèvres et Raphaël ferma les yeux en cherchant dans sa culpabilité la possibilité d'une rémission. Trop tard, désormais. Il jeta ses vêtements sur le sol, repoussa son étreinte et se glissa sous l'épaisse couverture où elle l'invitait à la rejoindre. Il se colla à elle, l'embrassa, tint ses cheveux, sentit son parfum napper ses narines dans l'odeur délictueuse du péché, et posa son front contre le sien. Mais le goût de sa peau ne le fit pas saliver. Il n'était pas le nectar suave qu'il attendait, ne portait pas le parfum dont Lelia, se souvenait-il, s'imprégnait discrètement le matin alors qu'allongé dans ses draps il s'étouffait de l'odeur de sa sueur et de sa chair aimée. Il l'attrapa par la gorge avant de la pénétrer brutalement, pendant qu'elle renversait la tête en arrière dans les profondeurs de l'extase. Il continua son geste par l'accomplissement d'un mouvement mécanique, en fermant les yeux pour s'extraire du moment qu'il vivait, s'éloigner de lui-même et vivre la scène d'en dehors, en s'isolant de sa responsabilité. Il ne fallait pas s'en faire.

Cette nuit aussi serait chassée, elle appartiendrait bientôt au souvenir d'un songe blâmable, et peut-être qu'elle ne signifiait rien. Pour s'en convaincre, il fallait prendre tout de même le risque de la faute et aller jusqu'au bout de l'étreinte, lutter contre le ressentiment, la culpabilité, et s'abîmer dans les méandres de la trahison. Il ne pensa plus à rien, resta figé quelques secondes alors qu'elle soufflait bruyamment en griffant ses draps usés. Il eut envie de gifler celle qui partageait sa nuit païenne, il lui en voulait d'être là, si gentille, si disponible, et il souffla un grand coup avant de s'achever dans le murmure agonisant de ses entrailles chaudes.

Au matin, il vomit sa bile, nettoya ses dents avec du dentifrice qu'il appliqua sur ses doigts et retourna dans le salon regarder le sourire de cette fille qui n'était pas un ange, qui n'était rien à ses yeux et qui lui expliqua qu'elle devait se rendre à un cours d'onomastique.

— Un cours de quoi ? demanda Raphaël, encore embrumé
par la gueule de bois, l'acide qui lui brûlait l'estomac et les
restes de la pizza dégueulée collés derrière les gencives.

La jeune femme rigola un peu avant de reprendre.

— C'est la science des noms propres. On a une super prof
qui écrit une thèse dans cette matière. Elle pense que les
prénoms dessinent un *destin*.

« En voilà une drôle d'idée ! C'est une drôle de science »,
se dit Raphaël. Plus drôle encore en ayant à l'esprit qu'il ne
connaissait pas son prénom. Elle avait dû le mentionner,
pourtant, à un moment où son esprit flottait dans le souvenir
des bras de celle qu'il pensait avoir trahie. Il fallait trouver
une parade. Il lui tendit son smartphone, où quelques
notifications indiquaient des nouvelles de Gabriel. Il la pria
de lui laisser son numéro, comme une forme ordinaire de
politesse, bien qu'il sût déjà qu'il ne la rappellerait jamais.
Après un pianotement rapide, elle lui rendit le téléphone.
Elle avait noté *Lelia B.*

Aléria

28 janvier 2018

Lucien se demandait souvent si une force maligne accomplissait ses rêves uniquement lorsqu'ils étaient sur le point de s'éteindre. Il avait tellement travaillé à sa reconversion, appris par cœur une somme de connaissances pratiques dont il n'avait pas idée auparavant, mais aussi – et c'était bien le plus difficile – renoncé au confort étudiant pour se lancer dans un métier manuel, qu'il ne comprenait pas qu'une seule erreur pût changer son destin et rendre ses rêves caducs. Tout s'affaissait devant ses yeux comme un gigantesque château de cartes. Il revoyait les efforts, les heures de cours au lycée agricole, où il essayait d'être le plus présent possible – quand son cousin ne l'emmerdait pas –, et la somme de nouvelles pratiques qu'il avait eu à cœur d'assimiler. Le vêlage, les différents types de panachure, ou bien les caractéristiques de chevilles osseuses crâniennes des classifications de Sanson : il avait tout appris, allant volontiers au-delà du strict nécessaire. Ces connaissances étaient différentes. Elles ne relevaient pas de l'abstraction théorique d'une histoire dont on ne savait même pas si elle avait bien eu lieu. C'était autre chose. Après tout, bien qu'il soit de bon ton de revendiquer une neutralité axiologique irréprochable, Lucien savait que l'histoire répondait à des enjeux politiques et, par voie de conséquence, l'histoire ne pouvait être qu'une forme aboutie et masquée de propagande. Dans le monde agricole, c'était le contraire. L'enseignement était pratique, lavé des catégories abstraites et du tas de poussière qui contaminaient inévitablement l'édifice du savoir intellectuel. Rien n'avait besoin d'être politisé ou poli par des artifices langagiers. Tout avait une finalité immédiate et rien n'appartenait à l'ordre du superflu ou à l'enrobage théorique qu'il trouvait autrefois dans ses cours à la fac. D'ailleurs, la possibilité d'effectuer un stage qui valide empiriquement ses connaissances confirmait à Lucien le bien-fondé de son choix. Même s'il détestait son cousin – plus encore depuis l'accident –, il fallait reconnaître qu'il avait beaucoup appris avec lui.

Au lycée agricole, parmi les élèves de sa formation, il n'y avait que des hommes. Les profs étaient eux aussi généralement des hommes. Le milieu agricole du village était encore exclusivement composé d'hommes. Ça faisait beaucoup de couilles, se disait Lucien. Il était de retour en plaine. Il avait longtemps cru que la lourde solitude qu'il traînait était due à l'isolement dans une maison froide en Castagniccia. Son retour à Aléria lui prouva le contraire. Il avait passé une bonne partie de sa jeunesse là, mais tout le monde avait déserté. En grandissant, tous ses amis d'enfance et ses connaissances avaient voulu quitter ces plaines arides où ils partageaient leurs souvenirs. Il fallait reconnaître que le bassin de l'emploi n'était pas vraiment attractif si on n'appartenait pas au monde agricole. Quelques profs habitaient la ville à l'année mais Lucien ne s'intéressait pas aux profs. Il voyait très bien, en les observant, qu'ils n'étaient pas du tout heureux d'être là et qu'ils regrettaient les années de poste à Créteil. Les jolies filles étaient parties ou sortaient depuis des siècles avec le même type, un propriétaire terrien ou bien une espèce d'entrepreneur de merde. Aux yeux des étudiantes, il n'existait plus. Et le mois de janvier n'arrangeait pas les choses, puisque les touristes attendraient l'été.

La seule fille un peu jolie, c'était la serveuse du bar de chasseurs dans lequel il traînait. Mais entamer une discussion avec elle le mettait immédiatement en rivalité avec une bonne dizaine de clients qui ne passaient leur temps au bar que dans l'espoir irraisonné de tisser avec elle une relation. C'était quand même la misère.

Par ailleurs, récupérer le terrain de son oncle n'avait pas eu pour effet immédiat de le réconcilier avec son père. Au contraire, à présent que Lucien était installé à proximité de l'exploitation paternelle, ce dernier ne cessait de répéter que se lancer dans l'élevage avait été stupide, le vignoble lui aurait rapporté beaucoup plus d'argent, et que son activité n'était pas digne du rang de la famille et le couvrait de honte. Vraiment, Lucien le détestait.

À nouveau, il se demandait s'il n'avait pas commis une erreur dramatique. Si sa fuite soudaine de Corte après une dispute politique n'avait pas été son choix le plus immature et le plus irresponsable. Non seulement il avait perdu beaucoup d'amis, mais la vie d'agriculteur n'apportait rien des gratifications qu'il attendait. Pas de reconnaissance sociale, pas de rencontres affectives et, surtout, énormément de temps sur les routes ou dans l'exploitation. Peut-être que tout ce qui lui arrivait était une conséquence indirecte de l'accident qu'il avait provoqué ? Cette pensée le paralysa immédiatement. « Mais non, mais non, maugréa-t-il, ce n'est pas ma faute. » Il aurait aimé s'en convaincre. Même si François ne paraissait pas du tout au courant et que les informations qu'il avait lues dans le quotidien régional n'envisageassent aucun responsable en particulier, il s'inquiétait. Joseph l'avait peut-être reconnu, malgré les pleins phares. Il allait le dénoncer et ce serait la prison. Son cœur s'accéléra. Il essaya de contenir ses pensées. Joseph devenait peu à peu un souvenir coupable, comme si Lucien le reconnaissait parmi les clients du bar des chasseurs, comme si le souvenir du visage du pompier incarnait une faute que Lucien devrait payer un jour ou l'autre, car, même s'il n'aimait rien de la figure austère de son paternel et ne partageait pas ses opinions politiques, il était d'accord avec un principe essentiel et fondamental : tout se paie.

Entre Nice et Nantes
17 février 2016

Ils roulent toute la journée. Dans la voiture, le père de Cécilia ne voit rien des douze heures de trajet, des péages automatiques et de la longue ligne grise qui, espère-t-il, mènera sa fille aux portes de la guérison. Il est très inquiet. Tout le monde, à vrai dire, l'est dans l'habitacle et le silence qui règne en dit long sur les angoisses partagées.

Magali les accompagne. Sa mère a proposé de les héberger dans un petit appartement des quartiers sud, pas loin de l'hôpital où elle travaille. À elle aussi, ils doivent beaucoup : c'est elle qui a contacté le service, présenté le cas de Cécilia et obtenu dans l'institution l'une des rares places disponibles. Elle se tient prête à tous les recevoir. « Le temps qu'il faudra », a-t-elle dit. Ils ont d'abord refusé, par politesse, mais finiront par accepter, avec résignation, lorsqu'on leur annoncera que l'hospitalisation dépassera probablement les trois semaines. Ils veulent être là. Ils ont déjà été trop absents. Trop absents à une fille qui a été la consécration de leurs rêves inutiles, tant il est vrai qu'elle ne fut jamais une enfant à problèmes mais brillante à l'école, et qu'elle couronnait tout cela d'une étincelante beauté qui, malheureusement, n'avait jamais échappé à personne.

Depuis juin 2013, c'est autre chose. Depuis cette terrible nuit où on a blessé leur ange, sa chair fragile et son honneur, ils se sont réfugiés dans une forme de silence qu'ils jugent aujourd'hui complice. Tous deux se sont investis dans un travail qu'ils n'aimaient pas, parce qu'ils imaginaient, dans leur naïveté, qu'un soutien matériel pouvait compenser la distance physique qu'ils n'assumaient pas. Le père de Cécilia a accepté davantage de chantiers, il s'est même engagé au-delà de sa zone de prospection, ce qui l'a éloigné plus encore d'un foyer où il n'avait jamais brillé par une solide et véritable présence affective. Celle-ci aurait suffi pourtant. Cela aurait aidé Cécilia de savoir qu'une main consolante et affectueuse pouvait lui apporter autre chose que de l'argent de poche. De la même manière, sa mère s'est rendue plus disponible pour son travail, peut-être dans le but d'oublier le départ de sa fille, qui l'accablait. Elle se disait que c'était pour le mieux, puis Cécilia envoyait régulièrement de bonnes nouvelles, il n'y avait pas de raison de s'inquiéter.

Pendant ce temps, Cécilia ondoyait toute la journée dans son appartement dont elle effleurait à peine le sol de sa substance spectrale. Longtemps, elle a feint de s'intéresser aux autres, de ne pas se préoccuper exclusivement de son obsession douloureuse ; longtemps, elle a menti en affichant sur les réseaux sociaux des citations qui témoignaient du déroulement ordinaire d'une existence fictive dont elle était chassée. Seule Magali a compris, mais cela ne l'empêche pas, comme tous les autres occupants du véhicule qui s'avance désormais dans la ville de son enfance, d'être très inquiète. Ce qui ronge Magali, c'est la peur d'être arrivée trop tard, la longue hésitation qu'elle a manifestée avant de se rendre à la périphérie de Nice, un jour d'hiver absent à la lumière. Pourtant elle a été là, ainsi que le livre de Tobie en témoigne, mais elle ne connaît pas ce livre, comme elle ne connaît rien de l'existence des anges, auxquels elle n'a jamais songé en dehors des méditations oniriques qui ont bercé son enfance tranquille.

Ils s'approchent maintenant du centre Lou-Andréas-Salomé. Tout est prêt. La nuit est là depuis longtemps et la lune brille dans la noirceur âcre du ciel. Ils passent la soirée dans un hôtel à proximité et se rendent à la clinique dès la première heure. Magali est là, fidèle, et les parents de Cécilia savent, au fond, qu'elle connaît bien mieux leur fille qu'eux-mêmes. Cécilia n'a pas voulu prendre de petit déjeuner. Ils n'ont pas insisté. Désormais, ce n'est plus de leur ressort. Encore une fois, ils abandonnent leur fille, encore une fois, ils le regrettent, bien que le psychiatre responsable de l'unité leur répète les mots qu'ils ont déjà entendus au téléphone, tandis qu'ils la lui présentent telle une maigre offrande à un dieu dénué de miséricorde.

Dans l'unité, les infirmières passent en prenant garde à ne pas dévisager Cécilia. Elle n'a que peu de forces. Le psychiatre a les cheveux longs et un air dogmatiquement sérieux. Il observe Cécilia, sans la juger, sans porter sur elle ce type de regard auquel elle cherche à échapper depuis des années. Elle ne s'en rend pas compte. Plus rien ne l'affecte vraiment.

Elle répond de la tête. Magali lui tient le bras lorsqu'elles déambulent, soudées par un fil invisible qui les jumelle, à travers les longs couloirs bleu et vert du centre spécialisé. Cécilia découvre d'abord la salle de sport, dans laquelle une femme très menue tape de toutes ses forces un sac de frappe sous les encouragements d'une infirmière spécialisée. Elle visite ensuite l'atelier cuisine, dans lequel elle ne s'attarde pas, la salle de danse, où elle se perd dans la contemplation de détails – la couleur du parquet, la basse luminosité ou la présence de différents types de fleurs contrastant avec un décor sommaire auquel des jaillissements de teintes luminescentes ne peuvent pas grand-chose. Lorsqu'elle a terminé le tour de l'unité, tous se retrouvent dans le bureau du psychiatre, où ils discutent des modalités de prise en charge. Cécilia n'est pas à un stade critique. Il serait faux de dire que tout va bien pour autant, et le médecin tient à les avertir que la perte de poids peut encore se poursuivre. Tout le monde l'écoute. Le psychiatre parle d'une voix assurée et rassurante, bien qu'il ne promette rien quant à la possible rémission de Cécilia.

— Moi, je suis expert en troubles du comportement alimentaire, c'est mon métier. Mais vous, vous êtes parents et amie, c'est donc vous qui êtes experts en ce qui concerne Cécilia.

La bienveillance apparente de ses propos accroît la culpabilité sourde qui ronge les parents de la jeune femme.

On s'organisera de la sorte. La première semaine, Cécilia sera coupée de tout contact avec ses proches. Elle rencontrera nutritionnistes et addictologues. Elle fera, si possible, du sport, de la danse, et participera à divers ateliers de méditation, de cuisine ou bien d'écriture. Ensuite, elle pourra revoir ses parents et son amie. Elle obtempère. Il est difficile de dire si son consentement est celui de la faiblesse ou de la force, de savoir, en regardant son visage décharné, si Cécilia est toujours maîtresse de sa volonté. Les anges, eux, le savent, aussi ont-ils jugé inutile d'intervenir, ne pouvant rien ajouter à l'accomplissement souverain d'un désir de guérir si fort, que la maladie ne pourra plus borner. Ses mouvements deviennent difficiles et on l'emmène dans une chambre sur la porte de laquelle sera bientôt inscrit son prénom, en lettres colorées, comme si elle était une enfant, à côté de celui d'une autre qui deviendra pendant l'espace du séjour son amie – même si elle, à la défaite des miséricordes absentes, quittera bientôt cet enclos comme elle quittera la vie, et son nom la porte sur laquelle un papier indique simplement : *Thérèse*.

PARTIE IV

« Il faut que tu veuilles brûler dans ta propre
flamme : comment voudrais-tu redevenir
neuf si tu n'es pas d'abord devenu cendre ? »

Friedrich NIETZSCHE,
Ainsi parlait Zarathoustra

Village

On joua le jeu. On respecta la coutume en se levant tôt, en se parfumant abondamment pour l'occasion, on sortit en chemise et, pour la plupart, on avait chaussé les mocassins. Les lourds embruns de parfums de marque ne pourraient masquer l'absence de Battì, et l'apéritif de Noël aurait cette année le goût superficiel du mensonge. « C'est ce qu'il aurait voulu », disaient-ils pour se justifier.

— On n'en sait rien, rappela amèrement Gabriel. Il aurait sûrement voulu être vivant plus qu'autre chose, être parmi nous et bouffer des tonnes de charcuterie.

Raphaël baissa les yeux puis, conscient de sa faute, son frère s'excusa :

— Pardon, je ne suis pas vraiment remis.

À pied, ils arrivèrent devant le bar où Nico était occupé avec Justine à servir les premiers convives qui se bousculaient déjà devant le comptoir, lui prêtant plus d'attention que d'ordinaire, par compassion peut-être, ou bien pour être appréciés de la nouvelle venue. Tout le monde voulait la sauter. Elle n'avait pas trente ans et habitait la plaine.

Ils parlèrent peu de Battì et, en dehors des clients que des pulsions irrévérencieuses poussaient à fanfaronner au comptoir, ils étaient globalement assez gênés. Augustin était au whisky-glace depuis neuf heures du matin, il avait même attendu l'ouverture devant le bar. Quelques chasseurs discutaient et des billets trônaient entre des cendriers pleins.

— Je n'encaisse pas les tournées aujourd'hui, répondit Justine quand un homme, la quarantaine, demanda qu'on resserve tout le monde.

Après quelques secondes d'insistance, il annonça qu'elle devait considérer comme un pourboire la somme posée là. Autrement, les billets resteraient sur le comptoir jusqu'au moment où une âme, autre que la sienne, viendrait les en décoller.

Elle servit de petites bouteilles de Heineken aux frères Cristini et ils mimèrent une discussion ordinaire, comme si Battì était encore là, d'une présence de vif et de chair, alors qu'il n'existait plus que sur une gigantesque photographie en noir et blanc que Nico avait affichée au-dessus du comptoir. Battì avait remplacé le *Che*. Sa mort l'avait transformé en une sorte de héros. Nico refusait de resservir plus que de raison les gens qui prenaient la route et cela contraria l'humeur des poivrots les plus aguerris, qui gardèrent terrée leur rancœur.

— Que de la bière pour les jeunes! Et pas d'alcools forts, décréta-t-il à l'intention de la serveuse, qui déjà s'efforçait de mémoriser les coutumes de chacun, la dose de pastis, le nombre de glaçons et la marque dudit breuvage.

— C'est ce qu'il aurait aimé s'il avait été là, rappela Nico à Gabriel, qui se garda bien d'une réflexion outrancière.

C'était sûrement vrai, après tout, pour ce qu'on connaissait du pauvre Battì : il aurait adoré rire avec ses amis, manger de la charcuterie en buvant du pastis, plaisanter sur son taux anormalement élevé de cholestérol et tenter de sauter la serveuse avec une maladresse incroyable.

Nico évoqua ensuite ses projets. Il expliqua qu'il resterait fermé jusqu'à la nouvelle année – excepté pour le réveillon, à l'occasion duquel il comptait sur Justine pour un apéritif dînatoire. D'autres clients tendirent soudain l'oreille. Ensuite, le bar ouvrirait seulement le week-end, jusqu'à ce que, avec le temps, les choses aillent mieux. Gabriel n'avait jamais pensé que le temps pouvait être un allié, ou autre chose qu'une entité destructrice relevant à la fois des lois de la physique et de celles des corps, qui, dans leur soumission, cherchent à échapper à celui qui les dépossède d'eux-mêmes, de leurs souvenirs, et de leur peau qu'ils voient vieillir avant d'être affichés, en noir et blanc, au fond d'un salon froid et humide dans une éternité abstraite.

— Après, en août, on organisera un tournoi de foot en l'honneur du pauvre Battì, un mémorial avec les jeunes, dans lequel les équipes des villages s'affronteront. J'ai déjà commandé les affiches !

— C'est une bonne idée ! répondirent les deux frères.

Tout ce qui pouvait adoucir son deuil devait être entrepris. Nico expliqua qu'il n'était pas question de faire des sous sur le dos des morts et que, par conséquent, il était déjà en quête de plusieurs associations à qui il pourrait reverser la totalité des bénéfices de la paillote et des inscriptions. Il se demandait ce que le pauvre Battì aurait voulu, cherchait quelque chose de symbolique, qui ne trahirait ni sa mémoire ni son image – sans doute fallait-il l'avouer – à peine enrobée des ornements que lui donnaient son souvenir et, tamisée mais présente, la culpabilité qui rongerait toujours Nico et qu'il peinait à étouffer.

Gabriel restait à l'écart des autres convives. Il n'y avait pas plus de vingt personnes dans le bar, mais l'exiguïté du lieu lui donnait l'impression d'une foule compacte qui le mettait mal à l'aise. Depuis qu'il était malade, il évitait les endroits bondés. Augustin, parti pisser à quelques mètres du bar – puisque n'ayant jamais pu se résoudre à utiliser les commodités –, revint de la terrasse et s'avança vers Gabriel pour lui demander une énième fois s'il était désormais médecin ou avocat – les études supérieures concernant pour lui ces deux seules professions. Comme il le lui expliqua encore, autrefois, les notables du village partaient étudier à Nice ou Marseille, à l'époque où l'université de Corse n'existait pas.

Paul-Joseph passa boire un coup, salua ses fils en leur adressant une tape discrète sur l'épaule avant de leur demander s'ils n'avaient pas trop froid dans la maison et à quelle heure ils comptaient les rejoindre, lui, son épouse, sa propre mère et quelques cousins du Sud invités pour le réveillon de Noël. Ils répondirent qu'ils seraient là à six heures.

Ils quittèrent le bar un peu après midi et retournèrent se reposer dans le silence de la maison glacée. Avant de sortir dîner, Gabriel avala une larme de ce liquide bleuâtre dont il était coutumier, se demandant si cette prise n'obéissait pas plus à un rituel qu'à une nécessité. Il se justifia auprès de son frère en invoquant la présence des cousins, l'éternelle litanie des questions qui revenaient chaque Noël, le sapin sans surprise et les cadeaux aussi dispendieux qu'inutiles. Le cousin prof au lycée Fesch, son frère, les autres dont il confondait souvent les prénoms.

Lorsqu'ils portèrent le toast, Raphaël adressa, à l'image d'une homélie, un hommage sincère à la mémoire du pauvre Battì, qui, espérait-il, était mieux de l'autre côté tandis que, dans ce monde-là, son ami louait son caractère et la gloire tragique de son fantôme.

Village – Corte

12 février 2018

Le téléphone sonna. Depuis quelque temps, Gabriel considérait le plus simple appel comme la possibilité imminente d'une apocalypse. Après tout, son existence tournait autour de cet appareil. C'était par lui qu'il avait appris la mort de Battì, plus d'un mois après que ce dernier l'avait traité de tous les noms qu'il affectionnait. C'était sur cet écran qu'il restait des heures, laissant de côté les tas de notes brouillonnes dans lesquelles il se perdait pour contempler encore et encore le profil Instagram de Cécilia. Il lui laissait des cœurs, examinait, sur les photos qui s'affichaient par dizaines, soignées comme les icônes d'une église, chaque fragment de sa peau, les parures qui couvraient ses épaules, la finesse christique de sa silhouette, l'étonnante couronne de lumière dont la dévotion de Gabriel lui recouvrait toujours le visage.

Peut-être que Gabriel aimait une image, une forme superposée au visage de Cécilia, qui n'était pas elle. Peut-être que ce visage était un cheminement vers les formes pures telles que les pensait Platon, en dehors du monde, à l'abri de la contingence et des blessures du temps, du vieillissement des chairs et de la vanité des souhaits. La passion de Gabriel ne se dissipait pas, ou du moins stagnait-elle, sans s'amoindrir ni se fortifier. Dans la continuité de son non-avènement, l'amour de Gabriel était préservé de son échec aussi bien que de sa réalisation. Renvoyer un message à Cécilia, si longtemps après leur rencontre avortée, ne pouvait que l'exposer à une réponse définitive. Aussi ne dévoilait-il sa passion que partiellement, sans jamais prendre un risque qui aurait pu l'entraîner hors de l'équilibre intact de sa radicale solitude. Il veillait à ne pas laisser de *likes* à de trop vieilles publications, ce qui aurait révélé l'existence du culte secret et intime dont il gardait pour lui l'entière exclusivité. Il n'aimait pas trop en parler. Seulement à Raphaël, mais c'était différent. Lui ne saisissait pas la nature de la passion qui l'enveloppait. Il comprenait qu'au vu des circonstances de leur rencontre il n'était pas étonnant qu'elle trotte dans la conscience de Gabriel, mais elle ne devait pas devenir une obsession. La priorité était de soigner ses angoisses, et pour les femmes on verrait après. Ce n'était pas si important. Il n'avait pas vraiment tort.

Gabriel était encore sur Instagram quand il décrocha, non sans un frisson d'appréhension. C'était le rectorat de Corse. Ils avaient besoin de lui pour un remplacement au lycée de Corte. Très surpris par cet appel – il ne se souvenait pas d'avoir laissé la moindre candidature nulle part –, il posa une série de questions sur le type de classes qu'il aurait, le nombre d'heures qu'il assurerait, et s'imaginait déjà décliner la proposition.

En rentrant voir ses parents, il leur en parla comme si son refus était acté, mais fut surpris de constater à quel point sa famille le sommait d'accepter l'offre.

— Mais enfin, tu n'auras que deux classes, c'est vraiment une expérience, tu pourras savoir si l'enseignement est fait pour toi !

Gabriel se rendit compte que la remarque de sa mère était incontestable. Certes, il n'avait pas prévu d'être prof, au moins dans l'immédiat, mais en réalité il n'avait rien prévu du tout. Depuis sa première crise, il s'était isolé du temps qui passait et des menus événements qui rythmaient la vie et, se privant du présent, il se coupait de son avenir, sans voir que le temps, lui, continuait de s'écouler sur l'étendue fragile de ses rêves inaccomplis.

Puis Raphaël releva que c'était une chance de commencer à Corte. Non seulement il n'aurait pas à utiliser la voiture pour de longs trajets, mais en plus il pourrait concilier cette activité et l'écriture de son mémoire, qui, comme Gabriel venait de l'évoquer, avait bien avancé.

C'était vrai. Il n'y avait là aucune raison de paniquer. Cela représentait trois semaines de cours. Sauf si le remplacement était prolongé. Quelques explications de textes, des révisions pour le bac, voilà tout. Une expérience.

Il rappela le rectorat le lendemain.

Après une nuit d'angoisse et de sueur, où le sommeil ne se présenta pas, Gabriel avala deux cachets, se rinça le visage avant de se présenter devant les jeunes élèves de terminale.

« Tout s'est bien passé », raconterait-il un peu plus tard à une mère inquiète qui attendait de ses nouvelles.

Lupino - Aléria

8 mars 2018

Son téléphone avait vibré deux fois. Il le laissa de côté pendant qu'il caressait un morceau de shit de la flamme de son briquet. Il l'effrita pour le mélanger au tabac extrait d'une cigarette. Il renifla ses doigts, se servit d'un bout du paquet de clopes pour fabriquer un filtre artisanal et alluma son joint en laissant s'évaporer son esprit comme la fumée odorante qui se dégageait de la braise fragile, qu'il ravivait régulièrement en frottant la pierre du briquet. Il n'était pas tranquille. D'habitude, il évitait de fumer en journée. Mais en ce moment il avait trop de problèmes. Sa sœur ne voulait toujours pas lui adresser la parole et il avait souvent la migraine depuis que Marc-Ange lui avait bousillé le crâne à coups de crosse. Qu'est-ce qu'il lui voulait, à la fin ?

Il tira sur le joint, emplit ses poumons dans une inspiration rauque. Il souffla. Avec un peu de musique, il serait mieux. Il prit son smartphone, s'apprêtait à lancer l'application YouTube mais se rendit compte qu'une notification lui indiquait deux appels en absence. Il appuya sur l'icône, avant de tirer une grande latte. Deux appels manqués de Marc-Ange, pas de message. C'était la merde. Il commença à transpirer, réfléchit un instant et le rappela. Marc-Ange décrocha.

— Malik, mon ami, pourquoi tu ne me réponds plus ? Tu as peur de moi ou quoi ?

Il rit doucement.

— Non, Marc-Ange, j'avais pas vu, c'est tout.

— Il faut que tu sois à Casamozza dans une heure, on va rendre visite à un ami.

— Ça marche.

Marc-Ange raccrocha.

Malik ralluma son joint, ôta de son pull une boulette de shit et enfila des baskets. Il prit sa sacoche, y glissa un peu de liquide et se dirigea vers la salle de bains. Il souleva le couvercle de la chasse d'eau, récupéra un sac plastique et saisit un petit calibre à l'intérieur. Il demeura un instant songeur, puis rangea le flingue avant de souffler, jeter son joint dans la cuvette et tirer la chasse.

Il sortit sur le parking, salua quelques visages familiers et monta dans son Audi. Il démarra en trombe avant d'accélérer sous les acclamations de quelques gosses du quartier. Il salua Racim, occupé à peindre une nouvelle figure abstraite à la bombe. Il n'eut pas le temps de voir ce que c'était. La radio s'était mise en route automatiquement et il écouta quelques morceaux de rap français en rejoignant la nationale. Malik ne savait pas vraiment où il allait ni ce qu'on attendrait de lui. Il passa par l'ancienne route pour éviter les radars.

Il arriva vingt minutes plus tard. Marc-Ange était déjà là, au volant d'un SUV flambant neuf aux vitres teintées, garé devant une boulangerie. Il téléphonait.

Malik eut un haut-le-cœur en voyant son visage. Il ne put réprimer un tremblement léger qui, espérait-il, n'avait pas été remarqué par Marc-Ange. Ce dernier baissa la vitre, tendit un billet de vingt euros à Malik, qui resta stupéfait.

— Prends-moi un Coca et un croissant et prends ce que tu veux pour toi.

Malik saisit le billet, entra dans la boulangerie, où il commanda deux Coca et deux croissants, et revint sur le parking où Marc-Ange lui demanda de prendre la place du conducteur.

— Mais d'abord on mange.

Il sortit de la voiture en expliquant qu'il ne fallait pas saloper l'intérieur, elle était neuve. Ensuite, il précisa la mission : il avait besoin que Malik vienne avec lui voir un ami et rencontrer un agriculteur pour une histoire de papiers. Rassuré, Malik jeta sa canette. Ils se débarrassèrent des sachets de croissants avant de monter à bord. L'habitacle puait le parfum. Malik s'installa côté conducteur en demandant la destination.

— Aléria.

Il démarra le véhicule, roula prudemment en écoutant les commentaires de Marc-Ange sur la circulation.

— Tu sais, on est à peine en mars, Malik, et je trouve notre île moins triste que d'habitude. Moi, je suis pas comme les nationalistes, qui n'aiment pas les touristes. Pour moi, c'est comme s'ils apportaient un peu de soleil, en nous évitant de nous enculer entre nous.

Malik restait silencieux. Il avait un mauvais souvenir de la dernière réponse, il sentait un piège. Marc-Ange reprit, en le regardant avec insistance :

— On va pas s'enculer entre nous, hein, Malik ?

Malik serra les dents. Il reprit doucement son souffle avant de murmurer timidement :

— Non, non, on s'encule pas entre nous, Marc-Ange.

Marc-Ange s'esclaffa, ce qui fit bondir Malik.

— Moi qui croyais que dans ton peuple on n'aimait pas trop les sodomites..., poursuivit-il avec perfidie.

Il continua à parler des affaires, de la météo, de la pêche en mer, de son goût pour la myrte comme si chaque sujet l'exaltait totalement, avalant de temps à autre une gorgée de Coca. Puis il fouilla dans la boîte à gants, en sortit une paire de lunettes de soleil qu'il tendit à Malik.

— Mets ça, c'est plus discret ; les vitres teintées, c'est qu'à l'intérieur.

Malik obéit en se posant une myriade de questions. Marc-Ange lui ordonna de se garer à proximité d'un bar de chasseurs. Il prit dans la boîte à gants une arme qu'il glissa dans la sacoche de Malik. Ce dernier n'eut pas le temps de protester avant que l'autre le rassure.

— Ne t'inquiète pas, on va tuer personne, on n'est pas des tueurs, nous, on est des hommes d'affaires.

Le visage de Malik devint blanc. Il se sentait paralysé, sa migraine reprenait de plus belle.

Ils sortirent du véhicule et s'assirent à la terrasse du bar. Marc-Ange commanda deux cafés. Un homme se joignit à eux. Avec son costard, Malik le reconnut immédiatement. C'était lui qui était à Corte le jour où Marc-Ange lui avait défoncé le crâne. Il resta sur ses gardes.

L'homme fit la bise à Marc-Ange, puis lui tendit une main que Malik serra, avant de s'asseoir avec eux.

— Je te présente Paul-Toussaint, Malik. Dans la région, c'est lui le chef.

Et, se tournant vers l'homme :

— Alors, tu lui as parlé ?

— Non, pas depuis qu'il s'est barré du syndicat. On s'était pris la tête et depuis c'est difficile. Mais je vais trouver un moyen. J'ai mis mon cousin sur le coup. Je dois le voir bientôt, pour l'inauguration d'une annexe de la bibliothèque.

Malik ne comprenait rien. Il n'était pas coutumier de politique, moins encore de bibliothèques, et ce qu'il voyait avait l'air de sortir directement des méandres de son esprit malade.

Marc-Ange se leva.

— On va aller discuter un peu avec lui.

— Faites pas les cons.

Marc-Ange rougit, ses veines bleues commencèrent à affleurer sur son crâne, puis il revint soudainement au calme et répondit :

— Mais enfin, tu nous prends pour des sauvages, Paul-Toussaint ? Est-ce que j'ai l'air d'un putain de sauvage ?

— Non, non, du tout, répondit ce dernier en s'éloignant vers sa voiture.

Malik remonta dans le SUV et attendit les ordres. C'était ça, le problème. Le spectre de sa liberté était désormais réduit au bon vouloir de Marc-Ange et, seul, il était tombé dans un engrenage qui ne s'arrêterait pas.

— Prends l'embranchement à la sortie, vers la plage.

Malik démarra, Marc-Ange remonta dans la voiture, et ils disparurent à l'horizon.

Depuis qu'il était de retour en plaine, Lucien avait investi le terrain que lui avait cédé son oncle, sans que ce dernier trouvât jamais à s'en plaindre. Malgré l'acte qui attribuait la propriété à Lucien, il demeurait surprenant que le vieil homme admette si facilement les règles notariales quand celles du sang n'avaient jamais eu pour lui la moindre importance. L'oncle lui avait même charitablement laissé quelques vaches, auxquelles François avait ajouté une dizaine de bêtes, qu'il remorqua lui-même.

Il les avait acheminées en bétaillère jusqu'à Aléria. Cela représentait une trotte. Dans la mesure où il ne descendait pas en plaine même pour acheter son pain, l'effort était considérable. Lucien possédait donc, non loin des vignes et des arbres fruitiers de sa famille, une trentaine de vaches à viande qui broutaient désormais dans un domaine avec vue sur mer. Il avait récupéré un hangar vétuste qu'il avait aménagé. Il avait changé les tôles les plus rouillées, passé un coup de tuyau d'arrosage et, depuis, il y entreposait le foin et le matériel dont il avait besoin.

Lucien était soulagé que François ne connaisse pas tous les détails de l'accident. D'après le quotidien régional, les analyses avaient démontré que le dénommé Battì roulait à près de quatre-vingts kilomètres-heure. On l'avait retrouvé en contrebas de la route, dans la carcasse de la voiture, où il gisait sous la pluie naissante, en compagnie de deux autres corps broyés. Les résultats étaient sans appel. Le conducteur était ivre, son alcoolémie avait été évaluée à deux grammes par litre de sang. On avait aussi trouvé des traces de cocaïne dans le sang des trois victimes. Ce n'était donc pas, a priori, la faute de Lucien si la voiture avait dévié pour s'écraser quelques mètres plus bas. Avec ou sans vache, il y avait fort à parier que personne ne serait jamais revenu de cette soirée. Le drame constituait une preuve – s'il en fallait une – des ravages que causait la drogue sur la jeunesse et de la nécessité urgente de régler politiquement la question des dealers et des fils de pute qui étaient les seuls vrais responsables de cet accident.

Pourtant, Lucien ne décolérait pas. Il en voulait toujours à François, quoique les marques d'affection que son cousin lui avait témoignées l'eussent entraîné malgré lui vers une forme hybride de pitié. Peut-être Lucien jalousait-il l'ignorance de François ? Il existe, dans toute forme de vérité, une culpabilité inhérente à la connaissance qui, en révélant au monde un fragment de ce que l'on ignore, rend ce dernier chaque fois un peu plus insupportable. François n'avait pas remarqué qu'il manquait une vache au cheptel. Il arrivait souvent que l'une d'entre elles s'égare au milieu du maquis, s'écorche le flanc et disparaisse sans que personne s'en inquiète. Le problème ne relevait donc pas de la responsabilité de Lucien. Mais les explications les plus raisonnables ne l'empêchaient pas de se sentir coupable, d'autant plus qu'il avait achevé la génisse blessée et lui avait arraché l'oreille pour récupérer son étiquette, ce qui donnait à l'acte un air de confessions rédigées. Il n'avait pas recroisé Joseph depuis, mais la peur d'être convoqué un jour à la gendarmerie continuait de lui brûler les entrailles.

Il y avait probablement une enquête en cours, ce ne serait qu'une question de temps.

Lucien siffla son chien, qu'un chasseur de la région lui avait offert. Il renforça une clôture avec un barbelé supplémentaire. Ainsi, jamais plus une vache n'aurait la sombre idée de s'aventurer au-delà de l'espace clôturé du raisonnable, qui s'arrêtait à une centaine de mètres de la plage. Lucien se sentait lourd. Il était fatigué et le soleil lui tapait sur le crâne. Il n'y avait pas que le travail physique qui l'épuisait. Quand il rentrait chez lui, il passait des heures au téléphone avec des organismes agricoles où sévissaient souvent un tas d'incompétents qui lui réclamaient systématiquement l'envoi d'un document probablement déjà expédié. Il était mieux loin du cousin François, mais la somme de responsabilités individuelles lui incombant l'écrasait d'un poids qu'il avait du mal à supporter.

Pris dans ses pensées tumultueuses, il n'avait pas remarqué que deux hommes étaient appuyés sur sa barrière, les bras croisés, l'observant pendant qu'il s'appliquait à renverser des bottes de foin du haut du plateau de son pick-up. Les ballots étaient lourds et la ficelle lui sciait les doigts. Il commençait à faire chaud. Les abreuvoirs seraient bientôt vides. Il se tourna pour prendre une nouvelle botte et remarqua enfin la présence des deux silhouettes immobiles. Instinctivement, il leva la main pour les saluer. Il n'eut pas la politesse d'une réponse. Ne s'interrogeant pas outre mesure, il continua à jeter ses ballots. Il pensait toujours à Joseph et se retourna sur les deux personnes qui le scrutaient. Leur attitude était étrange, même pour des touristes. Puis il ne voyait ni téléphones ni appareils photo qui auraient pu signifier un intérêt quelconque pour son troupeau. Les vaches divaguaient dans l'étendue immense d'un horizon que la mer étouffait. Lucien se rendit compte que les deux individus se fichaient des bovins et le fixaient avec une incorrection qui frôlait le voyeurisme. Il se mit à trembler. *Les gendarmes!* Il devait se calmer. Les gars n'étaient pas en tenue et, si ç'avaient vraiment été des gendarmes, ils n'auraient pas hésité à s'approcher. Il jeta un dernier ballot de foin depuis son Land Rover et sauta sur le sol. Il marcha vers les ombres. S'approchant de la clôture, il constata que les deux personnes qui le scrutaient n'avaient pas, à proprement parler, l'air de touristes. Au contraire, au premier coup d'œil, il eut la certitude d'être confronté à des insulaires, ce qui redoubla sa suspicion. Les types étaient plutôt grands, vêtus de vêtements de marque et de chaussures dont le prix suggérait qu'ils évoluaient loin des pâturages de merde. Ils portaient des lunettes de soleil, l'un paraissait plus timide et réservé que l'autre.

Lucien s'avança poliment pour demander :

— Bonjour, je peux vous aider ?

L'un d'eux puait le parfum. Le second était un jeune Marocain. Lucien le regarda de travers. Aucun des deux visages ne lui était familier. Le premier prit la parole en fixant le pâturage et le hangar, sans se soucier le moins du monde de son interlocuteur.

— Vous avez de belles bêtes, dit-il en retroussant légèrement sa manche, ce qui fit apparaître le bracelet de sa montre.

Lucien remarqua, alors qu'il cherchait les yeux de cet homme long au crâne rasé et à la barbe naissante, la présence d'un SUV aux vitres teintées garé à l'ombre d'un arbre à quelques mètres de la départementale. Il n'avait plus peur de Joseph et ne craignait plus son éventuel témoignage. Il s'adressa à l'homme caché derrière de larges lunettes noires.

— Qu'est-ce que vous me voulez? demanda-t-il en perdant son sang-froid.

— En voilà une manière de s'adresser à des associés, répondit l'homme en s'appliquant à ne pas le regarder.

Il désigna du doigt le SUV au Marocain, qui alla chercher une grande feuille enroulée sur la plage arrière du SUV. Le rasé déroula le plan devant Lucien. Il était là pour un renseignement : on lui avait donné son adresse au bar et indiqué qu'on le trouverait plus facilement ici.

— C'est vrai, répondit Lucien.

— Monsieur Costantini, donc.

— Oui.

Le type s'avança vers Lucien en pointant de l'index le plan cadastral.

— Alors voilà, si je me trompe pas, les parcelles D.139 et D.141 vous appartiennent depuis peu.

— Oui, c'est celles-là.

Lucien indiqua du doigt la surface qu'elles recouvraient et précisa qu'il était sûr de lui car il exploitait depuis peu ces terrains, qu'un oncle venait de lui céder. L'homme l'écoutait attentivement. Il informa Lucien qu'il comptait acquérir prochainement les deux parcelles voisines et les montra du doigt sur le cadastre. Il avait besoin de connaître précisément les limites des propriétés.

— Vous êtes agriculteur ? demanda Lucien.

Le rasé feignit d'ignorer sa demande.

— Homme d'affaires conviendrait mieux. J'ai des projets, de quoi redynamiser un endroit qui, vous en conviendrez, manque cruellement de gaieté.

— Ce sont des terrains agricoles, répondit fermement Lucien.

Il n'avait pas peur d'affirmer ses convictions à des inconnus. Il ne pensait plus à Joseph et était entièrement rivé aux paroles de l'homme dont le crâne luisait au-dessus du plan cadastral.

— Cela ne vous intéresserait pas de participer au développement économique de l'île ? Il y a beaucoup de possibilités ici, vous savez.

— Ce sont des terrains agricoles, répéta Lucien en lui coupant la parole.

Son chien s'approcha et resta sur ses gardes. Il s'installa à ses pieds pour surveiller les deux inconnus.

Le Marocain recula à la vue du *cursinu*[1]. Il n'avait pas dit un seul mot. Il était resté placide. Probablement inquiet, se dit Lucien.

L'homme devant lui était parfaitement calme. Il reprit son discours, parla de mirobolants bénéfices économiques, de la nécessité de ne pas laisser cette région devenir un trou à rats et d'une certaine forme de « marche vers le progrès » qu'il

_____

1. Race de chien corse.

fallait accomplir en s'associant au projet. Lucien répondit froidement. Il n'avait pas d'associés et n'en voulait pas. Ce qu'il voulait, c'était exercer une activité agricole, et quoi qu'il en soit le PLU[1] ne pouvait pas être transformé d'un coup de baguette magique. Il y avait la loi Littoral[2], le Padduc[3] aussi.

En s'efforçant de lui expliquer l'ensemble des contingences administratives, Lucien pensait convaincre son interlocuteur que ses projets de spéculation immobilière relevaient du fantasme. Ce ne fut pas le cas. L'homme le toisa d'un regard condescendant et d'un sourire narquois. L'autre était de plus en plus absent. Lucien se demanda s'il était camé mais il ne voyait pas ses yeux derrière les lunettes, et ses mains restaient solidement attachées à la sacoche qu'il portait autour de la taille.

Il existe des moments où, en un instant que commande le ciel, les langues se figent et chacun contemple l'autre dans le silence. Lucien voulait des explications, mais ne posa pas de questions. Le silence était lourd, gênant. *Un ange passa*, aurait-on pu dire. Or les anges ne passaient pas devant le regard de Lucien toisé par un étrange inconnu devenu silencieux. Il est dit, dans les saintes Écritures, qu'un ange gardien préside à notre destinée mais que, pauvres que nous sommes, nous ne le voyons pas se manifester sous les auréoles célestes d'un éclat de lumière.

---

1. Plan local d'urbanisme.
2. La loi empêche de construire à proximité du littoral, en dehors des espaces urbanisés. Elle prévoit aussi l'interdiction de bâtir dans une zone de cent mètres avant la mer.
3. Plan d'aménagement et de développement durable de la Corse.

Lucien finit par briser le silence.

— Mais qu'est-ce que vous me voulez, à la fin ?

— C'est un joli terrain que vous avez là. C'est vraiment dommage de le consacrer exclusivement à des bêtes qui n'ont pas conscience de leur chance.

Puis, comme s'il s'agissait de la fin d'une tirade, d'un long soliloque donné dans un théâtre sans âme, l'homme se retourna et partit, sans rien attendre de Lucien. Il avait réenroulé son plan rapidement ; il claqua des doigts et le Marocain le suivit sans la moindre contestation, légèrement tremblant, peut-être nauséeux.

Lucien se repassait le dialogue pendant que les deux silhouettes s'éloignaient vers le SUV. Il s'agenouilla et laissa son chien lui lécher le bout des doigts. Puis, comme pour le rassurer, il lui expliqua en chuchotant qu'il ne fallait pas avoir peur, que c'étaient juste deux types bizarres avec beaucoup d'ambition, à l'image d'une belle poignée d'enculés dont l'île ne manquait pas. Le véhicule démarra et s'en alla doucement sur la piste de terre, rejoignit la route départementale avant de s'évanouir dans la circulation.

Lucien se releva, siffla son chien et s'approcha du pick-up. Il sortit un vieux paquet de cigarettes de sa boîte à gants. Il se servit d'un briquet, profita des bouffées consolatrices et prit son téléphone pour appeler Paul-Toussaint. Il était sur messagerie.

Quand Lucien s'était disputé avec Raphaël, Paul-Toussaint avait pris parti pour ce dernier. Il ne voulait plus entendre parler de violence ni des mouvements clandestins. Il n'avait pas de nouvelles de lui depuis qu'il avait quitté

Corte. Il se débrouillerait pour le croiser à Aléria. Il remit un peu d'eau pour les vaches et monta dans le pick-up. Arrivé au bar des chasseurs, il commanda une pression, qu'il but en regardant les voitures défiler. Le fantôme de Joseph était chassé, sa culpabilité aussi. Il pensait à son visiteur. Il n'avait pas été menaçant et il puait le parfum. Mais il était bizarre. Impoli, prétentieux, mais surtout *bizarre*. Il n'avait pas laissé son nom. Quand il demanda à la serveuse si quelqu'un était venu glaner des renseignements à son propos, elle lui répondit que non, et pourtant elle était seule au bar. C'était *bizarre*. Une forme de présence irrationnelle et mystérieuse. Lucien s'inquiétait. Il s'interrogeait sur cette étrange *association* que l'homme voulait sceller. Loin d'une entraide entre deux parties dans un échange objectif librement consenti, Lucien lisait derrière ce mot menteur l'expression « pression mafieuse » qui ornait depuis des années les unes de la presse nationale et du quotidien insulaire. Il n'était sûr de rien ; c'était juste un mauvais pressentiment. Ils avaient bien le profil de ce genre d'enculés. Un mafieux et un Arabe de merde aux allures de *muzzu*[1].

Il alla dîner chez ses parents. Il ne raconta rien de cette rencontre. Il exagérait, c'était peut-être seulement un gars *bizarre* qui voulait un renseignement. Il ne fallait pas devenir parano. Dans la maison familiale, il écouta son père parler de ses différentes activités, du prix d'excellence qu'il avait obtenu grâce à la cuvée qui portait le nom de son fils, de la distance que ce dernier avait prise en se consacrant à

1. « Larbin ».

une activité qui ne rapportait rien. Lucien ne sourcilla pas. Il avait l'habitude d'être rabaissé par son père, de même que par les portraits qui ornaient les murs et le toisaient avec condescendance. Il n'entendait plus ses remarques. Il savait bien que la plus grande ambition du monde n'aurait pas suffi à combler son père et, quand bien même sa réussite l'aurait ébloui, il risquait davantage de le rendre jaloux plutôt que fier. Alors Lucien préférait fermer sa gueule. Son père était vendu au clanisme et sa réussite ne pourrait atténuer cette tache que Lucien considérait comme indélébile. Le clientélisme était probablement la plus grande plaie de l'île et empêchait toute forme d'émancipation politique. Si ses visiteurs avaient croisé son père, aucun doute qu'ils auraient trouvé un accord avec lui. Cette pensée le dégoûta. Il repoussa son assiette encore pleine d'un joli morceau de viande, ne termina pas le verre dont l'alcool portait son nom et quitta la table sans dire un mot, malgré les protestations de son père - litanies proférées par une entité qui n'avait depuis longtemps plus rien de respectable.

Nantes

On allonge Cécilia, on lui apporte quelques fruits minuscules qu'elle examine, on pose à côté d'elle un plateau qu'elle n'aurait pas la force de tenir si elle le voulait. Elle est toujours absente. Sa présence physique, qu'atteste l'enveloppe décharnée qu'elle habite de plus en plus difficilement, est couverte de draps blancs du fond desquels elle entend à peine les recommandations du personnel. Lorsqu'elle essaie de réfléchir, son cerveau semble privé de substance et n'arrive plus à rendre lisible la totalité du réel. Comme elle, la réalité s'évapore dans un rêve diurne, ses mouvements sont pareils à ceux de ses songes, les formes deviennent mouvantes et spectrales, et le monde onirique qu'elle voit ne dit rien du poids de ses tourments ou de la pesanteur intime qui la relie difficilement à l'existence.

Elle considère longtemps son plateau avant de reconnaître les fruits secs qui semblent n'exister que provisoirement, comme s'ils allaient disparaître dès qu'elle refermera les yeux. Des noisettes. Les mêmes que chez *Missia*, qu'elle ramassait par paniers entiers lorsqu'elle était encore une princesse pleine d'énergie. L'infirmière la regarde avec un air compatissant. Elle prend les fruits, qu'elle avale avec beaucoup de difficultés. Des aigreurs torturent son estomac et, si elles n'ont que peu de goût, ces noisettes lui évoquent un cheval de Troie posté aux portes de son temple de chair. Il y a, à Troie, l'histoire de ce cheval que tout le monde connaît. À Turin, il n'y eut qu'un fou et un cheval sanglé que l'on avait battu, mais personne ne sut rien de son sort.

Une nutritionniste vient ensuite à son chevet et discute longtemps avec elle. Elles se voient quotidiennement. Ensemble, elles ont établi une liste d'aliments déconseillés et d'autres moins dangereux, calculé le nombre de calories qu'elle a l'habitude d'ingérer et planifié les étapes qui lui rendront l'appétit. Dans un premier temps, il s'agit principalement de se concentrer sur le goût des aliments, qu'elle mange à la main, sans les artifices polis introduits par les rituels de la civilisation. D'une certaine manière inutiles, ils sont au nombre des ornements mensongers adoptés pour éloigner les humains de la bassesse de l'instinct, de la force brutale de la chair et de leur violence séculaire.

Elle prend de ses doigts de petits légumes qu'elle mâche à un rythme très lent, détaille le goût qui se répand dans sa bouche et sur son palais fragile, qui, espère-t-elle, ne se sentiront pas souillés par cette barbarie. Son estomac continue de brûler, les haut-le-cœur lui serrent la gorge et l'acidité se mêle aux aliments dont elle redécouvre à peine la saveur véritable.

Il faudra du temps, mais elle est sur le bon chemin. L'équipe médicale est d'ailleurs de plus en plus confiante.

Cécilia semble véritablement motivée. Elle veut guérir et reprend des forces.

Pendant quarante jours, elle voit différents spécialistes, participe à l'atelier danse, où elle se sent voler tel le cerf-volant qu'elle prenait tant de plaisir à contempler autrefois dans le ciel des Sanguinaires, suit rigoureusement chaque conseil, et résiste à la tentation de se laisser engloutir par le rêve, la légèreté brumeuse à laquelle elle s'abandonne parfois et qui, dans un murmure étouffé, la somme de disparaître. Elle participe à des ateliers plus fréquemment, découvre la méditation. Assise en tailleur, elle écoute son cœur battre, est attentive aux conseils que lui prodigue une jeune femme sur sa respiration, est ouverte aux vertus thérapeutiques de l'exercice qu'elle ressent mieux de jour en jour. Ce n'est pas le nirvana, et Cécilia n'est pas devenue une brahmane mais, renouant avec elle-même, elle retrouve du plaisir à habiter son corps, sa première maison, comme si, auparavant, elle était restée prisonnière d'une cellule circonscrite à l'extérieur de sa peau.

Bientôt, elle aura des permissions pour aller passer le week-end avec ses parents, restés chez la mère de Magali, elle-même repartie à Nice depuis peu. Elle cuisine un peu, plutôt des légumes et du poisson, évite la viande, qui lui répugne. Cécilia connaît encore des cauchemars dont elle ne sait chasser les ombres, se lève souvent épuisée, à croire que le sommeil lui coûte davantage d'énergie qu'il ne lui en donne. Elle n'a pas encore réglé son problème avec les forces de la nuit. Parfois, elle réveille sans le vouloir Thérèse, qui lui dit qu'elle parle dans son sommeil et raconte des choses bizarres à propos de coupables, de prophéties et de visages perdus. «Une autre aurait peur, mais moi, ça me rappelle *L'Exorciste*, tu sais, le film.»

Elles discutent souvent. Thérèse a l'âme d'une enfant. Elle se trouve à un stade de la maladie bien plus avancé que Cécilia, et son visage s'efface peu à peu, bâtissant le chemin de sa perte dans ses joues creusées. Elle blague et rit beaucoup, mais peut aussi se murer pendant des heures dans un silence lourd et contemplatif. «Elle manque d'énergie», se murmure Cécilia, qui ne se risque pas à poser la moindre question qui paraîtrait à la maigre silhouette extravagante ou outrageuse. Elle lui promet que, quoi qu'il arrive, elles se reverront quand elles seront sorties du centre. Son amie se fige dans un sourire sans lui répondre. Il est arrivé, comme le lui a raconté une fois l'infirmière, que Thérèse se lève pendant que Cécilia était absente, et verse le contenu de sa sonde dans un lavabo. C'est très dangereux. Cécilia ne veut pas prendre le risque de la blesser, et ne lui en a jamais parlé. Pourtant, cela n'aurait pas contrarié Thérèse. Elle semble ailleurs, sur la voie d'une extase ou d'une purification. Même les analyses d'urine et l'électrocardiogramme quotidiens ne la gênent pas. C'est une force que possèdent ceux qui fuient, ou entrent sur les chemins de la perfection.

Il est l'heure. Les infirmières viennent les chercher pour les accompagner à ce qu'elles appellent la confrontation. Elles sont poussées dans un fauteuil roulant, bien que Cécilia prétende avoir la force de marcher. Elles sont réunies au centre d'une salle immense. Cécilia est maintenant assise en cercle avec d'autres patientes, dont elle ne peut que constater l'effroyable maigreur cachectique. Chacune détaille son parcours. À sa droite, Thérèse pleure beaucoup. Elle raconte l'histoire de son père qu'elle hait, qui lui a dit, alors qu'elle n'avait encore que dix ans, qu'elle était grosse et qu'elle s'habillait comme une pute. Ses années d'adolescence ont été catastrophiques. Elle a ensuite rencontré un garçon dont elle est tombée amoureuse et qui a profité de sa naïveté pour diffuser des photos d'elle nue au collège. Certains clichés sont coupables sans afficher le visage du traître. Elle est ici depuis plusieurs années. Elle a tellement maigri que ses dents se déchaussent mais elle regarde encore l'assemblée en disant qu'elle est grosse, qu'elle se trouve moche, matérialisant chaque instant la haine d'un père absent et d'un amour adolescent qui ne la méritent pas.

Cécilia pleure, cherche en elle la force de sourire tandis qu'elle regarde Thérèse, son visage décharné, ses larmes qui coulent sur la maigre surface d'où émanent les forces précaires d'une existence condamnée.

Après cet épisode, Thérèse reste longtemps silencieuse. Un matin, au réveil, Cécilia ne comprend pas immédiatement quand elle ne voit pas son amie dans le lit médicalisé face au sien. Elle pense qu'elle a rejoint un atelier. Elle s'effondre quand l'infirmière lui annonce qu'elle ne reviendra pas. Très bientôt, on effacera son nom et il n'y aura plus que celui de Cécilia affiché en couleur sur la porte. Pour d'autres raisons, ce dernier n'y restera pas.

Corte

Lelia n'attendait plus rien. Ni excuses de son frère, qu'elle trouvait particulièrement têtu, ni un message de Raphaël, dont elle laissait l'image s'évaporer et se nicher derrière d'intenses et ultimes exégèses de textes philosophiques. Elle pensait que si elle remplissait son esprit de citations d'auteurs morts s'immiscerait en elle suffisamment de brume pour chasser les souvenirs de Raphaël, de ses messages et de ses promesses, et les transformer en de lointaines lettres fanées. Elle passerait bientôt les écrits. Le stress montait. Les épreuves auraient lieu à Ajaccio, où elle pourrait bénéficier de l'hospitalité d'une camarade. Elle avait de plus en plus de mal à dormir, et accumulé une fatigue que l'on voyait imprimée sur son visage, sous d'épais cernes noirs qu'elle ne maquillait plus. Elle digérait difficilement.

Il n'y avait plus cours. La plupart des étudiants étaient rentrés dans leur famille pour profiter d'un soutien psychologique dont Lelia ne jouissait pas. Ses parents n'avaient jamais manifesté le moindre intérêt pour ses études, se contentant de la féliciter timidement, chaque année, en juin, dans l'accomplissement d'un parcours auquel ils ne reconnaissaient qu'une utilité abstraite. Elle avait appris à gérer sa vie. Le linge, les factures, la préparation de plats digestes et rapides, l'organisation méthodique et la planification de son agenda existentiel.

Elle vérifia, comme chaque matin, qu'elle emportait le nécessaire, jeta un œil sur sa silhouette devant le miroir de la salle de bains et se dirigea vers la bibliothèque universitaire. « Le temps est précieux », se disait-elle. Dans le hall central, après avoir ingéré le café qui l'aiderait probablement à trouver la force de relire une nouvelle fois ses notes qu'elle connaissait sur le bout des doigts, elle s'avança vers l'ascenseur, discutant, sur un groupe WhatsApp de la promo, des sujets qui pourraient tomber.

À l'étage, elle découvrit, stupéfaite, la présence de nombreuses personnes dans l'entrée gigantesque : non seulement des politiques, mais aussi des journalistes. Une femme parlait dans un micro et, d'après ce que Lelia entendit, il s'agissait de l'inauguration d'une nouvelle aile de la bibliothèque. Lelia pensa qu'ils auraient pu organiser ça ailleurs, au rez-de-chaussée – ce n'était pas la première fois que cela l'énervait – et continua de marcher avant de tourner le regard vers deux silhouettes en costume dont les journalistes tiraient le portrait. Lelia fixa un des visages comme si, à la distance où elle se trouvait, elle avait besoin d'une légère concentration pour que s'imposent les traits à son esprit embué par l'intensité de sa fatigue.

Son cœur brûle. C'est Raphaël ; c'est Raphaël en costume, ici, juste là, à quelques pas à peine et ce qu'elle a chassé des mois revient soudain en elle avec la puissance d'un ouragan. Des souvenirs, des rires et des parfums qui, d'un seul tenant, embaument sa conscience et jaillissent d'autrefois. On pense que le temps passe et que la succession des jours annihile ce qui semble révolu. Or il existe en nous une horloge interne, un mouvement à bascule qui, s'il est enclenché, nous précipite là où les lignes du temps n'ont plus droit de cité, vaincues par la force intime de la mémoire.

Lelia ne sut pas si Raphaël avait croisé son regard, si ses yeux aussi s'étaient brûlés dans la contemplation de ses traits, si ses tempes vibraient aussi fort que les siennes et si son fonctionnement interne s'en trouvait ébranlé. Elle contourna aussi discrètement que possible l'assemblée, ne se risqua pas à tourner la tête dans l'espoir d'éprouver une nouvelle fois le palpitement cardiaque d'un plaisir coupable et se dirigea vers la table où elle avait ses habitudes, à laquelle était déjà assise une probable étudiante en médecine, à en juger par les papiers éparpillés et les dessins anatomiques. Lelia demanda poliment si la place était libre, ce que la jeune femme confirma. Elle s'installa, sortit son ordinateur et ses fiches et mit dans ses oreilles deux boules Quies afin de s'isoler du tumulte ambiant de l'entrée, des invités qui célébraient, en plaisantant autour d'un fastueux buffet, l'inauguration de l'aile du bâtiment qui serait rendue accessible aux étudiants dans l'après-midi.

Parmi eux, Raphaël avait remarqué la présence de Lucien, que les circonstances imposaient de saluer. À vrai dire, il s'était demandé ce qu'il foutait là. Plus d'un an sans être inscrit à la fac rendait cela mystérieux. Peut-être qu'il continuait à s'occuper des affaires de son syndicat, en remplissant le rôle d'un consultant fantôme. Raphaël ne comprenait pas la raison de sa présence. Il eut l'impression que Lucien se sentait étranger. Il avait changé. En renonçant au statut étudiant, Lucien avait congédié sa propre personne, ou son apparence adolescente. Son visage avait vieilli, il ne se tenait plus de la même manière. Il était plus mesuré dans ses propos, plus musclé, mais aussi plus voûté – Raphaël ne l'aurait pas reconnu si d'aventure il l'avait croisé autre part, sans l'obligation, comme aujourd'hui, d'être photographié à son côté par des journalistes. Ce qui nécessiterait, à n'en pas douter, à l'intention des militants de sa branche, quelques explications.

Plutôt qu'en donner, il aurait aimé en avoir : savoir à quoi rimait ce bazar, pourquoi Paul-Toussaint Desanti avait insisté pour que lui soit là alors qu'il s'était montré si discret, pour ne pas dire complètement absent, depuis des lustres. Et pourquoi diable il avait demandé – contre toute logique – que soit aussi présent Lucien, alors qu'il savait qu'ils s'étaient écharpés et que cette dispute avait laissé des traces, comme en témoignait la poignée de main virile mais convenue qu'ils avaient échangée.

Paul-Toussaint s'était approché de Raphaël mais ne lui avait pas accordé les réponses qu'il était en droit d'attendre. Il avait brodé des mots dans un tissu épais, voilé derrière des expressions figées, un ensemble de simagrées louant son avenir politique et le chemin parcouru. Il s'était renseigné sur la place de la violence dans l'idéologie du mouvement, chose qui, l'avait rassuré Raphaël, était aujourd'hui éteinte. Paul-Toussaint avait semblé s'en satisfaire et avait été, immédiatement après cet échange de banalités, pris à partie par un de ses anciens professeurs, venu l'aborder avec une coupe de muscat pétillant. C'était un vieil homme bedonnant en costume qui avait autrefois été son directeur de mémoire.

Raphaël buvait un mauvais champagne en se demandant ce que pensaient les autres, si ses récentes frasques parsemées de disputes qu'entraînait inévitablement l'alcool ne l'avaient pas décrédibilisé aux yeux de sa frange militante. Il fallait rester méfiant; il était déjà dans le monde de la politique. Quelqu'un pourrait se servir de sa rupture pour le fragiliser, ou de la mort de Battì, ce qui, sur le plan éthique, reviendrait à peu près au même : un bel enculé. Il fallait redoubler de prudence, se méfier des fantômes des autres et des siens propres, des secrets que l'on portait à condition qu'ils ne soient jamais révélés.

La présence de Lucien avait-elle pour but de le réintroduire dans la vie politique ? C'était peu concevable. Appartenir à une famille riche et respectée ne suffisait pas pour s'autoriser à outrepasser les règles du militantisme étudiant. Plus d'un an sans faculté semblait rédhibitoire. Encore que... il y avait eu, dans d'autres domaines – principalement le recrutement des fonctionnaires –, de nombreuses embauches suspectes. Ainsi, on avait constaté l'apparition d'un professeur d'informatique aux lunettes rondes qui ne maîtrisait pas le plus élémentaire traitement de texte, ou bien, dans d'autres services, de nombreux techniciens dont la tâche principale revenait à boire des hectolitres de café, en se plaignant continuellement de la difficulté d'une existence d'où ils avaient chassé la moindre manifestation d'un effort.

Raphaël se tourna vers Paul-Toussaint. Celui-ci discutait avec Lucien. D'où il était, il n'entendait rien. Même en se concentrant, il aurait été gêné par le piaillement ininterrompu d'une jeune doctorante qui racontait le détail de son travail universitaire, qu'elle conciliait, outre son implication militante, avec une vie surchargée mais dont les sacrifices seraient rendus légitimes par l'obtention, espérait-elle, d'un poste à la mesure de ses ambitions.

Raphaël posa son gobelet et feignit de s'approcher d'une ancienne connaissance pour mieux distinguer l'échange entre Lucien et Paul-Toussaint. Impossible. Ils chuchotaient si doucement que Raphaël se demanda comment ils pouvaient s'entendre. Il vit Lucien s'éloigner et sortir du bâtiment. Il semblait hors de lui, et Raphaël ne saurait pas pourquoi. En tout cas, Lucien n'avait plus l'air d'un rival.

Raphaël eut de nouveau une brève discussion avec Paul-Toussaint, qui lui parla de la nécessité pour la Corse d'entrer dans une démarche résolument progressiste en se dotant d'infrastructures modernes et ambitieuses. Puis il disparut. Mais Raphaël s'en moquait. Desanti était devenu vaniteux, riait à des blagues douteuses, évoquait un apparatchik et rappelait ce contre quoi Raphaël avait à cœur de lutter : le clanisme.

Raphaël sortit discrètement pour rejoindre une salle de cours. Il avait été trop absent, même si personne ne lui en tiendrait rigueur. Il tenait à obtenir son diplôme.

Le soir, il irait prendre un verre avec les autres. Peut-être que Paul-Toussaint ferait une apparition et évoquerait encore des vœux pieux et abstraits. Il parlerait d'une nouvelle ère, de pratiques clientélistes révolues et d'un monde dans lequel on obtiendrait un poste pour ses véritables compétences. Puis, un peu plus tard, il se joindrait à une autre table où il porterait un toast, prononcerait un discours abscons et similaire en promettant un poste fictif et l'assurance, par là même, que les choses, ici, ne changeraient jamais.

Aléria
2 avril 2018

Lucien se leva aux aurores. Depuis qu'il était en plaine, il habitait un bungalow qui appartenait à ses parents, et possédait le luxe non négligeable de se trouver à quelques centaines de mètres de son exploitation, et à la même distance du bar de chasseurs qu'il avait pris l'habitude de fréquenter. La propriété des Costantini représentait une des surfaces agricoles les plus importantes de la région. Il aurait pu revenir chez ses parents, récupérer sa chambre ou trouver avec son père une solution pour s'installer dans un endroit plus confortable. Pour Lucien, le choix de la facilité l'aurait poussé à accepter de redevenir celui qu'on lui avait toujours reproché d'être : un *sgiò*. Et cette image le dégoûtait au point de trahir chaque jour ses origines sociales favorisées. Par sa tenue, premièrement, qui se résumait à ce qu'on attendait d'une profession dans laquelle on se salissait souvent, mais aussi par ses habitudes générales, les fréquentations qu'il choisissait dans un milieu rustique, par exemple au bar de chasseurs, dont il s'apprêtait à pousser la porte vitrée.

Il était épuisé. Un ami, gérant d'un établissement de plage, l'avait appelé en pleine nuit pour signaler la présence d'une de ses vaches sur un tronçon de la départementale. Lucien ne plaisantait pas avec ça. Il avait encore en tête l'accident qui avait coûté la vie à trois personnes – un drogué de merde et deux saisonnières sans visage, véritables victimes du drame. Lucien avait ramené la vache, qui par chance ne se trouvait pas si loin de l'enclos, puis était rentré se coucher dans le bungalow, blotti sous d'épaisses couvertures. Il n'avait donc dormi que trois petites heures. C'est sans doute pour cela qu'il entra dans le bar sans reconnaître les deux figures attablées dans le fond. Son chien, plus perspicace, jappa sans que Lucien y prenne garde. Il commanda un café serré et s'installa à sa table habituelle. Il lisait confortablement le quotidien local quand les deux hommes s'assirent face à lui. Lucien baissa le journal. C'étaient bien eux : le Marocain qui ne parlait pas et l'homme rasé, la quarantaine, veste de sport et montre hors de prix au poignet. Et son putain de parfum.

— Qu'est-ce que vous me voulez ?

— Parler affaires.

Celui qui est visiblement le chef fait signe à la serveuse, qui apporte de nouveaux cafés. Il ignore le cœur chaud de Lucien, ses battements intrépides et la peur qui l'oppresse. À ses pieds, le chien grogne. Le Marocain recule. Lucien ne baisse pas la tête.

Il tiendra bon. Personne ne le fera changer d'avis et surtout pas des enculés qui se permettent de venir l'emmerder aux aurores. S'il montre sa peur, il est cuit. Le seul qui a peur, c'est l'Arabe. Il le voit.

La première fois, il a cru qu'il se camait, avec une herbe de merde dont ils ont le secret. Là, il sent bien son malaise. Il en profite pour le déstabiliser.

— Tu veux que je demande à la serveuse une tisane ?

Il blêmit. Le chef se fend d'un rire sardonique et l'Arabe rejoint la voiture.

Malik n'assista pas au reste de l'entretien. Il était mort de honte et inquiet de la perspective d'une correction identique à celle de Corte. *Merde !* Après quelques minutes, Marc-Ange s'approcha, monta lentement dans le véhicule puis le regarda d'un air lointain. Il ne parla pas du trajet.

Devant la boulangerie, au moment de laisser Malik à sa voiture, Marc-Ange demanda s'il savait comment laver son honneur. En répondant oui, Malik n'imaginait rien de sa faute.

Nice

5 mai 2016

Magali est ce qu'il convient d'appeler une amie fidèle. Rentrée de Nantes pour assurer le suivi de ses cours et la réussite de son année, elle a veillé à faciliter le retour de son amie. Dans un premier temps, elle est allée voir sa directrice de filière, à laquelle elle a expliqué dans les moindres détails l'hospitalisation de Cécilia, certificat médical à l'appui. Puis, comme si cela ne suffisait pas, elle a rencontré chaque professeur pour obtenir la garantie que Cécilia pourrait repasser les épreuves manquées. L'équipe pédagogique s'est montrée compréhensive et personne ne s'est opposé aux requêtes de la jeune femme. Ensuite, elle s'est rendue dans une boutique spécialisée où elle a photocopié l'intégralité des cours, qu'elle a classés, soulignant les notions importantes, triant les matières avec un éventail d'intercalaires colorés, afin que Cécilia soit moins déboussolée lorsqu'elle serait en état de reprendre son cursus.

Elle paraît d'ailleurs aller beaucoup mieux. Les nouvelles que lui donnent régulièrement les parents de son amie sont bonnes, et ils se réjouissent de les partager, comme si chaque message atténuait un peu leur culpabilité.

Fin mars, Cécilia quitte l'hôpital. Après des remercie-ments chaleureux adressés au personnel médical et à la mère de Magali, elle reprend avec ses parents la longue route qui la ramène à son appartement, rue des Ponchettes – là même, a-t-elle appris d'une voisine, où vivait autrefois un illustre philosophe dont elle a oublié le nom.

Magali l'épaule à son retour comme avant son départ et comme elle le fera, lui promet-elle, le reste de sa vie. Il n'y a de piliers que ceux que l'on a la force d'édifier. Elle passe quelques jours chez Cécilia, afin de surveiller son régime et de l'accompagner dans ses révisions. Ce que Cécilia est devenue, ce n'est pas le souvenir de son enfance, et elle ne s'est pas aujourd'hui évaporée à cause de sa maigreur dia-phane, mais au contraire ce qui la définit, la symbolise au mieux, c'est cette volonté de puissance qui émane de chaque pore de sa peau, cette prestance et l'assurance que dégage sa maigre silhouette, comme si elle s'élevait seule contre la marche du monde.

Elle a repris un peu de poids. Il lui faudra encore du temps pour revenir à un indice de masse corporelle se situant dans la moyenne. Ça n'a pas d'importance. Ce qui compte, à présent, ce sont ses examens. Elle veut réussir, elle convertit son ascèse dans des lectures écrasantes, combinant les cours de Magali et la bible du marketing qu'elle récupère sur son étagère poussiéreuse. Magali est impressionnée. En très peu de temps, Cécilia ingurgite davantage de connaissances que de nourriture et il paraît acquis qu'elle réussira sans le secours des anges, du moins sans celui de ceux que l'on retrouve sur les peintures et que les iconoclastes interdirent à Byzance.

Elle passe les partiels avec le brio qui la caractérise. De retour sur le campus, elle y brille comme à sa première apparition, suscitant la curiosité, recouvrant ce prestige qu'elle avait fui pour se rechercher alors qu'elle se perdait dans l'illusion consumante de sa culpabilité. Elle retrouve des amis, rencontre de nouvelles personnes. Petit à petit, elle reprend les cours de manière assidue et parvient à terminer son année avec des résultats honorables.

Bachelor validé, elle se prépare désormais à une nouvelle étape de son existence, dont elle a mûri le projet pendant de longues heures, allongée sur un matelas fin aux draps duveteux : son retour en Corse. Elle en a discuté avec Magali, elle a expliqué à ses parents qu'elle n'était plus sereine sur le continent, que Nice lui rappelait désormais sa maladie, et qu'elle préférait rentrer sur l'île, où elle les savait à proximité. « Tout ira mieux maintenant », dit-elle, tandis qu'elle prépare son inscription à la faculté de Corse.

Elle manquera à Magali, qui n'ose rien dire en l'accompagnant sur le port où elle prend ce bateau qui la laisse doucement s'éloigner, voguer sur la promesse de se revoir le plus vite possible, que Cécilia a à cœur de tenir.

Corte – Village

29 avril 2018

La vie est un processus de sélection. Il serait faux de penser que le spectacle du monde nous est donné dans sa globalité. Nous ne percevons que ce que nous *voulons* voir. Nous répétons toujours la même formule. L'ensemble des formes que l'on appréhende ne se donnent pas entièrement pour être vues mais seulement pour être *filtrées*, *érodées*, *triées*. Nous ne voyons que les choses que notre entendement *choisit*, ce qui est bon pour nous, et non la totalité de ce que le monde aurait à nous offrir. Ainsi le jugement demeure-t-il la base de la souveraineté de l'apparaître, et permet-il de sélectionner ce qui est profitable à l'incarnation de notre puissance, aux possibilités d'accomplissement de la vie. Pourtant, à une autre échelle, nous pourrions interroger nos mégardes, nos actes manqués, ce que l'on place habituellement sous les auspices courtois de la maladresse. N'est-ce pas parce qu'il nous aurait affaiblis que l'on ne prend pas *inconsciemment* l'appel qui annoncera la rupture ? N'est-il pas aussi admis que notre perception préfère ignorer ce qui nous mettra dans l'embarras ? En vérité, ce qui semble une absence est consenti, ce qui semble un oubli est assumé, et nos aveuglements sont des clairvoyances. Nietzsche a raison d'affirmer que la vie est un processus de sélection, mais il se trompe peut-être quant à sa motivation. Ce n'est pas la force de la vie qui jaillit, par l'étendard sans cesse renouvelé de nos perceptions, mais bien sa faiblesse. Notre regard épie et sélectionne seulement ce qui nous renforce. En somme, toute vie accomplie est une forme de lâcheté consentie.

Et, ce jour-là, Raphaël fut l'incarnation de cette lâcheté. Il prit un café mais ne l'accompagna pas de la lecture rituelle du journal. Encore embrumé par les restes d'alcool et de souvenirs trahis, il s'éclipsa de chez une fille pendant qu'elle ronflait encore de tout son saoul sur une peluche géante. Il repensa à cette conversation entre Paul-Toussaint et Lucien. À cette doctorante qui jacassait tellement qu'il était clair qu'en dehors d'elle l'auditoire n'entendait rien.

Raphaël sentit son téléphone vibrer. Il ne décrocha pas et le laissa dans son jean. Au moment de chercher des vestiges monétaires dans sa poche pour payer son café, il se rendit compte que l'appareil s'était éteint.

Il prit la route du village. Portable éteint, il ne recevrait pas de reproches et pourrait s'adonner entièrement à la béatitude passagère de sa lâcheté. La connaissance est dangereuse. La vigueur d'un esprit se mesure au nombre de certitudes qu'il est capable d'incorporer. Il était tôt. Gabriel était resté au village, où il préparait des cours pour ses « petits bouts de monstre ». C'était plutôt une bonne nouvelle. Même si le poste qu'il avait accepté au lycée devenait parfois une source d'anxiété, il s'en sortait bien. Comme il le lui avait expliqué un jour à la terrasse de chez Battì - le bar garderait toujours cette appellation, au risque d'abandonner son souvenir dans le néant -, « on ne peut pas se débarrasser de toutes ses angoisses ».

Raphaël ne chercha pas à utiliser le chargeur USB de la voiture, qui lui aurait permis de rallumer son téléphone, il ne s'interrogea pas outre mesure sur ses actes, sa place dans le mouvement étudiant, la figure de Paul-Toussaint, dont le prestige s'amenuisait, ni sur les souvenirs de femmes au sourire imparfait qu'il abandonnait dans ses nuits païennes. Peut-être avait-il inconsciemment refusé d'entendre ce que disait Paul-Toussaint à Lucien car, au fond, il n'aurait pas supporté la déchéance de celui qui, à ses yeux, représentait autrefois une figure tutélaire. Personne n'est assez fort pour supporter la chute de ses idoles.

Raphaël ne roulait pas vite. Moins encore que d'habitude. Il n'accéléra sur aucune ligne droite et cela lui valut même quelques coups de klaxon. Arrivé au village, il se gara en veillant à éviter le pick-up d'Augustin. Il remonta le chemin de terre en regardant les oliviers, son sac de sport à la main.

Il entra dans la maison sans frapper. Gabriel le regarda avant de l'interpeller vigoureusement.

— Enfin, Raphaël, pourquoi tu ne réponds pas au téléphone ? Ça fait une heure que j'essaie de t'appeler !

— J'avais plus de batterie.

— Un militant nationaliste a été tué ce matin.

Raphaël sursauta. Malgré ses précautions, il n'y échapperait pas. Le réel venait de submerger la totalité des sphères de son esprit. Il souffla fort, lâcha son sac et s'approcha pour en savoir davantage, puis demanda à Gabriel des détails qu'il ne pouvait pas lui donner.

— On ne sait pas encore qui c'est. J'ai entendu plusieurs noms.

C'était stupéfiant. Peu importait qui avait été tué : quoi qu'en diraient les rumeurs, il n'y avait plus, comme par le passé, de scissions entre factions nationalistes, de guerres fratricides ou d'explications violentes. Mais le monde n'est pas toujours rationnel et se moque de nos attentes de signification. Il arrive que les choses n'aient pas de sens. Les raisons sont sèches et insuffisantes. Quoi qu'en disent nos nécessités internes ou les lois de l'inférence causale, les événements arrivent selon l'attraction muette de leur propre volonté.

PARTIE V

« Voici que la balance en équilibre s'immo-
bilise. J'y ai déposé trois lourds problèmes ;
l'autre plateau porte trois lourdes réponses. »

Friedrich NIETZSCHE,
Ainsi parlait Zarathoustra

Aléria

28 avril 2018

Il s'appelait Bobby. Il ne devait pas son nom à la vulgarité d'un programme télévisé que Lucien détestait par-dessus tout. Celui-ci ne voulait pas que ce dernier ait quelque chose à voir avec ce que Lucien considérait comme des avatars de la *francisata*[1] et une forme aboutie de perte de valeurs. Chaque émanation culturelle du continent avait tendance à lui donner cette impression. Pour Lucien, Bobby était un chien magnifique qui tirait son nom d'une ascendance beaucoup plus noble : il s'agissait du prénom d'un militant de l'IRA, décédé après plusieurs semaines de grève de la faim, Bobby Sands, aimait-il à répéter aux gens qui le lui demandaient, le plus souvent des touristes de passage au bar de chasseurs. « Tout ça à cause de cette salope de Thatcher. »

C'était un petit chien, d'une race endémique corse appelée *cursinu*, très convoitée pour ses talents de chasseur et son authentique dévotion. Il n'était pas rare que ses représentants

1. À la suite de la conquête militaire de la Corse en 1769, période de conquête linguistique. Désigne aujourd'hui, dans les milieux nationalistes, ce qui est perçu comme une colonisation ou l'influence culturelle de la France continentale.

soient volés pour être revendus dans un véritable marché parallèle, comme leurs propriétaires le craignaient.

Bobby, compagnon fidèle, suivait Lucien dans chacun de ses déplacements telle une ombre glissante, un petit bout de lui, le tiers de sa personne. Il arrivait toujours dans les pas de son maître. Il ne dépassait pas les vingt-cinq kilos et avait un pelage sombre, tacheté de nuances ocre et noir, le mariage solide des contraires et l'assurance, par cette union, de la valeur du caractère. Il remuait continuellement la queue et aidait Lucien, le soir, à rentrer les vaches. Il n'avait jamais eu besoin d'être attaché car un sifflement suffisait pour que l'animal rapplique immédiatement, même s'il se trouvait à une centaine de mètres. Pendant que Lucien s'occupait du troupeau, le chien gambadait à loisir sur des hectares de plaine.

Lucien s'était mis sur le pick-up et jetait des ballots de foin sous le soleil brûlant. La corde sciait ses mains abîmées. Ensuite, il sauta de la benne et coupa au couteau les ficelles avant de répartir les tranches de foin sur l'horizontalité du terrain. Il respirait par le nez des quantités de poussière qui lui rougissaient les yeux et provoquaient des démangeaisons à la gorge et aux oreilles. Il en aurait bientôt fini. Après, il faudrait monter à l'abattoir. Moment difficile. Pas la moindre zone d'ombre pour le protéger en dehors du hangar agricole à proximité. Il saisit une bouteille en plastique avec laquelle il mouilla son visage et but quelques gorgées d'une eau déjà trop tiède.

Il regarda autour de lui. Depuis qu'il avait signifié aux deux hommes venus le visiter au bar des chasseurs qu'il ne voulait pas s'associer avec eux, il avait peur que les choses n'en restent pas là. Il n'avait pas, à proprement parler, été menacé. Ils lui avaient dit qu'ils finiraient par trouver un arrangement. Et puis, avec le coup de pression qu'il avait mis à l'Arabe, il espérait un sursis. Une belle rouste, dans le pire des cas. Il en avait parlé au bar et il avait du soutien.

Il vérifia le carnet de santé des veaux, l'étiquetage, et remorqua ces derniers jusqu'à l'abattoir en pleurant. Ce spectacle lui était insupportable. Les yeux ternes des bovins paraissaient l'implorer, sans qu'il y puisse rien. Un boucher qu'il payait grassement s'occupait ensuite de la viande, qu'il revendait. Il n'y gagnait pas grand-chose. En rentrant, Lucien laissa Bobby dehors de façon qu'il puisse aller jusqu'aux vaches si jamais l'une d'entre elles s'échappait.

Il fit des rêves étranges. Une vieille femme avec un châle noir lui parlait dans un corse qu'il ne comprenait pas. Réveillé soudainement en sueur, il sortit du bungalow, siffla Bobby qui ne se présenta pas. Il monta dans son 4×4, s'approcha de l'enclos mais ne trouva rien. Il remarqua, à proximité de la clôture, une épaisse silhouette informe qui jouxtait la route. Il eut soudain la nausée et son cœur se serra. Déjà ses larmes coulaient. *C'était écrit*. Arrivé à sa hauteur, il éjecta une lourde salve acide. Les jambes coupées, il s'effondra devant la masse inerte. Il prit le corps de Bobby dans ses mains et constata qu'il était couvert de sang. Ce n'était pas l'ablution rituelle ou le sang de la pureté, ni celui du passé ou de l'accomplissement des prophéties. Mais celui-là viendrait bientôt.

Il regarda vers la route pour voir si le conducteur n'avait pas laissé un bout de pare-chocs, et un peu plus loin si une voiture n'était pas garée sur le bas-côté. Personne. Il souleva le poids mort avant de retomber à terre et de vomir. Il ferma les yeux de Bobby avant de recommencer. Il n'était pas pressé. Il sentit le pelage et les muscles sans chaleur puis déposa le chien dans le pick-up. Il examina le corps, chercha une trace d'impact et trouva une réponse qu'il n'attendait pas. En passant la main sur l'animal, il découvrit une balle logée au milieu de taches de sang. Le poil en était recouvert, jusqu'au cou de la bête. Il se sentit trembler sans s'appartenir. Déjà, la colère le possédait trop pour qu'il réussisse à penser, elle submergeait son corps et son esprit et le consumait dans des brûlures de haine qui le dépouillèrent de lui-même.

Il ne rentra pas se recoucher. Il n'aurait pas pu dormir. Il fallait pour Bobby une sépulture décente. Il roula jusqu'au hangar, sortit une pioche et s'approcha de la mer, là où la terre était meuble. Il laissa les phares allumés pour s'éclairer et, quoiqu'un peu aveuglé, se mit à donner de grands coups dans le sol en pleurant.

— Adieu Bobby, tu fus meilleur que les hommes, murmura Lucien avant de recouvrir de terre son fidèle compagnon.

Et, au jour naissant, il donna une prière pour le seul être qui ait vraiment été son ami.

Il alluma une cigarette et rentra chez lui. Il prit une douche chaude. Pendant que le sommeil régnait, il monta chez son père, entra dans la buanderie, fouilla dans une armoire, où il récupéra un calibre. Il rangea l'arme dans sa boîte à gants avant de se diriger vers le bar de chasseurs.

Il ne parla pas du chien mort, il ne parla pas de l'esprit de vengeance qui le consumait. Il ne pensait plus aux vaches, il les laissa errer et elles broutèrent des jours entiers en regardant la mer. Il resta silencieux, attendant les deux enculés dont il ne connaissait pas le nom, mais personne ne vint.

Deux semaines plus tard, alors qu'il n'était pas redevenu lui-même, arriva quelqu'un. Autour, les vaches l'ignoraient. Il ne vint pas en messie et il n'était pas celui que Lucien attendait. Paul-Toussaint. Seul. Lucien se demanda ce qu'il foutait là. Depuis Corte, il ne voulait plus en entendre parler. Il lui avait proposé un poste en échange d'un service et Lucien était entré dans une colère noire. Paul-Toussaint lui expliqua que la Corse était à présent sur la voie du progrès et qu'il fallait sortir des logiques anciennes et stupides, moderniser, se doter d'une véritable économie. Lucien n'entendait rien. Il ne l'écoutait pas mais Paul-Toussaint ne le remarqua pas. Alors il devint insistant et Lucien éleva un peu la voix. Paul-Toussaint continua. Il expliqua à Lucien qu'il était un militant égoïste et hors-sol, trop têtu, et qu'il ne connaissait rien au droit ou à l'économie.
Lucien s'approcha de lui, le saisit par le col et le regarda avec ses yeux rouges et gonflés.
— Dégage d'ici! cria-t-il avant de pousser Paul-Toussaint.
Vexé, celui-ci s'énerva.
— Tu ne sais pas qui je suis, c'est pas un merdeux comme toi qui va me faire peur. J'ai des gens avec moi, des gens dangereux, maintenant écoute-moi si tu veux pas finir comme un chien.
— Comme un quoi? rétorqua Lucien.

Il s'approcha de son pick-up et saisit le calibre dans la boîte à gants. Il le pointa vers Paul-Toussaint, qui ne sourcilla pas.

— Tire, porte tes couilles.

Lucien le fixa.

— C'est toi qui as tué mon chien ?

Paul-Toussaint le regarda, perplexe.

— Ce n'est pas moi.

— Casse-toi !

Il partit sans dire un mot. Lucien n'en parla à personne ; il se savait en tort et Paul-Toussaint était une personnalité appréciée dans la région. Il n'avait pas envie de provoquer un scandale, ni de s'excuser. C'était un traître. Lucien n'avait certes pas de notions juridiques ou économiques, mais il savait reconnaître les enculés quand il en voyait. Et là *c'était droit*.

Dans la nuit, Lucien se réveilla d'un mauvais rêve. À nouveau, la vieille dame au châle noir lui parlait un corse qu'il ne comprenait pas. Elle murmurait des choses sur le sang des coupables et des victimes, sur les images profanes et les fautes qu'on ne pouvait laver. Il se sentait mal.

Son téléphone vibra. Il était près de trois heures. Il prit l'appel. Une voix qu'il ne connaissait pas lui annonça qu'une clôture était cassée et que quelques vaches se trouvaient sur la route. Un automobiliste avait été blessé.

Les choses se répètent. Comme en histoire et dans ces cours qu'il a fuis. Le visage de Joseph lui apparaît avec la netteté de ses détails, l'expression de sa surprise, il revoit le camion de pompiers depuis lequel Thomas éclairait le fossé avec un spot géant. Les choses se répètent. Il se remémore ces fois où il s'est senti faible, il pense au cousin François, et il refuse que les choses se répètent. Non, pas cette fois. Il sait ` que tout se paie et ne veut pas avoir à payer.

Il monte dans le 4×4, allume une cigarette et emprunte la route nationale jusqu'aux intersections à risque. Un peu plus loin, des phares l'aveuglent. C'est sûrement la voiture endommagée. Il s'approche, sort de son véhicule et s'avance, quand il reconnaît la figure qui le toise et le condamne à la nuit.

— C'est moi, pour le chien.

Il n'a pas le temps de réfléchir. Il est toujours hors de lui mais soudain sa colère s'évapore, il se sent calme et reposé et s'affaisse sur le sol, il ne peut pas redevenir lui-même et, le corps déchiré par l'impact d'une balle, il ne sera plus jamais Lucien, mais seulement l'image que l'on façonnera de lui. Et les images mentent.

Ajaccio

16 juillet 2016

Rien ne change. Sous le soleil de la cité impériale, Cécilia renaît, et le défilé des jours mûrit l'éclosion de sa chrysalide qu'elle quitte, débarrassant doucement son corps et ses nuits de sa lourde amertume aux vestiges invisibles. Autrefois, un rien pouvait la nourrir, et le poids de sa culpabilité la rassasiait mieux que les repas frugaux qu'elle avalait difficilement.

Elle retrouve son île et ses parents mais, en vérité, elle a plutôt l'impression de les découvrir. Elle peut passer des heures au salon à écouter son père qui lui parle de passions qu'elle ne lui connaît pas, comme s'il épuisait chaque fois un nouveau sujet, comme si chaque moment de silence renouait avec la figure du père absent qu'il était autrefois. Il prendra moins de chantiers, tant pis. Il a d'ailleurs abandonné un gros projet à Aléria.

Cécilia a repris un peu de poids. Elle surveille toujours drastiquement le contenu de ses assiettes et a chassé de sa chambre d'adolescente le miroir sur lequel, autrefois, elle contemplait ce qu'elle pensait être l'image de sa faute. Belle comme avant mais différente, dans son inactualité, sa réappropriation d'elle-même, sa jouvence étincelante et son devenir passé.

Elle retrouve les autres. Ils n'ont pas changé. Paul-Thomas est en voie de devenir ingénieur et Anaïs juriste d'entreprise. À eux aussi, il reste deux ans d'études pour achever leur métamorphose. Mais la voie qu'ils ont empruntée est une ligne droite, sans embûche aucune, ils sont déjà ceux qu'ils seront, tout est écrit et n'est qu'une question de temps. Leur vie sur l'île suit le chemin élémentaire de leur destinée. Il n'y aura pas de surprise, comme si, en réalisant leurs rêves, ils n'allaient obéir qu'à l'accomplissement d'une fatalité aveugle. D'ailleurs, ce n'est pas seulement Paul-Thomas ou Anaïs qui n'ont pas changé, mais plutôt l'île dans son intégralité. Dans l'allée des bars ajacciens, elle voit toujours les mêmes têtes, les mêmes qu'au lycée, les garçons du Fesch, du Laetitia et de Saint-Paul, leur peau tatouée, leurs cheveux longs et sombres qui tombent sur les épaules. Les marques de luxe, les vêtements et les montres hors de prix.

À l'extérieur de la ville, sur les hauteurs, pourtant, le décor est devenu différent. Des dizaines d'immeubles ont émergé comme des pustules boursouflées dans un chaos métallique de plâtre et de surfaces bétonnées. Chaque espace vert est menacé par la prolifération de la peste grise, et le périphérique ajaccien sombre peu à peu dans la frénésie inesthétique de la bétonisation. Cela suppose beaucoup de chantiers pour le père de Cécilia, mais il préfère sous-traiter ou déléguer. Son travail, désormais, est d'être le père qu'il n'a pas été.

En famille, ils partent à Corte visiter des appartements toute la journée. Les loyers y sont moins chers qu'à Ajaccio.

Lorsque Cécilia jette son dévolu sur un très joli T2 avec vue sur la citadelle, une chambre et un salon avec un gigantesque canapé convertible, elle est déçue d'apprendre qu'il ne sera disponible qu'après la première semaine de septembre. Elle effectuera les allers-retours en train en attendant. Ce n'est pas très grave. Ils mangent dans un restaurant de la vieille ville, non loin de touristes qui portent des chapeaux de paille pour se protéger du soleil. Rentrée à Ajaccio, elle reprend doucement goût à la vie. Il faudra un peu de temps.

Anaïs lui propose une soirée sur la plage, alors Cécilia accepte. Elle n'est pas sortie depuis si longtemps! Elles boivent des cocktails en regardant le soleil décliner à l'horizon. Elles ne rentreront pas tard; Anaïs doit repartir le lendemain à Bastia retrouver son copain qu'elle a rencontré il y a peu. Cécilia rit comme avant, elle est contente de voir que les promesses qu'elles se sont faites autrefois, alors qu'elles n'avaient que dix-sept ans, se réalisent selon l'accomplissement de leurs nécessités internes. Paul-Thomas les rejoint et, tandis qu'elle boit un autre cocktail, Cécilia se sent partir doucement, agréablement, la saveur des fruits imprègne son palais avant de mourir dans sa gorge. Elle se sent légère, flottante, mais ce n'est pas la faim, non, là, la lévitation est douce, elle laisse parler ses forces intimes, le corps qui dit oui à la vie, le corps qui dit oui à l'ivresse, elle se lève en prenant par les doigts Anaïs, qui rit que Cécilia l'entraîne sur la plage. Paul-Thomas les filme avec son smartphone et l'objectif regarde Cécilia entrer dans la danse, entrer dans la nuit, alors qu'il n'enregistre rien de ce qui se passe vraiment, car les images mentent, ou du moins, souvent, elles n'ont pas le sens qu'on leur donne, elles ne savent pas que pour Cécilia, bientôt, enfin, la nuit sera terminée.

Village

31 mai 2018

Le pick-up était toujours garé sur la place, dépassant largement des deux côtés les lignes qui délimitaient la consécration officielle de son espace. Cela signifiait, outre une maladresse, une outrecuidance rare marquant la volonté d'un affront caractérisé envers Raphaël, dont la voiture était bloquée par la masse imposante de l'épave qui pissait de l'huile pendant qu'il avançait en fumant nonchalamment une cigarette. Il n'avait encore rien remarqué. Raphaël n'avait pas voulu être en colère. Il n'était plus sa colère ni son cœur brûlant de regrets, comme s'il quittait provisoirement l'enveloppe de ses trahisons à présent que la mort de Lucien avait brusquement changé l'ensemble des données établies. Il n'y avait plus de données établies. Les lois de l'inférence avaient modifié leur cours habituel. Celles du ciel et des astres, nul ne le savait.

Au village, Raphaël se sentait mal. D'ordinaire, c'était un peu son refuge, l'endroit dans lequel il aimait se retrouver – ou retrouver son frère – pour être à l'abri du marasme de Corte, mais aussi du sien propre. Ses aventures cumulées ne lui avaient rien offert de ce qu'il désirait et le village ne suffisait plus à chasser l'amertume qui se répandait dans sa gorge jusqu'au profond de son ventre. À Corte, il était trop sorti et avait eu pas mal d'embrouilles. L'alcool le rendait nerveux et ne parvenait pas à le défaire de ses démons. Désormais, les querelles politiques et les femmes abandonnées avaient un goût de poussière. Le monde s'éteignait et son cœur brûlant ne battait plus de regrets ni d'amertume, n'avait plus besoin des assauts de la chair pour taire d'autres étreintes coupables et, mâtiné dans un souvenir brouillé, le sourire de Lelia n'appartenait plus aux choses essentielles. L'ordre des choses avait été souillé par une main dont on ne connaissait pas le messager. Raphaël descendait le chemin du *furnellu* pour rétablir ce qu'il pouvait. Il n'était pas un anachorète de Bithynie revenant dans le monde des hommes afin de leur annoncer un rêve prophétique. Il n'y avait pas eu de rêve et la nuit avait été douce comme une joue d'enfant. Et, si le village était un désert, il n'y avait, sur terre, aucun messager.

Au bar de Battì, il y avait peu de clients. Quelques touristes en avance, Augustin et son gros cul fixé sur les lattes comme si l'ordre du monde en dépendait. Cela n'avait pourtant pas l'apparence de la tranquillité. Il n'y avait plus de havre de paix. Depuis la mort de Lucien, quelques réunions s'étaient tenues. La participation de Raphaël entraînait la dualité abominable d'une étrange équation aux solutions invalidantes et multiples. S'il ne s'y présentait pas il serait probablement qualifié de lâche, et s'il s'y présentait n'importe quelle prise de parole aurait l'effet immédiat d'une profanation. Peut-être fallait-il au moins assurer une présence silencieuse. Rester aussi discret que possible. Ou simplement émettre des paroles de circonstance.

Des marches blanches seraient organisées. Il ne lui appartiendrait de choisir ni le lieu des manifestations ni les images du défunt, car il n'était pas un messager et la réunion à laquelle il assisterait n'était pas le concile de Hiéreia ni celui de Nicée. Ce ne serait pas un problème. Quoi qu'il en soit, ils seraient tous d'accord. La mort de Lucien avait eu pour effet immédiat d'éteindre les conflits au sein des forces militantes. L'union qui avait échoué dans le passé se voyait soudainement entérinée par un sacrifice pieux sans avoir été officiellement scellée. Raphaël ne savait plus quoi penser et semblait exclu du monde, comme si le temps qui passait avait soudainement été aboli pour entrer dans une dimension nouvelle et inconnue.

Il existe un temps pour les hommes et il en existe un pour les anges, que les anciens appellent l'*ævum*, et ces temps ne se confondent jamais, ils restent éternellement, selon la loi de Dieu, dans leur imperméabilité respective, sans se soucier du monde des autres, sauf aujourd'hui, où le soleil brûle le visage de Raphaël qui n'en sait rien. Les anges ne comprennent pas le temps à la manière d'une donnée sensible qui apparaîtrait dans l'intimité de nos expériences. Ils ne connaissent rien de l'impatience d'un cœur qu'ils précipitent vers sa fin, de la longue attente de Lelia qui espère le pardon de Raphaël, qu'elle ne recevra sans doute jamais, ni de sa rancœur tapie derrière un événement tragique. Non, l'*ævum* ne désigne pas la succession des jours inutiles, les anges ne perçoivent pas la durée mais uniquement la rupture, comme lorsqu'un jeune militant nationaliste est retrouvé tué d'une balle sur une départementale déserte. Depuis, le monde est redevenu calme, si calme que le bousculement qui s'opère met les deux mondes sur un même piédestal, comme Raphaël et le messager aux ailes blanches qui porte son nom, si bien qu'on croirait discerner sa forme dans les nuages qui meurent dans une mer de solitude. Mais les anges ne sont rien d'autre, pour nous qui sommes modernes, que des fables et des noms sur les pierres tombales qu'aucune âme ne vient plus fleurir ni honorer, sinon par l'héritage des prénoms de nos enfants que l'on donne comme témoignage d'une lignée, d'une intégrité à un passé que l'on sait perdu.

On peut déplorer que les anges nous soient gardiens sans connaître nos peines. Au ciel, ils ne savaient rien et Raphaël bouscula le monde avec lui dans l'*ævum*.

En une seconde, Raphaël se rend compte que le pick-up d'Augustin l'empêche de sortir sa voiture, dont le mécanicien a manifestement rayé le côté droit. Son sang tourne. Il ouvre la porte arrière et se penche pour saisir la manivelle du cric qu'il a laissée sur la plage arrière. Il ressort la tête, jette son mégot derrière lui, sans un regard pour le monde autour, car le monde est désormais dans le bar où Augustin boit son café à sa place habituelle, comme si ses fesses fixées aux lattes de la chaise figuraient un ordre immuable, où le simple geste de se lever ferait basculer l'univers dans le chaos. Mais il n'a pas le temps de crier sur Augustin ni d'exploser les vitres de son putain de 4×4. Car des mots déchirent d'un trait le voile épais du jour qui semblait éternel :

— Tu peux regarder où tu jettes ton mégot, connard ?

Raphaël fait volte-face et envoie de toute sa force un coup de manivelle sur la bouche du touriste dont il n'a pas discerné les traits.

Il entend un claquement sourd, comme une déchirure venue du ciel, et regarde l'homme s'affaisser en tenant sa mâchoire sanglante. Il lâche immédiatement son arme, prend lentement conscience de son acte et brûle de colère devant une assistance médusée. Augustin se lève.

Impossible de revenir en arrière. En prendre la mesure ne changeait rien. Ni les larmes salées ou les yeux rouges injectés de sang. Raphaël connaissait ses torts ; il savait désormais qu'il ne servait plus à rien de reculer et que, comme à Corte, il devrait aller au bout de sa faute pour guérir sa culpabilité. Prendre le chemin en soi, dans ses propres racines. Une autre façon de consumer les corps, et au fond une autre façon de s'oublier.

L'homme s'était à peine relevé. Il bredouillait des phrases absconses dans un français approximatif. Il tenait toujours sa mâchoire, comme si sa main l'empêchait de tomber. Du sang se répandait sur ses vêtements. Raphaël l'empoigna par le col avant de le plaquer contre sa propre voiture. Il tremblait devant une assistance restée de marbre, et Battì n'était plus là pour s'interposer. Peut-être se trouvait-il dans une zone grise entre le réel et son double, d'où il contemplait cette scène avec son rire habituel, mêlé à l'indifférence des anges. Raphaël savait qu'il ne réparerait pas ses torts avec des paroles inutiles et des larmes de compassion. Que rien au ciel ni sur terre ne pourrait amoindrir ce poids colossal qui lui déchirait la poitrine. L'espace d'un instant, alors qu'il tenait à bout de bras la masse informe et baveuse, il se trouva des excuses. Il vit, dans un éblouissement de sa mémoire, le visage de Malik, celui de Lucien, qu'il détestait malgré sa mort, et le sourire de Lelia, qu'il ne reverrait plus. Il se demanda si cet homme était un martyr envoyé par la grâce pour alléger ses tourments. Mais ce n'était pas le cas. Il serra sa main sur le col mouillé de sang et de bave du touriste. Son visage et ses cheveux noirs lui donnaient l'air d'un damné.

Raphaël demanda à l'homme qui pleurait dans sa chemise hawaïenne de répéter ce qu'il avait dit.

— J'ai, pardon, je t'ai demandé de faire attention avec ton mégot, balbutia l'homme non sans difficulté au milieu de ses morves, tout en implorant le ciel que surgisse un ange gardien.

Mais il n'y avait au ciel que le soleil brûlant et indifférent à la souffrance des touristes.

Augustin arriva pour les séparer. Il traita Raphaël de malade mental. Il ne s'était pas passé dix secondes dans cet espace qui semblait avoir duré une éternité. C'était peut-être ça finalement, l'*ævum* : un temps figé au sein d'une éternité abstraite. Peut-être qu'à Aléria aussi le temps ne s'était figé que dix secondes avant de transformer intégralement l'ordre des jours, la signification des peines et des données établies.

Sans daigner s'excuser, Raphaël ordonna à Augustin de sortir son 4×4, sans quoi il allait lui administrer une branlée dont il se souviendrait. Médusé, Augustin s'exécuta. Personne ne reconnaissait Raphaël. Derrière, une femme cria qu'elle allait appeler ses parents. Il lui répondit qu'il n'en avait rien à foutre et qu'elle n'était qu'une grosse conne que tout le village avait sautée. Plusieurs personnes vinrent au secours du touriste et l'installèrent en terrasse pour lui apporter des glaçons. Il pleurait comme un veau.

Raphaël monta dans sa voiture et démarra en trombe. Il recula sans un regard dans le rétroviseur et partit au son du poste qui avait démarré automatiquement. Alors qu'il dévalait les routes hostiles et pleines de nids-de-poule de la Castagniccia, on entendait Jim Morrison parler d'ailes d'anges et d'épaules douces comme des serres de corbeau.

*

Au bar de la plage, Raphaël se tenait droit, tranquillement, et autour de la table personne ne prenait en compte la présence des quelques touristes timides qui profitaient des fraîcheurs de la mer. Les cendriers se remplissaient. L'aspect logistique de la réunion ne durerait pas longtemps. On organiserait plusieurs marches blanches. La plus importante aurait lieu le 23 juin, à Corte. Le reste de la discussion rapporta différentes rumeurs et les avancées de l'enquête. Autrement dit, pas grand-chose. Ils spéculaient sur des théories, essayaient de trouver un sens aux événements, mais il fallait bien avouer que bon nombre d'entre eux avaient tourné le dos à Lucien et que, pour ceux qui étaient restés ses amis, comme le petit Sauveur, ils demeuraient figés dans un mutisme lourd ou ne s'étaient tout simplement pas présentés.

Raphaël prononça quelques mots de circonstance. Il insista sur l'idée qu'il n'était pas le mieux placé pour parler, mais qu'il se sentait en droit de dire qu'il respectait Lucien pour l'authenticité de sa dévotion – quand bien même il ne partageait pas ses convictions. On le trouva poli et affable et le monde reprit sa marche ordinaire.

Personne ne se doutait qu'une heure auparavant Raphaël bousculait les anges du côté de l'*ævum*. Mais le temps reprend son cours et les astres ne mentent jamais. Sur la plage, des enfants construisaient des châteaux de sable que la mer anéantirait. On laissa la parole à d'autres militants. Un peu plus loin, des jeunes de la plaine jouaient au beach-volley. Un couple cherchait l'angle parfait pour une photo où il s'afficherait heureux. Lelia B. prit la parole. Le cœur brûlant de Raphaël recommença à battre et les regrets prirent à nouveau une signification. Il resta de marbre, comme si personne n'était au courant, y compris lui-même, comme si à Corte tout n'était pas su immédiatement. Il feignait d'avoir circonscrit son aventure aux interstices étroits d'une nuit à laquelle il essayait depuis d'échapper. Elle discuta des modalités de la marche et rendit hommage à Lucien. Elle semblait profondément affectée par sa disparition. Le concile était terminé. Comme à Nicée, ce fut le deuxième. Mais celui-là raviverait le culte des idoles. Il n'y avait pas de prophète perdu sur la plage et rien ne ressusciterait Lucien.

On constitua des équipes pour coller des affiches et dessiner des fresques en son honneur. Des militants spéculaient sur un retour de la violence et pensaient que les nuits, bientôt, à nouveau, seraient bleues.

Depuis la plage, on entendait l'écume marine s'approcher des châteaux de sable que les enfants avaient construits pour les exposer avec fierté. Ils avaient disposé des coquillages sur leurs forteresses et espéraient, en tendant l'oreille, retrouver le son de vestiges immémoriaux aujourd'hui disparus. Il resterait peut-être, pour en témoigner, une photo publiée sur un réseau avec l'hostilité mesquine d'un voyeurisme obscène. Bientôt, une vague emporterait le château. Sur le sable, au milieu des serviettes, il n'y aurait plus rien de l'édifice et les marques d'amour de leurs parents ne suffiraient pas à consoler les enfants qui répandraient sans retenue leurs larmes d'idéalistes.

Nice – Bastia – Ajaccio

27 juin 2017

Cécilia rentrera bientôt à Ajaccio. La maison de ses parents n'est plus la demeure hostile qu'elle a cherché à fuir. Depuis son retour, le visage qu'elle contemple sur la photographie du salon est à nouveau le sien. Il n'est pas celui d'un simulacre ou une pellicule superposée à un souvenir enfoui, il est sien, premier, et n'a plus l'allure d'un fantôme. Elle sait que c'est elle, mais la photographie n'est ni un miroir ni un mensonge, et elle peine toujours à lui faire face. La nuit, la femme voilée de noir n'existe que dans les rêves des coupables. La première année de master s'est bien déroulée. Elle a terminé les cours depuis un moment déjà et effectue un stage dans une entreprise de marque insulaire. C'est l'histoire de quelques semaines. Elle y est très appréciée. Il ne lui reste plus qu'un rendez-vous avec sa psychologue avant ses vacances. Elle s'appelle Irène et lui a été recommandée par sa nutritionniste du centre Lou-Andréas-Salomé, à qui elle doit tant. Depuis plusieurs mois, elle y fait un travail remarquable. Elle ne ressemble en rien à celle qu'elle a consultée dans le passé et qui a contribué à renforcer son sentiment de culpabilité.

D'ailleurs, à Irène, elle ne parle pas beaucoup. Il existe encore du silence, longue est l'œuvre de la nuit. Elle doit prendre le train pour se rendre au cabinet : le centre médical se trouve à la périphérie de Bastia. Elle se dirige vers la gare de Corte et prend la micheline. Elle s'installe, sort ses écouteurs, met de la musique. Le paysage est tellement beau. Ses yeux verts s'y perdent et les montagnes ne la lasseront jamais. Arrivée à Montesoro, elle se dirige tranquillement vers le centre médical. Il faut marcher un peu, et elle se sent encore faible. Cécilia se présente au cabinet et Irène s'avance vers elle avec un grand sourire. Elle aimerait expérimenter un nouveau type de thérapie avec elle. La première a été douce et a servi à Cécilia à se réapproprier ses sensations, en quelque sorte à réapprendre à vivre. Cela ressemblait assez aux méditations qu'elle pratiquait à Nantes, quand elle mangeait des fruits secs qu'elle frottait du bout de ses doigts fins. Celle-ci sera différente et s'appelle l'EMDR. Il s'agit, comme le lui explique Irène devant ses yeux ronds, d'une séance d'hypnose visant un souvenir traumatique particulier dans le subconscient. Il faut tout raconter, sélectionner dix bons souvenirs et dix mauvais. Cécilia se prête à l'exercice. Elle se rend compte qu'elle a davantage de difficultés à trouver les bons, ce qui la blesse inutilement. Elle ne sait pas que c'est le cas de la plupart des gens. Au cours de la séance, elle raconte à Irène sa soirée du 21 juin 2013, dans les détails que lui permettent les cicatrices fragiles de sa mémoire confuse. Elle a plusieurs haut-le-cœur. Elle se met à pleurer quand Irène prononce le mot *viol*. C'est la première fois. Auparavant, on lui a parlé d'erreur de jeunesse ou encore on ne parlait pas. Nommer le mal, c'est déjà le combattre. Mais le nommer c'est reconnaître qu'il existe.

La praticienne s'approche d'elle et la prend dans ses bras.

— Il arrive que les traumatismes entraînent, par un processus de remémoration involontaire, l'apparition de troubles gênants.

La psychologue se saisit d'une petite machine à bascule et fait glisser un tabouret sur lequel elle s'assoit en regardant Cécilia avec compassion.

— Tout ira bien, la rassure-t-elle pendant que Cécilia commence à regarder le pendule qui oscille de droite à gauche, de la blessure à la cicatrisation.

Cécilia est absorbée par le mouvement et se sent brièvement absente, d'une absence différente de celle qu'elle recherchait autrefois, plus *incarnée*, détaille-t-elle ensuite à la spécialiste, qui note ses impressions. Puis, Irène choisit une citation et explique le processus qu'elle veut mettre en place : « Tout acte exige l'oubli. » En sortant du cabinet, tandis qu'elle cherche une photo d'elle sur laquelle elle pourrait reprendre cette citation en légende, elle se répète la phrase comme un mantra. *Tout acte exige l'oubli.* Elle ne sait pas qui est ce Nietzsche, mais assurément il a raison.

*

Magali est très hésitante quant à la finalité de son stage. D'une certaine manière, elle se plaît dans ce travail, et sa propension à montrer une abnégation sans faille pour diverses tâches aussi farfelues qu'inutiles devrait aboutir à une proposition d'embauche. Le marché de l'emploi est toujours plus sélectif et la possibilité d'obtenir un contrat à durée indéterminée s'éloigne à mesure que s'empilent les tasses de café, les photocopies et les dossiers sur son bureau sans qu'elle soit gratifiée d'un remerciement. Mais elle garde espoir. Bien que ce ne soit qu'un stage, il faut se montrer motivée. C'est comme ça. Si elle arrive à rester, elle aura de vraies responsabilités. Elle pourra se faire remarquer de la direction et proposer sa candidature à la fin de son master. Dans un premier temps, une embauche pour l'été serait bienvenue. Les collègues sont sympas et, à terme, le salaire sera motivant. Mais elle doute. Au fond, elle ne veut pas être embauchée. Se transformer aussi vite en adulte, si jeune, c'est un peu fade. Il y a autre chose.

Elle en parle à Cécilia, qu'elle appelle au moins deux fois par semaine. Elles sont vraiment restées proches. Ne pas se voir pendant près d'un an n'a pas changé grand-chose. Elles s'envoient toujours des snapchats sur lesquels elles grimacent et discutent parfois de la guérison de Cécilia. Celle-ci va vraiment mieux.

À Corte, sa première année de master s'est remarqua-blement bien passée. Elle a rencontré un garçon mais, brusquement, il est devenu bizarre. Un certain Gabriel. Apparemment, l'histoire n'est pas allée très loin. Il a fait un malaise et Cécilia a dû appeler les pompiers. Après quoi, elle a attendu une amie dans le bar du village, pendant que le patron la regardait comme s'il avait vu un fantôme. Question rencard, elle mérite mieux. Il y en aura d'autres.

Avec son succès sur Instagram, c'est évident. Cécilia y poste de magnifiques photos de son île, de plages de sable blanc, de verdure sauvage, où parfois elle se met en scène, comme sur ce cliché que Magali aime beaucoup, où on la voit porter une couronne de laurier-rose alors qu'une tour génoise se perd dans le fond. C'est bien qu'elle ait repris confiance en elle, se dit Magali. Les images peuvent guérir. Elle commente souvent les publications de Cécilia avec des émoticônes de cœurs colorés. La plupart de ses posts dépassent les trois cents *j'aime*. Cécilia reçoit beaucoup de messages, mais ne prend qu'occasionnellement le temps de les lire. Elle reste concentrée sur son travail. Magali trouve qu'elle exagère. De temps à autre, elle lui suggère de sortir, de retrouver sa copine Anaïs, qui ne vit pas si loin. Lucie est toujours en médecine et Cécilia ne la voit plus.

Aux yeux de Magali, soudainement, son stage paraît dérisoire et révèle la vacuité d'un travail qu'elle a pensé aimer et parfaitement supporté. Cécilia lui conseille d'en discuter avec son chef de secteur. Il la convoque, parle de chiffres, de structures compétitives et innovantes. De croissance aussi, avec un nombre incalculable de mots anglais qui révèlent l'existence d'un monde de profit aux rythmes incroyables, d'un monde qui, en raison de nombreuses coupes budgétaires, restera un univers dont elle sera exclue. Il lui signifie que malgré ses efforts il ne pourra jamais l'embaucher. Avec tous ces mots anglais, Magali n'a rien vu venir. Son offre d'un mi-temps pour l'été n'est que le témoignage d'une forme de politesse qui s'apparente à une obligation circonstancielle. Elle décline la proposition, laissant médusé son chef de secteur, qui manque recracher le café qu'elle vient de lui servir avec l'amabilité qui la caractérise.

Magali s'étonne de sa propre surprise, elle qui pensait que tout était joué d'avance. Elle comprend bien que ses efforts n'ont mené à rien de tangible. Mais ce n'est pas grave. Si ce n'est pas un CDD aujourd'hui, une embauche demain, il y aura une autre voie, une autre destinée. Cette constatation la frappe avec une évidence remarquable. On nous apprend qu'il faut suivre un chemin, que le trajet est ce qui nous définit, comme si nous étions maîtres des routes, des interstices et des obstacles rencontrés. Or, en l'absence apparente de guide, on ne parle jamais des carrefours cachés, des trajectoires atypiques ou des sentiers qui ne mènent nulle part. Pourtant, ces voies sont là aussi, quelque part, invisibles. Quel intérêt y aurait-il à vivre dans un monde absent aux vertiges de l'incertitude ? Et puis, à vingt-deux ans, on peut penser à autre chose qu'à son boulot. Magali a un meilleur projet. Elle veut revoir Cécilia, prendre du temps pour elle, et découvrir la Corse. Elle a un peu d'argent de côté et sa mère ne rechignera pas à lui filer un coup de main, si cela s'avère nécessaire. Après tout, il ne lui reste qu'une année à valider. Les propositions d'embauche ne sont pas abondantes, mais elles existent.

Pendant sa pause, Magali met en ordre son bureau et appelle son amie. Elle lui raconte son entrevue, l'offre puis la gueule du chef, sa propre surprise et son ras-le-bol d'avoir supporté un gros con si longtemps. La fin de son stage est imminente et c'est l'objet même de son appel.

Cécilia écoute, impatiente.

— Si tu le veux bien, je pourrais prendre le bateau et venir te voir la semaine prochaine.

Cécilia accepte avant d'en parler à ses parents. Elle ne peut contenir sa joie. Elle est très émue, veut lui montrer l'île, la visiter avec elle, l'enchanter. Elle lui doit bien ça. Cécilia ne retient pas ses larmes lorsqu'elle voit débarquer, en piéton, une semaine plus tard, son amie, sur le port de la cité impériale. Elle y restera un mois. L'été n'a qu'à bien se tenir.

Paris – Village

Le travail, le triomphe, l'exil. Le triptyque de sa force valait bien quatre années de sacrifices. Lelia voulait se casser, depuis longtemps. Corte lui paraissait minuscule et austère, ses habitants aussi étroits d'esprit que les rues de la cité ancienne. Dire que Nietzsche voulait vivre ici, dans la « ville des surhommes »... Des *surcons*, ouais. La ville des « grandes conceptions », aussi. Ces poncifs délirants témoignaient pour Lelia de prémices à l'effondrement intellectuel de 1889. Il n'y avait rien pour elle, ici, la citadelle apparaissait petite et mesquine et, Raphaël parti, aucune raison ne l'empêcherait d'accomplir son exil.

À la suite de son concours – qu'elle pensait déjà réussi –, elle trouverait un anonymat salutaire dans Paris, une existence reposante par rapport au tumulte bavard de la cité paoline. Elle reproduisait l'erreur dont elle avait tant souffert et étendait à toute une communauté les défauts des individus qui l'empêchaient d'être heureuse. Ils se confondaient dans son esprit en une sombre caricature que sa tristesse pensait authentique. Mais les caricatures sont des images et parfois les images sont trompeuses. En réalité, il n'y avait pas que des mauvais souvenirs ou des gens racistes. Raphaël, par exemple, était différent.

Lelia ne put s'empêcher de repenser à lui en se préparant pour son oral de Capes. Elle avait pris l'avion depuis Poretta et était hébergée par une amie partie à Paris pour ses études. Elles avaient mangé des sushis en discutant du passé. En sortant du métro, elle n'avait pas senti l'odeur de la ville, comme elle n'entendrait pas sa cacophonie. Elle en rêvait depuis l'enfance. Paris aurait pu s'effondrer, des colonnes de flammes ravager la ville, elle aurait refusé obstinément d'y voir autre chose qu'une issue. Son fardeau, elle avait désormais l'opportunité de le fuir. « Raphaël ne m'aurait jamais suivie », pensa-t-elle en se dirigeant vers son destin.

*

Qui écouter ? Qui suivre ? Raphaël ne savait plus. Quatre années de militantisme l'avaient épuisé et ne l'avaient conduit à rien de tangible. Il avait vu les hommes construire des citadelles idéologiques pour assurer au mieux leur pas sur le sol branlant ; il avait vu les trahisons, les arrangements en sous-main, la ferveur et les larmes. Il était tombé sur un article de Mediapart. Certaines personnalités nationalistes étaient soupçonnées de prendre part à un fonds spéculatif immobilier. Il était profondément dégoûté. D'après l'enquête, il s'agissait d'une vaste escroquerie qui consistait à transformer des terrains agricoles en constructions luxueuses, plus particulièrement dans la plaine orientale, vers Aléria. La région de Lucien.

Son visage lui revint, son regard meurtri par la peur et le poing qui s'avançait pour le frapper. La dispute. Il n'avait pas assisté à son enterrement. Sa présence y aurait été déplacée. Gabriel y avait chanté le *Dio*. L'assistance funèbre avait dit que c'était magnifique. Ensuite il s'était senti mal et avait dû sortir de l'église. Dehors, des militants cagoulés avaient tiré des salves au fusil de chasse. À l'intérieur, des inconnues cachaient leur visage derrière leurs mains fragiles. Bientôt, sur l'île, on verrait fleurir le visage du mort sur les murs. Raphaël aussi, la nuit, y inscrirait des messages de vengeance, de gloire et de piété. Ainsi naissent les martyrs.

De la terrasse, Raphaël regardait la mer. Gabriel, à l'intérieur, était absorbé par son téléphone. Dans ses souvenirs, Raphaël voyait le visage de Lelia, qui l'avait porté plus loin qu'aucun voyage n'y parviendrait jamais.

Séparé d'elle, dans cette maison trop haute et trop froide pour être habitée, il fumait au-dessus des oliviers qui, autrefois, faisaient la fierté des Cristini. Il contemplait au large l'île d'Elbe en rassemblant les souvenirs épars d'une mémoire pleine de cicatrices. Sur sa joue, un ange vit couler depuis le ciel une pluie minuscule que Raphaël essuya de son bras. Il pensait encore à Lelia quand son téléphone sonna. Il ignorait que, de l'autre côté de la mer, dans cette ville dont elle lui parlait beaucoup autrefois, elle était face à son destin. Lui ne connaissait rien du sien. Parfois, les épiphanies ne prennent pas la forme qu'on leur prêtait. Surpris qu'on l'appelle si tôt, il jeta sa cigarette par-dessus le balcon. Il rentra sans fermer. L'air était encore frais pour une matinée de juin. Il demanda à son frère qui c'était avant d'exprimer sa surprise.

Allongé sur le canapé, Gabriel regardait son frère sur la terrasse en se disant à quel point il l'enviait. Il enviait sa pleine santé, sa volonté, ses cheveux noirs et sa barbe hirsute qui témoignaient de la robustesse de sa constitution.

Gabriel allait un peu mieux, mais cela ne suffisait pas. Il ne retrouvait pas le militant acharné qu'il avait pu être, qu'il n'était plus, et se sentait tel un traître face au reflet de son souvenir aujourd'hui corrompu. Il avait été comme Raphaël, bien qu'il ne se reconnût plus ainsi, et ne voyait à présent chez son frère que l'avatar d'un militant person-nifié, comme si c'était cet engagement qui lui donnait sa constitution et avait momifié son être dans les profondeurs éteintes de son intériorité.

C'était pire depuis qu'il s'était séparé de Lelia. Gabriel ne l'avait pas rencontrée, mais il la trouvait gentille. Elle l'avait aidé en lui conseillant une bonne liste d'ouvrages à propos de Nietzsche, malgré la séparation. Son frère ne par-lait pas de ses relations. Il avait toujours été distant quant à ses aventures et détestait les épanchements vulgaires que manifestaient les hommes, la plupart du temps pour prouver aux autres – pour se prouver à eux-mêmes – qu'ils étaient de vrais hommes et l'assumaient.

Un soir, à Corte, Raphaël s'était emporté contre un jeune homme qui avait utilisé l'appellation « beurette » à propos d'une serveuse de boîte de nuit particulièrement jolie. Il lui avait fait remarquer que c'était une expression raciste, ce à quoi le bonhomme en question n'avait rien répliqué car le racisme était pour lui légitime et dans l'ordre immuable des choses, un jeu biaisé, qui distribuait les cartes aux gagnants et aux perdants selon les naissances. Raphaël lui avait expliqué – en essayant de rester calme – qu'il existait une marche de l'histoire pour les peuples martyrs, les Arabes comme les Corses, qui partageaient ainsi un statut commun dans l'adversité que leur témoignaient les Français, et qu'il fallait arrêter d'adopter des points de vue qui n'étaient pas les leurs mais seulement les résidus vulgaires de la colonisation de leurs esprits. L'homme toisa Raphaël avec la puissance surhumaine de la bêtise. Il n'avait pas compris ce que Raphaël disait et il n'avait pas aimé ne pas comprendre. Il entra dans une colère dont sa raison lui interdisait de chercher l'origine. Il s'avança vers Raphaël avec son bleu de Chine et ses oreilles décollées. Il prononça les mots qui projetèrent Raphaël dans le feu qui l'habitait depuis sa rupture.

— Tu m'as traité d'Arabe, c'est ça ?

Raphaël perdit patience. Non, il ne l'avait pas traité d'Arabe, et d'ailleurs ce n'était pas une insulte et ça n'avait pas d'importance. Ce qui avait de l'importance, ce qui les réunissait au-delà des différences, c'était de lutter ensemble pour le droit des peuples à disposer d'eux-mêmes, à vivre leur spécificité sans la condescendance outrancière que pouvaient avoir les Français.

Les grandes oreilles décollées ne suffirent pas à entendre. Le jeune homme coiffé d'un béret s'énervait de ne pas connaître le sens des mots. Il lui semblait que Raphaël alliait subtilement des phrases qu'il ne comprenait pas dans le strict but de l'humilier et de le traiter d'Arabe de manière détournée. Il s'énerva davantage, reprit la conversation où elle en était, en confondant les situations comme si les mélanges hybrides étaient possibles en paroles mais qu'une loi aussi ancestrale et puissante que la bêtise l'empêchât de cautionner ce métissage chez les hommes.

— Beurette ou pas, en tout cas, moi, je sortirais jamais avec une Arabe !

Il avait parlé fort, peut-être pour mieux assurer son petit corps branlant dans ses chaussures de montagne trop grandes pour lui. Il avait parlé fort, peut-être pour provoquer Raphaël qui ne réagissait pas. Autour d'eux, on sentait, au milieu du tabac qui nappait les clients dans une brume commune, un champ magnétique qui distillait un silence complice à la dispute, et à sa possible montée en violence. Dans le bar, certains savaient, pour Lelia et Raphaël, mais peu se seraient autorisé une remarque blessante, même si la plupart, dans le fond intime de leur secret, partageaient les idées du petit homme plein de rancune.

Alors Raphaël balança que ce serait bien d'éviter de parler comme ça de cette serveuse, parce qu'elle était trop belle pour lui, et le ciel ne lui ferait jamais la grâce de lui accorder un tel cadeau. Bien qu'il n'ait pas tout compris, l'entendement du petit homme avait repéré une agressivité légère qui donnait une consistance menaçante au message. Il conclut l'échange en disant à Raphaël qu'il n'aurait jamais voulu d'elle puisqu'il était à peu près sûr que les Arabes puaient de la chatte et qu'elles étaient pleines de maladies. Raphaël envoya de son poing gauche un coup dans la tempe du jeune homme, qui vacilla et perdit le béret qu'il arborait si fièrement. Ses oreilles n'entendirent rien et ne furent d'aucun secours. Immédiatement s'ensuivit une houle de protestations et plusieurs personnes séparèrent les deux hommes, même si Raphaël paraissait ne pas vouloir aller plus loin.

— Je vais te crever, oh fils de pute ! Tu es un vendu et un traître, tu défends les Arabes parce que tu es comme eux, oh enculé !

Après quelques échanges tendus entre le serveur et Raphaël, le bonhomme aux grandes oreilles s'éloigna au bout du comptoir en proférant des menaces de mort, disant qu'il n'oublierait rien et qu'un jour il lui ferait payer ça, il avait des cousins dans le Niolu, ils allaient descendre l'enculer, lui et sa bande d'Arabes qui lui servaient d'amis.

Cette histoire valut à Raphaël le surnom de LDH pour « ligue des droits de l'homme », et beaucoup de militants lui tournèrent le dos. Mais pour Raphaël ce n'était pas grave. Ils ne savaient rien. Ils ne savaient rien de Lelia et de sa beauté souveraine, ils ne connaissaient ni son sourire ni son intelligence qui aurait fait pâlir les trois quarts d'entre eux, qu'il trouvait cons comme des bestiaux mais que son intégrité militante empêchait de haïr. Peut-être, pensait-il, cet abrutissement congénital était-il la suite logique d'une forme de colonisation des esprits, l'histoire les avait privés des capitaux nécessaires à leur émancipation, ou peut-être qu'il avait simplement pété les plombs. Finalement, les hommes ne se consacrent-ils pas à des idéaux que dans le but lamentable de fuir leurs propres faiblesses ?

Gabriel l'avait assuré de son soutien, arguant qu'il avait eu raison, qu'ils ne pourraient jamais rien espérer de ce peuple condamné aux marges de l'histoire, et qui serait toujours haï parce que les Français ne lui pardonneraient jamais de leur avoir donné un empereur qui leur avait fait croire qu'ils étaient encore quelque chose.

Gabriel repensait à cette histoire lorsqu'il vit son frère s'essuyer les yeux avec son bras. Il ne comprit pas immédiatement qu'il épongeait une larme, puis fit mine de ne rien voir. Les nuages semblaient dominer les pensées de Raphaël qui fumait trop, assis sur la terrasse en regardant les oliviers. Il avait l'air épuisé. Gabriel remarqua son regard triste et, avant qu'il ne lui adresse la parole, il entendit son téléphone sonner, posé sur la table. Raphaël entra avec la fraîcheur de cette matinée de juin.

— C'est qui, à cette heure-là ? demanda-t-il.

— Lelia, répondit Gabriel.

Le visage de son frère blanchit comme s'il lui avait porté un coup à la fois intime et secret, et il rectifia aussitôt :

— Non, pas *ta* Lelia, l'autre, celle du syndicat.

Gabriel s'en voulut de ne pas avoir précisé immédiatement l'identité de celle qui allait dévoiler ce que son homonyme ne savait pas, alors que celle-ci se dirigeait vers son avenir, ignorant que, ailleurs, quelqu'un d'autre avait passé une porte, pour être accueilli par les anges, au son des trompettes célestes et du choix de la nuit.

Paris

Ne pas croire au destin. Ne jamais remettre entre d'autres mains ce qu'il nous appartient de réussir. Se dérober pour renvoyer la faute sur le sort est une attitude enfantine, quand ce n'est pas une manifestation ordinaire de lâcheté. Se maîtriser, c'est aussi se prémunir, éviter de laisser ployer son avenir sous la fatale résignation du hasard.

Appuyée aux barreaux des jardins du Luxembourg, Lelia regardait devant elle l'immense édifice dans lequel elle passerait bientôt son oral. Elle était arrivée en avance, évidemment. Pas question de prendre un risque ici : nul n'est prophète qu'en son pays. L'épreuve était prévue pour huit heures puis, en fin d'après-midi, elle reprendrait l'avion pour rentrer à Bastia.

Elle se souviendrait des détails que les anges ignore-raient. Les vitres immenses, les lilas des Indes derrière elle, le goût de son croissant, la difficulté qu'elle éprouverait pour l'avaler, le sourire d'une jeune brune aux lunettes rondes qui tremblerait devant la salle d'examen, la une d'un article de journal qui évoquerait la Corse. Si les anges ne savent rien de l'attente, alors ils ne savent rien de nous. La

384

somme de nos vies ne se résume-t-elle pas finalement à des attentes déçues ?

Dans l'*ævum* ces éléments n'existent pas. Ils sont renvoyés à l'insignifiance éternelle des événements que les anges ignorent. Dans l'*ævum*, rien n'a de sens que la fin de cette matinée, rien n'y existe que pour plaire à Dieu, dans les catégories insondables du mystère de l'Être.

Elle avait déjà brillé lors de la dissertation sur programme « Savoir, est-ce cesser de croire ? » et sa maîtrise de Rousseau était largement suffisante pour espérer une reconnaissance honorable. Pour la première épreuve orale, qu'elle avait passée deux jours plus tôt, elle était tombée sur un texte qui lui était rigoureusement inconnu, écrit par un philosophe anglais qui avait vécu à cheval entre le XVIe et le XVIIe siècle. En découvrant le nom de Francis Bacon, elle avait eu un léger coup de chaud. Puis, comme toujours, elle avait fait de son mieux. Le texte avait pour sujet l'idolâtrie des mots.

Elle éteint son téléphone. Elle détaille les murs épais autour d'elle en contrôlant sa respiration. Quand c'est son tour, elle se lève sans une prière vers le ciel, salue le jury et s'en va tirer au sort le bout de papier qui décidera de son avenir. Elle plisse légèrement les yeux avant de l'ouvrir. Sur le papier, une écriture calligraphiée indique : « Les vérités éternelles ». Au jugement dernier, dans le Coran, huit anges porteront le trône de Dieu. Après avoir préparé son travail dans le temps imparti, elle se lève et présente au jury sa leçon : « La fin de la métaphysique ».

Lorsque Lelia sortit de son oral, elle ne ralluma pas immédiatement son téléphone, sur lequel elle serait surprise de découvrir les nombreux appels manqués de ses parents. Elle n'attendait pas de ces derniers qu'ils soient si impliqués dans sa réussite pour une discipline qu'au mieux ils estimaient fantaisiste, qu'au pire ils voyaient comme l'incarnation symbolique du péché d'apostasie. Et, pourtant, après quatre années d'abnégation et de labeur, elle arrivait enfin, et à la première tentative, jusqu'aux oraux – et, vu le taux d'admissibilité, cela était déjà très honorable. Mitigée quant au déroulement de l'épreuve – un des examinateurs lui coupait souvent la parole pour livrer des réflexions sans queue ni tête et l'attitude globale du jury était plutôt condescendante –, elle s'avança vers la sortie, sourit aux candidats qui prendraient sa suite et alla s'asseoir sur un banc. Elle repensa à ces années, à ses sacrifices et aux remarques désobligeantes de ses parents. Son goût pour le dépassement, la concrétisation de son rêve, l'exil et la Ville lumière où, déjà, elle se sentait chez elle, loin de Corte, des Lubiacce ou de Raphaël. Elle s'était donnée entièrement. « Pas de regrets », se dit-elle en rallumant son téléphone.

Il y avait beaucoup d'appels manqués. Probablement des amis qui voulaient savoir comment cela c'était passé. Le message laissé après neuf heures concernait indubitablement l'épiphanie d'une apocalypse. Peut-être les choses sont-elles écrites dans un temps dont nous ne savons rien, et se moquent-elles éperdument de nos attentes de significations.

Elle souffle un grand coup, met son smartphone à l'oreille et écoute une longue plainte d'agonie et de pleurs, donnée par une voix qu'elle ne reconnaît pas, et la sentence que Lelia entend n'a rien à voir avec la fin de la métaphysique et la rend obsolète.

PARTIE VI

« Il n'y a pas plus de données éternelles qu'il
n'y a de vérités absolues. »

Friedrich NIETZSCHE,
Humain, trop humain

Lupino - Casamozza

— *Approche-toi.*

Malgré les années, la figure d'Hassan demeurait identique. C'était comme si, dans la mémoire de Malik, s'était figée l'image d'un grand-père incarnant la synthèse de ses représentations.

— *Viens par là.*

Parfois, Malik se demandait si sa mémoire n'était pas habillée de l'immatérialité de ses rêves qui, colorant son passé, compensaient par son imagination débordante la somme des actes qu'il avait échoué à accomplir. Il exagérait. Il n'avait pas été si bon footballeur et, quoique reconnues, ses qualités martiales n'avaient rien du prestige dont il les enrobait aujourd'hui. Les fantasmes qu'il n'osait satisfaire se trouvaient enfouis aux côtés de souvenirs et tamisaient sa mémoire infidèle de fictions consolantes. Pour Hassan comme pour le reste, ce serait la même chose. Un passé fantasmé nourri des rêves avortés de l'avenir et, au présent, la synthèse de ses échecs dans la consistance spectrale et fallacieuse d'un fantôme.

— *Je vais te raconter une histoire.*

Il ne se souvenait plus si Hassan, comme le lui suggérait sa mémoire, arborait toujours un fez ou si, à l'image des rayures polychromes de sa large tenue, cela constituait un mélange hybride avec ce qu'il avait probablement lu dans un livre d'histoire, une description davantage fidèle aux goumiers qu'à son grand-père, à la tenue rayée qu'ils portaient autrefois sur les hauteurs de Saint-Florent. Il préférait ne pas le savoir. De peur de voir s'avachir les mirages fantasques de son passé trahi, il n'avait jamais demandé de détails à ses parents. Parfois, il est préférable de ne rien connaître. S'il savait déjà son avenir gâché, autant préserver son passé.

— *C'est ton histoire préférée, mais tu ne dois pas la raconter à ta sœur, promets-le-moi.*

Malik s'était endormi. En période de ramadan, c'était une bénédiction. Cela l'aiderait à honorer cette promesse donnée au ciel quand, sous ses mains chaudes, il avait senti le pelage sale trempé de sang. Il avait passé des heures à les frotter. Il avait couvert de larmes et de prières le corps agonisant de la bête sanglante. Il sentait les aigreurs de son estomac brûler ses chairs, sa sueur naissante caresser d'un frisson son aine et ses tempes humides, mais il savait que la faim n'y était pour rien. Il aurait préféré. Il aurait préféré endurer l'épreuve du jeûne, car elle met sur le chemin de Dieu, chemin qu'il avait fui pour d'autres sentiers de damnation comme le lui révélait, depuis, l'aube des jours naissants.

— *Je te le promets, Masha'Allah.*

Il avait compris. Il avait expliqué à Marc-Ange qu'il ne voulait pas continuer, qu'il ne voulait plus tuer de chien et encore moins des hommes, et Marc-Ange avait compris aussi. Il n'était qu'un lâche, une sombre merde qui avait à peine l'envergure d'un petit dealer dont on ne tirerait rien. Toute son étoffe, l'armure saillante qu'il avait édifiée des années durant était désormais souillée de l'impureté du sang qu'il avait fait jaillir des viscères d'une créature de Dieu. Marc-Ange avait crié. Il lui avait demandé pourquoi il n'avait pas tiré une deuxième balle, il fallait se casser maintenant, et il n'avait pas intérêt à saloper l'intérieur de son SUV et l'emmerder avec ses stupides considérations éthiques.

— *Je vais te raconter l'histoire de la goule qui hante le cimetière des hommes.*

— Je veux raccrocher, Marc-Ange, je veux plus toucher une arme ; arrêter la drogue, faire le ramadan.
Marc-Ange n'avait rien dit. Il s'était contenté d'évaluer Malik avec aversion. Il n'avait pas parlé de la possibilité

d'une reddition. Nulle part n'était spécifiée la nature du contrat qui les liait. Pas de loi sur terre ou dans le ciel que Malik priait. Marc-Ange l'avait laissé devant la boulangerie et avait disparu dans la nuit. En sortant du véhicule, Malik n'avait pas pu retenir la salve acide qui lui avait brûlé les narines en s'arrachant du fond de sa gorge. Il était rentré. Il avait sali son volant et son intérieur cuir. Ça n'avait aucune importance.

Il faisait régulièrement des cauchemars. Une femme voilée lui parlait mais il ne comprenait pas. Ce n'était pas de l'arabe et cette femme n'avait rien à voir avec le souvenir de sa grand-mère. Elle était sous un olivier, mais Malik ne savait pas ce qu'elle disait.

— *Autrefois, les shayatin[1] ont volé des secrets au Très-Haut dans l'immensité des sphères célestes, pour les répartir sur la terre entre les infidèles qui pratiquent la divination.*

Il n'alluma pas de joint. Il ne laisserait plus son esprit s'embrumer dans les affres intérieures de sa lâcheté. Il ne tira pas d'eau pour se débarbouiller le visage. Il ne but rien, malgré la soif qui l'abîmait. Il n'était que huit heures. Le ciel était pourtant magnifique.

— *Et qu'est-ce qu'a fait le Très-Haut ?*

_____

1. Dans la mythologie islamique, djinns malveillants ayant le pouvoir de corrompre les pensées.

Il sortit du hall de son immeuble et fut surpris de ne voir personne. L'allée centrale était complètement déserte. Il n'y avait que Racim qui patientait devant un mur en tenant dans ses mains des bombes de peinture usées. Quand Malik s'approcha, il expliqua qu'il attendait la fin du ramadan pour dessiner.

— C'est quand ?

— Ce soir.

Le temps était passé si vite. Le ramadan. C'était la première fois depuis le collège qu'il s'y tenait avec autant de sérieux. Plus jeune, les impératifs religieux ne l'intéressaient pas. Il lui était arrivé de manger en douce quelques gâteaux qu'un copain avait rapportés au city-stade. Désormais, même si ce n'était qu'une image imparfaite, il avait à cœur de rester fidèle au souvenir de son grand-père et l'effort que cela avait demandé ne provoquait pas la moindre satisfaction. Ce n'était pas assez. Il avait éprouvé le manque, il avait subi les lourdes privations qu'impose le jeûne. Mais rien n'avait suffi à entraver le poids de sa culpabilité.

— Il les a punis. D'abord, Îsâ[1] interdit les trois premières sphères célestes, puis le prophète Muhammad, paix et bénédiction sur lui, les quatre sphères manquantes. Les goules sont condamnées à errer dans les cimetières et attaquer les infidèles et les enfants qui ne pratiquent pas les rudiments de la foi.

1. Nom coranique de Jésus.

Il entra dans le hall de l'immeuble où il avait grandi. L'odeur de pisse lui brûlait les narines. N'avoir rien mangé depuis des jours aiguisait son odorat. Il monta difficilement les quatre étages qui le menèrent chez sa mère, et entra sans frapper. Elle était assise et lisait le journal dans le silence. Elle avait déjà préparé les nappes. Sur les tables et les différents sièges, elle avait disposé des galons dorés, accroché de nombreuses lanternes et décoré les rideaux de motifs lumineux.

— Mon fils, tu as réussi à faire le ramadan, ton grand-père serait fier de toi.

Elle lui adressa un grand sourire qu'il ne sut pas lui rendre. La joie de sa mère ne suffisait pas à chasser les images du chien mort. Si la nuit ne le pouvait, qu'en serait-il du jour ? Il s'assit à son côté en regardant la couverture du journal avant de blêmir. Sa mère le rassura en disant qu'il avait fait le plus dur et qu'il ne fallait pas s'inquiéter. Mais ce n'était pas le problème.

— *Mais à quoi ressemblent ces goules ?*

Sur la une, Malik fixa un visage qui lui paraissait familier. Il demanda calmement à sa mère le quotidien. Elle se leva pour terminer les décorations, qui contrastaient avec l'ambiance terne de l'appartement. Malik essaya de dissimuler son malaise et de lire l'article d'un air détaché, pour que sa mère n'ait pas de soupçons.

Une enquête avait été ouverte à la suite d'un assassinat. Un éleveur avait été tué un peu plus de deux semaines plus tôt. Une quinzaine de jours après l'histoire du chien. C'était Lucien. Il l'avait reconnu. Pas de doute possible. Le noir de ses cheveux, ses yeux marron, sa figure entière qui se dessinait dans sa mémoire. Puis son regard hostile qui s'était figé sur lui pendant que Marc-Ange lui faisait part de ses exigences. Un dossier lui était consacré et il scruta les photos avec une minutie d'archéologue. Lucien avait été abattu par un professionnel au bord de la nationale. Sa gorge se serra. L'article mettait en avant le caractère surprenant et inattendu du meurtre d'un éleveur apparemment sans histoires, respecté pour la ténacité de ses convictions. De plus, le journaliste soulignait à plusieurs reprises qu'il venait d'une famille tenue en estime, comme si cela ajoutait à l'injustice et à l'abjection de l'acte. L'enquête privilégiait la piste du règlement de comptes. Malik regarda de nouveau les photographies. Sur l'une d'entre elles, Lucien posait avec un élu local. Sur d'autres, dans des groupes où, étrangement, les hommes étaient vêtus de noir. Malik fixa son attention sur la dernière, mais ce n'était pas le visage de Lucien qui l'interpellait. La légende indiquait : *Lucien Costantini au côté de Raphaël Cristini, à Corte.* Le copain de Lelia. Celui du parking. Son estomac se serra. Il sentit la sueur inonder sa nuque et les aigreurs le ronger de l'intérieur. Il en était sûr maintenant : il y avait pire que la faim.

— Ce sont des monstres à forme humaine avec de longues griffes, au visage décharné, aux yeux rouges injectés de sang, et ils mangent les enfants.

Il se leva, contint au mieux son agitation et sortit en disant à sa mère qu'il reviendrait pour la soirée. Il prit son téléphone dans la poche de son jogging. Deux appels manqués. Numéro inconnu. Il se sentit assailli, à la merci d'un foisonnement de questions, son esprit bouillonna comme si chaque rumination lui brûlait le crâne et le rendait incapable de réfléchir. Il avait peur. Dans sa conscience, parmi les futurs possibles, Malik n'imaginait rien qui pourrait l'expurger de ses fautes.

Il remonta chez lui prendre le sachet dans la chasse d'eau. Il en sortit le calibre, le mit dans sa sacoche et rappela le numéro. Il n'était pas surpris. C'était *écrit*. Marc-Ange lui parlait avec une bonhomie naturelle, comme s'il avait simplement affaire à un vieil ami dont il voulait prendre des nouvelles. Malik était fasciné par la neutralité de son ton. Il essaya de ne pas s'effondrer, de garder contenance. Marc-Ange proposa d'aller boire un café. Malik lui répondit qu'il était en fin de ramadan.

— Rien ne t'oblige à le boire, il faut juste que tu sois là.

Son corps trembla.

— Pourquoi ? Je t'ai dit que je voulais raccrocher.

— Justement. Prends ça comme un rendez-vous de reconversion.

— Où ça ?

— Comme d'habitude.

Ses tempes brûlaient. Pourquoi voulait-il le voir ? Il lui avait dit qu'il raccrochait. Et puis pourquoi à la boulangerie ? S'il avait voulu lui faire du mal, il aurait choisi quelque chose de plus tranquille, une des arrière-salles de sa boîte de merde. Il fallait faire le dos rond une dernière fois avant de disparaître. Il ne risquait rien ; il était calibré.

— Mais, grand-père, comment on peut se protéger des monstres ?

Il se mit en route. Il ne salua personne et accéléra aussi vite que possible. Ses pensées étaient tournées vers Marc-Ange. Il fallait réagir. Quoi que lui demanderait ce dernier, il refuserait. Ensuite, il irait à Corte voir sa sœur, ou bien il se débrouillerait pour avoir le numéro de téléphone de son ancien copain. Il regrettait amèrement de ne pas l'avoir salué. La départementale était déserte. Il mit moins de vingt minutes pour arriver. Il reconnut immédiatement le SUV et se gara à proximité. Marc-Ange sortit de la voiture en arborant un grand sourire. Malik sentit l'éclat odorant de son parfum de merde. Marc-Ange était seul et n'avait pas l'air armé. Il y avait un peu de monde autour d'eux. Quelques personnes assises en terrasse qui sirotaient un café ou un jus de fruits. Malik sortit de la voiture avec sa sacoche. Marc-Ange s'approcha en lui tendant un billet de vingt euros.

— Tu me prends un Coca et un croissant.

Malik ne voulait pas le contrarier. Il se disait que, s'il répondait qu'il faisait ramadan, Marc-Ange chercherait à en profiter pour le provoquer. Il prit le billet et entra. Il y avait la queue. Il déverrouilla son téléphone et essaya d'appeler sa sœur. Messagerie. Merde. Il ne savait pas quoi dire. Il bafouilla et demanda les coordonnées de Raphaël. Il irait le voir, lui dirait ce qu'il savait, et il suffirait ensuite qu'il disparaisse quelque temps. Il fallait juste supporter cette dernière conversation et ce serait terminé.

Il sort de la boulangerie, se tourne vers la table où Marc-Ange s'est dirigé. Il n'est plus là. Malik s'interroge, regarde l'emplacement de la voiture. Disparue aussi. Il se retourne vers son Audi. Une vieille bagnole rouge est garée en plein milieu et le mec a laissé le moteur tourner. Il avance pour la contourner quand il voit en face de lui une silhouette maigre et cagoulée. Il lâche le croissant et la canette de Coca, met la main dans sa sacoche et cherche à en extraire le calibre, imagine tirer le premier mais, comme ses rêves, ce souhait regagne très vite son passé pendant que lui-même rejoint le souvenir des autres, un instant plus tard, tandis qu'il s'effondre sur le sol, le corps criblé de chevrotine, le visage tourné vers le ciel. Lavé du poids de sa culpabilité, il retrouve enfin Hassan, dans les abîmes du néant.

— *Il faut prier le Très-Haut, Malik, il faut prier.*

Ajaccio

29 juillet 2017

Elles n'ont plus beaucoup de temps. Selon leur agenda, il faut exclusivement se consacrer à la fête. Magali redécouvre une Cécilia qu'elle avait perdue de vue. Il existe en nous des fragments d'ailleurs, des visages que la vie recouvre de masques, et ces atours du passé ne paraissent au grand midi que lorsqu'un onguent curatif en permet l'éclat. Il n'y a pourtant pas d'onguent. Il n'y a eu ni breuvage ni prière. Cécilia n'est pas un tombeau ni Lazare s'en échappant, elle ne porte aucun suaire, juste un maillot de marque, et les passants la rendent, par leurs regards insistants, aussi sublime qu'une sculpture piégée dans la froideur pierreuse d'un marbre blanc.

Cécilia n'a rien bu d'un nouveau calice sans promesses, elle s'est contentée de suivre les conseils bienveillants de personnes dévouées, elle a déconstruit, pièce par pièce, l'immense édifice de sable et plus rien ne la dérange maintenant qu'elle habite en sirène ces plages d'Ajaccio qui l'ont terrifiée. Elle croque dans la vie comme dans un fruit amer. Redevenue elle-même, elle a abandonné la maigre chrysalide qui s'était muée en l'armature saillante de sa silhouette face aux regards hostiles d'un monde qu'elle toise maintenant depuis le fond de son indifférence. Elle domine le monde et c'est l'usage qu'elle en a choisi. Cécilia est pétillante, Cécilia rit comme avant et il lui arrive de parler de garçons. En réalité, Cécilia est ressuscitée. Son séjour à l'hôpital a été d'un bénéfice colossal. Elle y a passé quarante jours pendant lesquels elle a éprouvé la difficile confrontation avec le corps médical, mais aussi avec ses sœurs qu'elle n'oubliera jamais, surtout Thérèse, se dit-elle, dont Dieu garde aujourd'hui l'âme. Elle savoure l'existence, elle le doit aux autres, à sa nutritionniste, à sa nouvelle psychologue de Bastia, Irène, avec qui elle effectue un travail incroyable. Pendant l'été, elle n'a pas de rendez-vous. Elle continuera en septembre, quand elle reprendra son parcours universitaire. Elle prend beaucoup de photos et montre à son amie à quel point elle est suivie sur les réseaux, a de nouveau confiance en elle et pourra bientôt franchir le pas.

Elles passent des après-midi à la plage, où elles sirotent des cocktails aussi originaux qu'élégants. À Capo di Feno, elles se délectent du sable blanc, de l'eau turquoise et de l'iode qui parfument leur peau du mélange des embruns et de leur sueur salée. Cécilia reprend goût à la vie. Lorsqu'elle était encore malade, ses sens s'étaient rendus absents à son âme. Seuls demeuraient la douleur et le froid. Elle ne désirait rien et ne ressentait que la faim. Aujourd'hui, son corps exulte en un éventail de sensations diverses qu'elle agite contre le vent. Le goût du sel et l'odeur des vagues n'auraient rien pu éveiller dans ses narines de jeune femme blessée, peut-être seulement le dégoût de la nourriture qu'elle associait à la mer. Mais à présent Cécilia jubile de sentir à nouveau, elle aime le parfum des cocktails, le goût de sang des brochettes qu'elle a encore du mal à avaler, la transe de la danse, la liberté de ses gestes et le regard des autres.

La soirée avance. La bande est là. Paul-Thomas, Anaïs, et Lucie passera dans la soirée. Ils sont attablés autour d'un tonneau pendant que le soleil meurt dans l'horizon lointain. Ils mangent des plats de charcuterie, boivent un rosé primé d'Aléria, une bouteille de la cuvée Lucien, sur laquelle Cécilia voit la photographie d'un jeune homme qu'elle a déjà croisé sans le soupçonner. Les garçons rient et dansent pieds nus sur la plage, la musique lancinante fait chavirer les âmes que le soleil a réchauffées durant l'après-midi et le monde baigne dans un rêve où nulle puissance malsaine n'a droit de cité. De gigantesques baffles sont installés sur la plage et le son est si fort qu'on peut voir autour d'eux un halo léger, identique à celui que provoque parfois le soleil lorsqu'il frappe des surfaces lisses ou des goudrons chauds.

Magali regarde autour d'elle et danse avec les autres, elle se sent parfaitement intégrée à ce groupe qu'elle ne connaît pas, si bien qu'elle se permet de plaisanter, en jetant son regard vers le bleu de la mer pour ne rien perdre du paysage magnifique, malgré l'ivresse qui lui donne ce vertige qu'elle est venue chercher. La fête est surtout prisée des insulaires, mais on y voit aussi des touristes, des jeunes femmes et quelques adolescents timides, de nombreux verres en plastique recyclable que les fêtards lèvent au

403

ciel comme s'ils affrontaient le temps qui anéantira ces moments d'allégresse. Cécilia aime perdre le contrôle, elle aime se laisser aller et son corps suit le rythme élégant des musiques qu'elle a à peine la force d'entendre. Elle attire les regards. La finesse de sa silhouette est probablement une surprise – ainsi nous étonnons-nous parfois lorsque, impoliment et par mégarde, nous jugeons les existences et les blessures individuelles du monde qui passe. Quand Cécilia danse, tout le monde s'arrête pour la regarder. Ils ne savent rien du chaos qui la submerge, ils ne savent rien mais certains jugent son visage, sa maigreur, la perfection de ses traits et l'apparente superficialité de sa personne. Ils ne la comprennent pas. Tant se font juges sans rien savoir, et Cécilia, elle, ne demande que l'amour. Elle seule sait ce qu'elle a vécu, le drame tragique qu'abrite chaque existence, c'est pourquoi aujourd'hui elle veut le sel et la viande, le rosé et la danse, la frénésie et la sueur, l'ivresse et le droit au chaos. Elle seule comprend vraiment qui elle est, elle seule a parcouru le chemin intime qui l'a menée à sa propre personne et, aussi superficielle qu'elle puisse paraître, ce n'est que par profondeur. Nietzsche n'écrit-il pas que le mariage parfait a lieu entre Dionysos et Ariane ? Peut-être que Cécilia est ce que les regards disent : un visage, une surface lisse et élégante qui n'abrite aucun secret. Peut-être qu'au contraire, sous la mince pellicule de sel qui ondoie sur sa peau bronzée, existe autre chose que sa beauté. Tout murmure en elle et tout se tait mais les apocryphes enseignent qu'un silence ne demeure véritable que par ce qu'il cache. Et la réponse est dans la peau.

Elle danse avec Magali et le soleil se lève comme s'il avait tourné sur lui-même. Ils n'ont pas vu son coucher, ils ignorent l'astre et gravitent autour de Cécilia, satellites obnubilés par son corps dont le tournoiement imite un mouvement elliptique et parfait. Elle est le centre de son monde et c'est l'usage qu'elle a choisi.

Elle plaisante avec ses amis, et même avec Lucie, dont elle trouve le compagnon très charmant et poli. Il s'appelle Lucas, et Cécilia est ravie de le rencontrer, elle se dit qu'elle est contente pour Lucie, aussi, malgré cette force hostile dans son crâne qu'elle ne peut réprimer et qui lui suggère le contraire. Elle la veut heureuse et la veut triste. Les pensées ne sont pas, telles qu'on les imagine, préétablies et unifiées dans une représentation cohérente. Elles s'opposent toujours dans un combat et se distinguent par la mesure de leurs forces respectives et, ce matin, tandis qu'ils dansent encore sur la plage dans des shorts humides d'ivresse salée, c'est le bonheur et la joie qui éclosent en Cécilia. Au diable le ressentiment. Elle regarde Lucas et Lucie s'embrasser sous le spectacle du jour naissant et elle est heureuse de les voir unis, sans autre justification au monde, et elle se dit, sans que cela soit un regret ou un complexe, qu'elle voudrait aimer un garçon, ou qu'un garçon puisse l'aimer, pour autre chose que ce corps qu'elle habite, qu'on regarde, juge, et qui sort à peine de sa longue nuit, au crépuscule d'une idole.

Certes, des garçons l'approchent, mais ils sont trop saouls ou timides, on voit dans leurs yeux les pupilles dilatées par le vin tiède et le soleil sur leur crâne, ce qui les rend souvent maladroits, pour ne pas dire drôles et confus. Cécilia ne les jugerait pas pour si peu. Des garçons sont torse nu, la peau pelée et rougie, trop ivres d'alcool pour s'en apercevoir.

Il ne reste plus beaucoup de monde sur la plage. La plupart des fêtards sont rentrés, dorment dans une voiture mal aérée sur le parking ou un peu plus loin sur une serviette, étendus sur le sable. Certains font l'amour derrière une dune en essayant de se cacher des curieux. Le son décline, alors ils se décident à partir, dormir quelques heures pour reprendre le rythme d'une soirée analogue, quelque part à Ajaccio, ou dans le sud de la Corse, dont la beauté tient toutes les promesses du monde.

Corte – Bastia

Raphaël n'avait rien senti du déclic de l'obturateur qui déciderait de son destin. Peut-être, s'il avait su, aurait-il feint de bouder l'appareil qui le fixait, ses cheveux noirs, sa barbe de trois jours, et Lelia, au premier plan, qui souriait à l'objectif. À vrai dire, il n'avait pas eu connaissance de cette photo avant qu'elle ne tombe entre ses mains, avant qu'elle ne tombe, justement, du livre dans lequel elle tenait lieu de marque-page. Le rôle des objets ne nous est jamais connu définitivement. Il faut dire la surprise de Raphaël, qui entamait une lecture au moment où le monde s'effondrait.

Il n'avait plus donné de nouvelles à Lelia depuis huit mois, depuis cette dispute où les mots en avaient bousculé d'autres, pour en générer de plus épais encore, dans un tourbillon de colère qui avait précipité leur séparation. Mais ce cliché, lui, ne disait rien. On ne lisait rien dessus à propos de l'éclat brutal qui entraînerait la rupture. Raphaël n'avait pas vu Lelia prendre cette photo pendant qu'il était allongé sur son lit, le sourire aux lèvres, distrait par la lecture de *La Fin d'une liaison* où, sans le savoir, Graham Greene se faisait prophète. C'est dans ce livre qu'à présent, huit mois plus tard – un temps qui semblait une éternité tant les choses s'étaient bousculées, tant les anges ne voyaient que l'*ævum* –, il retrouvait cette photographie où Lelia offrait à l'objectif de son Polaroid son plus beau sourire, en riant que Raphaël ne s'en rende pas compte. Elle était debout, exécutait ce qu'on appelle un selfie devant lui qui, allongé, n'en savait rien. Elle avait dû glisser la photo dans le livre pendant qu'il fumait à la fenêtre.

Ce sourire de Lelia, c'était la fin du monde de Raphaël. Il revoyait la netteté de ses dents blanches et son regard baigné de tendresse qui valait rédemption. À ses derniers partiels, auxquels il avait brillé avec une légèreté coutumière, il était tombé sur un sujet qui, lui aussi, à la manière du sourire de Lelia, augurait la fin du monde par l'Orient. À Constantinople en 1453, comme dans cette photo, se figeait un monde avant que sa chute ne s'accomplisse. Les choses arrivent, bousculent les hommes et s'anéantissent sans que les marbres et les peintures, les pleurs et les photographies puissent murer les cœurs dans des citadelles de pierre. Il reste toujours un souvenir. Un ouvrage, une photographie en guise de marque-page dans un livre plein de poussière, des aïeux en noir et blanc qui toisent un salon pour l'éternité. Le sourire de Lelia. Il en était encore très amoureux. Et cette image était double : au premier plan elle ne signifiait que le passé, un passage éteint et éphémère que l'on tient dans les doigts comme les cendres d'une figure morte que l'on préserve du néant. Mais au-delà de l'image il y avait la vie, sa possibilité de jaillir et de germer d'une photo éteinte, le passé qui se matérialisait tel un spectre qui aurait caressé les cheveux de Raphaël et qu'il aurait pu sentir, bien que devant lui n'existât rien d'autre que son souvenir coupable. Tout revenait, tout était là – les odeurs, mais aussi les rires, les formes et les secrets de la peau. Les vestiges du monde ancien, l'amertume de sa disparition mais, surtout, sa possibilité de surgir, de ressusciter. L'histoire avait duré un an et elle lui apparaissait soudainement dans sa totalité. L'amour, peut-être, fonctionne à la manière d'une mécanique absurde, une vieille horloge que l'on frappe au cadran pour la remettre en marche, il ne vit rien au présent et se moque éperdument des considérations scolastiques sur les catégories de l'*ævum*. Peut-être que Raphaël n'aurait jamais autant aimé Lelia s'il n'était pas tombé sur cette photo qui le bouscula au point de raviver son amour.

Un haut-le-cœur le prit et il se leva – en gardant sa photo à la main – pour se servir un verre d'eau et fumer une cigarette. Personne n'était là pour voir les larmes couler sur ses joues. Personne n'était là pour le juger et, devant la fenêtre qu'il avait ouverte, il était heureux d'être porté par son cœur brûlant qu'il pensait vaincu. Il regarda, en face, l'édifice qui n'en finissait pas d'émerger de la terre. Sur le rebord de la fenêtre, il n'y avait plus de restes de nourriture et les oiseaux, mécontents que ne soit plus rassasié leur appétit, par les raisons que donne la faim, durent disparaître.

La photo témoignait d'un instant, elle ne disait rien de la dispute qui allait naître ni de la mort de Malik, dont personne ne connaissait la cause. On l'enterrerait le lendemain. Raphaël avait eu l'information par Lelia – l'autre Lelia, dont le nom prononcé avec l'accent tonique sur une autre syllabe indiquait une autre naissance, une autre peau, un autre chemin. Elles portaient toutes les deux ce prénom et pourtant, à ses yeux, l'un d'entre eux ne signifiait rien. Un simulacre se superposait au mot « Lelia » et masquait d'une image païenne le souvenir du visage que sa conscience ravivait dans ses nuits coupables.

Malik avait été tué. On n'avait pas pu rendre immédiatement le corps à sa famille. Le délai avait été plus long à cause de l'autopsie, dont les conclusions résumaient à elles seules l'incapacité des pouvoirs publics. « Arme de chasse, à bout portant », ce qui ne voulait rien dire. Ça n'avait pas de sens. Le journal spécifiait qu'il était connu des services de police. À croire que Malik n'avait rien accompli d'autre.

À l'enterrement, il n'y aurait pas grand monde. Beaucoup n'auraient pas la force. Les absents témoignent mieux de ce qu'il reste dans le cœur des vivants. Raphaël ne savait pas s'il s'y rendrait. Après tout, Malik avait bien affiché son mépris, ce jour où Raphaël avait ramené Lelia chez ses parents et qu'il n'avait pas serré sa main tendue. C'était à cause de lui qu'il l'avait perdue. Même mort, il lui en voulait encore.

Depuis le décès tragique de Malik, Raphaël avait remarquablement brillé par son absence. Il regarda une dernière fois la photo avant de la ranger dans le livre qui reposait sur son lit. Il saisit son téléphone pour écrire un long message plein de compassion à Lelia. Il se ravisa, effaça, puis recommença. L'opération dura près d'une heure. La version finale du texte alliait savamment la sobriété et la compassion. *J'ai appris, pour ton frère. Je suis désolé et je te présente mes plus sincères condoléances. Je suis là.*

Il aurait voulu lui dire qu'il l'aimait, mais ce n'était pas le moment. Il repensa à cette photo qui le poussait soudain à quitter son appartement. Parfois, les images sauvent. Le sourire de Lelia l'accompagna dans l'ascenseur. Il sortit dans la cité paoline que rien ne troublait jamais et chercha sa voiture dans un parking à l'odeur de pisse. Il prévint Gabriel qu'il la mobiliserait et qu'il serait de retour le lendemain en début d'après-midi. Raphaël ne répondit rien à son frère qui s'interrogeait sur les raisons de son départ.

Au village, Raphaël sortit d'une vieille armoire le costume noir qu'il portait pour l'enterrement de Battì. Le lendemain, il le porterait pour la deuxième fois. Moins d'un an s'était écoulé entre les deux dates. Pourtant, il ne sentait pas ce que cette situation avait d'exceptionnel. Peut-être avait-il intégré la dimension tragique de l'existence mieux que beaucoup. Il fumait encore quand son téléphone vibra et que Lelia lui répondit *Merci* depuis le fond de sa tristesse.

Bastia

21 juin 2018

Malik n'avait pas pu être enterré selon les préceptes du rite musulman. Dans le très saint Coran, il est écrit que le corps doit être mis en terre moins de vingt-quatre heures après la mort. Dans l'ombre du crépuscule si le décès a eu lieu le matin ou à l'aube ; le lendemain s'il est survenu le soir.

L'expertise datait la mort de Malik à neuf heures, le matin du 15 juin. Il était entré dans une boulangerie acheter un croissant et une boisson en s'imaginant un avenir meilleur. On ne peut savoir, à vrai dire, quelles sont les pensées qui naissent avant que le réel, lui, disparaisse. Il est assez réconfortant de croire qu'il existe l'épiphanie d'une vérité insondable quelque part entre les cartouches de chevrotine, une viennoiserie et une canette de Coca. Nul ne le sait. Pour Malik, pourtant, tout semblait écrit. On avait ramassé, à côté du corps criblé de plomb du jeune homme de vingt-neuf ans, un croissant ainsi qu'un Coca, qu'il tenait probablement en main. Il n'avait pas honoré sa promesse de jeûne. Certains le remarqueraient. Personne n'oserait en parler. Dans sa sacoche, une arme de poing de type Glock, qu'il n'avait pas eu le temps d'extraire, avait été retrouvée avec deux balles dans le chargeur. Ces différents éléments étaient des pièces à conviction.

Sa dépouille avait été placée sur une longue table afin d'être autopsiée. Ses organes pesés sur une balance qui n'était pas celle de l'archange Michaël. Quel était le poids de ses fautes ?

La scène ne connaissait pas de témoins, malgré l'heure matinale et l'activité naissante. On avait signalé une voiture brûlée sur les hauteurs du Lancone[1].

Personne ne pleurait de savoir que la mère de Malik répétait la chahada en attendant le corps de son fils, qui aurait déjà dû être couvert de terre et du silence de Dieu. En arabe, cette prière signifie : « Il n'y a de Dieu que Dieu et Muhammad est son prophète », affirmation tautologique que les croyants répètent dans le respect et les larmes. Elle pointait un doigt vers le ciel en priant que soit accueilli son fils dans les bras consolants d'un ange de lumière. Dieu n'avait pas remercié Malik. Il n'avait pas exaucé ses prières et sa mort ressemblait à un châtiment. Il n'avait pas terminé le ramadan et sa mère regardait les nappes dorées comme un vestige barbare et inutile, puis se maudissait de maudire Dieu. Lelia, quant à elle, n'était pas à proprement parler ce que sa famille appelait *une bonne musulmane*. Elle en voulait à ce Dieu d'avoir pris son frère alors qu'elle avait passé son temps à l'ignorer. Elle ne pardonnerait pas à Dieu, mais regretterait plus encore de ne pas avoir accordé sa clémence

1. Défilé bordant le fleuve Bevinco.

à Malik à présent qu'il était trop tard. Pour lui, il n'y aurait plus de pardon.

Les jeux de leur enfance n'existeraient plus que dans ses souvenirs, et personne d'autre qu'elle ne les évoquerait désormais. Les goules envahiraient le cimetière et les histoires que Malik lui racontait, petite, quand elle s'enfermait pour ne pas les entendre, resurgiraient du fond de sa mémoire blessée. Elle implorait Dieu dans cette langue qu'elle avait fuie, préférant le français et les mots avec lesquels elle avait choisi, jusqu'à ce jour, de dessiner son avenir. Dieu rappelle les siens, il est vrai, d'une manière étrange pour qui ignore les béatitudes de la contemplation.

Sous la chaleur accablante, les hijabs protégeaient du soleil qui meurtrissait les chairs et les cœurs blessés. On s'attendait à davantage de monde. Peut-être la mort violente avait-elle figé les âmes dans le vertige et l'incompréhension ? Il n'y avait pas de réponse, comme pour sa mort, dont les circonstances laissaient peu d'indices éclairant la motivation des coupables.

Lelia s'approcha du cercueil, où elle vit son frère avant la nuit. *Le même sourire.* La dernière fois qu'elle s'était fait cette réflexion, cela l'avait mise en colère. Un jour, ce sourire serait sa vengeance, elle le promettait à Dieu, même s'il ne voulait rien entendre. Le cercueil était disposé de manière à masquer les traces de chevrotine qui avaient brûlé la poitrine de Malik. Son visage était intact et, par un miracle que personne n'osait interroger, la dépouille était extrêmement bien reconstituée. On avait laissé le soin à la famille de contacter une personne pieuse pour effectuer les ablutions rituelles. On s'était attaché aux formes malgré le délai de l'autopsie. Le travail était propre. Son nez aquilin et sa figure émaciée donnaient l'impression d'un visage enfantin et doux ; désormais, il n'avait plus besoin de faire peur à personne. Sa barbe de quelques jours contrastait avec l'innocence neuve que n'inonderaient jamais de larmes ses yeux fermés. Son teint avait légèrement pâli et Lelia le remarqua. Elle ne pouvait ni toucher ses mains froides ni embrasser le front de celui qui l'avait toujours si mal protégée.

Des vieilles femmes pleuraient, psalmodiaient et se maudissaient d'avoir offert à leurs fils une vie similaire, sans avenir, sans bonheur, et où le destin prenait une place impondérable. Racim était par terre, effondré. Il ne lui avait montré qu'une fresque et Malik avait dit qu'il avait du talent. Il se souvenait aussi que, parfois, il l'emmenait se promener dans son Audi. C'était le seul du quartier qui avait ce privilège.

Devant la mort ressuscitaient des souvenirs heureux. Lelia n'avait pas remarqué à quel point l'existence de son frère avait basculé dans une zone grise, bien avant qu'il n'ait été promis à la mort par une main coupable dont elle ignorait le messager. Il y avait encore quelques semaines, elle passait ses journées à relire ses notes pour préparer son oral. Elle s'était construit un monde dont elle était prisonnière, entre de grandes fiches et des résumés d'œuvres auxquelles elle avait alloué la majeure partie de son existence. Elle se souvenait de cette fois où elle avait refusé de manger avec Malik pour accorder à son culte neuf la garantie de sa fidélité et l'exclusivité de ses prières. Pourtant, depuis qu'elle était sortie de cette salle aux murs épais et aux plafonds trop hauts, ce monde-là n'avait plus d'importance. Il était déjà relégué dans une dimension qu'elle ne reconnaissait plus, les limbes, ce que le réel construit en nous rappelant avec sa violence absurde qu'il est le maître de la situation. Tout notre être est porté à croire qu'il peut se projeter indéfiniment vers l'avant, comme si le projet nous définissait mieux que ce présent que l'on cherche à fuir par des cérémoniels absurdes et inutiles. Or, depuis le choc de la mort de Malik, Lelia ne se projetait plus, elle était entièrement dans sa peine que le ciel ignorait.

Au loin, à l'extrémité du cortège, marchait lentement Raphaël Cristini dans un costume sombre. Il portait des lunettes noires et discutait avec de jeunes Bastiais, copains de foot de Malik. Quand elle le vit, Lelia ne put réprimer un tressaillement qui la plongea dans une culpabilité sourde. Elle sentit son cœur accélérer et s'approcha de Raphaël. Lorsqu'il se retourna, elle le serra dans ses bras. Elle pleura beaucoup. Entourant la nuque fragile qu'il serrait contre lui, Raphaël ne put s'empêcher de reconnaître ce parfum qui avait imprégné ses vêtements, ses trahisons comme les songes de ses nuits coupables. Il s'appelait : *La vie est belle*.

Corte

23 juin 2018

Malik, Battì, Lucien. Ces morts étaient rendues d'autant plus abjectes qu'elles étaient contingentes et auraient pu être évitées. Chaque année, l'île portait son lot de meurtres crapuleux, ses accidents de voiture, ses drames et ses absents dont la disparition dans des amas de tôle froissée continuerait à ronger longtemps la conscience de proches démunis. Il y aurait d'autres cris, d'autres plaintes et témoignages inutiles, tels ceux de Joseph ou de Nicolas. Par l'accomplissement funeste d'un sortilège secret, l'île semblait accoutumée à la mort, entretenant le paradoxe immense d'en être à la fois surprise et d'y être parfaitement habituée, comme si présidait à chacun de ces événements la présence impérieuse d'un fatalisme dont l'existence implicite était admise. On ne s'étonnait jamais longtemps qu'un jeune décède dans un accident de voiture, à moins que la victime soit proche. À la révélation d'une nouvelle tragique, on devinait, dans le silence des cœurs, une pensée répondant à un égoïsme malsain : *Pourvu que je ne le connaisse pas.*

Concernant les meurtres, cela dépendait de leur nature. Un règlement de comptes n'émouvait pas outre mesure

417

l'opinion populaire, et un dealer, maghrébin de surcroît, ne manquerait à personne. Pour l'exécution de Lucien, il en était autrement. Sa mort portait toutes les autres, à croire qu'il n'était plus, dans le trépas, un individu mais l'essence d'un peuple dans sa globalité. Des louanges sur les murs et des représentations taguées en attesteraient. Les hommages de ceux qui l'avaient connu aussi, même s'il y avait eu avec Lucien des désaccords, des déboires ou des trahisons. C'était le cas de Raphaël, qui, gêné, évoquerait le disparu comme quelqu'un qui avait pour lui la solidité de ses convictions. On avait construit un personnage, dressé le portrait fallacieux d'une idole que chacun se représentait, on avait ignoré les mises en garde de Byzance et les conclusions du second concile de Nicée. Sur les photographies, Lucien portait le visage d'un autre, celui qu'il n'aurait jamais pu être car sa mort avait chassé défauts et turpitudes, et les marques de vénération dont il ferait l'objet attesteraient du mensonge que l'on avait élaboré sur ses restes et dont les échos faisaient un martyr.

Ils avaient marché dans la ville. Ils avaient pleuré et recherché des coupables, avancé en blanc sur le cours Paoli, là où Lucien aimait passer son temps, où son ombre hanterait les bars d'où il serait définitivement absent. Beaucoup de gens s'épanchaient, des tenanciers de bistrots aux lycéens parmi lesquels Gabriel avait reconnu ses élèves. Certains dans la foule méprisaient ceux dont le chagrin s'affichait sans qu'ils aient connu Lucien. Aucune larme n'est de trop. Aucune ne coule sans raison pour attirer la commisération des vivants. Les larmes matérialisent aussi la lassitude impuissante de voir des fils partir dans des guerres invisibles. Elles sont ce qu'il reste aux mères quand leurs promesses sont trahies, le dernier refuge des deuils inutiles, la communion du reste des vivants qui, quelquefois, maudissent les morts de n'avoir pas à supporter leur propre disparition. Mais Lucien n'était pas mort seul, il n'avait pas choisi de prendre la route ivre, comme tant d'autres avant lui, ni de se donner cette mort qu'il avait vainement cherché à fuir. Il y avait donc un coupable et personne n'en parlait. Sur les bouches résignées au silence, de longs tentacules cousaient les lèvres d'habitants désabusés. « La pieuvre », « la mafia », autant d'appellations pour une entité abstraite dont personne n'osait mesurer l'influence véritable. C'était compliqué. Il ne fallait pas en parler et puis c'était *comme ça*.

L'enquête n'avançait pas. Les meurtres de Lucien et de Malik étaient d'une évidente nature crapuleuse. À Aléria, le balisage jaune était resté plusieurs semaines, circonscrivant les lieux de frontières païennes, leur donnant une nouvelle et amère signification. L'humidité sur le plastique usait le contour, déformait les lettres qui se mélangeaient pour former un nouvel idéogramme dont le sens n'était depuis longtemps plus perceptible. Existait-il un *sens* à tout cela ? Non loin des vaches, qui ne souffraient pas de la disparition de Lucien Costantini, seule la présence de ces banderoles jaunes signifiait que, à proximité des hectares plats et ver-doyants, le sang du fils avait été avalé par les puissances de la terre. Aucun projet immobilier n'aboutirait. Les vaches quitteraient bientôt la plaine pour entrer dans leur nuit, à l'abattoir, sans entendre les sanglots de Lucien qui, de son vivant, ne supportait pas les meuglements plaintifs de bêtes auxquelles il avait prodigué autant d'amour que de haine, des bêtes qui lui signifiaient peut-être ce qu'avait été sa vie, un mélange de puissance et de regrets, un amer voyage sous le regard de la nuit, son règne et son choix.

Du côté de Malik, l'enquête peinait pareillement à avancer. Concernant le mode opératoire, les éléments recueillis indiquaient que l'on avait affaire à deux types de crime nettement différents. Pour Lucien, il s'agissait à l'évidence d'un travail de professionnel, effectué avec un matériel de pointe : la balle avait transpercé les entrailles pour en sortir aussi vite, déchirant la peau, le tissu des muscles et des organes avant de disparaître dans les puissances de la nuit. L'expertise balistique avait été facile à mener. Pour Malik, l'exécution était autre. Les impacts étaient beaucoup plus nombreux, disparates et désordonnés, les marques avaient imprimé sur son corps rougi une constellation sans signification, comme s'il avait été l'objet d'un déferlement de haine d'une brutalité folle, un travail mené par une main profane et hésitante, une main qui ne savait rien de la chaleur de la mort avant d'appuyer frénétiquement sur la détente qui l'avait condamné.

Cette main, celle de Sauveur Luneschi, n'en finissait pas de trembler des semaines après avoir connu ce premier soubresaut dans le frisson intense de l'exécution sommaire. Il avait roulé. Il avait brûlé la vieille voiture qui traînait depuis des semaines au milieu de nulle part. Ensuite, il était monté dans celle de son cousin qui l'encensait, qui psalmodiait des paroles inutiles sur l'honneur, la beauté de la vengeance et la poursuite de la lutte armée. Sauveur se répandait en larmes, il avait ôté la cagoule noire en laine dans laquelle il étouffait, laissé ses oreilles reprendre leur place encombrante avant de vomir sur ses chaussures trop lourdes pour lui, plus lourdes encore que d'habitude et à jamais.

— C'est normal de pleurer, c'est normal de vomir, personne n'aime donner la mort, nous ne sommes pas faits pour cela, mais les enjeux de la lutte nous dépassent, et ce n'était pas un innocent, c'était un dealer, pas un petit vendeur d'herbe, non, un revendeur de drogues dures, et Dieu sait combien tu as sauvé de personnes aujourd'hui. Tu as vengé les nôtres et tu as vengé ton ami.

Paul-Toussaint l'avait pris dans ses bras, il avait parlé du silence, et l'avait sommé de ne jamais rien dire à personne. Il avait garanti à Sauveur qu'il était lavé de la honte et en sécurité, que personne ne ferait de lien entre lui et Malik et que, s'il le fallait, il irait à la gendarmerie pour le couvrir, ainsi que l'y engageaient les lois ancestrales du sang.

Sauveur était difficile à consoler. Il était entré dans un mutisme lourd. Paul-Toussaint fit jouer ses relations pour qu'il puisse jouir d'un poste fantôme en tant que cantonnier. Après de nombreuses nuits de cauchemar, on le verrait écumer les routes d'un village désert ou bien flotter dans le cimetière comme son propre spectre. À Corte, il disparaîtrait des bars et sa présence ne manquerait à personne.

Corte

27 juin 2018

La réalité ne possède pas de filtres. Il ne nous est pas possible, à la manière de Cécilia sur Instagram, de modifier le réel selon notre humeur. La vérité apparaît toujours nue, sans le voile prédéfini dont on l'enrobe. Juno, Lo-Fi, Valencia ne suffiront jamais à égayer les tristesses, rendre plus vives nos existences respectives, les filtres ne maquillent que les surfaces, et leur chaleur ne colore pas le fond des âmes.

Chaque jour, Cécilia reçoit des dizaines de messages de parfaits inconnus. Parmi eux, une foule hétéroclite d'anonymes suspendus au culte d'une idole qui ne refuse aucune offrande, mais ne répond à aucune prière. Il est très rare qu'elle poursuive une conversation. Elle vérifie le profil de la personne, par curiosité, par orgueil aussi, pour mesurer à quel point elle est convoitée, puis arpente pendant des heures les silhouettes admiratives de leurs désirs bafoués. Parfois, elle s'abonne à un homme en retour, parce qu'elle le trouve séduisant, mais elle ne manifeste ensuite aucune marque d'intérêt. Elle ne franchit pas le cap. Elle n'aime que les publications commerciales, ne suit que ses amies proches, et feint de garder contact avec Lucie en marquant sa proximité par une manifestation rare sous une publication datée pour lui signifier « Oui, je regarde ton profil, je montre que je tiens à toi » même s'il n'en est rien, même si elle se dit encore que, si Lucie n'avait pas embrassé goulûment le jeune homme au côté duquel elle se tient toujours, sur cette jolie photo prise à Porto devant les calanques de Piana, elle aurait pu être son ange gardien.

Mais Cécilia ne croit pas aux anges, elle ne croit pas non plus à la pureté, à la lumière, ou aux réconfortantes illusions chaleureuses qui bercent l'existence dans un rêve diurne.

Qui peut lui en faire grief ? Cécilia n'a pas besoin de métaphysique ni des longues argumentations qui viendraient sauver l'existence de Dieu ou lui garantir l'évidente absence du mal. Elle sait. Elle a vu le mal et l'a senti dans sa chair. Elle a connu les sanglots, les cauchemars et l'idéal ascétique que rien ne justifie tandis qu'elle regarde pleuvoir par sa fenêtre sur la citadelle de Corte embuée par la détresse du ciel.

Lors du concile de Vatican II dont Cécilia ne sait rien, des théologiens réformateurs ont postulé l'inexistence des anges. L'Église moderne a voulu reconnaître leur aspect symbolique, l'incarnation qu'ils représentent n'étant que celle de nos pulsions noires dont notre condition souffre depuis le péché originel. Dans son encyclique, le pape Paul VI s'y est catégoriquement opposé. Il affirme que les anges sont des substances pensantes, non matérielles, et que leur existence est aussi certaine que la nôtre. Refuser une existence ontologique aux anges serait, comme tente de l'illustrer la philosophie depuis des siècles, refuser l'existence du mal. Si le mal n'est qu'une absence de bien alors cela revient à le nier, s'il incarne par la réciproque la condition de l'existence du bien, cela revient à le relativiser. Le mal – entendu comme substrat ontologique propre – n'est lui-même que dans la pleine conscience de son être, et n'est donc ni aliénation ni possession d'une personne. Une apparition soudaine et irrationnelle, étrange, *bizarre*.

Cécilia connaît le mal, elle sait qu'il porte un visage que sa mémoire lui rend inaccessible, elle connaît les embruns noirs de son parfum maudit, sa volonté de voir naître le chaos là où a régné, quelques heures plus tôt, l'ordre divin dont il est jaloux. C'est pourquoi dorénavant Cécilia ne croit qu'en elle-même et n'existe que pour s'accomplir; les autres sont devenus des faire-valoir qui l'amènent à la consécration de ses rêves inutiles, fragiles, car n'existant que dans un monde virtuel filtré de spectres cupides. Elle n'a pas pu devenir diaphane et transparente au point de se transformer en ange, non, à la place, elle déchoit sur les réseaux dont les algorithmes renvoient à la matérialité hybride de son inconsistance.

Désormais Cécilia se consacre à *sa* réussite, à *son* succès. Elle a délaissé son régime draconien, même si manger est toujours une épreuve, comme un fragment du passé. Elle a trouvé un stage dans une entreprise insulaire et présentera bientôt son mémoire intitulé : « Les marques corses au prisme de l'identité numérique », dans lequel elle explique, à travers une série d'exemples détaillés, comment les entreprises corses mettent en avant une « identité factice » pour vendre une « image de marque ». Elle a inséré ses propres photos dans les annexes dudit mémoire. En un sens, elle est *digitalisée*.

Absolument résolue à garder le *contrôle* de son existence, elle a enfermé dans un coffre mental la possibilité d'aventures amoureuses, bien que cela soit à l'opposé des conseils de sa psychologue. C'est pourquoi elle n'a pas jugé utile de prendre davantage de nouvelles de Gabriel, lorsqu'il lui a écrit, après son épisode maladif. Ce n'est pas de la rancune, simplement Gabriel appartient désormais à une dimension de l'existence à laquelle Cécilia ne porte aucun intérêt.

Elle s'allonge sur le canapé pour se poser et réfléchir un peu. En dehors de cette aventure avortée, elle n'a plus rencontré personne. Elle en reparlera à la psychologue. Enfin, après sa soutenance, évidemment. Il ne faut tout de même pas se laisser aller, il faut garder le *contrôle*.

Lupino

29 juin 2018

Parmi les messages qui bouleversèrent la vie de Lelia, il y eut – d'autant plus qu'elle ne l'avait pas vu tout de suite, qu'elle avait vécu des semaines sans en prendre connaissance – l'enregistrement où elle entendit pour la dernière fois la voix de son frère.

Elle s'était enfermée une semaine complète pour pleurer après l'enterrement de Malik. Elle n'était pas remontée à Corte et était restée à Bastia pour partager avec ses proches l'épreuve du deuil. Elle n'avait jamais reçu de notification et ce fut lorsqu'elle consulta sa messagerie vocale pour une autre raison que surgit du néant une voix venue d'outre-tombe. Il y avait deux messages sur le téléphone de Lelia, qui passait ses journées à épier les réseaux sociaux faute de mieux pour consoler sa tristesse. Son ventre se serra, elle repensa à cette fois où elle avait refusé de manger avec Malik et aux autres occasions manquées, faute d'avoir eu la force de lui pardonner son offense. Deux semaines peuvent paraître une éternité à ceux qui partagent avec les anges le malheur d'entrer dans l'*ævum*. Elle s'empressa d'écouter le premier message. La voix rocailleuse qui émanait des circuits électroniques lui donna une nausée terrible qu'elle ne put réprimer. Elle se précipita aux toilettes où elle éjecta une bile acide qui lui brûla les entrailles. Revenue dans sa chambre, elle éclata en sanglots. Elle le réécouta plusieurs fois d'affilée. Il ne disait rien d'important mais nimbait la disparition de Malik d'un brouillard trouble. Depuis la boulangerie, Malik avait appelé sa sœur pour lui demander, en précisant qu'elle trouverait ça bizarre, le numéro de Raphaël ou, du moins, si elle savait où il était. C'était important. Cela l'était peut-être plus encore au vu des circonstances de sa mort, survenue quelques minutes après ces paroles. Lelia n'en parla pas à ses parents, inutile de les inquiéter avec l'existence d'un fantôme. Elle préférait demander des comptes à Raphaël.

Machinalement, elle ouvrit le second message, provenant d'un numéro non enregistré. Il commençait par des condoléances confuses mais ce n'était pas le sujet de l'appel. Une professeure pour laquelle Lelia avait beaucoup d'affection lui apprenait qu'elle avait réussi ce concours auquel elle ne pensait plus. Elle disait aussi, non sans une grande compassion, qu'il serait possible, si elle le souhaitait, de débuter dans le métier un peu plus tard, ou d'effectuer son année de stage ailleurs qu'en Corse. La professeure expliquait qu'elle avait des relations au rectorat qui pourraient arranger cela, au regard du caractère exceptionnel de la situation.

Lelia raccrocha pour s'allonger sur le lit en regardant le plafond de sa citadelle d'adolescente. Autour d'elle étaient collés des posters qui témoignaient d'une vie passée dont il ne restait rien. Quelques chanteurs, des affiches de films et une bibliothèque où demeuraient dans la poussière des livres exclusivement tournés vers la connaissance du monde. Des atlas, des encyclopédies et quelques romans d'amour au milieu de classiques. Aucun livre de philosophie. Rien non plus sur l'ange gardien qui l'avait menée à ce destin qui ne l'intéressait plus. Allongée, elle ferma les yeux pour sécher ses paupières mouillées de larmes. Elle saisit son téléphone et demanda à Raphaël s'il était possible de le voir, vite. C'était très important. Elle prévint Raphaël qu'elle serait à Corte à quatorze heures trente. Elle monterait en train depuis Lupino. Ses vœux étaient réalisés. Elle avait réussi son concours et renoué avec Raphaël qui, à en juger par sa réponse, paraissait ne plus nourrir d'animosité à son égard. C'était dommage car cela n'avait plus aucune importance et, au milieu des posters, Lelia ne trouverait pas de photo de Malik pour veiller sur elle.

Corte - Lupino

Depuis quelques mois, dans sa nouvelle existence d'égérie, Cécilia aime tout : elle aime les regards neufs des hommes qui expriment leur désir, les longs messages privés qu'elle reçoit de la part de nombreux inconnus, la façon dont ils se rejoignent pour louer ses courbes *parfaites*, l'enfermement dans un mensonge docile qui la transforme intégralement. Elle renoue avec son passé. Cécilia a changé, et elle a réussi. Elle a vaincu sa maladie et est devenue, après tant d'efforts et de souffrance, une *personne*. Et les réseaux qu'elle consulte sont l'expression de cette concrétisation. Sur Instagram, elle a un peu plus de trois mille abonnés. Elle obtient quelques partenariats rémunérés en organisant des concours sur ses publications. Chaque jour, elle publie des stories où elle se met en scène en train de boire un café dans un endroit chic, manger dans un restaurant d'où elle poste un mot détaillant un plat, la spécialité du chef ou encore les vêtements qu'elle porte pour l'occasion. Son nouvel univers n'est composé que de caractéristiques superflues, qu'elle ajoute ou supprime à loisir pour construire son avatar qu'elle expose à la face d'une jeunesse ivre de ses symboles.

C'est son monde et l'usage qu'elle en a choisi. On commente ses publications, de parfaits inconnus la gratifient de compliments réjouissants et elle se perd dans une myriade de messages qui louent son prestige et sa beauté. Elle devient la muse vénérable d'un monde sans Dieu.

On pense avoir tué Dieu, on pense que le siècle a banni de son espace les symboles de piété, les sacrifices humains et l'absurdité de la foi. En vérité, on ne s'adonne plus au *verbe* que pour louer les *images*, on est devenus friands d'un rapport au monde qui atteste de l'existence superficielle et élégante des apparences. Nous n'avons plus foi que dans les images qui nous représentent, et ainsi, peut-être, sans le savoir, nous sommes devenus le miroir du divin. Des dieux, des surhommes ou bien des imbéciles. C'est à peu près la même chose.

Cécilia a un dernier rendez-vous avec la psychologue qui l'a sortie de son cauchemar. Son existence a repris un cours normal. Elle n'arrive pas encore à manger de grandes quantités et évite encore d'être face à ce miroir qui la définit. Sa tutrice de stage lui a accordé sa journée. Elle prend donc le train depuis Corte pour aller jusqu'à Bastia. En route, elle s'arrête à quelques stations du centre-ville. Elle rejoint le cabinet à pied, il lui faudra marcher une demi-heure et ça lui fera du bien de s'aérer. Ce n'est pas grave. Elle a de nouveau de la force dans les jambes et le regard qu'on lui porte n'a plus la même signification. Elle se sait aimée. On le lui dit tous les jours.

Quand elle arrive à la station de Montesoro, après deux heures pendant lesquelles, collée à son téléphone, elle n'a rien vu du paysage mirobolant et des écrins de roches montagneuses, elle entame son ascension. Cécilia croise le regard d'une jeune Marocaine très jolie. Elle semble enveloppée dans une tristesse profonde mais lui adresse un grand sourire. Cécilia marche dans le cœur austère de la périphérie, à proximité du lycée technique. Elle continue vers le Polygone avant de prendre la montée de l'hôpital. Il y a quelques bars vides et une librairie. En une trentaine de minutes, elle arrive à proximité du centre médico-psychologique où elle a rendez-vous. Devant, un jeune homme frisé ajoute les dernières retouches à une fresque géante. C'est très beau. De toutes les couleurs est peint à la bombe le visage d'un homme qu'elle ne connaît pas. Elle le fixe en s'interrogeant. Il affiche un large sourire qui lui rappelle celui de la jeune femme de la gare. Accolées à sa figure sont dessinées de longues ailes dorées. Autour, le béton est chaud et hostile à la vie. Derrière, les immeubles gris et orange se perdent dans des colonnes sans nom. Dans ce quartier où personne ne veut habiter, seul le dessin sur le mur paraît animé.

Cécilia s'approche du jeune homme, qui n'a pas remarqué sa présence. Elle lui demande si cela le dérange qu'elle prenne une photo de son graffiti. Il lui sourit et accepte. Elle le remercie avant de s'exécuter puis repart vers son rendez-vous. Sur Instagram, elle met cette photo en story.

Corte

29 juin 2018

La micheline arriva à Corte à quatorze heures trente. Quoique Lelia ne fût plus la démiurge des lignes ferroviaires corses, c'était la seconde fois que son train arrivait à l'heure. La première fois, elle avait rencontré Raphaël. Aujourd'hui, elle le retrouverait. Mais pour d'autres raisons. Elle sortit l'estomac noué et se dirigea à pied jusqu'à l'appartement de Raphaël. Elle ne voyait ni le bar dans lequel elle avait l'habitude de boire son café ni le campus auquel elle avait consacré tant d'heures et de sérieux. Elle ne voyait que le visage de son frère et n'entendait que le souvenir de sa voix numérisée.

Raphaël l'attendait, la porte ouverte. Son appartement était complètement désordonné. Des bouteilles et des tas de mégots parsemaient un intérieur sale. Il s'excusa de l'état général de la pièce et promit de nettoyer très vite. Juste après sa soutenance de mémoire, qu'il était monté préparer. Lelia choisit de s'asseoir naturellement à la place qui était la sienne autrefois, et qui, d'une certaine façon, pensait-elle, lui appartenait encore. Elle se demanda furtivement si Raphaël voyait quelqu'un depuis leur séparation.

432

Pour elle, cela n'avait pas été le cas. Dès que la rupture avait été consommée, elle s'était adonnée à la préparation de son concours.

Ils s'observaient, sans se reconnaître complètement. Ils aimaient chacun une image dans leur mémoire respective, dont le présent ne témoignait qu'imparfaitement. Lelia avait changé, marquée par le deuil, et en portait les stigmates à travers d'épais cernes qui ne rendaient plus justice à sa beauté naturelle. Elle avait un peu maigri. Raphaël, lui, avait les cheveux trop longs et ne prenait plus la peine de les coiffer. Il avait l'air épuisé. Il portait un short et un vieux tee-shirt blanc. Il n'était pas rasé et n'avait pas soigné sa tenue.

Ils se regardèrent en silence. Raphaël proposa à boire. Elle accepta un verre d'eau et se mit à lui poser les questions qui la tourmentaient. Elle voulait un *sens*, elle voulait un coupable. Elle voulait que soit révélée dans le témoignage de Raphaël la possibilité d'un visage. Lelia réalisa qu'elle n'avait pas évoqué les raisons du meurtre avec sa famille. Avant de parler à Raphaël, qui la fixait, elle culpabilisa de n'avoir jamais songé plus explicitement au responsable. Elle se demanda si elle s'était résignée, comme son frère, à l'accomplissement naturel de son destin, si mourir sous les balles quand on était un Arabe et un dealer n'était pas en quelque sorte dans l'ordre des choses. Son estomac se mit à brûler davantage. À l'instar de ses parents, elle avait peut-être admis tacitement cette loi qui présidait secrètement à leur capitulation. Cette loi lue nulle part, qui autrefois était inscrite dans les mots qui définissaient

Lelia et garantissait l'ordre social en les excluant, elle et les siens, de la fraternité et de la commisération. Malik avait passé la frontière invisible qui le condamnait. Lelia se souvint de son grand-père Hassan, qui ne se plaignait jamais. Elle se demanda ce qu'il en aurait été si, de son vivant, il avait perdu son premier petit-fils sous une déflagration de chevrotine.

Elle expliqua la raison de sa venue, parla du message vocal de Malik, qu'elle diffusa pour Raphaël. Elle s'éloigna. C'était mieux. Les échos de la mort étaient encore présents, les écouter n'était pas utile. Deux semaines étaient passées. La tristesse était là, telle une ancre solidement accrochée au fond de ses entrailles. Elle raconta tout : elle n'arrivait plus à dormir, se sentait coupable de n'avoir pas été assez proche de son frère, à l'écoute, même si Malik n'était pas du genre à répandre sa souffrance. Elle confia qu'elle ne lui avait plus parlé depuis leur rupture et à quel point elle s'en voulait aujourd'hui.

Raphaël réprima un haut-le-cœur. Il réfléchissait. Il était aussi étonné que Lelia d'apprendre que Malik avait voulu le voir. Le message vocal ne laissait transparaître aucune animosité. Ils parlèrent beaucoup. Raphaël n'avait pas revu Malik après la dispute. Peut-être s'étaient-ils croisés à l'enterrement de Battì. Mais il n'en était pas sûr. Raphaël se leva pour fumer, proposa une cigarette à Lelia, qui l'accepta. Ils ouvrirent la fenêtre, d'où ils voyaient des bâtiments administratifs en construction s'entasser devant leurs yeux. Ils parlèrent beaucoup. Des drames qui se succédaient depuis deux ans. De théories possibles qui expliqueraient la mort de Malik. Raphaël raconta à Lelia qu'un militant nationaliste avait été tué un peu plus de deux semaines avant son frère. Il s'attendait à être interrogé à ce propos. Mais ça n'arrivait pas. La mort de ce militant ne semblait pas l'affecter mais il craignait que cette histoire ne devienne prétexte à une reprise de la violence. Il y avait déjà eu quelques attentats non revendiqués. Des résidences secondaires et un ancien centre d'impôts avaient été plastiqués.

Ils écrasèrent leurs mégots sur le bord de la fenêtre et se tournèrent vers l'intérieur du studio. Par terre, dans l'appartement, il restait des vestiges de leur relation passée. Ils avaient vieilli bien plus vite que leurs objets. Il y avait toujours, au milieu du salon, le pot avec la fleur étrange que Lelia lui avait offerte. Ses pétales semblaient fanés mais robustes. À leurs interrogations, ils n'avaient pas trouvé de réponses.

Raphaël promit d'appeler souvent. Lelia devait partir reprendre le train. Il la félicita timidement pour son Capes. Sur la table de chevet, elle remarqua la présence du livre de Graham Greene. Elle l'avait aimé, comme elle avait aimé Raphaël. Aujourd'hui, cela n'appartenait plus qu'à une zone imperméable de ses souvenirs qu'elle n'arrivait pas à raviver. Elle se demanda si, avec le temps, elle pourrait de nouveau évoquer son passé avec cette empreinte légère que donne la nostalgie. Si le temps était autre qu'un ennemi, s'il pouvait s'avérer un allié, si, plutôt que de les affaisser, il permettait aux choses de se reconstituer : les souvenirs, les joies, les jolies histoires, celles que racontait Malik autrefois avant de détruire la sienne avec Raphaël.

En partant, elle se demanda si elle le reverrait avant d'être mutée, si son souvenir serait assez fort pour qu'il la suive. Elle lui promit de revenir bientôt. Entre l'amour et la haine, son cœur pinçait, plus encore à cause du sentiment diffus de n'être pas uniquement venue par soif de vérité.

Corte

1er juillet 2018

Le profil était vierge et il n'avait rien publié. Sur la partie gauche de l'écran on lisait *CristiniRaphaël*, et la photo qui ornait sa page représentait un bonhomme blanc sans visage, peut-être plus proche du réel que la plupart des utilisateurs, perdus dans les méandres du réseau et du profil mensonger et fantomatique qu'ils affichaient ostentatoirement à l'intention de leurs abonnés.

On ne se rend pas compte à quel point nos peurs sont obsolètes. Peut-être, se disait Raphaël, qu'il n'y avait rien de mal à l'exhibitionnisme de masse que représentait Instagram. Après tout, dans la plus élémentaire forme de vie sociale, les gens cherchent à mettre en avant leur meilleur profil, comme ses abonnés qui défilaient dans des poses fantasques sous le mouvement de son pouce. Le numérique n'était pas autre chose que l'extension du domaine de l'orgueil. Mais il ne contrôlait pas la vie de Raphaël, à la différence d'autres, Cécilia par exemple, que les anges perdus dans la contemplation béate de son visage avaient abandonnée au règne de son individualité et à la puissance vaniteuse de sa gloire.

Raphaël ne savait rien du geste qui l'avait poussé à prendre la photographie qui dépassait du livre de Graham Greene pour en faire un cliché qu'il publierait bientôt. En vertu de l'algorithme d'Instagram signifiant systématiquement le premier post d'un utilisateur, ses abonnés recevraient immédiatement la notification : *Découvrez la première publication de CristiniRaphaël.*

Raphaël ne savait pas, en la publiant, la réaction que provoquerait cette photo chez ses amis, comme il ne savait rien de celle de Lelia qui verrait son téléphone briller dans le noir alors qu'elle se perdrait encore dans l'angoisse inutile de la métaphysique et du deuil. Mais Raphaël n'avait plus peur des regards inquisiteurs et des jugements. Non plus de ceux de Lucien, de Malik ou de Battì qui, en congédiant ses rêves d'éternité, avaient peut-être payé de leur vie l'opposition à l'élection de ceux qui consentaient à s'aimer librement.

Tandis que Raphaël discutait avec son frère du passage imminent de son oral de soutenance, depuis les méandres d'une technologie qui les dominait, ils purent lire le message que la matrice envoyait pour combler le silence de Dieu et de ses messagers, ceux que l'on appelle les anges : *Zarathoustra2b aime votre photo.*

PARTIE VII

« Il n'y a pas d'interprétation seule béatifiante. »

Friedrich Nietzsche,
Lettre à Fuchs, 26 août 1888

Corte

2 juillet 2018

C'est le grand jour. Les grands instants doivent témoigner d'une bonne préparation. Cécilia n'a donc rien laissé au *hasard*. Son mémoire est rédigé depuis longtemps. Il a été corrigé par plusieurs mains expertes, dont celles de son ange gardien, Magali. Au ciel absent, nul ressentiment. Cécilia a passé des heures noires, plongée dans un incessant remaniement de ses concepts clefs, le réagencement de ses références, la parfaite harmonie graphique du rendu final. C'est *son* chef-d'œuvre. Après de multiples vérifications, elle le garantit : il est prêt. La perspective de la réussite ne l'empêche pas pour autant de ressentir un stress intense, et même un état voisin du malaise. Peut-être est-ce inhérent au bousculement intime qui s'opère de nouveau en son for intérieur, révélant soudainement la fin d'une étape, la fin de la maladie, et sa coïncidence avec son accomplissement scolaire. Il n'y a plus ces cordes invisibles dont les nœuds gordiens du passé avaient rendu son existence fragile.

Elle se lève tôt, prend le soin de manger en quantité suffisante afin de ne pas ressentir la moindre gêne lors de l'oral. Elle maintient le *contrôle*. Elle est arrivée en avance, évidemment. Sur les murs, on voit le visage d'un militant nationaliste assassiné récemment. Elle regarde l'affiche en s'interrogeant. Son image ne lui dit rien, mais elle en a entendu parler. Apparemment, depuis sa mort, les attentats ont repris. Son père en a discuté avec elle. Ça l'embête vraiment pour ses affaires.

À neuf heures, elle se présente devant le jury de la faculté de lettres du campus Mariani, composé de trois femmes et d'un homme qui l'a beaucoup épaulée lors de ses recherches. Elle a pris soin de le mentionner dans les remerciements, comme il est d'usage, mais aussi d'y citer la totalité d'un jury qui lui est déjà acquis. Ils commencent par la féliciter, ce qui la rassure et la met à l'aise. Cécilia présente son oral. Il n'y a pas d'ange auquel elle veut disputer la gloire. Tout est là. Elle parle presque une heure. Ils ont l'air satisfait. Puis viennent les protocoles d'usage. La consécration rituelle. Les indications sur les notes de bas de page, la qualité stylistique et orthographique du travail, le référencement alphabétique et, enfin, la pertinence du propos dans sa globalité. Il n'y a presque rien à redire.

*

Un peu plus loin, dans un amphithéâtre adjacent, il n'en était pas de même pour Gabriel Cristini. Il était venu tôt. Il s'était penché silencieusement vers l'écriteau qui affichait *Amphi Ribellu*. Gabriel ne savait pas si ce nom était une référence à un résistant ou à une iconographie célèbre du mouvement nationaliste. Peu importait. Il était revenu sur beaucoup de ses positions, quoiqu'il n'osât jamais en parler frontalement avec son frère. La somme de morts, la bêtise de certains militants et l'enfermement rituel dans quelque chose qui ressemblait à l'allégeance mystérieuse à un passé révolu l'avaient convaincu qu'il fallait se battre autrement. En dehors des carcans, à travers une action individuelle ou dans un comité restreint. D'ailleurs, avec les attentats, tout redeviendrait compliqué. Il avait pris ses distances avec ce monde-là depuis ce qu'il appelait sa maladie, même si ses proches refusaient cette appellation, peut-être afin de ne pas reconnaître l'existence d'un problème, d'un tourment atavique chez les Cristini dont son père avait déjà eu écho, en écoutant, petit, les conversations de ses parents à table.

Beaucoup plus brouillon que Cécilia, Gabriel n'avait pas voulu respecter les codes de l'exercice. À ses yeux, cela serait revenu à céder à l'injonction *liberticide* de se laisser polluer l'esprit par ce qu'il considérait comme un tas d'inepties, ce qui n'était pas pour plaire au jury. Il avait repris beaucoup d'assurance, phénomène accentué par une prise massive d'anxiolytiques qui lui donnait un regard flou et dominateur. Il recueillit quelques critiques, mais il s'y attendait. Son expérience au lycée l'avait convaincu de poursuivre par la voie du concours. Le professeur chauve enchaînait les questions sur la conclusion du travail de Gabriel. Cela ne le déstabilisait pas.

— Mais vous n'êtes pas sans savoir, monsieur Cristini, que le père de Nietzsche souffrait de ce qu'on a qualifié de *ramollissement* du cerveau, et vous connaissez la thèse de la syphilis ?

Justement, Gabriel expliqua que la thèse de la maladie était à ses yeux une gigantesque mésinterprétation, une forme de mensonge que l'histoire avait intégrée pour refuser de voir que ce n'était pas la folie qui avait damné le prophète de Bâle, mais plutôt son extrême lucidité. Pour Gabriel, le philosophe s'était pris dans un piège dont il avait lui-même tendu les liens, dessiné les contours et, à mesure qu'il s'était avancé dans sa création, sa création, elle, avait grandi en lui.

— Sans arrière-monde, il n'y a plus de monde possible, conclut-il.

Il argumenta vaillamment son propos en citant des extraits d'*Ecce Homo* et un fragment posthume qui surprit le jury : « On coule à force d'aller au fond des choses. » C'était bien ça, le problème : Nietzsche était allé *dans le fond des choses*. Gabriel ne prétendait pas que Nietzsche n'avait pas été malade, mais plutôt que la maladie, finalement, ne l'avait pas condamné davantage que la rigueur de son approche philosophique.

Derrière ses petites lunettes carrées, l'examinateur n'était pas totalement convaincu par ce qu'il avançait. Ses collègues restèrent de marbre. Le travail était plutôt bien documenté, mais la conclusion paraissait aux yeux du jury trop *personnelle* ; de plus, il n'obéissait pas au cadre rigoureux d'un mémoire universitaire. Les notes de bas de page ne donnaient pas toujours les bonnes références et son interprétation de l'éternel retour ou du dolorisme nietzschéen rebuta particulièrement une femme du jury, pourtant restée silencieuse auparavant. Alors qu'ils épiloguaient sur l'aspect général du travail, ils demandèrent à Gabriel de quitter la salle afin de s'entretenir confidentiellement de la note finale.

Gabriel sort sans trop s'inquiéter et se dirige vers la machine à café qui se situe à côté de l'entrée du bâtiment. De dos, il reconnaît immédiatement la jeune femme qui le devance. C'est Cécilia. Elle se tourne en lui adressant un sourire et semble heureuse de le voir. Il rougit. Ils commencent à discuter, à dire qu'ils ne se sont pas croisés depuis longtemps, et cela lui fait plaisir à elle aussi. Elle a passé son oral et attend les résultats. On l'appellera bientôt. Elle est stressée. Gabriel lui répond quelque chose d'analogue. Ils ont entamé une véritable conversation quand elle est appelée par un professeur. Elle rentre dans la salle de manière timorée, comme si la discussion avec Gabriel lui avait fait perdre son assurance et l'importance des enjeux immédiats. Elle se ressaisit à la vue du jury. Il la regarde briller de mille éclats. Pour renaître, un phœnix ne doit-il pas jaillir de ses propres cendres ?

Après un bref résumé et une myriade de félicitations, le jury annonce la note finale de 18 sur 20. De ce passage de sa vie, il ne restera qu'un souvenir infidèle gravé pour toujours dans le fond de sa mémoire blessée. Elle aurait aimé être prise en photo. Ainsi, elle aurait pu remplacer l'image qui trône ostentatoirement dans le salon de ses parents par l'affichage de son règne nouveau. Elle est enfin devenue celle qu'elle voulait.

Gabriel n'obtient qu'un 14 sur 20, alors qu'il est habitué à de bien meilleurs résultats. Il ne s'en soucie aucunement. Il n'a l'ambition ni de poursuivre en thèse ni d'avoir une meil-leure note. Il a défendu son travail et cela est bien suffisant.

*

Raphaël avait terminé sa première année de master sans difficulté. Il avait vaguement parlé à Gabriel d'un projet de départ à Paris, ce qui l'avait beaucoup surpris. Il pensait que Raphaël ne pourrait pas quitter son armure de militant, ou que, s'il le décidait, il y laisserait une part de sa personne, ou deviendrait l'ombre de lui-même.

En rentrant, Gabriel décida d'envoyer un message à Cécilia. À sa grande surprise, ils reprirent contact de manière naturelle. C'était peut-être le destin, ou bien le *mektoub* comme dirait un peu plus tard Lelia à l'oreille de Raphaël. Qui connaît la part infime de notre libre arbitre et le poids de Dieu sur nos rencontres ? Les anges, assurément, mais ils nous sont muets.

Ajaccio

15 août 2018

N'est-ce pas, comme l'écrit Nietzsche, à midi, là où l'ombre est le plus courte, que se trouvent la fin de l'errance et le point culminant de l'humanité ? N'est-ce pas en ces heures divines où le temps semble s'abolir de lui-même, là où les anges ne savent rien, que Cécilia retrouve les rivages de l'éternité alors qu'elle regarde la mer où elle passe des journées absente à la culpabilité, au ressentiment, aux idées noires qui consumaient, jadis, l'enveloppe angélique qu'elle offre aujourd'hui à l'astre du jour et à l'ivresse d'un monde qui la jalouse ?

Il n'y a pas de sylphide dans la mer, seulement Cécilia, et cela suffit. Tout va bien, désormais. Ce serait peu d'affirmer que Cécilia veut vivre, que Cécilia rêve de quelque chose. En réalité, Cécilia est entièrement ce rêve diurne qu'elle s'approprie, elle s'incarne désormais comme une substance onirique, celle d'un songe de chair et de sang, et chaque jour elle entre dans sa nuit merveilleuse et elle reprend chaque nuit le cours de son ivresse, déambulant dans la grâce de sa propre réussite qu'elle expose aux rêves des autres.

Les traumatismes sont lourds, ils nous infligent des cicatrices informes que le temps ne semble pas toujours pouvoir

447

guérir. La souffrance nous grandit, la souffrance fait de nous des personnes. Mais la souffrance ne s'offre que pour être dépassée. Non, Cécilia ne voudrait pas revivre ça, elle ne trouverait rien de valable dans la répétition inutile d'un traumatisme qui l'a considérablement affaiblie. Ce qu'elle sait, c'est que, quoi qu'il arrive dans cette vie ou dans une autre, elle pourra se révéler dans la lutte contre laquelle elle faisait chair. Elle n'a pas peur que tout se répète car elle se sait désormais d'une certaine façon en dehors du temps : au grand Midi.

Ce n'est pas la mémoire, le fond de l'être ; c'est l'oubli, le devenir. Les lignes n'appartiennent pas au passé. Elles sont là pour être dévoyées, barrées, réécrites, celles de la vie comme celles des livres, celles de Cécilia comme celles de Nietzsche. Tout oser. Entreprendre. Sublimer. Avoir la force d'imposer son grand style, sa religion nouvelle à la lueur flamboyante d'un apocryphe. Faire de sa vie son œuvre, orner dans le regard des autres des diadèmes de cristaux et des joyaux de chair, briller de mille feux comme un phœnix, et, tel un soleil de minuit, écrire que le surhomme est une femme. Devenir un fragment d'éternité. Elle a réussi. Elle a terminé ses études et trouvé une activité dans laquelle elle s'épanouit. Elle pourra bientôt revenir à Ajaccio, où elle intégrera le siège social de la marque locale pour laquelle elle travaille.

En attendant, elle a réinvesti provisoirement la demeure familiale. Désormais, lorsqu'elle regarde son visage sur la photographie du salon, elle peut l'affronter. Ce n'est plus un souvenir mais quelque chose qu'elle défie car on ne peut rien y lire de ce qui compte vraiment, de ce contre quoi elle lutte, dans la grammaire intime des mystères et des secrets de son cœur. Les images, finalement, n'ont peut-être que le sens qu'on leur donne, et celle-ci ne possède pas de vérité, n'est qu'un spectre, ou bien le simulacre de sa propre manifestation. Rien d'autre qu'une idole aphone et sans vie.

Après la signature de son contrat, elle gagnera bien plus que le smic, et cela lui convient amplement. C'est suffisant, et Cécilia est consciente de sa chance. Sur l'île, la majorité des emplois sont soumis à la précarité inhérente aux zones touristiques. Il n'est pas rare de voir des gens surqualifiés occuper des fonctions subalternes en acceptant par dépit un poste dans la restauration ou pour remplir les rayons surgelés d'un supermarché qui sera vidé par une masse de touristes sans visage.

Magali est revenue. Elle est heureuse de voir Cécilia épanouie. « En un sens, se dit-elle, c'est un peu grâce à moi. » Elle n'en tire pas d'orgueil, simplement le plaisir de mieux découvrir la personne qu'elle a rencontrée, il y a longtemps maintenant, quand elle entamait sa traversée du Styx sur une barque fragile. De son côté, elle s'est engagée dans une nouvelle entreprise aux valeurs plus proches des siennes et de ce à quoi elle aspirait. Elle est devenue commerciale dans une boîte aux convictions éthiques qui produit des vêtements avec des matières issues essentiellement de l'agriculture biologique. C'est plus intéressant que de préparer des cafés et, au moins, désormais, elle est reconnue pour ses véritables compétences.

Magali n'a obtenu qu'un congé de quelques jours en août. L'entreprise qu'elle a intégrée ne peut se passer de ses salariés et il a été difficile de négocier des vacances alors qu'elle a été embauchée récemment. Mais elle a réussi. Elle retourne donc chez Cécilia pour découvrir l'île à une période qu'elle ne connaît pas. Juillet une première fois, septembre la deuxième. Aujourd'hui, un an après, ce sera le mois d'août. Il est différent. Si l'on résume la Corse à une année calendaire, on peut dire que le mois d'août en incarne l'acmé, mais à un sommet si puissant qu'il laisse le reste de l'année dans un trouble évanescent, comme si l'île disposait des autres mois dans l'unique but de se remettre du vertige de sa débauche explosive. Le mois d'août se vit dans une forme de frénésie contagieuse qui semble contaminer l'ensemble des habitants. Une frénésie sans bornes, à laquelle Magali prend part elle aussi, en suivant un rythme plus infernal encore que lors de ses dernières visites. On nous somme de *profiter*, comme si les soirs d'automne allaient pernicieusement annihiler les souvenirs de l'été, les plages magnifiques sur lesquelles Cécilia et Magali laissent bronzer leur peau et les soirées arrosées de cocktails savoureux dont, en se concentrant ainsi qu'on le lui a appris, Cécilia peut désormais apprécier la saveur en regardant le soleil mourir à l'ouest.

Village
Août 1918

Ajaccio
23 août 2018

Il faisait encore trop chaud sur ces terres qui portaient bien leur nom, *u furnellu,* et le vieux Cristini donnait des coups de pioche qu'il assénait à la vie, dans ce tas de poussière sèche auquel la pluie avait renoncé. Il battait le sol rouge aussi fort que lui tournait le sang, cette rocaille ingrate de laquelle rien ne voulait s'extraire. Il montrait les gestes à son fils, expliquait longuement les techniques imprécises de ses mains calleuses, comment il fallait qu'il devienne un homme, à présent que Dieu avait choisi de reprendre Gabriel sur les champs de la Marne. Lui serait bientôt trop vieux pour piocher, deviendrait une bouche inutile et silencieuse, à l'instar de sa femme, qui pleurait toute la journée dans son mouchoir leur fils disparu. Elle perdait la raison, restait enveloppée dans un noir qui la vieillissait si fort que la mort semblait s'avancer en elle. Elle regardait son cadet suer son indignation sous la chaleur en s'interrogeant sur leur sort, sur ce qu'ils avaient pu faire au Christ saint, qui, Lui, ne faisait rien pour eux. Au fil de l'année, elle voyait s'édifier les faux espoirs, les plants de tomates secs, les projets que nourrissaient les prières et la faim, la certitude qu'ils arriveraient enfin à quelque chose.

Un jour, Orsu revint avec quelques plants d'olivier. Il avait sué pendant des semaines dans l'usine de tanin, respirant l'âpreté de composants chimiques, imbibé jusqu'aux os par l'humidité des moulins de ferraille et marqué par les blessures qu'il cachait stoïquement sous son habit usé. Il avait enduré les moqueries, refusé de suivre les Italiens qui dépensaient leur argent dans l'alcool, dormi à la belle étoile sous une couverture de fortune. Devant ses parents vieillissants, il planta les arbres sous le soleil brûlant. Il espérait que les terres rouges seraient clémentes, qu'elles n'emporteraient pas son dévouement et son honneur comme les terres de la Marne avaient emporté son frère, qui reposait là-bas, se mêlant à l'humus, aux vers et aux éclats d'obus qui se perdaient dans les profondeurs telluriques. Les oliviers, eux, grandiraient et feraient un jour la fierté des Cristini. Il n'y avait pourtant plus rien de ce frère perdu à la guerre, sinon ses lambeaux dans cette terre étrangère où, malgré lui, il avait trouvé la paix.

Bientôt, il partirait, avec des inconnus, parmi lesquels des ennemis, dont celui auquel il avait dérobé la sacoche et ce livre qu'il n'avait pas su déchiffrer. En 1933, les restes du corps de Gabriel seraient rapatriés à Ajaccio et enterrés sous une stèle dressée sur les rochers bordant la plage, en l'honneur de sa bravoure, de celle de ses frères d'armes aussi, dont le souvenir toiserait la mer, les touristes et le temps qui, lui, s'écoule sans plus se soucier d'eux.

On baptisa cet endroit *A tarra Sacra* et, chaque année, sur la route des Sanguinaires, défilent des myriades d'inconnus indifférents à cette terre qu'ils souillent de leur présence amnésique. Sur l'esplanade de roches, arc-boutée contre l'écume des vagues, s'érige pour mémoire cette lourde stèle, bien qu'il semble qu'aucune âme au monde ne veuille plus s'y recueillir ; les fragments de Gabriel et d'autres anonymes sont ainsi laissés au néant qui les consume depuis leur mort et la fin de la guerre, il y a près de cent ans. Autour d'eux, des restaurants, des soirées arrosées, des contrats signés, des anniversaires ou de simples couples en vacances profitant du sable blanc, d'une glace à la vanille et de la mer turquoise qui s'étend à l'horizon.

Parmi eux, parfois, une jeune femme se met en scène, prend des selfies qu'elle publie sur Instagram, et elle reçoit en retour davantage de déférence que l'ombre de Gabriel dans son dos, l'ancêtre de celui qui l'aime sans qu'elle le sache, tandis que d'autres, silencieux, laissent derrière des cœurs rouges et d'audacieux messages le symbole numérique d'une vénération.

C'est ici qu'elle s'installe, en face de la stèle qu'elle ignore, assise à une terrasse de bar, rêvassant à Gabriel à qui elle pensait si peu depuis presque deux ans. Elle en discute avec Magali, et lui raconte qu'elle a trouvé beaux d'autres hommes, notamment un pompier, mais qu'elle sent qu'avec Gabriel quelque chose n'est pas terminé. Elle explique qu'elle l'a recroisé le jour de son oral de soutenance et qu'il était heureux de la revoir. Il n'a pas l'air *fou*, il est plutôt normal. Elle lui montre son profil Instagram, assez discret, on peut y voir, comme s'il s'agissait du recueil détaillant son existence, des portraits de famille, celui d'un vieil oncle mort à la guerre, et la vue depuis la terrasse de sa maison, au village, qui domine la mer et les oliviers. Des phrases en corse agrémentent ses photos, un ensemble hétéroclite de poètes inconnus dont Cécilia lit pour la première fois des sentences qu'elle a beaucoup de mal à déchiffrer. De son côté, Magali a rencontré plusieurs garçons pendant son séjour mais ces relations éphémères semblent prisonnières du cadre exotique qui les délimite, que Magali quittera assez vite en prenant l'avion, depuis l'aéroport d'Ajaccio cette fois, pour rentrer voir sa mère, à laquelle elle pense si souvent.

Elles boivent du Liptonic avec beaucoup trop de sirop de fraise, juxtaposent les figures auxquelles elles accordent leur grâce en les faisant défiler sur l'écran de leur smartphone, qu'elles portent comme un bijou, une parure technologique consultée au rythme de notifications sonores parasitant l'esplanade solaire de leur journée. Elles rient beaucoup, plaisantent à propos de soirées et se remémorent leurs études comme si ces cinq années étaient aussi lointaines que des souvenirs d'enfance, les premières amours, ce professeur aux chemises trop épaisses ou le cerf-volant flottant éternellement dans la mémoire des Sanguinaires.

Elles sont rejointes par Paul-Thomas et Anaïs, qui commandent eux aussi des sodas, se mêlent à la conversation devant un cendrier dans lequel les mégots s'empilent à mesure que les heures passent, que les histoires s'épuisent tels les enfants au bord de la mer, les châteaux de sable qu'ils édifient et les visages qu'ils dessinent, et que les vagues viennent recouvrir. Elles prennent des photos qu'elles mettent en story, signifient aux autres l'illusion ostentatoire de leur félicité, indiquent aussi leur position pour que d'éventuels convives se joignent à eux pendant que le soleil s'éloigne dans le golfe.

Cécilia raconte qu'elle se rendra bientôt à Corte pour régler quelques démarches administratives, les procédures finales de son rapprochement de la cité impériale, qu'elle espère définitif.

— Ce serait peut-être l'occasion d'en profiter pour revoir Gabriel, murmure Magali alors qu'Anaïs et Paul-Thomas la taquinent gentiment à ce propos.

Elle ne se voit pas rougir, écarquiller légèrement les yeux et, dans le fond intime de sa conscience, elle se répète plusieurs fois les mots que son amie vient de prononcer comme si elle admettait tacitement leur sens, et la promesse imminente de leur réalisation.

— Ce serait peut-être l'occasion.

Corte

Il est difficile d'accepter le bonheur quand la vie nous accable d'épreuves. Souvent, dans ces situations, nous le refusons, nous ne savons plus nous résigner à l'accueillir, comme si, dans la peine, tout accomplissement ou toute joie portait inévitablement l'esquisse d'une trahison. Dans un deuil, chaque sourire est un blasphème. Mais nous ne devons rien à la vie, et elle ne nous doit rien, quoi qu'en pense Lelia, malgré ses considérations sur le *mektoub*, ses litanies nouvelles sur le sens de la mort et son éloignement de Nietzsche.

Cet auteur qu'elle avait tant aimé lui paraissait désormais une idole froide et sans vertu. Ainsi, par le truchement du temps et un battement de cils des anges, il avait suffi à Dieu de reprendre son frère pour que la figure de Nietzsche soit à jamais figée telle une statue de sel. Trouver un sens à son union avec Raphaël créait en elle l'apparition de questions métaphysiques auxquelles ses exégèses du penseur de Rockën n'apportaient nulle réponse. Parfois, les livres ne suffisent pas. Lelia ne pouvait s'empêcher de penser que la mort de son frère avait été un sacrifice pieux pour l'accomplissement souverain de son amour. Aurait-elle retrouvé Raphaël sans cela? Ne serait-elle pas partie plus tôt vers Paris, ainsi que le lui avait proposé cette professeure pour laquelle elle avait eu tant d'admiration? Ce n'étaient peut-être pas de bonnes questions, mais elle ne pouvait s'empêcher de se les poser.

Elle regarda Raphaël. Elle voyait toujours son large sourire, sa carrure trapue et ses cheveux noirs et bouclés. Il s'avança pour l'embrasser, comme avant.

Après la mort de Malik, après cette visite qu'elle avait rendue à Raphaël pour redonner du sens à sa vie et au trépas de son aîné, Lelia avait passé des semaines consacrées au *travail du deuil*, comme Raphaël avait fait celui de Battì, et les Costantini celui de Lucien, dont la figure souriante apparaît sur les bouteilles de vin que boit encore Cécilia sans s'en soucier le moins du monde. On ne peut pas *travailler* le deuil, car nous ne sommes pas maîtres de nos affects, nous n'avons pas la capacité de choisir notre force à endurer cette peine. C'est lui, le deuil, qui nous travaille, nous pénètre et nous transfigure, et nous prétendons le contraire seulement pour entretenir l'illusion que nous gardons le contrôle sur nos destins mis régulièrement à l'épreuve par l'absurdité de la mort. Mais nous ne contrôlons rien.

Ils devaient se lever tôt pour se rendre à l'aéroport. Lelia avait obtenu son affectation dans l'académie de Créteil. Elle allait enseigner la philosophie en classe de terminale et commencerait avec seulement neuf heures de cours par semaine, comme il est de coutume pour les stagiaires. Elle effectuerait en parallèle son master 2 dont la validation représenterait une étape décisive pour sa titularisation. Elle avait trouvé un logement à la périphérie parisienne et Raphaël tenait à le visiter avec elle. Il avait suggéré qu'il pourrait très bien s'inscrire en histoire à la Sorbonne, ou ailleurs. Lelia avait souri. Elle le soupçonnait d'avoir postulé en douce. Dans l'appartement, tout était redevenu comme avant, malgré les bousculements et les errances chaotiques de Raphaël, qui buvait là récemment des quantités déraisonnables d'alcool. Il y avait toujours ce livre de Graham Greene que Raphaël n'avait pas lu, *La Fin d'une liaison*. Les prophéties ne valent que pour ceux qui les écoutent. N'est-ce pas là, finalement, l'essence de la vie ? Lutter contre le destin pour affirmer sa propre puissance d'agir ?

Le soir tombait à Corte et ils vérifièrent une dernière fois leurs billets d'embarquement, la validité de leur carte d'identité et le contenu des maigres bagages qu'ils emportaient. Elle s'était démerdée pour y faire entrer son Polaroid. C'était leur premier voyage ensemble. Ils se couchèrent en prenant bien soin de programmer l'alarme à six heures trente de manière à être à l'aéroport de Bastia-Poretta à neuf heures, et ainsi embarquer vers la ville dont Lelia parlait tant. Ils s'endormirent le cœur léger, s'abandonnant aux béatitudes.

En se réveillant, Lelia ne se souvenait plus de ses rêves. Elle crut entendre un bruit sourd, une secousse. Elle se demanda un instant s'il ne s'agissait pas d'un cauchemar, comme si la frontière la séparant de ses songes avait été momentanément abolie. Cette fois, elle n'avait pas emporté

de doute dans le sommeil, et l'incertitude avait pénétré toute
la surface du réel. Le bruit sourd recommença. Raphaël se
réveilla en sursaut. On frappait à la porte avec beaucoup de
véhémence. Quand il se leva pour ouvrir, il n'eut pas le temps
de réagir avant qu'un homme en uniforme le plaquât de tout
son poids contre le mur adjacent. Deux autres entrèrent
en criant tandis que Raphaël se débattait. Ils sortirent des
matraques et Lelia tenta de s'interposer en pleurant.

— La touchez pas, bande de Français de merde !

On menotta Raphaël. On l'emmena sans ménagement
dans une fourgonnette qui roulerait vers le commissariat.

Nul ne sait si, au ciel, les anges avaient comploté contre
Lelia pour faire de sa vie un enfer. Si c'était cela le *mektoub*,
alors leurs ailes devraient brûler, comme son estomac,
comme les larmes de sel sur son visage, où l'éclatant sourire
ne verrait plus le jour, ni à Corte ce jour-là ni dans Paris, la
Ville lumière, le lendemain.

*

Il n'y avait pas eu d'eucharistie, il n'y avait qu'un mauvais
sermon prononcé à la hâte par une figure qui ne connaissait
rien des mystères de l'incarnation, de ce qui se fait chair,
de ce qui se fait sang, alors qu'elle buvait du mauvais champagne en riant.

Quand Cécilia était petite, que son grand-père veillait
encore sur elle, il l'emmenait souvent à l'église. Elle
n'aimait pas l'église, elle n'aimait rien de ce bâtiment austère aux formes intimidantes, ni ses peintures abstraites,

ni ses icônes et ses vitraux vieillis. Pourtant, elle y allait quand même, elle était une gentille petite princesse, on le lui répétait souvent, au visage d'ange, disait le prêtre qu'elle regardait du fond de ses grands yeux verts. Elle ne l'aimait pas, elle le trouvait gros et intimidant, mais elle connaissait déjà les règles de la politesse, la contrition bienveillante que la société impose tacitement aux femmes, le silence qui se cache sous les oripeaux de la discrétion, la fatale résignation de leurs instincts élémentaires. Elle avait appris à se taire et à suivre docilement le spectre des lois implicites que commandent les relations humaines, le plus souvent, il est vrai, en la contraignant à renvoyer l'image qu'on voulait la voir incarner, moulant son être dans une version d'elle qui n'était déjà plus sa réalité. Elle comprenait déjà tout cela et pour rien au monde elle n'aurait voulu décevoir ses grands-parents, qui accordaient beaucoup trop d'importance à ces choses qu'elle ne comprenait pas. Elle les accompagnait donc, dans la négation de son propre ressenti, se taisait dans la voiture, ne pleurait pas, puis restait assise pendant des heures sur les bancs de bois pourrissant dans un mutisme froid. Ce qu'elle détestait par-dessus tout, c'étaient les prières chantées, la communion des croyants, ces rituels liturgiques auxquels on lui demandait de participer et qu'elle mimait mal, de sa petite bouche dont on percevait à peine le mouvement, prisonnière de sa servilité, et de sa gorge où quelques syllabes liguées contre elle se figeaient dans un murmure étouffé.

À la fin de la prière, ils se mettaient en rang, attendaient que le prêtre dépose sur leur langue l'hostie avant qu'ils ne se signent. « Le corps du Christ », entendait-elle murmurer alors qu'elle tirait sa petite langue en fermant les yeux. Elle goûtait alors ce pain sans goût, dont elle ne devinait pas la forme, cette matière inodore et sans couleur qu'elle recevait presque à son insu, comme elle recevrait, un autre soir, à bientôt dix-huit ans, un peu de ce liquide dans un verre qu'elle aurait laissé traîner à côté d'un juke-box. Ce n'était ni le corps du Christ ni ce que les chrétiens appellent le « pain des anges », tandis que ses anges l'abandonnaient à un sort auquel ils ne pouvaient rien.

La soirée était pourtant tellement belle. Ils étaient allés tous ensemble manger dans une pizzeria et ils avaient tellement ri. Ils avaient marché avec des inconnus dans la rue du Roi-de-Rome, partout des groupes chantaient l'allégresse, la joie d'une nuit nouvelle et des jaillissements de l'ivresse. Ils se dirigeaient vers une boîte avec des gens rencontrés au restaurant, des gens qu'ils n'avaient jamais vus, qu'elle ne verrait peut-être plus jamais, ou dont le souvenir serait effacé et réapparaîtrait fragmenté, dans des illusions pleines de terreur, des photographies, des hommages ou des fresques murales.

Avec Cécilia marchent des amis du lycée, mais aussi trois Marocains et une bande de garçons plus vieux venus d'un village de Haute-Corse. Parmi eux, il y a un homme corpulent, un musicien, et, comme vient de l'apprendre Anaïs, l'héritier d'une famille puissante du village. C'est la joie. On plaisante beaucoup et, lorsqu'ils arrivent dans l'établissement, les hommes s'arriment au comptoir et s'y fixent telles des statues millénaires. Les videurs ne prennent même pas conscience de leur existence. Ils paient des bouteilles hors de prix et refusent catégoriquement les billets des filles lorsqu'elles veulent participer. Ils en deviendraient presque méchants. Mais ce n'est rien et l'on continue de rire, de boire en mélangeant les alcools, en ignorant les frontières ordinaires du monde social, la jeune Marocaine plaisante à la ronde, son frère discute avec un homme un peu gros et barbu, ils rient et échangent une longue poignée de main amicale. Leur ami boit de la vodka et tout se passe pour le mieux. Le patron, un rasé, fait un signe de la main pour leur offrir une bouteille de champagne. Il est très parfumé et passe au comptoir boire un verre de myrte. La jeune femme illumine le monde de son sourire et danse avec des inconnus, à l'instar de Cécilia avec Lucie, qu'elle verra bientôt embrasser un jeune homme sans rien savoir de l'accomplissement de sa trahison. Ils sont rejoints par le serveur de la pizzeria, qui s'installe au comptoir et consomme comme eux de la vodka avec du jus de fruits.

La soirée passe. Par les mains coupables, sans que les anges le sachent, s'accomplissent des gestes profanes, et l'une d'entre elles verse le contenu d'une petite fiole dans un verre laissé à côté d'un juke-box. Cécilia n'en voit rien et, lorsqu'elle se retourne, elle sourit au visage présent et reprend son verre en sirotant à travers une paille l'eucharistie du vice qu'elle ignore. Elle danse encore et tout le monde la regarde, les peuples contemplent cet astre solaire qui se dévoile dans les puissances de la nuit. Aussi bien les Marocains qui discutent au comptoir que ceux du village qui y sont accoudés et racontent leur vie, leurs convictions, et échangent leurs prénoms en promettant la naissance de maléfiques amitiés.

« Malik, je m'appelle Malik », dit le premier, avant que son interlocuteur, un peu renfrogné, ne lui réponde : « Battì ».

Il explique que la jeune femme qui l'accompagne est sa sœur et qu'elle vient d'obtenir son bac. Elle rentrera bientôt en école d'infirmières. Il est très fier d'elle. Le serveur du restaurant, lui, semble les esquiver, surtout les Marocains, pour lesquels il affiche une certaine forme d'hostilité. Il répond quand même « Lucien » quand on lui demande son prénom et ne rechigne pas à se joindre à eux, et à offrir des verres à l'assemblée. Ils finissent par former un groupe de sept personnes et se moquent gentiment d'un de leurs acolytes endormi contre une enceinte de la boîte. Les anges le savent, ils regardent les coupables, ils pleurent l'accomplissement d'un destin funeste auquel ils ne peuvent rien.

La bande finit par se fragmenter alors qu'une ombre disparaît vers la sortie en saisissant Cécilia par la taille, et elle se retourne pour voir son visage mais déjà ses traits s'éloignent et ne dessinent plus qu'une forme souriante, et elle le suit, à son insu, vers les abîmes de l'enfer où les anges l'abandonnent. Elle cherchera longtemps des *réponses*, elle cherchera longtemps du *sens* à l'accomplissement des prophéties, à ce destin qui a fait d'elle une victime, et, abandonnée aux forces de la nuit, elle voit son corps donné sur un autel à un Dieu absent, sans que les témoignages y puissent rien, vains comme les disputes ecclésiastiques, les idolâtres et les iconographies, et les interrogations de

Byzance sur le sexe des anges, aujourd'hui souillé dans la nuit révélée aux barbares.

Pourtant, le monde n'avait pas changé. Tous riaient encore. Lucie sentait des bras l'envelopper, elle était tellement heureuse de planer quelques centimètres au-dessus du sol, de trouver l'ivresse langoureuse de baisers chauds et d'alcools fruités, qu'elle ne regardait pas autour d'elle, il n'y avait plus que les yeux de son amant dans lesquels elle se perdait, dans lesquels elle se regardait aussi, fière de renvoyer à ceux qui la jalousaient l'accomplissement de sa réussite. Ils étaient maladroits et ils avaient trop chaud, le jeune homme portait une chemise trop grande dans laquelle il transpirait, mais, pour lui non plus, rien n'avait plus d'importance que les longs cheveux noirs et bouclés qu'il caressait malhabilement pendant que les néons de la boîte l'aveuglaient. La jeune Marocaine souriait et sirotait de l'alcool, fuma davantage de cigarettes que sa gorge ne pouvait en supporter, tousserait un peu en se réveillant le lendemain, sentirait son larynx aussi sec que les déserts de sable, et son crâne cognerait avec la vigueur du soleil sur ces espaces diurnes. Elle n'avait pas peur, elle profitait de sa soirée pour danser, après tout, comme le disaient les rappeurs que son frère écoutait en boucle alors qu'ils avaient traversé pour la première fois le col de Vizzavona et s'étaient perdus dans la contemplation d'immenses espaces de pins : « Demain c'est loin. »
Demain est tellement loin, il est vrai, pour ceux dont les rêves sont absents à la consécration. Le temps ne s'écoule sur l'esplanade des songes que pour nous faire ressentir qu'il est le seul maître, celui que l'on défie le plus aussi, contre lequel

on perd toujours, car nous ne sommes pas des anges, nous ne sommes pas des saints, nous autres, en dehors des catégories de l'*ævum*.

Demain c'est loin, il est vrai, et Lelia repensa à cette soirée lorsqu'elle entendit cette musique par hasard, cinq ans plus tard, alors qu'elle priait pour qu'hier soit tellement proche. On lui rendrait Malik, ainsi, on lui rendrait son frère et il accomplirait des rêves dont Lelia ne savait rien, ce garçon n'ayant jamais eu d'ambition, peut-être par connaissance du destin qui était le sien, sans secours du ciel, sans promesse de la vie. On lui rendrait aussi Raphaël, qui avait été arrêté le matin même alors qu'elle pleurait de vaines larmes en criant sur des policiers aux visages froids et raidis. Il fallait en parler à Gabriel, il fallait l'appeler pour lui raconter comment les flics étaient entrés, la force avec laquelle ils avaient plaqué Raphaël contre le mur, la haine qui possédait leurs yeux, alors qu'ils rêvaient encore de leur voyage à Paris.

Dans ce qu'admettait encore sa mémoire confuse, Lelia se souvint que Raphaël avait, avant que ne se couche la nuit sur ses rêves, vaguement évoqué son frère : il avait été heureux d'apprendre que ce dernier passait la soirée avec la jeune femme dont il parlait depuis si longtemps. Lelia avait conservé son numéro depuis qu'elle l'avait aidé pour son mémoire sur Nietzsche. Elle le rechercha dans son répertoire avant d'effectuer le mouvement du doigt qui ferait une nou-velle fois basculer le monde des Cristini, entrer dans l'*ævum* Gabriel, qui réitérerait ses peines et, peut-être, par la volonté d'un Dieu absent à ses prières, punirait son idolâtrie.

Corte
La veille, 25 août 2018

Gabriel se sentait mal à l'aise à la perspective de revoir Cécilia. Depuis sa première crise, son internement passager à la clinique San-Ornello, l'idée de la croiser le remplissait d'une gêne dont il n'arrivait pas à se débarrasser. Les retrouvailles seraient difficiles. Elles auraient le goût des amertumes et des douleurs passées. Gabriel s'imaginait déjà confus, sans savoir quoi dire, alors qu'elle le regarderait bientôt, à la table de ce restaurant cortenais où ils avaient dîné la première fois, deux ans plus tôt, dans la chaleur épaisse d'un mois d'août. Dans les astres, un cycle avait peut-être terminé sa rotation.

Avant de monter dans sa voiture, Gabriel avala une quinzaine de gouttes de Lysanxia dans un peu d'eau. Il se rinça le visage et attacha ses cheveux. Elle était déjà installée quand il se gara au parking Tuffelli, pas très loin du restaurant. Deux années avaient passé depuis la terrible matinée. Deux années de recherche, de doute et d'enfer se condensant entièrement dans le visage de Cécilia qui lui donnait maintenant son sourire magnifique. Peut-être qu'il n'existait de réponse qu'à travers ce sourire, dont les anges lui offraient la grâce ?

Contrairement à ce qu'il appréhendait, ils se sentirent vite bien. Comme si, dans la mémoire de Cécilia, s'était effacé le souvenir de leur première rencontre et qu'à nouveau Gabriel la découvrît. Elle parlait de son travail pour une entreprise insulaire où elle était consultante marketing, avec ces mots anglais qui la fascinaient, détaillait l'existence de son monde, dont Gabriel ignorait la substance profonde. « *E-branding* », « *marketing digital* », « *management identity* », autant de syllabes qui ne renvoyaient qu'au néant, à l'existence contemporaine des êtres des réseaux. Elle lui raconta aussi comment elle était démarchée par des marques, son nombre de followers qui continuait de grimper, ce qui lui assurerait bientôt, avec de la chance, la garantie d'un compte certifié. Nos existences sont devenues si vaines qu'on a désormais besoin d'être certifiés pour exister.

Gabriel continua de l'écouter comme si les mots prononcés n'étaient pas qu'une somme de matérialités et de fantasmes inutiles, comme s'ils renvoyaient à un sens caché et ésotérique, appelant à autant de mystères que le visage de Cécilia. Peut-être y avait-il dans ses traits, derrière la forme parfaitement harmonieuse de son visage, une vérité cachée que les gnostiques connaissent dans le livre d'Énoch. Peut-être y avait-il, dans le sourire de Cécilia, un mystère secret et les apocryphes d'une réponse à l'angoisse. Tout dans sa présence disait que le monde suffisait, l'âme de Gabriel se laissait bercer par sa contemplation, et il n'interrompait Cécilia que pour l'assurer d'une bienveillance satisfaite. Tout avait un *sens* et ce sens c'était la beauté, ce verre de vin et cette glace à la vanille. Elle ne pouvait s'empêcher de prendre en photo ses plats, en évitant soigneusement qu'apparaisse Gabriel dans le cadre. Rien n'existe que ce qui est publié.

Gabriel ne s'était pas senti aussi bien depuis longtemps. Il n'était pas angoissé. Il essaya de la faire rire et raconta quelques anecdotes sur sa première expérience en tant que professeur. Cela parut fonctionner. Cécilia oublia même de regarder son téléphone durant plus d'une minute. « C'est bon signe », se dit-il. Ils épuisèrent beaucoup de sujets. Chacun avait à cœur de se dénuder par les mots, que tout soit dit, comme si ce qui était tu aujourd'hui allait appartenir irrémédiablement au royaume de l'oubli. Sur la politique, Gabriel avait changé. Il ne défendait plus rien avec autant de verve que la beauté, évitait le commerce des hommes, buvait de la myrte sans discontinuer, parlait du sujet de Capes qui avait été donné, quelques mois avant, à une camarade : « Les vérités éternelles. » Il expliqua rapidement les enjeux du sujet, ce qu'il fallait absolument éviter et pourquoi, puis le choix de cette dernière, « La fin de la métaphysique », et le traitement que lui aurait proposé.

— Pourquoi la fin et non la critique ? se demanda-t-il à haute voix.

Cécilia le regardait, très intriguée, et semblait prendre part à ses interrogations comme Gabriel prenait part aux siennes. Le temps était suspendu. Les secondes étaient longues et pleines de vie et, pourtant, à leurs yeux, la soirée se déroulait très vite. Ils évoquèrent leurs familles respectives, le père de Cécilia qui était cadre dans le BTP, puis celui de

Gabriel, et même son ancêtre, mort en héros, à qui il devait son prénom.

Le serveur apporta l'addition que Gabriel s'empressa de payer. Il proposa un dernier verre chez lui et Cécilia accepta. Sur la route du village, on voyait de nombreuses affiches usées d'un tournoi de football qui célébrait la mémoire de Battì. On distinguait son visage imprimé qui se perdait dans le noir à travers les phares qui éclairaient la nuit. Elle remarqua l'affiche et posa des questions qui mirent Gabriel dans l'embarras. Il lui expliqua que c'était son ami, qu'il était mort dans un terrible accident. Qu'ils avaient organisé un tournoi de foot à sa mémoire avec les jeunes de la vallée et récolté beaucoup d'argent pour les prisonniers politiques. Puis, pour changer de sujet, Gabriel mit un peu de musique, les Doors, que Cécilia reconnut, bien qu'elle ne les ait plus entendus depuis deux ans. Peu après, le silence s'imposa, comme le veulent ces instants où la parole est vaine.

Une heure plus tard, ils se retrouvèrent donc au même point qu'autrefois, sans toutefois y rester fidèles. Gabriel déchira la salve des paroles par des baisers passionnés et langoureux, croquant le visage de la muse vénérée, ses lèvres sucrées pour en goûter le nectar. Cécilia s'allongea sur le lit. Cette fois, elle veillerait à ne pas s'endormir. Elle avait laissé son smartphone sur une table basse. Elle éteignit la lumière pour ne laisser qu'une lampe de chevet qui tamisait la nuit. Les très saintes Écritures racontent la chute des anges mais ne disent rien de Cécilia tandis qu'elle s'avance doucement dans le dos de Gabriel qui ferme les yeux, sans voir la mer que la lune fait briller. Il ne nous est pas permis, à la tristesse de notre sort, de connaître le monde en sa substance, la grammaire intime du temps et les longueurs passionnées d'une attente bienfaitrice. Il ne nous est pas permis de connaître le grand secret du déploiement du monde, des commandements de Dieu et des anges sur la terre.

Gabriel laisse sa main s'élancer doucement vers l'arrière et, alors qu'il s'apprête à tourner son visage et à contempler le sexe d'un ange, Cécilia attrape ses doigts, qu'elle porte doucement à sa poitrine. Gabriel est tout le sang de son corps brûlant, mourant du désir qui fait frémir son cœur, il attend le signal de l'ange qui, désormais, s'approche doucement de son oreille pour lui dire le secret des origines, de la fin de l'angoisse et de la béatitude éternelle de Dieu.

Elle murmure.

Remerciements

Si, comme le dit l'Aquinate, on ne peut voir les anges, en raison de la mauvaise qualité de notre discernement, j'aimerais toutefois rendre hommage à ceux qui – vivants et sans ailes – m'ont accompagné dans la longue aventure qu'a été la rédaction de ce livre.

En tout premier lieu, j'aimerais remercier ma tante Lucile Giovannetti pour son implication sans faille, ses relectures et critiques et son soutien moral indéfectible. De la même manière, j'aimerais avoir un mot pour mon amie Alicia Poggioli, dont les conseils et les indications m'ont été précieux.

À mon éditrice, Marie Desmeures, bien entendu, pour avoir supporté mes obsessions théologiques ainsi que ma propension naturelle au pléonasme. Pour avoir fait émerger ce qu'il y avait de meilleur dans ce projet.

À mes parents, pour m'avoir accompagné dans les longues heures de relecture à voix haute, les moments de joie et surtout de difficultés que rencontre inévitablement ce type de projet.

À ma famille, mon cousin Bastien Cangioni, mes frères Célien et Jonathan et ma sœur Nolwenn, toujours présents.

À Alexandre Armani, François Gambotti, Mathieu Graziani, et plus généralement l'ensemble des collègues qui ont pris le temps de relire mon manuscrit et de m'en faire un retour critique.

Aux amis qui, comme Julien Carton, suivent le projet depuis loin de la Corse. À Antoine Hornung-Flori et Jérôme Peri pour leur chaleureuse présence. À Joseph Ferrari et Pierre-Charles Landini pour les conseils techniques.

Merci à Pierre-Paul Gori pour les conseils linguistiques. À Aurélia Degiovanni et son frère Pierre-Simon, Anna Grossman, Mathieu Agostini, Jean-Raphaël Pognot, Anthò Benedetti, Rachel Reggeti, Jean-Louis et Antoine Petrucci, Pierre Jubert, Mélissa Barbaggio, Paul Gherardi, Jessica Battini, Julien et Oriana, et tous ceux qui, plus largement, ont cru en moi quand, parfois, il arrivait malheureusement que je n'y croie plus moi-même.

À Renaud et Guillaume Filippi et Prisci Chaffel. Merci. Cette aventure est aussi la vôtre.

Et, bien sûr, une mention particulière à Jérôme Ferrari, sans qui le goût de la lecture ne serait pas le même.

À vous toutes et à vous tous, à nouveau, un grand merci. Désormais, place à la suite, en espérant être aussi bien entouré, qu'importent les faveurs du ciel et ce que la nuit a dit.

Une pensée affectueuse pour ceux qui, comme Olivier Cangioni et Natale Luciani, n'ont pas pu voir ce projet aboutir. Qu'ils veillent sur nous.

Références

Page 9 : traduction de Rainer Biemel (Jean Rounault), *in* Rainer Maria Rilke, *Élégies de Duino*, Allia, 2015.

Page 9 : Jean Damascène, cité *in* Jean-Luc Marion, *Dieu sans l'être*, PUF, 2013.

Pages 23 et 299 : traduction d'Henri Albert, *in* Friedrich Nietzsche, *Œuvres complètes*, Arvensa Éditions, 2020.

Page 127 : traduction de Jean Launay, *in* Friedrich Nietzsche, *Œuvres philosophiques complètes*, tome X, Gallimard, 1982.

Page 219 : traduction de Jean-Claude Hémery, révisée par Dorian Astor, *in* Friedrich Nietzsche, *Ainsi parlait Zarathoustra et autres récits* (*Œuvres*, tome III), Gallimard, Bibliothèque de la Pléiade, 2023.

Page 347 : traduction de Geneviève Bianquis, revue par Paul Mathias, *in* Friedrich Nietzsche, *Œuvres*, Flammarion, 2020.

Page 389 : traduction de Robert Rovini, *in* Friedrich Nietzsche, *Œuvres philosophiques complètes*, tome III, Gallimard, 1968.

Page 439 : cité *in* Yannick Beaubatie, *Le Nihilisme et la Morale de Nietzsche*, Larousse, 1991.

Table

Partie II

Partie III

Partie IV

Partie V

Partie VI

Partie VII